Mary Jo Putney

Diplômée de l'université de Syracuse en littérature du XVIIIe siècle et en design industriel, Mary Jo Putney vit près de Baltimore, dans le Maryland. Auteure de romances historiques et contemporaines, elle a reçu deux RITA Awards.

Le valeureux

Aux Éditions J'ai lu

Un tempérament explosif
N° 5916

La fiancée chinoise
N° 6009

La belle sauvageonne
N° 6145

Ivresse orientale
N° 6506

Les gardiens du destin
N° 8123

Le sortilège des gardiens
N° 8237

Porte-bonheur
N° 12797

LE SERMENT

1 – Il était une fois un soldat

N° 13371

MARY JO

PUTNEY

LE SERMENT – 2

Le valeureux

Traduit de l'anglais (États-Unis)
par Léonie Speer

J'AI LU

POUR elle

Si vous souhaitez être informée en avant-première
de nos parutions et tout savoir sur vos auteures préférées,
retrouvez-nous ici :

www.jailu.com

Abonnez-vous à notre newsletter
et rejoignez-nous sur Facebook !

Titre original
ONCE A REBEL

Éditeur original
Kensington Books,
published by Kensington Publishing Corp.

En souvenir de Jo Beverley.
Auteure merveilleuse,
amie plus merveilleuse encore.

1

Kingston Court, Lancashire, 1799

— Richard ! Richard !

Lord George Gordon Richard Augustus Audley, troisième fils du marquis de Kingston, fut brusquement tiré de son sommeil. La voix assourdie, mais impérieuse, venait de la fenêtre ouverte de sa chambre. Callie ? Elle n'était pas censée rentrer chez elle avant une semaine. Il fronça les sourcils. C'était forcément Callie. Seules deux personnes au monde l'appelaient Richard et elle était la seule capable de grimper dans la vigne épaisse qui poussait sous sa fenêtre.

Par cette nuit chaude, il ne portait qu'un caleçon. Même si Callie et lui étaient amis intimes depuis l'enfance, il ne pouvait se présenter ainsi. Il sauta à bas de son lit, attrapa son peignoir et en noua la ceinture.

Quand il se pencha à l'extérieur, il aperçut à la lueur de la pleine lune un visage en forme de cœur et une chevelure étincelante. Le doute n'était plus permis. Mais pourquoi diable l'honorable Catherine Callista Brooke escaladait-elle ce mur au beau milieu de la nuit ?

— Callie, tu es folle ! s'écria-t-il tout en lui tendant la main pour l'aider à franchir le rebord de la fenêtre. Si j'avais su que tu étais rentrée de pension, je t'aurais rendu visite dès demain, de manière parfaitement civilisée.

S'accrochant à sa main, Callie se hissa sur l'appui de la fenêtre et bondit dans sa chambre. Elle portait des vêtements de garçon, ce qui semblait raisonnable lorsqu'il s'agissait d'escalader un mur couvert de vigne.

Gordon s'apprêtait à poursuivre lorsque le clair de lune révéla des traces luisantes sur les joues de Callie. Elle pleurait ? Callie ne pleurait jamais. Elle avait des nerfs en acier de Damas.

— Qu'est-ce qui ne va pas, Callie ? demanda-t-il.

— Tout ! répondit-elle d'une voix enrouée.

S'apercevant qu'elle tremblait, il referma instinctivement les bras autour d'elle. Il avait dû grandir au cours des derniers mois car elle lui parut plus petite lorsqu'elle pressa le visage contre son épaule.

— Du calme, Câline, murmura-t-il en lui tapotant le dos. Nous avons affronté suffisamment de problèmes pour savoir comment les résoudre.

— Pas ce genre de problème.

Elle prit une profonde inspiration et recula tout en agrippant les bras de Gordon, comme si elle craignait de tomber.

Un rayon de lune sur son visage éclaira une marque sombre sur sa joue gauche. Étouffant un juron, il effleura la meurtrissure de l'index.

— Bon sang, ton père t'a encore frappée !

Callie haussa les épaules.

— J'ai l'habitude puisque je suis la fille la plus désobéissante, la plus rebelle et la plus infernale d'Angleterre, comme il m'en informe régulièrement. Mais cette fois...

Sa voix se brisa avant qu'elle reprenne :

— ... cette fois, c'est bien pire. Il va me marier à un horrible vieux planteur des Antilles !

— Bon sang, comment est-ce possible ?

Après l'avoir guidée jusqu'à un fauteuil, Gordon alla sortir de sa cachette sa flasque de cognac. Il en versa un doigt dans un verre, auquel il ajouta la même quantité d'eau avant de le lui tendre.

— Comment un planteur des Antilles pourrait-il connaître ton existence ?

— C'est une lointaine relation de mon père. Il est veuf.

Elle but une gorgée de cognac coupé d'eau, s'étrangla.

— Il est venu à Rush Hall pour parler affaires avec mon père, il m'a vue, et il m'a demandée en mariage parce que je suis si *belle* !

Elle cracha presque ces mots.

— Belle ? répéta-t-il, déconcerté.

C'était... Callie. Assez jolie, oui, avec ses cheveux flamboyants et sa silhouette aussi solide que gracieuse. Aux yeux d'un vieux monsieur, la chevelure et la vivacité de Callie suffisaient peut-être à la rendre belle.

— Tu n'as que seize ans. Ce seraient sûrement de longues fiançailles.

Elle secoua la tête.

— Il veut se marier immédiatement, avant de retourner aux Antilles ! Il loge en ce moment à Rush Hall. Dès que mon père lui a dit qu'il pouvait m'avoir – et bon débarras ! –, cet homme a envoyé chercher une dispense de bans à Londres. Elle est arrivée aujourd'hui. Mon père m'a appris ce soir que le mariage aurait lieu après-demain.

— Il ne peut pas te forcer à épouser un inconnu ! s'exclama Gordon, atterré. Continue de refuser. Ce ne sera pas facile, mais tu as l'habitude de la désobéissance.

De nouveau, Callie secoua la tête.

— Si je n'obéis pas, j'ai peur que sa colère ne retombe sur mes sœurs.

À raison, malheureusement. Les sœurs de Callie étaient vulnérables et leur père était tout à fait capable de les harceler ou de les frapper pour s'assurer de la coopération de leur aînée. Lui entourant les épaules du bras, Gordon lui murmura des paroles de réconfort. Elle finit par s'écarter avec un sourire presque sincère.

— Tu me parles comme à l'un de tes chevaux.

— Ça fonctionne avec des pouliches effrayées, ça valait la peine d'essayer.

Gordon ne put s'empêcher de sourire lorsqu'elle leva les yeux au ciel avec un dédain ostensible. Mais il reprit vite son sérieux.

— Qu'attends-tu de moi, Callie ?

— Je vais m'enfuir et j'ai besoin d'argent, répondit-elle sans détour. Tu peux m'en prêter ?

Gordon fronça les sourcils.

— Où comptes-tu aller ?

— Chez ma tante Béatrice. C'est ma marraine. Je serai en sécurité auprès d'elle.

— Pour combien de temps ? Si ton père vient te chercher pour te marier de force, elle ne sera pas de taille à lui tenir tête.

Callie se mordit la lèvre.

— Alors, je vais changer de nom et disparaître dans Manchester ou Birmingham. Je trouverai un travail quelconque.

— Dans une usine ? s'enquit-il, incrédule. Ce n'est pas une bonne idée, Callie.

— Pas dans une usine ! Je suis douée pour la couture. Je devrais pouvoir trouver une place chez une couturière. Si tu pouvais me prêter vingt ou trente livres, cela suffirait pour partir. Et pour survivre le temps de m'installer là où mon père ne me trouvera jamais.

Gordon demeura silencieux un instant, songeant à toutes les choses désastreuses qui pouvaient s'abattre sur une jolie fille inexpérimentée, fût-elle intelligente, courageuse et pleine de ressources.

Une pensée lui vint soudain.

— J'ai une meilleure idée, Callie. Épouse-moi. Nous pouvons être en Écosse dans deux jours, et nous sommes tous les deux en âge de nous marier sans permission.

Elle écarquilla les yeux.

— Et c'est moi que tu traites de folle ! Nous sommes trop jeunes pour nous marier, même si nous avons l'âge légal en Écosse. Le mariage, c'est pour toujours. Et puis, j'ai toujours voulu me marier par amour.

— C'est ce qu'ont fait mes parents et ça n'a pas été un succès, rétorqua Gordon. J'ai toujours pensé que, dans l'hypothèse improbable où je me marierais, ce serait avec une amie. Or, n'es-tu pas ma meilleure amie ?

Un pli se forma sur le front de Callie tandis qu'elle réfléchissait à sa proposition.

— Je suppose que me marier avec toi, ce serait mieux qu'avec un vieux planteur adipeux aux mains moites.

— Alors là, je suis flatté ! s'exclama-t-il avec un large sourire.

— Ce n'est pas ce que je voulais dire, tu le sais bien ! C'est juste que se marier semble si… si radical.

— Ça l'est, en effet. Mais être forcée d'épouser un homme que tu ne supportes pas l'est aussi. Et si un jour tu rencontres quelqu'un que tu souhaites vraiment épouser, je ne te mettrai pas de bâtons dans les roues. C'est plus facile d'obtenir le divorce en Écosse qu'en Angleterre. En attendant, tu seras plus heureuse avec moi parce que je n'essaierai pas de t'obliger à faire quoi que ce soit contre ton gré.

— C'est à prendre en compte, admit Callie. En nous mariant, nous nous libérerions de nos pères respectifs et nous pourrions veiller l'un sur l'autre.

— Et ce serait une belle aventure, assura Gordon, de plus en plus séduit par cette idée. À vingt et un ans, je toucherai la moitié de l'argent que mon parrain m'a laissé. Ce sera suffisant pour que nous vivions correctement. D'ici là, nous découvrirons à quoi ressemble la vie pour les personnes du commun. Nous trouverons du travail chez un hobereau. Tu pourrais être femme de chambre et moi je m'occuperais des chevaux.

— Tu as raison, ce serait une aventure ! s'exclama Callie en riant. Bien plus séduisante que d'épouser un horrible inconnu. Nous réussirons, Richard. Nous nous sommes toujours débrouillés. Au diable, les adultes qui nous répètent que nous sommes trop rebelles et mal élevés !

— Et trop indisciplinés et voués à mal finir ! renchérit Gordon.

Euphorique, il l'enlaça et l'embrassa. Ce qui commença comme un baiser entre amis s'acheva en… autre chose. Entre ses bras, Callie était douce, chaude, ferme, et, pour la première fois de sa vie, Gordon songea à elle comme à une fille. Non, pas une fille, une jeune femme mûre pour le mariage.

Elle aussi réagit à ce baiser. Elle se laissa aller contre lui et entrouvrit les lèvres. Une vague de chaleur déferla dans les veines de Gordon. Il avait certes déjà admiré des jolies filles et volé quelques baisers, mais là, c'était différent. Plus intense. Callie allait être sa femme et ils partageraient une intimité physique et émotionnelle au-delà de tout ce qu'il pouvait imaginer. Une perspective aussi inquiétante que grisante.

Callie s'écarta, les yeux brillants.

— L'aventure de toute une vie, dit-elle dans un souffle. Et plus vite nous la commencerons, Richard, mieux ce sera !

Un quart d'heure plus tard, ils partaient. Étant de nature économe, Gordon disposait d'une centaine de livres – une petite fortune. Après avoir placé l'argent à l'intérieur d'une pochette, dans sa ceinture, il s'habilla. Il donna à Callie un chapeau sous lequel elle pourrait dissimuler sa chevelure, ainsi qu'un manteau informe trop petit pour lui. À la vue du résultat, il ne put réprimer un sourire.

— Tu peux passer pour mon petit frère si on ne te regarde pas de trop près.

Callie pliait une mince couverture dans un sac de toile, qu'elle glisserait dans une sacoche de selle.

— Tant mieux, répliqua-t-elle. Cela compliquera les recherches éventuelles. Quelle route allons-nous prendre ?

— Il n'y a qu'une seule bonne route pour se rendre en Écosse. Toutefois, au-delà de Lancaster, mieux vaudrait couper vers l'est en empruntant des routes moins fréquentées. Ce sera plus long, mais moins risqué.

— Tu crois qu'on nous poursuivra ? demanda-t-elle en jetant le sac de toile sur son épaule. Même s'ils comprennent que nous nous sommes enfuis ensemble, ils seront peut-être enchantés d'être débarrassés de nous.

Gordon secoua la tête.

— Mon père ne me regrettera pas, c'est sûr. Je ne suis qu'un troisième fils et il ne m'aime pas. Ton père, en revanche, a conclu un mariage avantageux pour toi et il ne s'en tiendra sans doute pas là. Il leur faudra toutefois du temps pour comprendre que nous nous sommes enfuis ensemble. Si nous voyageons rapidement, nous pourrons atteindre l'Écosse avant qu'ils nous rattrapent.

Ils quittèrent la chambre sans bruit et Gordon se demanda s'il la reverrait un jour.

Ils sortirent par la cuisine, ajoutant au passage du pain et du fromage dans leurs sacs. Le vent d'ouest apportait des effluves de vapeurs soufrées en provenance du feu de mine de charbon qui brûlait non loin. Il ne regretterait pas cette odeur.

Dans les écuries, il sella deux chevaux qu'il savait très endurants et ils partirent. Ils allèrent bon train durant quelques heures sur la route éclairée par la lune. Toutefois, à l'approche de l'aube, le vent se chargea de pluie venue de la mer d'Irlande.

Même si elle se serait refusée à l'admettre, Callie tombait de fatigue.

— Arrêtons-nous quelques heures dans cette grange, proposa Gordon. Nous avons besoin de nous reposer, et les chevaux aussi. Et puis, avec cette pluie, on voit à peine la route.

Sans un mot, Callie tourna dans le chemin qui menait à la grange. Il n'y avait aucune ferme à proximité, ils seraient donc en sécurité. Après s'être occupés de leur monture, ils s'allongèrent côte à côte dans un tas de foin. Callie étendit sa couverture sur eux.

— Merci d'être venu à mon secours, Richard, murmura-t-elle. Nous faisons une bonne équipe tous les deux.

Il effleura le sommet de son crâne de ses lèvres. Il éprouvait une tendresse et un désir de la protéger inédits.

— C'est certain. Dors bien, Câline.

Il savait que leur fuite provoquerait un scandale dans la bonne société, mais ils étaient accoutumés à braver les conventions. C'était même un trait de caractère qu'ils avaient en commun. Le sourire aux lèvres, il sombra dans le sommeil.

— Ils sont là-dedans ! hurla une voix comme les portes de la grange s'ouvraient à la volée.

Un flot de soleil pénétra dans la grange. Gordon se débattit pour s'extraire du foin et se libérer de la couverture. Avant même que la silhouette de lord Stanfield, le père de Callie, s'encadre dans l'ouverture, il comprit. Et derrière lui, grands dieux, se tenait son propre père, lord Kingston ! Deux palefreniers des écuries Stanfield les suivaient.

— Lord George Audley ! Espèce d'immonde salaud, vous avez déshonoré ma fille !

Stanfield brandit le fouet de cocher qu'il avait à la main et l'abattit sur Gordon.

La mèche de cuir le fit vaciller. Avant qu'il ait pu reprendre son équilibre, les deux garçons d'écurie le saisirent chacun par un bras. Stanfield s'approcha et commença à lui marteler le visage et le ventre de ses poings massifs.

Poussant un cri strident, Callie s'accrocha à son père pour tenter de l'écarter.

— Arrêtez ! *Arrêtez !* Vous allez le tuer !

— Tant mieux ! éructa son père en lançant le genou dans le bas-ventre de Gordon.

La douleur fut si fulgurante qu'il s'effondra, un voile noir sur les yeux. Se jetant à terre, Callie le couvrit de son corps.

— Il ne m'a pas déshonorée ! hurla-t-elle. Il m'aidait à échapper à ce mariage infâme que vous voulez m'imposer !

Stanfield l'agrippa par le bras et la releva de force.

— Tu es toujours vierge ?

— Vu la distance qu'ils ont parcourue durant la nuit, ils n'ont pas eu le temps de faire grand-chose, commenta le père de Gordon, sarcastique. Du reste, je ne suis pas certain que ce garçon en serait capable. Je me demande si ce n'est pas un futur mignon. Difficile de croire que c'est mon fils, il est bien trop joli. Sa mère a été la pire erreur de ma vie.

Gordon lutta pour se relever.

— Fermez-la ! C'est ignoble !

D'un coup de pied, Stanfield le renvoya dans le foin.

— Ça vous ennuie si je le frappe à mort, Kingston ? demanda-t-il en décochant un nouveau coup à Gordon.

— Tuez-le si ça vous chante, répondit son père d'une voix suintante de mépris. J'ai d'autres fils, et des meilleurs que lui.

Il tourna les talons et sortit de la grange.

Stanfield s'apprêtait à frapper de nouveau Gordon lorsque Callie se jeta de tout son poids contre lui.

— Arrêtez ou il vous faudra nous tuer tous les deux. Jamais je ne vous laisserai l'assassiner !

Alors que son père hésitait, elle ajouta, frénétique :

— Si vous cessez de le frapper, je promets d'épouser votre horrible ami et de me conduire en femme obéissante ! Je suis vierge... Il ne saura jamais ce qui s'est passé. Mais vous devez me promettre que vous ne ferez plus de mal à Richard !

Son père s'immobilisa, les sourcils froncés.

— En dépit de ta conduite, je reconnais que tu n'es pas du genre à mentir. Jure-moi, continua-t-il, les yeux étrécis, de te montrer sage et obéissante et d'accepter ce mariage.

— Vous avez ma parole, répondit Callie avec amertume. Mais dites-moi comment vous avez découvert si vite que nous nous étions enfuis.

— L'une de tes sœurs a le sens du devoir, elle ! rétorqua son père. Elle t'a vue te faufiler dehors et a deviné ce que tu manigançais. Elle m'a réveillé, je me suis rendu à Kingston Court et lorsque lord Kingston a constaté que son fils aussi avait disparu, nous nous sommes lancés à votre poursuite. Satisfaite ?

Callie pinça les lèvres.

— Je devine de quelle sœur il s'agit. Qu'elle pourrisse en enfer !

— N'oublie pas ta promesse ! dit son père en la secouant. Tu te conduis bien et je ne touche plus à ton sale amoureux.

Callie se dégagea d'un geste brusque.

— Et vous n'ordonnerez pas non plus à vos domestiques de le frapper.

Il grimaça, mais hocha la tête.

— Tu as intérêt à te montrer une épouse sacrément obéissante ! Emmenez-la, ordonna-t-il à l'un des palefreniers.

Alors que l'homme entraînait Callie hors de la grange, Stanfield se planta devant Gordon, les poings sur les hanches.

— Je regrette de ne pas pouvoir achever le travail, lord George. Ce mariage vaut son pesant d'or, je ne vous tuerai donc pas. Mais, bon sang, ajouta-t-il avec un sourire mauvais, vous regretterez que je ne l'aie pas fait !

2

Londres, été 1814

Gordon s'ennuyait. Des mois que personne n'avait essayé de le tuer. Dieu merci, cette tranquillité fastidieuse allait prendre fin. Il avait été convoqué par lord Kirkland, qui était une source appréciable de missions requérant les compétences variées, et peu recommandables pour certaines, de Gordon.

Il était encore stupéfait que Kirkland et lui soient plus ou moins devenus amis. Ils s'étaient connus à la Westerfield Academy, un petit établissement d'élite qui accueillait des garçons « de bonne famille et de mauvaise réputation ».

Gordon avait détesté toutes les écoles dans lesquelles son père l'avait envoyé, Westerfield Academy étant la dernière en date. Il aimait apprendre, en vérité. Mais il comprenait très vite et était ensuite incapable de rester en place. À Kingston Court, lorsqu'il était enfant, ses frères et lui avaient eu pour précepteur un jeune pasteur. Compréhensif, il autorisait le plus agité de ses élèves à aller se promener pendant que ses frères peinaient à maîtriser le latin, les mathématiques ou la géographie.

Le marquis n'avait jamais compris ni accepté ce trait de caractère. Aussi, lorsque Gordon avait eu l'âge de partir en pension, l'avait-il inscrit dans l'un des établissements les plus sévères d'Angleterre afin que ses maîtres l'obligent à rester assis et à se conduire convenablement. En dépit des châtiments physiques censés le réduire à l'obéissance, Gordon s'était révélé de plus en plus indiscipliné. À la fin de l'année, on lui avait demandé de ne pas revenir. Ç'avait été la même chose avec l'établissement suivant, puis celui d'après, ce dont Gordon tirait une certaine fierté.

Lorsqu'il était arrivé à la Westerfield Academy, il était si révolté que même la calme et compréhensive lady Agnès Westerfield, fondatrice et directrice de l'école, avait été incapable de l'apprivoiser. Gordon haïssait l'école, il haïssait ses condisciples et rejetait toute offre d'amitié. Il séchait les cours à la première occasion et lorsqu'il y assistait, il affichait un ennui et un désintérêt ostensibles. Il avait mis un point d'honneur à réussir brillamment ses examens pour le simple plaisir d'exaspérer ses professeurs.

Gordon haïssait Kirkland. Malgré sa jeunesse, celui-ci possédait une intelligence froide, une maîtrise de lui qu'il trouvait exaspérantes. Il percevait la désapprobation de Kirkland dans chacun des regards que ce dernier posait sur lui.

Sa haine avait atteint son paroxysme lors de l'une des séances de Kalaripayattu organisées à l'école. Cette très ancienne pratique martiale avait été introduite à l'Academy par le jeune duc d'Ashton, à demi indien, et faisait désormais partie de l'enseignement traditionnel. Gordon aimait beaucoup ces combats qui lui servaient d'exutoire.

S'il percevait l'école comme une prison et en éprouvait de la colère, il était cependant rare qu'il perde vraiment son sang-froid. Un jour cependant, lors d'un cours de Kalaripayattu, la fureur s'était emparée de lui alors qu'il se battait contre un élève à la langue de vipère. Sa rage était telle qu'il aurait pu le tuer si Kirkland n'était pas intervenu. Celui-ci avait saisi Gordon par le col pour lui faire lâcher son adversaire, puis il l'avait projeté au sol et maintenu à terre.

— Contrôlez-vous ! lui avait-il ordonné d'une voix tranchante et subtilement menaçante.

Plus tard, Gordon avait été soulagé qu'on l'ait empêché de commettre un meurtre, même s'il méprisait le misérable crétin qui l'avait provoqué. Mais cette humiliation publique ne lui avait fait que haïr davantage Kirkland.

Et pourtant, c'est en sifflotant qu'il grimpait à cet instant les marches de l'élégant domicile de Kirkland, à Berkeley Square. Il cessa de siffloter juste avant de laisser retomber le heurtoir. Ce serait mauvais pour sa réputation d'apparaître trop joyeux.

— Lord Kirkland vous attend, capitaine Gordon, l'informa Soames, le majordome. Vous pouvez le rejoindre dès maintenant. Il est dans le salon de musique.

— Inutile de m'accompagner, dit Gordon en lui confiant son chapeau.

Alors qu'il montait l'escalier, il entendit le son du piano. Lady Kirkland, sans doute. On disait qu'elle jouait admirablement.

La porte du salon de musique était fermée. Lorsque Gordon la poussa sans bruit, les accords puissants l'enveloppèrent. Sans être fin connaisseur, il savait reconnaître une exécution talentueuse. Il s'arrêta pour savourer les harmonies vibrantes. Comment s'étonner que l'on enseigne l'art de créer de la musique aux jeunes filles ? Cela dit, rares étaient celles qui atteignaient ce niveau de perfection.

Pénétrant dans la pièce, il découvrit que Kirkland et sa femme, assis côte à côte sur la banquette du piano, jouaient ensemble. Leurs doigts volaient sur les touches, parfaitement coordonnés, et produisaient ce déchaînement de notes envoûtantes.

De surprise, il lâcha une exclamation étouffée. Kirkland releva la tête, pris de court.

— Désolé, j'ai perdu la notion du temps, dit-il en pivotant sur la banquette.

Il se leva et vint serrer la main de Gordon.

— Je vous remercie d'être venu si vite.

— Tout le plaisir est pour moi, assura Gordon. Je ne sais jamais quel projet intéressant vous avez dans votre manche.

— J'espère que ce qu'il a dans sa manche n'est pas trop dangereux, intervint lady Kirkland, qui se leva à son tour pour le saluer.

Si elle n'était pas d'une beauté classique, sa chaleur contrebalançait la froideur de son époux.

— Je suis contente de vous voir, capitaine Gordon, ajouta-t-elle.

— J'ai beaucoup aimé vous entendre jouer, dit-il avec sincérité. Je savais que vous aviez du talent, mais cela n'en a pas moins été une surprise et un plaisir. Et davantage encore en ce qui vous concerne, Kirkland. Si les jolies femmes sont censées avoir des talents musicaux, c'est beaucoup plus inattendu chez un responsable des services secrets.

Les deux Kirkland s'esclaffèrent.

— Aimeriez-vous assister à l'une de nos soirées musicales informelles ? s'enquit lady Kirkland. Une fois par mois environ, nous invitons quelques amis à venir jouer.

— Et à discuter. Et à manger, précisa Kirkland. Quelques-uns des plus grands plaisirs de la vie.

Le regard tendre qu'il adressa à sa femme laissait deviner quel plaisir il considérait comme le plus grand de tous.

— Ce serait avec joie, répondit Gordon, mais je n'ai aucune espèce de talent musical. Je ne connais rien aux instruments et je chante désespérément faux.

— Personne n'est obligé de jouer, précisa lady Kirkland. Il suffit d'apprécier la musique. Nous, les exécutants, avons besoin d'un public, après tout. Je vous enverrai une invitation la prochaine fois que nous organiserons une telle réunion.

— Je serai ravi d'y assister si je le peux, lady Kirkland, assura Gordon.

— Appelez-moi Laurel. Je vous suis trop redevable pour qu'il soit question de formalité entre nous.

Elle déposa un baiser sur la joue de Gordon avant de se diriger vers la porte.

La main sur sa joue, il la suivit du regard.

— Vous êtes un homme chanceux, Kirkland.

— Et j'en suis conscient, avoua celui-ci, qui désigna deux fauteuils disposés devant une fenêtre. Nous pouvons très bien nous entretenir ici. Je vais demander que l'on nous apporte du café.

Cela fait, il s'installa face à Gordon.

— Je crois que vous avez vécu parmi nos jeunes cousins des États-Unis ?

— Vous le savez pertinemment, répondit Gordon, qui se rembrunit. Je vous préviens : bien que nos deux pays soient en guerre, je ne me livrerai à aucune opération d'espionnage chez les Américains. Je les aime.

— Il n'est pas question d'espionnage. Cette guerre-là est une idiotie, un scandaleux gaspillage de vies et de ressources, et elle n'aurait jamais dû avoir lieu, déclara Kirkland. Il existe certes des raisons pour lesquelles nos pays en sont venus à s'affronter. Mais l'Angleterre aurait dû rester concentrée sur la France. Maintenant que Napoléon a abdiqué, l'armée de Wellington va quitter la péninsule Ibérique. Ce qui signifie qu'elle va porter ses efforts sur nos anciennes colonies et que la guerre là-bas va s'intensifier.

— En effet. Et en quoi cela me concerne-t-il ?

— J'espère pouvoir vous enrôler pour une mission de sauvetage, répondit Kirkland. Rien de politique, je vous rassure. Il s'agit d'une veuve d'origine anglaise qui vit dans la capitale américaine, Washington. Toute la région est devenue zone de guerre car la Royal Navy a investi la baie de Chesapeake. Elle brûle les villes et les fermes, et bombarde les forts américains. Tout peut arriver. La famille de cette femme s'inquiète des dangers qui la menacent et aimerait qu'on la ramène en Angleterre.

Gordon fronça les sourcils.

— Organiser une opération de sauvetage de l'autre côté de l'Atlantique demandera du temps et de l'argent. Comme vous l'avez dit, tout peut arriver entre maintenant et le moment où j'atteindrais l'Amérique. Cette femme n'a-t-elle pas assez de bon sens pour se mettre à l'abri en cas de danger ?

— Il y a eu un différend familial et ils ne connaissent pas sa situation financière. Il est cependant vraisemblable qu'elle soit dans la gêne.

— Être pauvre complique toujours la vie, acquiesça Gordon. Et si jamais elle ne voulait pas rentrer en Angleterre ?

— Dans ce cas, vous exercerez votre redoutable pouvoir de persuasion, rétorqua Kirkland, pince-sans-rire.

— J'ai fait pas mal de choses répréhensibles dans ma vie, mais je ne me mêle pas d'enlever des femmes contre leur gré.

— Moi non plus. J'ai averti la personne du gouvernement qui m'a demandé d'arranger cette affaire que je n'accepterais pas l'usage de la contrainte. Ce qui serait non seulement condamnable, mais également difficile, ajouta Kirkland avec un mince sourire. On peut compter sur les femmes pour avoir des idées bien à elles. Si celle-ci ne souhaite pas revenir au sein de la famille avec laquelle elle est brouillée, votre mission sera de l'accompagner dans un endroit plus sûr, du moins jusqu'à la fin des hostilités. Et si elle s'avère désargentée, vous lui fournirez les fonds dont elle a besoin. Il faudrait, au minimum, que vous découvriez dans quelle situation elle se trouve afin que sa famille sache à quoi s'en tenir.

Les affaires de famille, quelle plaie ! Méfiant, Gordon demanda :

— Pourquoi cette veuve est-elle brouillée avec les siens ?

— Je l'ignore. Le haut fonctionnaire qui m'a contacté, sir Andrew Harding, ne s'est pas montré bavard. Je pense toutefois que cette personne est une parente de sa femme.

Gordon avait entendu parler de Harding. Il était fort riche et très influent sur le plan politique. Un homme qui s'attendait à des résultats.

— Je ne pense pas pouvoir accepter cette mission, déclara-t-il. Si la veuve n'a plus de lien avec sa famille, l'adresse que celle-ci a pu vous fournir risque d'être fausse. Et en admettant que je la retrouve rapidement, elle refusera peut-être de rentrer en Angleterre. Sir Andrew devrait garder son argent. Il est peu probable que sa femme et lui obtiennent satisfaction.

— Je suis d'accord avec vous. Mais les gens ont parfois besoin de faire quelque chose parce qu'il leur est insupportable de ne rien faire.

Gordon comprenait ce désir d'action. Il réfléchit. Même s'il avait appelé de ses vœux une affaire un peu excitante, se jeter la tête la première dans une région en guerre, et sans beaucoup d'espoir de réussite, était un peu absurde. D'un autre côté, il se sentait fébrile ces derniers temps et, après tout, il existait peut-être une chance de sauver la damoiselle en détresse. En supposant qu'une veuve puisse tenir lieu de damoiselle et qu'elle accepte d'être sauvée.

— Il faudrait que je puisse passer pour anglais ou américain selon les circonstances, reprit-il. Si jamais je devais traiter avec la Royal Navy ou avec l'armée britannique, il serait bon que j'aie des lettres d'introduction d'hommes haut placés. Du genre, *Voici lord George Audley, donnez-lui tout ce qu'il demande.*

Kirkland laissa échapper un petit rire.

— Je ne peux rien vous fournir d'aussi extrême. En revanche, je peux vous donner des lettres qui vous assureraient une certaine considération. Et pour le transport ?

— Si je pars, j'aurai besoin d'affréter un navire acceptant de se rendre dans une région en guerre, et cela coûtera cher. Et il faudrait de préférence un équipage qui connaisse déjà la baie de Chesapeake.

— Compris. Vous aurez tous les fonds nécessaires. Je peux vous fournir un bateau, mais je ne suis pas certain d'avoir des matelots familiers de ces eaux-là.

— Cette affaire s'annonce un exercice aussi coûteux qu'inutile, déclara Gordon, ironique. Le bateau devra avoir une apparence anodine tout en étant rapide, bien armé, et disposé à hisser des pavillons de différents pays si on le lui demande. Il se peut que je connaisse un bâtiment répondant à ces critères. Encore faut-il que son capitaine soit libre et intéressé. Sinon, ce sera à vous de vous en occuper.

— Il semblerait que vous ayez décidé d'accepter cette mission, fit remarquer Kirkland, amusé.

— Apparemment, acquiesça Gordon. Quels sont les nom et adresse de cette femme ?

— Le hasard fait que son nom de femme mariée est Audley, le même que le vôtre, répondit Kirkland en lui tendant un papier. Auriez-vous un parent américain s'appelant Matthias Audley ?

Gordon haussa les épaules.

— Il y a peut-être un lien, mais Audley n'est pas un nom rare. Je doute que porter le même nom que moi pèsera lourd dans la balance si la veuve répugne à rentrer en Angleterre. À présent, continua-t-il en se levant, voyons si le navire et le capitaine auxquels je pense sont à Londres, en état de naviguer et bien disposés.

— Faites au mieux, Gordon, dit Kirkland, qui se leva à son tour tout en sortant une feuille de papier pliée d'une poche intérieure. Voici un chèque de banque pour le règlement des dépenses. Je m'occupe d'obtenir les lettres de recommandation, que je ferai envoyer chez vous. Si vous avez besoin de quoi que ce soit d'autre, il vous suffit de me le demander.

Gordon siffla en découvrant le montant inscrit sur le document.

— Ils veulent vraiment qu'elle rentre !

— Oui. Et si elle refuse, la famille veut s'assurer qu'elle a de quoi vivre confortablement.

— Si elle est dans la gêne, elle sera peut-être plus facile à convaincre. Croisons les doigts pour qu'elle soit désireuse de rentrer et que tout se passe au mieux.

— C'est rarement le cas, rétorqua Kirkland. Voilà pourquoi j'ai pensé à vous.

Gordon afficha un grand sourire.

— Je prends cela comme la reconnaissance de mes talents de crapule.

— Exactement, confirma Kirkland en lui tendant la main. Bonne chance et à Dieu vat.

Alors qu'il lui serrait la main, Gordon sentit un picotement à la base de la nuque. Il eut l'intuition qu'il aurait besoin de toute la chance possible.

La taverne du port était fréquentée par la fine fleur des négociants locaux, des fournisseurs de navires et des marins. Gordon parcourut la salle des yeux. Allait-il reconnaître l'homme auquel il avait donné rendez-vous ?

Il avait fait la connaissance de Hawkins au Portugal, dans une cave où ils étaient retenus prisonniers avec trois autres hommes, tous condamnés à être exécutés le lendemain matin. Unissant leurs efforts durant cette longue nuit, ils avaient réussi à s'évader. Ils avaient alors conclu un pacte : ils resteraient en contact les uns avec les autres par l'intermédiaire de la librairie Hatchards, à Londres, où ils enverraient des lettres adressées aux « Vauriens Repentis ».

Même si, par de rares billets parvenus à la librairie, Gordon avait une petite idée de ce qu'avait fait Hawkins ces dernières années, ils ne s'étaient pas revus depuis cette fameuse nuit à Porto. Ah, il était là ! Dans un des box alignés le long du mur de gauche. Comme l'homme levait sa chope en guise de salutation, Gordon se fraya un chemin jusqu'à lui.

Hawkins s'était levé et lui tendait la main. Les cheveux bruns, solidement bâti, il avait le visage buriné de l'homme qui passe une partie de son temps au grand air.

— Bonjour, Gordon, le salua-t-il de sa voix profonde. Ça fait plaisir de vous voir après toutes ces années.

— Des années bien remplies pour vous aussi, je présume, dit Gordon.

Après lui avoir serré la main, il se glissa sur le banc opposé à celui que Hawkins occupait.

— Je ne reconnais pas votre voix, ajouta-t-il.

Hawkins rit tout bas.

— La nuit où nous nous sommes rencontrés, je souffrais d'un léger cas de quasi-pendaison. Il a fallu du temps à mon organe vocal pour s'en remettre.

Il fit signe à une serveuse d'apporter à boire pour Gordon.

— Vous avez l'air en forme pour un homme presque pendu, fit remarquer Gordon. Je serais curieux de connaître votre histoire.

— Je vous la raconterai un jour, mais pas ce soir. Vous avez des nouvelles des autres membres de notre petite confrérie ?

— Will Masterson était avec notre armée à Toulouse au moment de l'abdication de Napoléon. On m'a dit qu'il avait démissionné et qu'il traversait la Péninsule pour rentrer au pays. J'ignore s'il a l'intention de faire un détour par la cave où nous avons partagé ce médiocre cognac, ajouta Gordon en souriant. Et dans laquelle nous avons discuté de ce que nous ferions au cas improbable où nous survivrions. Masterson a l'intention de mener à présent une vie rangée et ennuyeuse.

— Il sera peut-être rangé, mais je doute qu'il devienne ennuyeux.

Hawkins but une gorgée de bière, songeur, avant de reprendre :

— Je me demande si les cinq vauriens sont toujours en vie. Nous vivons des temps dangereux.

— Pour vous plus que pour la plupart des hommes, si j'ai lu correctement vos lettres occasionnelles. Vous avez fait profession de forcer les blocus ?

— Oui. Mais avec la paix revenue et moins de blocus à forcer, je serai peut-être obligé de devenir respectable,

— Avez-vous forcé des blocus dans des ports américains ? En particulier, dans la baie de Chesapeake ? Le cas échéant, je pourrais avoir un travail pour vous.

Hawkins plissa les yeux.

— J'ai navigué dans cette baie aussi loin que Baltimore. L'un de mes hommes a grandi dans le coin et connaît les eaux comme sa poche. Quel genre de travail ? Avec la Royal Navy qui ravage la Chesapeake, se rendre là-bas en ce moment serait encore plus dangereux que de forcer un blocus classique.

— C'est une mission de sauvetage et elle doit avoir lieu le plus tôt possible.

Après que Gordon lui eut décrit brièvement ce qu'on attendrait de lui, Hawkins réfléchit, puis lâcha :

— Cela ne semble pas si difficile, finalement. Mon *Zéphyr* est capable de distancer n'importe quel bâtiment de la Royal Navy. Si la rémunération est correcte, je suis preneur.

Gordon sourit.

— Alors discutons-en.

3

Washington, DC, 20 août 1814

Callie repoussa une mèche moite qui lui tombait dans les yeux et s'essuya les doigts sur une serviette avant de piquer une nouvelle épingle dans la soie délicate. Comme Washington, le général rebelle dont elle portait le nom, la jeune capitale était audacieuse et excitante comparée à son Lancashire natal. Pour autant, la chaleur estivale, lourde et humide, lui faisait regretter les étés doux et frais de son enfance. Elle planta une autre épingle dans la robe qu'elle rectifiait pour Mme Gerard, épouse d'un membre éminent du cabinet du président Madison et l'une de ses meilleures clientes.

Après avoir accepté le mouchoir de lin que lui tendait Sarah – intendante, cuisinière, assistante et amie de Callie –, Mme Gerard murmura un remerciement et déclara :

— Nous avons décidé de passer le reste de l'été dans notre propriété à la campagne. Nous y serons davantage en sécurité qu'ici. Et nous échapperons à la chaleur, ainsi qu'à la malaria qui sévit dans ces marécages.

Washington était connu pour son climat insalubre. Hélas, tout le monde ne possédait pas une maison à la campagne pour se soustraire à la touffeur estivale.

— Voilà plus d'un an que la Royal Navy dévaste la baie de Chesapeake, fit remarquer Callie. M. Gerard a-t-il une idée de ce qui va se passer à présent ?

— Avec l'abdication de Napoléon, les troupes britanniques vont être envoyées ici et les villes autour de la baie courent le danger d'une invasion. Si des soldats arrivent par le Patuxent, ils pourront marcher jusqu'à Washington, Annapolis ou Baltimore.

Ce genre de pensées avait empêché Callie de dormir. Heureusement, ses clientes la tenaient mieux informée que les journaux.

— Est-ce que Baltimore, avec son activité portuaire et ses corsaires, ne serait pas la cible la plus logique ? Il paraît que les amiraux de la Royal Navy appellent Baltimore « ce nid de pirates ».

— Oui, et à raison, acquiesça Mme Gerard. Mais je voudrais que cette guerre prenne fin.

— Moi aussi ! dit Callie. Je n'en ai jamais compris la raison.

Avant que Mme Gerard puisse répondre, la porte de la boutique s'ouvrit à la volée. Trey, le beau-fils de Callie, ses boucles noires en bataille, fit irruption dans le salon.

— Les Anglais ont débarqué sur le Patuxent !

Les femmes se figèrent.

— Quand on parle du loup, murmura Mme Gerard en pâlissant.

Callie refusa de laisser la peur prendre le dessus. À quatorze ans, si Trey éprouvait certes un intérêt enthousiaste pour la guerre, il n'avait toutefois pas pour habitude de propager des rumeurs non fondées.

— Où as-tu entendu cela ? lui demanda-t-elle.

— Un éclaireur de l'armée vient d'apporter la nouvelle au président Madison ! répondit Trey, tout excité. Et maintenant, l'éclaireur est à la taverne et il le raconte à tout le monde.

Callie eut la certitude glaçante que les Anglais allaient attaquer Washington. Si Baltimore était une cible plus précieuse, elle était plus difficile à atteindre. Non seulement la conquête de la capitale américaine serait plus aisée, mais la fragile nouvelle république en serait écrasée et humiliée.

La séance d'essayage se termina plus rapidement que prévu afin que Mme Gerard puisse rentrer chez elle sans délai. Désireuse de maintenir une vie normale le plus longtemps possible, Callie se tourna vers Trey et Molly, sa sœur, de deux ans plus âgée.

— Si nous faisions un sorbet au citron pour le dîner ? Courez vite acheter des citrons au marché. Molly, essaye d'empêcher Trey de faire des bêtises !

La jeune fille s'esclaffa.

— Je ne crois pas que ce soit possible !

La glacière que Callie avait fait creuser derrière leur maison était une bénédiction. Il y avait une glacière dans sa maison natale, en Angleterre, mais pas la chaleur qui rendait les glaces si merveilleuses ici.

Callie attendit que les enfants soient partis pour se tourner vers Sarah. Sarah Adams était une jolie femme d'une cinquantaine d'années. Son mari Joshua et elle avaient été esclaves sur la plantation jamaïcaine du mari de Callie, Matthew Newell. Lorsque Callie avait fui l'île avec les enfants, elle avait proposé à Sarah et à Joshua de l'accompagner. Ils avaient accepté et elle les avait aussitôt affranchis. Désormais, tous les deux constituaient sa famille autant que ses beaux-enfants ; une famille qui valait mieux que celle dans laquelle elle avait grandi.

— Que faut-il faire, mademoiselle Callista ? interrogea Sarah. Vous pensez que Mme Gerard a raison, que les soldats britanniques vont marcher sur Baltimore ?

Callie se mordilla la lèvre inférieure. Quel parti prendre pour assurer la sécurité de sa famille ?

— Mon instinct me dit qu'ils vont se diriger vers Washington.

— Votre instinct est toujours juste. Alors, que faisons-nous à présent ?

Callie prit une profonde inspiration.

— Vous allez quitter la ville. Commencez à rassembler le nécessaire pour les enfants et vous afin d'être prêts à partir demain matin.

— Et où irons-nous ? Dans la campagne, à l'ouest ? demanda Sarah, dubitative.

— À Baltimore, répondit Callie. La ville est beaucoup plus grande que Washington et elle est mieux défendue. En outre, il y a un endroit où vous pourrez vous installer. M. Newell possédait un entrepôt là-bas et il me l'a laissé. L'appartement situé au-dessus est assez sommaire, mais il fera l'affaire jusqu'à ce que vous puissiez revenir ici.

Un pli se creusa sur le front de Sarah.

— Pourquoi « vous » ? Vous ne venez pas avec nous ?

Callie secoua la tête.

— Toutes mes possessions se trouvent ici. Si la maison était détruite, nous serions dans une situation difficile. Étant anglaise, je devrais pouvoir convaincre les troupes britanniques de l'épargner.

— C'est trop dangereux ! s'exclama Sarah. Vous ne pouvez pas rester ici toute seule !

— D'autres femmes resteront en ville pour protéger leur habitation. Les soldats anglais ne sont pas des monstres, Sarah. Ils ont ordre de ne pas attaquer des civils non armés. Même l'abominable amiral Cockburn qui dévaste la baie ne s'attaque qu'aux propriétés et aux miliciens, pas aux femmes et aux enfants.

— Joshua devrait rester avec vous, insista Sarah.

— Les enfants ont besoin de vous deux, répliqua Callie.

Comme si elle n'était pas malade de peur, elle sourit.

— Rappelez-vous que M. Newell m'a appris à me servir d'un fusil. Au besoin, je serai capable de mettre en fuite d'éventuels pillards.

Comme Sarah ne se déridait pas, Callie ajouta :

— Peut-être que mon intuition me trompe et que les troupes anglaises ne s'approcheront pas de Washington. Peut-être que le simple fait que la population se prépare à évacuer la ville rendra superflue toute évacuation.

Sarah ricana.

— Le monde ne marche pas comme ça ! Bien, je vais commencer à préparer les bagages.

Lorsque son amie eut quitté la pièce, Callie fit le tour de celle-ci à pas lents. Elle avait transformé cette salle haute de plafond en un salon raffiné. La plupart des meubles étaient d'occasion, mais élégants. Dans un angle, un beau paravent oriental offrait aux clientes l'intimité nécessaire pour se changer. Des étagères installées par Joshua le long d'un des murs accueillaient les fournitures nécessaires à son métier : livres de patrons, rouleaux de tissus et boîtes de boutons et de passementerie.

Callie caressa du bout de l'index les dentelles et les rubans ; elle ramassa ensuite une poignée de boutons qu'elle laissa couler entre ses doigts. Elle avait travaillé dur pour bâtir cette affaire et cette existence et elle risquait de tout perdre sans y être pour quoi que ce soit. La vie était injuste. Elle en avait fait la douloureuse expérience dès sa jeunesse.

Elle s'arrêta devant une fenêtre et regarda dehors. La maison se situait sur l'un des axes principaux de la ville. Il se prolongeait jusqu'au Capitole, un bâtiment majestueux conçu pour montrer au monde entier que les États-Unis étaient une nation avec laquelle il fallait compter. Si les Anglais envahissaient la ville, ils emprunteraient peut-être cette avenue.

En tant que fille de baron, élevée en Angleterre, Callie n'aurait jamais imaginé avoir une telle existence. Tout ce qui était arrivé était sa faute, bien sûr. Si elle s'était montrée plus raisonnable, moins rebelle, son père ne l'aurait pas obligée à épouser un inconnu. Elle ne se serait pas sauvée avec son meilleur ami et celui-ci n'aurait pas péri dans un bateau-prison au cours du long voyage jusqu'à la colonie pénitentiaire de Nouvelle-Galles du Sud.

De toutes les erreurs qu'elle avait commises, la plus lourde à porter était celle d'avoir provoqué la mort de Richard. Il avait été tout aussi rebelle qu'elle. Elle se rappelait qu'ils s'amusaient à endosser différents rôles, comme s'ils jouaient des scènes dans une pièce de théâtre. Chevalier et damoiselle, guerrier grec et Amazone, Mars et Athéna... Il leur arrivait même parfois d'échanger les rôles et ils finissaient par rouler dans l'herbe en riant si fort qu'ils en avaient mal au ventre. Ah, Richard...

Consciente de la futilité des regrets, elle essaya de chasser ces pensées. Il n'empêche qu'il serait encore vivant si elle n'avait pas couru lui demander son aide, si elle n'avait pas accepté qu'ils fuient ensemble. Du moins, elle ne serait pas directement responsable de sa mort. Une fois assez âgé pour échapper au contrôle de son père, Richard aurait pu connaître le bonheur. Il était fort, intelligent et plus gentil qu'il ne se souciait de le montrer.

Alors qu'il aurait dû vivre pour être heureux, ses ossements reposaient à présent au fond d'un lointain océan.

Callie avait eu plus de chance. Quand bien même elle n'aurait jamais choisi d'épouser Matthew Newell, celui-ci s'était révélé un meilleur mari que prévu. Si leur mariage n'avait rien d'un grand amour, ils avaient appris à vivre en bonne entente. Elle avait pleuré la mort de Matthew quand son cœur avait lâché. Puis elle avait appris que ses beaux-enfants et elle-même étaient en danger et avait organisé leur fuite.

Ils étaient arrivés, épuisés mais sains et saufs, dans cette ville qu'elle connaissait un peu car son mari y avait fait des affaires. Callie avait jugé que sa famille y serait en sécurité. Elle avait changé leur nom de Newell en Audley, en hommage à son cher ami disparu, et ils avaient mené effectivement une existence paisible ces trois dernières années.

Mais la sécurité n'était jamais garantie. S'adjurant de ne pas perdre son temps en regrets, Callie s'assit à son bureau et commença à rassembler les papiers qu'elle remettrait à Sarah et à Joshua lorsqu'ils partiraient pour Baltimore. Elle avait fait des copies des documents qui prouvaient que les enfants et les Adams étaient affranchis. Elle leur remettrait le restant de ses bijoux afin que si le pire survenait pour elle et pour la maison, ils aient de quoi se bâtir une nouvelle existence.

Elle ferait tout ce qui était en son pouvoir pour assurer leur sécurité – et ne pouvait que prier pour que ses efforts suffisent.

4

Sur le Potomac, sud de Washington, DC,
24 août 1814

Le bateau de Hawkins, le *Zéphyr*, était encore plus véloce que Gordon ne s'y attendait et ils se retrouvèrent dans la région en guerre avec une rapidité surprenante. Alors que la goélette remontait le large fleuve, Gordon, appuyé au bastingage, à la proue du navire, regretta que cette mission n'ait pas lieu durant une saison plus froide. Il avait quitté sa redingote, mais sa chemise de lin lui collait aux épaules malgré la légère brise.

Des pluies abondantes avaient dû se produire en amont car les eaux du fleuve roulaient, boueuses, parfois chargées de troncs d'arbres et d'autres débris. Heureusement, le *Zéphyr* était agile.

Gordon s'interrogeait. Qu'allaient-ils trouver en atteignant Washington ? Un peu plus tôt dans l'après-midi, le bruit des canons avait résonné dans les collines verdoyantes du Maryland. À présent régnait un silence de mauvais augure. Des petits bateaux traversaient le fleuve en direction de la Virginie. Sans doute fuyaient-ils l'avancée des troupes ennemies.

Hawkins le rejoignit, une longue-vue à la main, et déclara :

— Si tout se passe bien, ce qui m'étonnerait, nous pourrions prendre le chemin du retour dès ce soir.

Gordon secoua la tête.

— Même si je parviens à retrouver cette femme et à la persuader de rentrer en Angleterre, il lui faudra du temps pour mettre sa vie dans des caisses. Un jour ou deux, au moins.

— Si votre veuve a le bon sens que Dieu a donné à un moineau, à l'heure qu'il est, elle aura quitté Washington, rétorqua Hawkins, pessimiste. Auquel cas, vous ne la retrouverez jamais.

— Exact. Mais comme nous y sommes presque, je me dois d'essayer, ne serait-ce que pour justifier tout l'argent que cette mission coûte à sa famille.

— Je ne peux pas me plaindre vu que je touche une bonne part de cet argent.

Hawkins leva sa longue-vue pour inspecter l'horizon.

— Il y a un voilier en difficulté devant, annonça-t-il. Il a dû heurter un haut-fond ou un banc de sable.

Même sans longue-vue, Gordon se rendait compte que le petit bateau était en très mauvaise posture. Sous ses yeux, il gîta dangereusement, ses voiles battant au vent, et la plupart des passagers s'agrippèrent au rebord, mais une petite silhouette bascula dans l'eau et fut aussitôt entraînée par le courant.

Tandis que l'enfant dérivait vers le *Zéphyr*, des cris féminins retentirent :

— Lizzie ! *Lizzie !*

Marmonnant un juron, Gordon évalua la situation. Apparemment, aucun membre de la famille de l'enfant ne savait nager et la vitesse du courant allait l'entraîner au-delà du *Zéphyr* avant que l'équipage ait le temps de mettre un canot à l'eau. Et aucun autre bateau n'était suffisamment proche pour se porter à son secours.

Il se débarrassa de ses bottes à toute allure, jeta son chapeau derrière lui et grimpa sur le plat-bord.

— Si vous voulez bien nous envoyer un canot, Hawkins, ce serait gentil.

— Vous êtes sûr de nager assez bien ? se contenta de demander le capitaine.

— Oui.

Gordon prit un instant pour évaluer le trajet prévisible de l'enfant, car une fois dans le fleuve, il ne la verrait plus aussi bien. Puis il plongea.

L'eau était agréablement froide lorsqu'il la fendit, puis se dirigea avec des gestes amples et puissants vers la petite fille. Il avait toujours aimé nager, et c'était dans une rivière du Lancashire que Callie et lui avaient appris ensemble. Ces dernières années, il avait nagé dans des mers plus agitées ; il devrait donc être capable de sauver une minuscule fillette.

Toutefois, maintenant qu'il était dans l'eau, le fleuve paraissait plus large et dangereux. Le succès de son entreprise dépendrait de sa capacité à atteindre Lizzie avant que ses vêtements gorgés d'eau l'entraînent à jamais vers le fond. Lorsqu'il jugea s'être suffisamment rapproché de l'endroit où le courant avait dû l'entraîner, Gordon s'arrêta et, d'un violent battement de jambes, se propulsa hors de l'eau aussi haut qu'il le put pour essayer de la repérer. Où diable était-elle ?

Là ! À une vingtaine de pieds sur sa droite, un visage pâle, à demi immergé, était sur le point de le dépasser. Avec des moulinets désespérés des bras, l'enfant réussit à sortir la tête pour prendre une goulée d'air avant de disparaître de nouveau sous la surface.

— Tiens bon ! lui cria-t-il dans l'espoir que cela l'encouragerait à continuer de se débattre.

Il s'élança avec force, conscient que s'il ne l'attrapait pas maintenant, elle était perdue.

La petite tête refit surface non loin de lui et de grands yeux bleus le fixèrent sans le voir. Puis elle s'enfonça de nouveau. Battant furieusement des jambes, il plongea.

L'eau était rapide et trouble, et ce fut une pure chance que ses doigts effleurent un morceau d'étoffe. Il l'agrippa, se débrouilla pour empoigner les jupes de la petite fille. Puis il remonta vers la surface.

Ils émergèrent au soleil. Accrochée à Gordon, ses bras noués autour de son cou, Lizzie se mit à tousser en crachant de l'eau. Ce fut tout juste si Gordon parvenait à maintenir leurs deux têtes au-dessus de la surface.

Elle devait avoir cinq ou six ans. Elle était donc assez âgée pour se rendre compte du danger qu'elle avait couru.

— Ne t'inquiète pas, Lizzie, tu es sauvée, parvint-il à dire. Essaye juste de ne pas m'étrangler.

La petite éclata en sanglots, mais eut néanmoins la présence d'esprit de desserrer son étreinte. Tout en la maintenant sur son côté droit, Gordon utilisait son bras libre et ses jambes pour les maintenir tous deux à flot. Regardant autour de lui, il vit que le *Zéphyr* s'était rapproché et qu'un canot se dirigeait vers eux. Un autre canot avait rejoint le bateau à voile endommagé et commençait à charger les passagers à son bord.

Hawkins lui-même se trouvait dans le canot tout proche. Parvenu au niveau de Gordon, il se pencha, les bras tendus.

— Passez-la-moi !

Gordon obéit. Crachant et gémissant, Lizzie fut extraite de l'eau, puis aussitôt enveloppée dans une grande serviette et remise entre les bras d'un matelot. Hawkins se pencha de nouveau, attrapa la main de Gordon et l'aida à se hisser à bord.

— Bien joué, dit-il sobrement.

— Il s'en est fallu de peu.

Gordon accepta une serviette et s'épongea les cheveux. Regardant en amont du fleuve, il demanda :

— Vous prenez le voilier en remorque ?

— Il est peut-être réparable et il n'est pas dans les habitudes d'un marin d'abandonner un bateau, expliqua Hawkins. À présent, allons voir quelles nouvelles de la guerre les passagers ont à nous donner.

« Ce serait bien, effectivement, d'avoir des nouvelles », songea Gordon en retirant sa chemise. Il l'essora avant de la remettre. Avec cette chaleur, elle sécherait vite.

Regagner le *Zéphyr* fut moins rapide car ils remontaient le courant. Lorsque le canot se plaça contre le flanc de la goélette, un garçon d'une douzaine d'années se pencha par-dessus le bastingage et cria :

— Maman, Lizzie va bien !

Sans effort apparent, Hawkins grimpa à l'échelle de corde, la petite fille coincée sous le bras. Gordon le suivit et atteignit le pont au moment où Lizzie et sa mère s'étreignaient.

Elles étaient entourées des naufragés du petit voilier, tous trempés. Il y avait là une femme âgée, une autre, noire et alerte, ainsi qu'un garçon et une fille dont l'âge se situait entre Lizzie et son grand frère. Ils formaient un groupe de réfugiés las et vulnérables.

Après s'être assurée que sa fille allait bien, la femme la confia à la nourrice et se tourna vers Gordon.

— Je m'appelle Abigail Green. Voici ma belle-mère, Alice Green, et le reste de la famille, dit-elle avec un geste de la main. On m'a dit que vous vous appeliez M. Gordon. Que Dieu vous bénisse pour ce que vous avez fait !

— Je suis heureux que nous ayons été assez près pour intervenir. Vous fuyez l'armée anglaise ? Nous avons besoin de tous les renseignements que vous pourriez nous fournir sur la situation.

Mme Green hésita.

— Vous et votre capitaine êtes anglais, n'est-ce pas ?

— De naissance, oui. Mais nous ne prenons pas part à cette guerre.

— Un bon nombre des hommes de mon équipage sont américains, intervint Hawkins. Mon pilote, Landers, est né et a grandi à St Michael's, juste de l'autre côté de la baie.

Landers, un rouquin efflanqué, confirma d'un hochement de tête.

— Mon père construit des bateaux pour combattre les Anglais, précisa-t-il.

Rassurée, Mme Green expliqua :

— Cet après-midi, il y a eu une bataille à quelques miles à l'est de Washington. À côté d'une ville du nom de Bladensburg. En vérité, ç'a été à peine une bataille. Il paraît que les miliciens américains se sont sauvés comme des poulets affolés. La route est désormais libre pour que les Anglais entrent dans la ville. C'est la raison pour laquelle nous nous dirigions vers la Virginie, où réside ma famille. Mon mari m'a fait promettre d'aller là-bas si les Anglais approchaient de Washington.

— C'est probablement le mieux à faire, dit Gordon. Votre famille vit à proximité de la rivière ?

— Oui, dans l'une des criques. C'est pourquoi j'ai pensé qu'il serait plus rapide de nous y rendre en bateau. Ç'aurait peut-être été plus sage de traverser en empruntant le Long Bridge, dit-elle après avoir haussé les épaules. Mais il est envahi par une foule de gens et de chariots qui fuient la ville. En outre, passer par là nous aurait amenés plus près des Anglais. Mais si nous avions perdu Lizzie…

— Nous ne l'avons pas perdue, mademoiselle Abby, intervint la nourrice, qui tapota la tête de sa maîtresse comme si elle était aussi jeune que Lizzie. Le Seigneur était avec nous.

— Je l'espère, répliqua Abigail, qui se mordit la lèvre. Je... je ne sais même pas si mon mari est vivant. Il était avec la milice.

— L'armée britannique a envoyé ici quelques-uns de ses meilleurs régiments, dit Gordon doucement. Des régiments que même l'armée de Napoléon n'a pas réussi à vaincre. À quelle distance est cette ville - Bladensburg ? - de Washington ?

— À cinq ou six miles, répondit Abigail. Ils pourraient entrer dans la capitale dès ce soir.

— Je suis ici dans l'espoir de venir en aide à un membre de ma famille, reprit Gordon, qui choisit de simplifier l'histoire. Une veuve qui n'a pas les moyens de retourner en Angleterre. Elle s'appelle Mme Matthias Audley. Vous ne la connaîtriez pas, par hasard ?

— Je la connais de réputation. C'est la meilleure couturière de Washington, dit-on, répondit Mme Green. Il se peut toutefois qu'elle soit partie. Beaucoup de gens ont quitté la ville, y compris la plupart des membres du gouvernement. C'est le chaos.

La situation semblait instable et dangereuse, songea Gordon.

— Il n'empêche que je dois tenter de la retrouver ou du moins de découvrir où elle s'est rendue. Y aller à cheval me donnerait plus de latitude pour suivre sa trace. Pensez-vous qu'il me serait possible d'en acheter ou d'en louer un ?

La grand-mère intervint :

— Nous pouvons vous aider. Notre plantation, Tucker Hall, se trouve sur la Tucker Creek, juste au nord d'ici du côté Maryland. Je pense que l'eau est suffisamment profonde pour que ce bateau puisse remonter la rivière sur environ un quart de mile. Il y a plusieurs chevaux dans l'écurie et mon mari est resté sur place pour protéger notre propriété. Racontez-lui ce qui nous est arrivé et dites-lui que je vous ai donné la permission de prendre un cheval. À mon avis, Samson est le plus indiqué. Il est grand, fort et de tempérament calme.

Gordon interrogea Hawkins du regard.

— J'avoue, dit celui-ci, que je préférerais ne pas aller jusqu'à Washington si une bataille doit bientôt avoir lieu. Je peux vous débarquer sur la Tucker Creek, puis conduire les Green en Virginie. Après quoi, je reviendrai et je jetterai l'ancre dans la rivière pour vous attendre.

Gordon acquiesça, puis s'excusa et descendit dans sa cabine pour préparer l'étape suivante. Il avait hâte de retrouver la terre ferme et de sentir de nouveau un cheval entre ses jambes.

Jusqu'à présent, il n'avait fait que voyager. Sa mission allait véritablement commencer.

Lorsque le *Zéphyr* eut remonté la Tucker Creek aussi loin que Hawkins le jugeait prudent, il laissa Gordon à un embarcadère. Le voilier endommagé fut attaché le long du quai en vue de réparations ultérieures. Un peu moins d'un demi-mile séparait la rivière de la plantation des Green.

À Tucker Hall, Gordon trouva le mari d'Abigail, vivant et indemne, même si la manche gauche de son uniforme bleu avait été déchirée par une balle de mousquet. M. Green et son père, un homme vigoureux d'une cinquantaine d'années, furent heureux d'apprendre que les autres membres de leur famille étaient sains et saufs, et éperdument reconnaissants à Gordon d'avoir repêché la petite Lizzie.

Le mari d'Abigail comptait se rendre en Virginie pour rejoindre les siens car il valait mieux qu'un officier de la milice ne tombe pas entre les mains des Anglais. Son père resterait sur place pour veiller sur leur maison.

Une demi-heure plus tard, Gordon se dirigeait vers le lieu des combats, vêtu en gentleman anglais et monté sur Samson, le cheval vigoureux qu'Alice Green avait recommandé.

Quelles étaient ses chances de trouver la veuve Audley là où elle était censée être ? À peu près nulles, selon lui.

Son instinct en matière de danger le trompait rarement et en cet instant, il lui soufflait que l'avenir ne se présentait pas sous d'heureux auspices.

5

Washington, DC, 24 août 1814

En temps ordinaire, la capitale des jeunes États-Unis bouillonnait d'activité. Quatre jours après le débarquement de l'armée britannique à proximité, Washington était désormais aussi déserte qu'une ville frappée par la peste. Callie n'avait pratiquement pas dormi. Au cœur de la nuit, elle avait vu les lueurs d'un incendie au nord-est. Un pont en train de brûler, devina-t-elle.

Ce matin, elle avait choisi ses vêtements avec encore plus de soin qu'à l'accoutumée. Elle portait une robe bleue, simple mais élégante, qui lui donnait l'allure d'une femme digne de respect. Elle avait rassemblé ses cheveux en un chignon strict car leur couleur était trop éclatante pour être vraiment respectable.

C'était à présent la fin de l'après-midi. Les tirs d'artillerie qui avaient résonné un peu plus tôt s'étaient tus. La bataille toute proche devait être finie, mais que s'était-il passé ? Callie arpentait nerveusement sa maison, oppressée par le silence et se désespérant de ne rien pouvoir faire.

Elle sursauta violemment lorsqu'on frappa à la porte. Son pistolet chargé dans la main gauche, dissimulé dans les plis de sa robe, elle entrouvrit la porte.

Un homme à l'air harassé, vêtu comme un fonctionnaire, s'inclina légèrement.

— Je suis M. Williams, du ministère des Finances, madame. Nous essayons de transporter le plus de documents possible hors de la ville. Auriez-vous un cheval et un chariot que mon ministère pourrait vous emprunter ? Je vous donnerai un reçu.

Callie se félicita que toute la maisonnée soit partie pour Baltimore dès le lendemain de l'attaque anglaise.

— Je suis désolée, répondit-elle, ma voiture et mes chevaux sont à Baltimore avec ma famille.

M. Williams soupira.

— Une décision sage, reconnut-il. Soyez prudente, ajouta-t-il en portant la main à son chapeau.

— Vous aussi, monsieur Williams.

Callie referma la porte. L'homme n'était pas le premier à se présenter en quête de moyens de transport pour des documents importants, mais il serait peut-être le dernier.

Elle avait dit aux deux jeunes couturières qu'elle employait de rester chez elles avec leur famille. Les rares personnes encore en ville étaient pour la plupart des femmes comme elle, qui espéraient sauver leur maison. Ce n'était pas un souhait sans fondement. On savait qu'autour de la baie de Chesapeake, des femmes avaient réussi à persuader les officiers britanniques de ne pas incendier leur demeure. Cela valait la peine de prendre le risque de rester.

Elle cousait l'ourlet d'une robe lorsqu'elle entendit des cris à l'extérieur. Lorsqu'elle ouvrit la porte, elle repéra un milicien à l'air éreinté qui descendait la rue d'un pas pesant.

— Il y a eu une bataille à Bladensburg, nous sommes en déroute ! lança-t-il en la voyant. Ce n'est plus qu'une question d'heures avant qu'ils arrivent. Verrouillez votre porte et priez !

Malgré l'imminence du danger, Callie se sentit étonnamment calme. Il est vrai qu'attendre n'avait jamais été son fort. Après avoir verrouillé la porte d'entrée, elle quitta la maison par la cuisine et emprunta une rue latérale pour aller avertir son amie Édith Turner, une veuve d'un certain âge qui avait été la première à l'accueillir dans la ville. Dans l'hypothèse d'une invasion, Édith avait rassemblé chez elle plusieurs amis trop vieux et trop faibles pour subir l'épreuve de l'évacuation.

À peine Callie eut-elle frappé qu'elle ouvrit la porte, le visage crispé par l'inquiétude.

— Vous avez des nouvelles ?

— Oui. Un milicien m'a informée que les Anglais ont mis nos forces en déroute à Bladensburg.

Édith étouffa un cri.

— Ce n'est qu'à quelques miles d'ici !

— Il a conseillé de verrouiller nos portes et de prier, ajouta Callie, qui serra brièvement son amie dans ses bras. C'est un bon conseil. Prenez soin de vous, Édith !

— Vous aussi, ma chère Callie.

Alors qu'elle regagnait sa maison, elle entendit une détonation à l'est, là où se déroulait la bataille. Les forces américaines venaient sans doute de détruire un autre pont pour ralentir l'avancée des Anglais. Non sans ironie, elle se demanda si les Américains n'infligeaient pas plus de dommages à leur capitale que ceux dont les Anglais se seraient rendus coupables.

Environ une demi-heure plus tard, alors qu'elle jetait un coup d'œil entre les rideaux, elle vit des miliciens qui battaient en retraite. Ayant remarqué le mouvement de l'étoffe, l'un d'eux s'adressa au jeune homme qui marchait à son côté et tous deux se dirigèrent vers l'allée qui menait chez Callie. De nouveau, le heurtoir retomba sur la porte. Comme les jeunes gens paraissaient plus effrayés que menaçants, elle ouvrit, munie toutefois de son pistolet.

— Bonjour, m'dame, salua le plus grand. On pourrait avoir un peu d'eau ? S'il vous plaît ? Moi et mon frère, on est prêts à tomber.

— Bien sûr. Mettez-vous à l'ombre pendant que je vais en chercher.

Devinant que d'autres hommes seraient assoiffés, Callie apporta deux seaux pleins d'eau ainsi que deux louches.

— Servez-vous. Il y en a autant que vous voudrez.

— Les seuls Américains qui savent se battre, c'est les gars de la flotte du contre-amiral Barney, déclara le plus grand avec amertume, après avoir bu avidement. Des mois qu'ils se battent dans la baie contre la marine anglaise. Eux, au moins, ils tiennent bon ! Y en a qui disaient qu'ils se battraient jusque dans les rues de Washington.

— Si des soldats sont inexpérimentés et que toute la compagnie s'effondre et bat en retraite, il ne servirait à rien que quelques soldats restent pour se battre, dit doucement Callie, devinant leur humiliation. Votre mère n'aimerait pas que vous vous fassiez tuer pour rien.

— La dame a raison, Jem, dit le plus petit des frères. M'man, elle nous tuerait de nouveau si elle pensait qu'on est aussi stupides.

Il but à longs traits, puis se versa une louche d'eau sur la tête.

— On a détalé aujourd'hui mais, bon Dieu, on se battra un autre jour !

— Ils prendront pas Baltimore ! renchérit Jem tout en remplissant sa gourde d'étain. Grand merci, m'dame. On va repartir. On a du chemin.

Après leur avoir souhaité bon courage, Callie remit de l'eau dans les seaux, qu'elle laissa en bordure de sa pelouse avec les louches. Puis elle regagna sa maison, tira les rideaux et attendit.

Il ne faisait pas encore nuit lorsqu'elle entendit le martèlement d'hommes marchant au pas. Une fois de plus, elle attrapa son pistolet. Une seule balle ne lui serait d'aucune utilité contre une armée, bien sûr, mais avoir une arme à la main la rassurait.

Elle entrouvrit les rideaux. Une troupe de plusieurs dizaines de soldats précédés d'officiers à cheval se dirigeaient vers les bâtiments officiels et l'un d'eux brandissait un drapeau blanc.

Callie poussa un soupir de soulagement. Peut-être que les Anglais voulaient négocier une rançon qui éviterait à la ville d'être détruite. Si elle pensait que le jeu en valait la chandelle, elle n'ignorait pas que beaucoup d'hommes étaient trop orgueilleux pour donner de l'argent à l'ennemi, même pour sauver la ville. Et puis, au cas où le gouvernement souhaiterait se montrer raisonnable, restait-il à Washington quelqu'un ayant autorité pour négocier ?

Elle observa les cavaliers. L'un d'eux, qui se tenait très droit, portait l'insigne de général de division. C'était sûrement Robert Ross, le commandant en chef des forces armées. Il avait été l'un des meilleurs généraux de Wellington lors de la guerre d'Espagne, et on le considérait comme un homme juste, honorable et respectueux des populations civiles. Celui qui chevauchait à côté de lui, en revanche…

Celui-là était un amiral de la Royal Navy, sans doute George Cockburn. Depuis des mois, il encourageait les massacres et les incendies dans toute la baie de Chesapeake, ce qui lui valait d'être l'homme le plus haï d'Amérique. Il avait détruit des villes entières en représailles des destructions américaines au Canada.

On disait que le frère aîné de Cockburn était mort en combattant les rebelles durant la révolution.

L'amiral avait donc une haine toute personnelle à l'endroit des Américains. Callie espérait que, étant sur la terre ferme, le commandement des forces revenait au général Ross plutôt qu'à l'amiral.

Alors que la troupe passait devant sa maison, Callie entendit du bruit à l'étage. Quelqu'un marchait ?

En une fraction de seconde, sa nervosité se mua en panique. Le verrou de la porte de la cuisine ne résisterait pas à un cambrioleur déterminé. Et l'escalier de service partait de la cuisine !

Serrant son pistolet, elle se dirigea vers l'escalier. Avant même qu'elle pose le pied sur la première marche, plusieurs détonations retentirent au-dessus de sa tête. Enfer et damnation ! Des soldats américains n'avaient pas renoncé à combattre et c'était *sa* maison qu'ils avaient choisie pour se mettre en embuscade !

Son horreur s'accrut lorsque, revenue à la fenêtre, elle vit le cheval du général Ross s'effondrer, entraînant son cavalier au sol. Plusieurs soldats derrière l'officier s'écroulèrent, blessés ou morts.

Les soldats firent aussitôt feu sur les étages supérieurs de la maison. Il y eut un échange assourdissant de coups de feu, un fracas de verre brisé, suivis d'une course dans l'escalier de service. Callie entendit claquer la porte de derrière. Les tireurs s'enfuyaient.

Dans la rue, le général Ross se relevait, apparemment indemne, Dieu merci. Certains de ses hommes, en revanche, s'en étaient moins bien sortis à en juger par les réactions de leurs compagnons.

Ross demanda un autre cheval. Une fois en selle, il lança un ordre à l'adresse du cavalier chargé du drapeau blanc. Celui-ci fut jeté à terre.

Callie resta pétrifiée, partagée entre le désir de se précipiter dehors afin de venir en aide aux blessés et celui, tout aussi puissant, de s'enfuir. Elle ne voulait pas abandonner sa maison alors qu'elle n'avait rien fait de mal. Mais les soldats anglais la croiraient-ils ?

Il y eut un bruit épouvantable du côté de la porte d'entrée et l'imposte de verre vola en éclats. Deux autres coups violents pulvérisèrent la porte et des soldats firent irruption dans le salon.

— Trouvez ces maudits tireurs ! hurla l'un d'eux.

D'instinctif, Callie leva son pistolet et le tint fermement à deux mains. Elle tirait bien et elle pouvait tuer ou blesser l'un des soldats. Mais lequel ? Elle visa le mince jeune homme qui venait en tête, mais il paraissait si jeune. Tous paraissaient si jeunes !

Tuer un seul homme ne la sauverait pas. Rabaissant son pistolet, elle déclara avec son accent anglais le plus pur :

— Je ne sais pas qui a tiré ! Je pense que des soldats américains sont entrés chez moi par la cuisine et se sont enfuis après avoir fait feu sur vous.

— On va les avoir !

Deux hommes repoussèrent Callie pour se précipiter à l'arrière de la maison. Les autres restèrent sur place.

Un caporal-chef lui arracha le pistolet des mains avant de lui asséner un violent coup de crosse sur le côté de la tête.

— Tu as tué mon ami, espèce de sale garce ! Tu vas le payer !

Étourdie, sur le point de s'évanouir de douleur, Callie ne put que crier :

— Je suis Catherine Audley, une veuve anglaise née dans le Lancashire ! Jamais je ne tuerais un soldat britannique !

— Vous avez une arme, et vos complices ont bien failli tuer le général Ross ! riposta-t-il.

Il jeta un coup d'œil au pistolet, puis le glissa dans sa ceinture.

— Démolissez le mobilier et empilez-le ici, on va mettre le feu, ordonna-t-il à ses soldats.

— Je suis *anglaise* ! répéta Callie, au désespoir. Je ne suis pas votre ennemie !

— Trop tard pour jouer les innocentes ! éructa-t-il.

Tandis que le caporal-chef l'agrippait par le bras et l'entraînait vers la porte, ses hommes entreprirent de démanteler les meubles. S'emparant d'une chaise, un soldat se mit à taper sur les étagères chargées de tissus et de fournitures.

Avec la crosse de son mousquet, un soldat pulvérisa la porte du cabinet vitré où Callie conservait ses boutons précieux, ainsi que les tasses en porcelaine dans lesquelles elle servait le thé à ses clientes. Ayant remarqué la coupe contenant les coûteux boutons en argent, il s'empressa d'en déverser le contenu dans son sac à dos avant de pousser le reste du cabinet au centre de la pièce. Un autre trouva la robe en soie sur laquelle Callie travaillait, la roula en boule et la lança sur le tas.

Frissonnant, Callie détourna les yeux. Elle était incapable de regarder ces vandales détruire la vie qu'elle s'était si laborieusement construite. Son ravisseur la tira brutalement sur la pelouse de devant. Un peu plus loin dans la rue, elle vit Édith Turner, les yeux agrandis d'horreur, les mains plaquées sur sa bouche.

Suivis du plus gros des troupes, Ross et Cockburn s'étaient remis en marche, laissant derrière eux quelques hommes pour venger l'attaque dont ils avaient été victimes. Le drapeau blanc gisait au sol, maculé de terre.

Les jambes tremblantes, Callie vit, par la porte d'entrée ouverte, les hommes jeter des torches sur la pile de meubles brisés. Les flammes palpitèrent, puis le bois s'embrasa et le feu s'éleva vers le plafond. Un soldat cria à un autre :

— Mick, tire quelques fusées Congreve !

Ledit Mick tira deux fusées de son sac à dos. Il lança la première, puis la seconde par les vitres cassées. Elles explosèrent et les flammes se propagèrent dans tout le salon avant d'embraser le reste de l'habitation. Callie regardait, hébétée, sa maison bien-aimée se transformer en brasier.

Lorsque des flammes jaillirent à l'extérieur, le caporal-chef tira Callie à l'écart. Même au milieu de la rue latérale, on percevait la chaleur infernale de l'incendie.

Le pire était encore à venir. Un soldat jaillit de l'arrière de la maison en agitant une bouteille de cognac. Elle circula parmi les hommes et fut rapidement vidée. Le dernier à boire la jeta dans le brasier et se tourna vers Callie, les yeux brillants.

— Moi, je dis qu'il faut la pendre ! Elle a salement blessé mon camarade et elle a failli tuer le général Ross. Pourquoi elle devrait encore respirer alors que plein des nôtres sont morts aujourd'hui ?

— Plus tard, peut-être, rétorqua l'homme qui tenait Callie. C'est une jolie dame distinguée et on devrait pas la gâcher. On va lui montrer ce que c'est qu'un soldat anglais.

Il attira Callie contre lui et plaqua sa main libre sur sa poitrine. Révoltée, elle se débattit et réussit à lui envoyer son genou entre les jambes. Il la lâcha en glapissant. Aussitôt, deux autres hommes se saisirent d'elle, l'air lubrique. Elle parvint à refermer la main sur le fusil de l'un d'eux et avait réussi à le lui arracher lorsqu'une voix férocement aristocratique rugit :

— Soyez tous maudits !

Callie et les soldats pivotèrent. Ils demeurèrent figés sur place en voyant un gentleman anglais monté sur un cheval blanc fondre sur eux. Ses vêtements devaient coûter davantage que la solde annuelle d'un soldat et ses yeux lançaient des éclairs.

— Lâchez ma femme ! ordonna-t-il.

6

La chevelure flamboyante de la jeune femme s'était répandue sur ses épaules, son élégante robe bleue était tachée de suie et elle avait les yeux agrandis d'horreur, et pourtant Gordon la reconnut instantanément. Mais que diable faisait son amie d'enfance au beau milieu d'une région en guerre ?

Les explications attendraient. Le cœur battant, il bondit de son cheval et braqua le pistolet qu'il tenait à la main.

— Lâchez-la ou je tire !

Face à son autorité incontestable, les hommes parurent se rappeler qu'ils étaient des soldats. L'agresseur de Callie la libéra et recula en bredouillant :

— Votre femme ? Mais... mais elle a dit qu'elle était veuve !

Son pistolet pointé sur le caporal-chef, qui semblait être le meneur, Gordon s'approcha de Callie et l'enlaça de son bras libre.

— Joue le jeu, Câline ! murmura-t-il contre ses cheveux.

L'usage de son surnom eut l'effet attendu. Il sentit son corps perdre de sa rigidité et elle referma les bras autour de lui en criant :

— Grâce soit rendue au Ciel, mon amour, je te croyais mort !

Elle éclata en sanglots. Gordon nota que l'étreinte de Callie ne gênait en rien le maniement de son pistolet. Personne n'avait l'esprit plus vif que sa valeureuse Câline.

Gratifiant les soldats de son regard le plus intimidant, il lança :

— Je suis lord George Audley, et j'ai été séparé de ma femme parce que je risquais ma vie au service du roi. C'est un véritable scandale de découvrir qu'elle a été agressée par des soldats britanniques ! Vous déshonorez l'uniforme que vous portez !

— Désolé, monsieur, balbutia le caporal-chef, mais une attaque a été lancée depuis cette maison. Le cheval du général Ross a été tué et plusieurs hommes aussi. Et quand on est entrés pour chercher les tireurs, elle avait un pistolet et elle avait l'air de savoir s'en servir.

— Celui que je t'ai donné pour te défendre, mon cœur ? s'enquit Gordon sans quitter le caporal-chef des yeux.

— Oui, répondit Callie d'une voix tremblante, mais je n'ai pas tiré. Une seule balle ne m'aurait pas sauvée et j'ai pensé à ce que ressentirait la pauvre mère du garçon en apprenant que son fils était mort.

— Voilà la femme que vous vouliez violer et tuer ! s'écria Gordon. Vous devriez avoir sacrément honte de vous !

— C'est lui qui a mon pistolet, reprit Callie en désignant le caporal-chef, et je veux qu'il me le rende. C'est la seule chose qu'il me reste de toi. Cela, et mon alliance, ajouta-t-elle d'une voix frémissante en levant la main gauche.

L'anneau d'or à son majeur étincela. Sa Callie avait toujours eu le sens du spectacle, songea Gordon.

Mal à l'aise, le caporal-chef s'avança et lui présenta le pistolet, crosse en avant.

— Désolé, madame. Faut dire que vous aviez l'air coupable comme le péché.

— Eh bien, elle ne l'est pas, répliqua Gordon avant d'effleurer de ses lèvres les cheveux de Callie. Je suis navré que tu aies dû endurer tout cela, ma douce. Mais je vais te ramener en Angleterre, où tu seras en sécurité. Nous pouvons prendre le bateau dès ce soir.

— Pas sans les enfants ! s'écria-t-elle.

Gordon cilla. Les enfants ? Certes, Callie s'étant mariée à seize ans, il n'aurait pas dû être surpris qu'elle ait des enfants. D'autant qu'il s'était passé tant d'années depuis qu'ils s'étaient vus pour la dernière fois.

— Naturellement. Je suppose que tu les as mis à l'abri. Où sont-ils ?

— À Baltimore.

Merveilleux ! Ses enfants étaient dans une ville que la moitié de la Royal Navy ne tarderait pas à assiéger, tandis que l'armée de Ross lancerait de son côté un assaut terrestre. Mais même un célibataire endurci savait que les enfants n'étaient pas négociables.

Gordon lui pressa la taille d'un geste qui se voulait rassurant.

— Dans ce cas, nous irons les chercher à Baltimore et nous les ramènerons chez nous, dit-il.

Reportant les yeux sur les soldats, il déclara froidement :

— Je comprends que vous ayez été en colère parce que le général Ross aurait pu être tué. Il ne l'a pas été et il est temps pour vous de rejoindre ses troupes. Et de l'aider à incendier le grand bâtiment gouvernemental qui se trouve à l'extrémité de cette rue.

Soulagés qu'il n'ait pas l'intention de rapporter leur mauvaise conduite à leurs supérieurs, les soldats s'éloignèrent sans demander leur reste.

Gordon garda le bras autour de la taille de Callie. Elle tremblait légèrement, ce qui n'avait rien d'étonnant. Lui-même était à la fois sous le choc de l'avoir retrouvée et horrifié à l'idée de ce qui aurait pu se passer s'il était arrivé quelques minutes plus tard.

Callie levait la tête pour lui parler lorsqu'une femme d'un certain âge sortit de la rue latérale, l'air bouleversé.

— Oh, ma chère Catherine, votre belle maison ! Je suis tellement désolée ! Vous n'êtes pas blessée ?

Callie s'écarta de Gordon et s'abandonna à l'étreinte de la femme.

— Richard, dit-elle ensuite, voici ma voisine et amie, Mme Turner.

Elle regarda le brasier avant d'ajouter d'une voix tremblante :

— J'avais espéré empêcher ce genre de destruction, Édith.

— J'ai vu les tireurs sortir en courant de votre cuisine. Des hommes de la flotte, je pense. De braves combattants. Je suis sincèrement désolée qu'ils aient choisi votre maison pour leur attaque.

Mme Turner posa un regard intéressé sur Gordon.

— C'est vraiment le mari que vous pensiez mort ?

— Oui, madame, répondit Gordon en s'inclinant. Lord George Gordon Richard Augustus Audley, pour vous servir.

— Bonté divine ! s'exclama Mme Turner à l'énoncé de ce chapelet de noms. Est-ce que cela ne fait pas de vous lady George Audley, mon petit ?

Callie eut un sourire en coin.

— Nous sommes en Amérique, Édith. Utiliser un titre anglais semblait déplacé. En plus d'être un peu prétentieux pour une couturière.

Des cris et des tirs retentirent à quelque distance. Mme Turner fronça les sourcils.

— Nous ferions mieux de rentrer. Dieu seul sait quel genre d'hommes circulent à présent dans Washington ! Je vous propose de venir dîner et passer la nuit chez moi. Il vous faudra partager une chambre, mais je ne pense pas que cela vous ennuiera.

— En effet, assura Gordon. Merci de nous accueillir. Nous avons beaucoup de choses à nous dire, n'est-ce pas, mon cœur ? ajouta-t-il en gratifiant Callie d'un regard affectueux.

— Depuis combien de temps ne vous êtes-vous pas vus ? s'enquit Mme Turner.

— Une éternité, répondit Callie avec un soupir. Je vous remercie de votre proposition, Édith, mais votre maison est déjà bien pleine. Nous pouvons passer la nuit dans la maison d'invités, au fond de ma propriété.

— Vous êtes sûre ? Ce n'est guère plus qu'une cabane.

— Certes, mais une cabane familière et confortable. Si vous en avez suffisamment, j'accepterai volontiers un peu de pain et de fromage, et peut-être un peu de votre délicieuse limonade.

— Je vais vous préparer un panier de ce pas, déclara Édith. Si terrible qu'ait été cette soirée, dites-vous qu'au moins, vos enfants et vos domestiques sont en sécurité, et votre mari est vivant ! Essayez de dormir, mon enfant. Vous avez l'air épuisée.

— Je le suis. Mais maintenant que mon mari est là, tout ira bien.

Tandis que Mme Turner regagnait sa maison, Callie murmura :

— Par ici, Richard.

Elle le précéda vers un bosquet situé à l'extrémité de son jardin.

— La maison d'invités était à l'origine l'habitation des esclaves, expliqua-t-elle. Mais il n'y a pas d'esclaves chez moi. C'est un endroit isolé et protégé par des arbres, il y fera donc plus frais que dans le grenier d'Édith. Il y a aussi une étable pour ton cheval. Elle est vide, car mes chevaux ont conduit ma famille à Baltimore. Il y a toutefois de l'eau et du fourrage à volonté.

— Tu possèdes plus de terrain que je ne l'aurais deviné en voyant la façade de la maison, fit remarquer Gordon.

Il reprit les rênes de son cheval et suivit Callie sur le chemin de briques illuminé par les flammes de l'incendie.

— Vu tout ce que nous avons à nous raconter, poursuivit-il, je suis heureux que nous puissions bénéficier d'un peu d'intimité.

Il avait hâte de découvrir comment Callie s'était retrouvée à Washington. Après quoi, sa prétendue femme et lui devraient coordonner leurs mensonges.

Tandis que Richard emmenait son cheval à l'écurie, Callie récupéra la clé de la maison d'invités sous l'un des pots de fleurs qui flanquaient la porte d'entrée. Soulagée, elle pénétra à l'intérieur. De taille modeste, la maison comprenait un salon meublé d'un vieux canapé et de quelques chaises ainsi qu'une petite chambre contenant une table de toilette, une armoire et un grand lit. Une minuscule alcôve dans le salon tenait lieu de cuisine.

L'ameublement était simple et la vaisselle constituée d'éléments divers en provenance de la grande maison, mais les murs blanchis à la chaux, le plancher de pin ciré et les carpettes aux teintes délavées offraient un décor apaisant. Il y avait une pompe à eau dans un coin et quelques denrées de base comme du thé et du sucre dans un placard de la cuisine.

Elle alluma une lampe, consciente d'avoir les nerfs à vif. La perte de sa maison et de son atelier était certes infiniment douloureuse, mais ses enfants et ses amis les plus proches étaient indemnes, du moins pour le moment, ce qui n'avait pas de prix.

Le plus extraordinaire, et le plus troublant, c'était la découverte que son ami d'enfance n'était pas mort, qu'il était séduisant au possible et, qu'une fois de plus, il avait volé à son secours. Mais comment diable avait-il pu surgir de manière aussi opportune ?

Callie était en train d'ouvrir les fenêtres lorsqu'une servante d'Édith apparut, escortée par un domestique qui portait un panier généreusement garni. Elle en examinait le contenu quand Richard entra, ses sacoches de selle en travers de son épaule.

Avec sa redingote bleue bien coupée, ses culottes de peau, sa chemise de lin blanc et ses bottes cirées, il semblait sur le point d'aller chevaucher dans Hyde Park en compagnie d'une lady. Après avoir déposé ses sacoches près de la porte, il se débarrassa de sa redingote, de sa cravate et de ses bottes. À présent, il avait l'air d'un gentleman admis dans le boudoir d'une dame. Large d'épaules, bien découpé, il était à coup sûr très viril. Se surprenant à le regarder fixement, elle s'obligea à baisser les yeux sur le panier de provisions.

— L'endroit est très plaisant et d'une fraîcheur indéniable, commenta-t-il en jetant un regard circulaire. C'est une chance que cette maison soit invisible de la rue. Tu as souvent des invités ?

— Presque jamais, mais je trouve que « maison d'invités » sonne beaucoup mieux que « ancienne case des esclaves ». En vérité, c'est davantage un lieu de retraite à mon usage. Parfois, je viens travailler ici lorsque je veux être tranquille ou simplement pour être seule. Et il arrive à mes domestiques, Sarah et Joshua, qui sont mariés, de venir passer une nuit ici lorsqu'ils ont envie d'intimité.

Tout en parlant, Callie avait coupé du pain, du fromage et du jambon. Elle les disposa sur un plat ébréché et sortit une bouteille de vin rouge du panier.

— Édith est si généreuse, murmura-t-elle. Tu t'occupes de la bouteille ? Il y a un tire-bouchon dans le tiroir de la cuisine et des verres dans le placard en dessous.

— Une très bonne idée, le vin, je trouve.

Il déboucha la bouteille, puis remplit deux verres. Il lui en tendit un, prit l'autre et le cogna doucement contre le sien.

— À notre survie !

— À notre survie, répéta-t-elle avant de boire une gorgée.

Bien qu'il fût à moitié dévêtu, Richard demeurait un gentleman anglais jusqu'au bout des ongles. Sa présence physique était toutefois indéniable et perturbante. Difficile à ignorer.

En digne gentleman, il tira une des chaises en bois qui entouraient la table de la cuisine.

— Si madame veut prendre place ?

C'est en riant qu'elle s'assit dans un froufroutement d'étoffes.

— Ces bonnes manières qu'on nous a inculquées enfants ne nous quittent jamais, n'est-ce pas ?

— Nous pouvons choisir de les ignorer, mais nous ne les oublions jamais, en effet, confirma-t-il en s'installant en face d'elle.

Il entreprit de confectionner un sandwich, qu'il présenta à Callie.

— Et ces bonnes manières, enchaîna-t-il, peuvent être très utiles pour convaincre d'autres personnes que l'on est bien élevé, même lorsqu'on est amoché et en guenilles.

— Cela t'est arrivé ? demanda Callie, curieuse.

— Oh, oui ! répondit-il avec un sourire de gamin malicieux, tout en préparant un deuxième sandwich.

Callie n'avait pratiquement rien mangé ces derniers jours et elle se découvrit affamée. Après deux sandwichs et un second verre de vin, elle se sentit prête à affronter ce qui allait suivre.

— Si tu veux bien m'excuser un instant, dit-elle en se levant, je voudrais me mettre à l'aise pour avoir moins chaud.

— Je t'en prie, acquiesça Richard en se levant courtoisement. La chaleur est redoutable ici. C'est un argument puissant pour retourner en Angleterre.

— Il fait aussi chaud à Washington qu'à la Jamaïque, mais sans la brise maritime. C'est contrebalancé par l'hiver, qui peut être sérieusement neigeux et glacial.

Une fois dans la chambre, elle referma la porte et entreprit de se débarrasser de sa robe et de son corset. Elle entendit un craquement sonore provenant de la grande maison. Sans doute une poutre qui s'effondrait. Il lui parut étrange que l'incendie continue, si proche, alors qu'elle se trouvait dans un monde entièrement différent.

Elle ne voulait pas penser à sa maison. Sa vie avait basculé à deux reprises avec une soudaineté fracassante et elle avait appris que regarder en arrière ne servait à rien. Se tourner vers l'avenir permettait de survivre.

Ce matin, elle avait choisi des vêtements qui se fermaient sur le devant afin de pouvoir se déshabiller sans aide. Ce fut avec soulagement qu'elle retira robe, jupons, chaussures et bas. Sa longue chemise de jour en mousseline ferait une chemise de nuit parfaite.

Il y avait une brosse à cheveux et un peigne dans le placard de la chambre. Callie retourna dans le salon avec l'un et l'autre, et se laissa tomber dans un fauteuil. À défaut de prendre un bain, se démêler les cheveux lui donnerait l'impression d'être un peu plus civilisée.

Richard, qui regardait par une fenêtre, se retourna à son entrée.

— D'après ce que l'on voit à l'horizon, il y a plusieurs incendies importants dans différents quartiers de la ville. Sans doute des bâtiments officiels. Ta maison exceptée, le général Ross laisse apparemment intactes la plupart des habitations privées.

Callie ne put retenir un soupir.

— Pourquoi ai-je eu cette grande chance d'être choisie par les combattants américains alors qu'il y a tant de demeures vides ?

— Si j'étais un tireur, je chercherais une maison solide, située sur la route que mes ennemis emprunteront et de préférence inoccupée. Ils ont pu penser que la maison était vide si tu étais discrète. Tu as simplement été très malchanceuse, conclut-il, compatissant.

En fait, il y avait eu du bon et du mauvais dans cette journée. Callie observa Richard qui se tenait dos à la fenêtre. Son physique lui était douloureusement familier et en même temps étranger. La lueur de la lanterne soulignait sa haute taille, la puissance de ses épaules, sa musculature longiligne. Si ses cheveux avaient légèrement foncé, ils restaient d'un blond éclatant. Quant à son visage, à présent que ses traits avaient perdu leur douceur juvénile, il était d'une beauté très masculine.

Comme elle, Richard avait ôté autant de vêtements que possible. Avec ses caleçons, son ample chemise qui tombait sur ses hanches et ses pieds nus, il était à peine décent. Callie s'obligea à détourner les yeux du triangle de peau nue à la base de son cou.

Elle percevait soudain avec acuité, et embarras, sa virilité. Jamais son ami Richard ne lui aurait fait le moindre tort ; elle n'en était pas aussi sûre s'agissant de lord George Audley, au service du roi, et qui avait maîtrisé un groupe de soldats en colère par la seule force de son autorité.

Décidant que mieux valait affronter le problème sans attendre, Callie se lança.

— C'est étrange... D'un côté, j'ai l'impression de te connaître aussi bien que moi-même, et en même temps, tu es un inconnu. Il est facile de comprendre comment tu as pu terrifier ces soldats avec juste quelques mots.

Richard haussa les épaules.

— C'est une technique que l'on apprend quand on commande à des hommes, ce que j'ai fait lorsque c'était nécessaire. Mais j'ai la même impression, avoua-t-il en s'adossant au chambranle de la fenêtre, les bras croisés. Devant moi se trouve la personne qui fut un jour ma meilleure amie et que j'ai perdue de vue durant la moitié de ma vie. Lequel de nous deux parlera le premier de toutes ces années passées loin l'un de l'autre ?

— Il y a tellement à raconter, nous parlerons à tour de rôle. D'abord, et c'est le plus important, je suis vraiment curieuse de savoir comment il se fait que tu sois vivant. Je n'arrive toujours pas à le croire.

Elle commença à brosser la pointe de ses cheveux.

— Qu'est-ce qui t'a fait croire que j'étais mort ? s'enquit Richard.

— Peu après mon arrivée à la Jamaïque, mon père m'a écrit que tu étais décédé des suites d'une horrible maladie sur le bateau-prison qui te conduisait à Botany Bay.

Callie en avait pleuré de chagrin et de culpabilité. Avec le temps, ces sentiments s'étaient estompés, mais n'avaient jamais disparu.

— Un homme si charmant, ton père.

Richard déboutonna ses manches et les roula, révélant ses avant-bras puissants.

— Il a pris beaucoup de plaisir à me raconter ce mensonge, j'imagine.

— Il a peut-être cru que c'était vrai. Les bateaux qui servaient à la transportation valaient à peine mieux que les négriers. La maladie s'est répandue dans notre bateau et de nombreux membres d'équipage sont morts. Comme j'étais valide et que j'avais un peu d'expérience, le capitaine m'a engagé comme matelot. Je me suis montré utile et il a fini par bien m'aimer. Mes bonnes manières, tu comprends, ajouta-t-il avec un sourire.

Callie haussa les sourcils.

— Ainsi, tu l'as convaincu que tu étais un jeune gentleman innocent, envoyé au bagne par un ennemi ?

— Je lui ai dit la vérité, répliqua Richard. Je ne sais pas si tu l'as su, mais j'ai été condamné pour t'avoir enlevée et pour avoir volé mon propre cheval qui, techniquement, appartenait à mon père. Si les faits ont été exagérés pour se débarrasser de moi, pour autant, ils n'étaient pas entièrement faux.

— Je vois bien mon père prenant plaisir à inventer des accusations, dit Callie, écœurée. Ton père n'a pas fait d'objection ?

— J'ignore quelle affection mon père éprouvait pour chacun de ses cinq fils. Il jugeait nécessaire d'avoir un héritier et il ne lui déplaisait pas d'avoir un ou deux fils de secours en cas de décès de l'aîné. Mais moi, il me haïssait. Je suis le portrait craché de ma mère, qu'il a d'abord adorée, avant de la détester. Ma présence lui rappelait sans cesse l'infidélité de celle-ci. Il voulait que je meure.

— C'est affreux ! s'exclama Callie, devinant la douleur que Richard s'interdisait d'exprimer. À l'époque, je ne me rendais pas compte à quel point ta situation était compliquée.

— Je ne pouvais pas en parler, pas même à toi. Mais c'est du passé. Je savais que lord Kingston me détestait, son comportement ne m'a donc pas vraiment étonné. J'ai décidé de rester en vie uniquement pour le contrarier. Lorsque le bateau est arrivé dans le port de Sydney, le capitaine a détourné la tête le temps que je plonge et que je gagne le rivage à la nage. Il a dû inscrire mon nom sur la liste des victimes ensevelies en mer. Aucune autre justification n'était nécessaire.

Elle essaya d'imaginer tout ce qu'il ne disait pas. Ce voyage avait dû être épouvantable.

— Comment as-tu survécu et réussi à retourner en Angleterre ?

— C'est une histoire longue et compliquée, qui peut attendre un autre jour. Disons simplement qu'il a fallu que je gagne de quoi parcourir la moitié du globe terrestre, ce qui m'a pris beaucoup de temps et m'a imposé de multiples détours. Et me voilà, dit-il avec un sourire ironique. L'un de nous deux aurait-il pu imaginer une telle scène il y a quinze ans ?

— J'ai de l'imagination, mais pas à ce point ! s'exclama-t-elle avant d'ajouter : Et par quel miracle es-tu arrivé au galop sur ton cheval blanc à l'instant précis où j'avais besoin d'aide ?

— On m'a engagé pour venir au secours d'une Mme veuve Audley et la ramener en Angleterre.

— Engagé ? répéta Callie, stupéfaite. Par qui ? Lorsque j'ai quitté la Jamaïque, j'ai coupé les ponts avec l'Angleterre.

— C'est peut-être pour cela que quelqu'un voulait te retrouver et te venir en aide s'il le fallait. C'est un certain sir Andrew Harding. Il s'est adressé à un gentleman de ma connaissance, et ce gentleman m'a demandé si j'étais d'accord pour accomplir cette mission.

— Tu as donc accepté de traverser un océan et de pénétrer dans une région en guerre pour secourir une inconnue ? Tu es devenu un dangereux aventurier, me semble-t-il.

— Pas vraiment. Je me considère davantage comme quelqu'un qui veut résoudre les problèmes lorsqu'ils se présentent. Cette mission était extrême, mais bien rémunérée.

— Tu avais mon adresse, fit remarquer Callie, les sourcils froncés, alors que j'avais fait mon possible pour effacer mes traces en arrivant ici.

— Tu n'as jamais entendu parler de sir Andrew Harding ? On m'a dit que Mme Audley était une parente de sa femme. Peut-être que cet homme est marié à l'une de tes sœurs.

Callie s'apprêtait à répondre par la négative lorsqu'un vague souvenir lui revint en mémoire.

— Je pense que cet homme est venu en visite à Washington peu de temps après mon installation ici, avant que la guerre éclate. Il devait être chargé d'une transaction commerciale officielle ou d'une mission diplomatique quelconque car le Président a donné une réception en son honneur. J'ai confectionné des robes pour plusieurs femmes qui étaient invitées et elles ont ensuite parlé de cette soirée, assez grandiose apparemment. Sa femme l'accompagnait. C'est étrange de penser qu'il s'agissait peut-être de l'une de mes sœurs et qu'elle m'a reconnue quelque part en ville !

— Le cas échéant, pourquoi ne t'a-t-elle pas abordée ?

— Peut-être que c'est celle de mes sœurs qui m'a dénoncé à notre père quand je me suis enfuie avec toi, avança Callie après réflexion. Elle a peut-être eu peur de ma réaction. À raison ! Si elle n'avait pas agi ainsi, tu n'aurais pas été pratiquement battu à mort et déporté à l'autre bout du monde.

— Dire que sans elle, nous aurions pu atteindre l'Écosse et nous marier, murmura Richard, songeur. Mais nous étions très, très jeunes. Trop jeunes pour le mariage.

C'était aussi l'avis de Callie. Toutefois, elle pensait qu'en dépit de leur jeunesse ils auraient pu être heureux.

— Quoi qu'il en soit, je me suis retrouvée mariée à un homme qui avait trois fois mon âge.

— Comment en es-tu arrivée à t'appeler Mme Matthias Audley ? Ton mari ne s'appelait pas Audley, n'est-ce pas ? Tu y aurais fait allusion lorsque tu essayais d'échapper à cette union.

— Il s'appelait Matthew Newell. J'ai choisi Matthias parce que cela ressemblait à son véritable prénom. Et Audley en souvenir de mon ami d'enfance depuis longtemps disparu.

— Je suis flatté. A-t-il été un mari odieux ? J'espère que non. Je me le suis souvent demandé. Si j'avais été du genre à prier, ajouta-t-il, j'aurais prié pour qu'il te traite bien.

Comment expliquer Matthew à Richard ? Elle hésita, puis répondit :

— Il s'est montré bon avec moi. J'aurais pu beaucoup plus mal tomber. Mais sa situation à la Jamaïque était compliquée, et comme il préférait éviter les conflits, les complications se sont multipliées.

— Au moins, il t'a bien traitée, conclut Richard en esquissant un sourire. Alors, combien d'enfants avons-nous ? Y en a-t-il un qui me ressemble ?

— Ils sont deux et ni l'un ni l'autre ne te ressemble. Ils sont quarterons.

7

Une grande partie de l'attention de Gordon était accaparée par la beauté de Callie, par la relative transparence de sa chemise, et par l'effort qu'il devait faire pour ne pas laisser deviner son intérêt. Il n'avait jamais songé à l'apparence de Callie lorsqu'ils étaient enfants – elle était alors l'indomptable amie aux cheveux d'or rouge et aux taches de rousseur. Il se rappelait sa surprise lorsqu'elle lui avait dit que le planteur des Antilles voulait l'épouser parce qu'il l'avait trouvée « tellement belle ».

À cet âge-là, si on lui avait posé la question, Gordon aurait dit qu'elle était jolie, sans plus. Leur familiarité l'avait rendu aveugle à la perfection classique de ses traits et à la grâce déliée de ses mouvements. Elle avait désormais des formes un peu plus pleines et c'était tout à son avantage.

Il s'efforça de se concentrer sur les dernières paroles de Callie.

— Être quarteron, c'est avoir un quart de sang africain et trois quarts de sang européen, n'est-ce pas ? Ton mari était à moitié africain ?

— Non, il était aussi anglais que toi et moi.

— Alors, c'est sa première épouse qui était à demi africaine ?

— Non plus.

Callie soupira, peut-être de soulagement en constatant que Gordon ne manifestait rien d'autre qu'un simple intérêt.

— C'est une histoire compliquée, reprit-elle. Il s'agit de mes beaux-enfants. Je n'ai pas eu d'enfant, mais je les considère comme les miens.

Elle afficha une expression de défi. Si les problèmes raciaux n'avaient pas dû faciliter son existence à la Jamaïque, soupçonnait Gordon, il était cependant évident qu'elle adorait ses beaux-enfants.

— J'aimerais entendre toute l'histoire, dit-il doucement. Ma curiosité naturelle n'a pas diminué avec le temps.

Elle esquissa un sourire.

— Est-ce qu'elle t'attire toujours des ennuis ?

— Sans arrêt. Mais j'en suis venu à comprendre que la curiosité était incurable. Pas toi ?

— J'ai probablement eu moins d'occasions que toi d'exercer la mienne, mais elle n'a pas disparu, admit-elle. Elle a juste été réprimée.

Peut-être en raison des responsabilités qu'elle avait dû endosser.

— Alors, quelle est cette histoire longue et compliquée au sujet de tes enfants ?

Un pli se forma sur le front de Callie.

— Il va falloir que je parle de mon mariage, qui est à la racine des complications.

— Je t'ai entendue jurer à ton père que tu te montrerais une bonne épouse docile s'il ne me frappait plus. Tu as payé le prix fort pour notre bêtise de cette nuit-là.

— Nous l'avons payé tous les deux, et le tien était plus élevé que le mien, répliqua-t-elle avant de repousser une mèche de sa joue. Je n'aurais pas choisi d'épouser Matthew, mais, comme je l'ai dit, c'était un homme bien. De ce qu'il m'a entendue dire lorsqu'il a rendu visite à mon père, il a déduit que j'étais du genre rebelle et que je pourrais être heureuse de quitter l'Angleterre pour m'installer dans un endroit exotique. Il était prêt à se remarier, je lui plaisais, alors il a demandé ma main.

— Et ton père était ravi de se débarrasser de toi contre monnaie sonnante et trébuchante, fit observer Gordon, sarcastique.

— Exactement. Par chance, Matthew était bien plus gentil que mon père. À propos, mon père est-il encore de ce monde ou a-t-il été emporté par une crise d'apoplexie ?

— Je l'ignore. Je ne connais même pas le sort du mien, avoua Gordon. Je n'ai pas eu de nouvelles de Kingston Court ou de Rush Hall depuis que j'ai été emmené et emprisonné.

Gordon avait été frappé si violemment qu'il n'avait pas eu conscience de grand-chose jusqu'à ce qu'on l'embarque à bord du bateau qui l'emporterait jusqu'à la colonie pénitentiaire,

— Des années se sont écoulées avant que je parvienne à regagner l'Angleterre, continua-t-il. Et à ce moment-là, je me contrefichais de ma famille.

— Avec un peu de chance, nos deux pères ont rejoint leur demeure éternelle qui est sûrement bien plus brûlante que la Jamaïque, déclara Callie d'un ton acerbe. Pour revenir à mon histoire, j'ai trouvé les Caraïbes belles et intéressantes, mais l'esclavage m'a horrifiée.

Gordon fit la grimace.

— Le transport d'esclaves depuis l'Afrique a été aboli et il est grand temps que l'esclavage lui-même soit déclaré illégal. Mais il y a énormément de planteurs dont les esclaves constituent la plus grande partie du capital et ils prétendent ne pas avoir les moyens de les affranchir. C'est une situation odieuse.

— C'est ce que Matthew m'a répondu lorsque j'ai essayé de le persuader de libérer ses esclaves. La plantation adjacente à la nôtre appartenait à des quakers. Ils ont affranchi leurs esclaves et versaient un salaire convenable à ceux qui voulaient rester. Matthew disait qu'il n'avait pas assez d'argent pour faire de même.

Elle soupira, puis ajouta :

— En tant que propriétaire d'esclaves, Matthew valait mieux que la plupart. Il m'a donné de quoi construire une église à leur usage et il regardait ailleurs lorsque j'allais dans leur quartier pour leur enseigner la lecture et l'écriture.

— C'est illégal, il me semble ?

— En effet, mais il laissait faire. Matthew et moi sommes devenus bons amis. Il était ravi d'avoir une jolie jeune femme comme maîtresse de maison et il n'était pas très exigeant. Nous nous entendions plutôt bien, jusqu'à ce que je découvre qu'il avait une maîtresse et des enfants. Ç'a été... un choc.

— Beaucoup d'hommes ont des maîtresses, murmura Gordon. L'apprendre par hasard a toutefois dû être douloureux. Comment est-ce arrivé ?

— Un jour, je suis partie à cheval dans une direction différente de celle que je prenais d'habitude. Je suis tombée sur une jolie petite maison dissimulée dans un coin difficile d'accès, même s'il n'était pas éloigné de la maison principale. Matthew était là avec Susannah et les enfants. Elle était tellement belle et ils formaient une famille si manifestement heureuse...

Callie prit une profonde inspiration.

— Ce fut l'un de ces moments où la vie change à jamais.

Gordon eut un hochement de tête compréhensif.

— Je vois. Dans un pays comme la Jamaïque, une esclave est acceptable comme maîtresse, mais elle ne pourra jamais être l'épouse légitime. Comment as-tu réagi ? C'est probablement une question trop personnelle, mais nous avons tous deux admis que nous étions des monstres de curiosité.

Callie eut un rire attristé.

— J'étais si abasourdie que j'ai violemment tiré sur les rênes et que mon cheval a failli me jeter à terre.

— Heureusement que tu es bonne cavalière.

— Certes. Reprendre le contrôle de ma monture m'a donné un peu de temps pour me ressaisir. Lorsque le cheval s'est calmé, j'ai vu que Matthew avait l'air à la fois embarrassé et belliqueux, et que Susannah et ses enfants paraissaient terrifiés.

— Pourquoi terrifiés ? Tu avais l'air prête à commettre un meurtre ?

— C'est possible, reconnut Callie. J'avais la réputation d'être une femme de caractère, alors Susannah craignait peut-être ma réaction. En vérité, l'influence que j'avais sur Matthew, je l'ai utilisée pour améliorer la condition de ses esclaves. Je l'ai persuadé de renvoyer un contremaître brutal et je m'assurais que les ouvriers aient une nourriture décente et des soins médicaux. Ce qui ne veut pas dire qu'elle avait tort de craindre ma réaction vu les circonstances.

— Tu terrifiais Matthew, lui aussi ?

— Très vraisemblablement, répondit Callie avec ironie. Je me montrais toujours polie et respectueuse, mais j'avais une personnalité plus affirmée que lui. Je crois que je le rendais nerveux.

Fasciné, Gordon demanda :

— Qu'as-tu fait après avoir découvert la famille secrète de ton mari ?

— J'ai dit à Susannah que les enfants et elle n'avaient rien à craindre de moi, et à Matthew que nous discuterions de cette affaire plus tard.

Alors que Gordon s'apprêtait à interroger Callie sur cette discussion avec son mari, des voix se firent entendre à l'extérieur. Il traversa la pièce en deux enjambées et éteignit la lampe. Comme Callie ouvrait la bouche pour l'interroger, il posa la main sur ses lèvres pour l'en empêcher et chuchota :

— Des soldats anglais en quête de butin, certainement. Mieux vaut qu'ils ne découvrent pas cette maison ou mon cheval.

Elle hocha la tête et il ôta sa main. Malgré l'obscurité, il avait une conscience aiguë de sa proximité. Il percevait son anxiété et son courage aussi.

Les paroles grossières devinrent plus nettes à mesure que les pilleurs se rapprochaient. La bouche de Gordon se durcit lorsqu'il comprit que les soldats recherchaient les maisons les plus intéressantes à cambrioler.

— Ce ne sont pas les hommes qui sont entrés dans Washington avec Ross, dit-il tout bas. Ils viennent probablement du camp britannique installé juste à l'extérieur de la ville.

Une voix à l'accent cockney lança :

— La maison blanche avec la porte bleue ! On va forcer celle-là. Le traître qui la possède, il roule sur l'or, et on mérite bien notre part !

— La maison des Marquand ! chuchota Callie, consternée. Ils se sont toujours montrés gentils avec moi. Tu ne peux pas faire quelque chose pour arrêter ces hommes ?

Parce que c'était Callie qui posait la question, Gordon réfléchit un instant, avant de répondre à regret :

— Désolé, mais les chances de dissuader seul des soldats qui ont peut-être bu et qui sont loin de leur chef sont faibles. Ça vaudrait la peine de prendre ce risque pour sauver une vie, mais pas des biens.

— Tu es très pragmatique pour un aventurier audacieux, dit-elle, pince-sans-rire.

— C'est ainsi qu'on a une chance de devenir un vieil aventurier, ce qui est mon objectif, rétorqua-t-il.

Comme les voix résonnaient toujours, il posa la main sur l'épaule de Callie pour la réconforter. Ce geste envers son amie d'enfance qui lui paraissait s'imposer aurait été plus facile si elle n'était pas devenue une femme séduisante.

CRAAASH !!!

Un fracas assourdissant retentit, dangereusement proche, accompagné d'un flot de chaleur et de débris volant dans le ciel nocturne. Une grêle de coups s'abattit sur le toit de la petite maison, comme si un géant furieux la martelait de ses poings, et des hurlements mêlés de jurons s'élevèrent du groupe de soldats. Comme Callie étouffait un cri, Gordon referma les bras autour d'elle. Elle tremblait.

— Ne crains rien, murmura-t-il. Ce sont sûrement les murs et la charpente de ta maison qui se sont effondrés. Des briques ont sans doute été projetées sur notre toit. Heureusement, ce refuge est suffisamment éloigné. Comme le sol est encore humide des pluies récentes, l'incendie ne devrait pas s'étendre.

— Désolée, d'ordinaire, je ne suis pas aussi impressionnable, dit Callie d'une voix mal assurée.

Elle ne fit pas mine de se libérer de son étreinte et il n'était pas pressé de la lâcher.

— Après une journée comme celle-ci, tu as gagné le droit d'avoir une bonne crise de nerfs. Cela ira mieux demain.

Les soldats se mirent bruyamment d'accord pour partir à la recherche d'une autre maison à cambrioler. Tandis que leurs voix s'éloignaient, Callie exhala doucement, puis s'écarta de Gordon.

— Tu as raison. Rester ici et pleurer sur ce que j'ai perdu ne sert à rien. Je partirai pour Baltimore dans la matinée.

À tâtons, Gordon trouva la bouteille de vin, remplit leurs verres et en glissa un dans la main de Callie, avant de l'entraîner vers le vieux canapé. Dans la pénombre, il avait une vive conscience de son corps si proche du sien. Il jura silencieusement. Le problème, c'était qu'il n'avait pas eu de femme depuis bien trop longtemps et qu'en conséquence, son corps réagissait trop fortement à la délicieuse féminité de Callie.

Mais il ne s'agissait pas d'une veuve quelconque, dont le regard provocant lui aurait signifié son intérêt pour un plaisir partagé. Il s'agissait de son amie Callie, qui venait d'endurer une journée épouvantable et qui, semblait-il, avait eu une vie plutôt éprouvante.

Il se contenta de lui prendre la main pour la réconforter.

— Ta vie a-t-elle changé après la découverte de la maîtresse de ton mari ?

— J'ai chassé Matthew de mon lit. Sa première épouse, une Anglaise, était apparemment horrible, et c'est sans doute pourquoi il s'est attaché à Susannah. Je lui ai dit que je continuerais à assurer mon rôle de maîtresse de maison et de femme de planteur, mais qu'ayant rompu son serment de fidélité, il avait perdu l'exercice de ses droits conjugaux.

Gordon ne put réprimer un sourire. Il retrouvait la Callie courageuse, entière, avec laquelle il avait grandi.

— Beaucoup d'hommes n'auraient pas bien pris la chose.

— Je pense que Matthew a été soulagé de n'avoir plus à mener une double vie… Il aimait sincèrement Susannah et leurs enfants, et eux l'aimaient aussi.

— Tu as envisagé de retourner en Angleterre ?

— Dans l'enfer qu'était la maison de mon père ? Ou en femme pathétique, délaissée par son mari, sans enfant et sans raison de vivre ? Non. À la Jamaïque, j'avais de quoi faire et mon travail était utile. Une fois retombée la poussière de ces événements, Matthew et moi nous sommes très bien entendus.

— Cela semble néanmoins être loin d'un mariage idéal.

Callie haussa les épaules.

— Il y en a beaucoup de pires. Matthew me traitait avec gentillesse et respect, et j'étais libre de faire ce que je voulais la plupart du temps. Et cela me plaisait, précisa-t-elle, un sourire dans la voix. La vie est bien plus agréable pour une femme lorsqu'il n'y a pas d'homme pour lui créer des problèmes.

— Devrais-je me sentir insulté au nom de mon sexe ?

— Tu as toujours rendu ma vie meilleure, pas pire, répliqua-t-elle en riant. Mais tu n'es pas un homme normal.

— Là, je suis à peu près sûr que c'est une insulte, dit-il, amusé.

— Considère cela comme un compliment. Matthew était un homme plutôt faible, mais il avait le cœur bon. J'ai eu de la chance que ce ne soit pas une brute alcoolique, comme le sont trop souvent les planteurs.

— Et lui a eu de la chance que tu sois capable d'accepter la situation et d'adapter votre union de manière satisfaisante pour tous les deux.

— J'ai été beaucoup plus heureuse lorsque j'ai cessé de considérer Matthew comme mon mari. Une fois la vérité révélée au grand jour, Susannah et moi sommes devenues amies. C'était une femme délicieuse et je me suis attachée aux enfants. J'ai veillé à ce qu'ils reçoivent une éducation identique à celle de n'importe quels enfants légitimes de planteur.

Callie fit une pause et reprit d'une voix enrouée :

— Quand Susannah a été mourante, je lui ai juré de veiller sur eux comme si c'étaient les miens.

— Je suppose que Matthew les avait affranchis tous les trois ?

Callie lâcha un juron.

— Il avait dit qu'il le ferait, malheureusement, il n'a jamais pris les dispositions nécessaires. Sa mort, peu après celle de Susannah, a mis ses enfants en danger.

— Raison pour laquelle tu as fui la Jamaïque avec eux ?

— Oui. J'ai aussi emmené les parents de Susannah. Sarah et Joshua sont à demi européens, étant nés d'un planteur et d'une esclave. Sur la plantation, ils étaient respectivement intendante et majordome de la maison, et ils adorent leurs petits-enfants. Je leur ai proposé de venir avec nous et je leur ai procuré les papiers prouvant leur affranchissement. Mais un problème légal risquait de se poser. En effet, Matthew avait un fils légitime de sa première épouse. Henry est l'héritier de la plantation et ce n'est pas le genre d'homme à libérer des esclaves de valeur.

— Et donc tu es venue ici et tu as changé votre nom, dit Gordon, qui comprenait enfin. Pour que Henry ne puisse pas vous retrouver, les enfants et toi.

— Exactement. Ayant accompagné Matthew à Washington et à Baltimore à plusieurs reprises, je connaissais les deux villes. Enfin, Washington est davantage une bourgade qu'une ville, même si elle aspire à grandir. C'était du moins le cas avant que les Anglais décident d'incendier les bâtiments importants. Baltimore est plus développée et Matthew y possédait un entrepôt au-dessus duquel se trouve un logement. C'est là que j'ai envoyé ma famille. Il faut maintenant que je les rejoigne pour m'assurer qu'ils vont bien.

— Comment comptes-tu t'y rendre ? La plupart des habitants de Washington ont fui avec sans doute tous les chevaux, voitures et chariots disponibles.

— J'irai à pied s'il le faut, déclara Callie avec calme. Je peux atteindre la ville en deux ou trois jours. Et avec un peu de chance, un chariot ou une voiture pourra me prendre au passage.

Gordon fit la grimace à la pensée de Callie traversant à pied une campagne rendue dangereuse par la guerre.

— Ce n'est pas une bonne idée, dit-il. J'ai une alternative à te proposer. Je suis venu de Londres sur un bateau qui est à présent à l'ancre dans l'un des affluents du Potomac. Nous pourrions donc naviguer jusqu'à Baltimore.

— Ce n'est pas non plus sans danger, mais j'y penserai demain. Je suis tellement fatiguée que mon cerveau refuse de fonctionner.

Elle eut un soupir las.

— Nous pourrions peut-être dormir à tour de rôle, ajouta-t-elle. Pour monter la garde au cas où d'autres soldats viendraient rôder par ici.

— Ne t'inquiète pas de cela, dit Gordon en se levant. J'ai le sommeil léger et je n'ai pas eu une journée aussi épuisante que toi. Je monterai la garde. À présent, il faut que tu dormes.

Il souleva Callie du canapé, lui arrachant un petit cri de surprise. Elle se détendit cependant tandis qu'il la portait dans la chambre. Heureusement, la petite pièce n'était guère meublée, ce qui lui évita de trébucher et d'altérer le panache de son geste.

Quand il l'eut déposée du côté du lit le plus proche du mur, elle murmura :

— Il y a une courtepointe légère pliée au bout du lit...

L'atmosphère avait un peu fraîchi et il étendit la courtepointe sur elle. Elle dormait déjà.

Il ne lui avait pas menti en disant qu'il avait le sommeil léger, et il savait que son cerveau resterait en alerte. Rien ne justifiait donc qu'il ne profite pas lui aussi de ce lit, qui paraissait incomparablement plus confortable que le sol ou le canapé. Avec précaution, il s'allongea près de Callie et, exhalant un long soupir, il roula sur le flanc et posa le bras sur sa taille.

Ils étaient dangereusement proches, d'autant qu'elle ne portait qu'une mince chemise et qu'il n'était guère plus vêtu. Il n'empêche que pour la première fois depuis un nombre incalculable d'années, tout lui sembla à sa place dans le monde.

8

Callie fut brusquement tirée de son sommeil par un tir de canon. Non, un coup de tonnerre, en fait, car un éclair illumina ensuite brièvement la pièce. Elle se détendit, préférant mille fois un violent orage à une attaque d'artillerie.

Elle sommeilla, avec la délicieuse impression que toutes les fibres de son corps se relâchaient. Un autre éclair, suivi d'un coup de tonnerre qui fit trembler le toit, la réveilla davantage. La mémoire lui revint d'un coup, et elle comprit, sous le choc, qu'elle n'était pas chez elle, dans son lit, parce que sa maison avait été incendiée par les Anglais.

Elle était dans la maison d'invités et elle n'était pas seule dans le lit. Cette fois, la panique la réveilla complètement. Puis elle se détendit. Il s'agissait de Richard, miraculeusement vivant. Il était couché sur le côté, un bras posé sur sa taille. Même dans l'obscurité, elle le reconnaissait à son odeur, à cette essence particulière, mystérieuse, qui n'appartenait qu'à lui.

Elle fut soulagée lorsqu'il remua et ôta son bras.

— Vos orages sont aussi extrêmes que vos températures, marmonna-t-il.

— C'est vrai. Mais la pluie devrait éteindre les incendies et c'est une bénédiction.

Callie s'étira voluptueusement, le dos creusé et les bras tendus au-dessus de la tête.

— Je ne me rappelle pas avoir jamais aussi bien dormi. Avec toi, je me sens en sécurité. Tu te souviens quand nous avons décidé d'utiliser nos autres prénoms ?

— Oui, il pleuvait, quoique pas aussi fort que maintenant, répondit Richard. Nous étions très jeunes. Nous étions allés jusqu'au lac de Kingston Court et nous avons été surpris par l'orage au retour. Nous nous sommes réfugiés dans une grange. Tu m'as dit que je n'avais pas une tête de George et tu m'as demandé quels étaient mes autres prénoms.

— Je préférais Gordon, dit-elle en riant, mais c'était trop dur, et Augustus est pompeux. Richard est plus doux et chaleureux. Ça te ressemble davantage.

Depuis ce jour-là, il avait été Richard pour elle.

— Rares sont les personnes qui me considéreraient comme doux et chaleureux, avoua-t-il. À part ma nourrice, personne d'autre ne m'a jamais appelé Richard. Mais j'aimais l'idée que nous ayons chacun un prénom secret. Nous en avons donc choisi un parmi les tiens.

— Tu as décrété que Catherine était trop digne pour une gamine aussi indisciplinée que moi. Il restait donc Callista, que tu t'es empressé de raccourcir en Callie.

— C'est un prénom peu commun, comme toi. Mais Callie est plus malicieux. J'aimais l'idée que Callisto soit l'une des chasseresses d'Artémis dans la mythologie grecque.

— Et moi, j'aimais l'idée d'être une chasseresse. J'ai appris plus tard que ce nom signifie « la plus belle ». Je suis sûre que ce n'était pas voulu de ta part.

— En y repensant, tu étais une petite fille remarquablement jolie. Mais je ne l'ai jamais remarqué à cause de tes cheveux en bataille et des traînées de poussière sur ta figure.

— Ah ! Tu valais mieux, peut-être ?

— J'étais pire, admit-il. Nous nous encouragions mutuellement à faire des bêtises.

— Nous n'avons toutefois jamais été méchants avec les autres enfants. C'étaient des jeux innocents. Je suis si heureuse d'avoir retrouvé mon frère, soupira-t-elle, non sans nostalgie.

À la lueur d'un éclair, elle eut le temps de voir que Richard haussait les sourcils.

— Tu as un frère, répliqua-t-il, et ce n'est pas moi.

— Je me souviens à peine de Marcus. Il était si jeune lorsque j'ai quitté l'Angleterre. Il vient d'avoir vingt et un ans. J'imagine que mes parents ont donné un grand bal pour célébrer la majorité de l'héritier.

— Très vraisemblablement, acquiesça Richard. Mais ici et maintenant, je tiens à préciser que je ne suis pas ton frère et que je ne te considère pas comme une sœur.

— Pourtant nous étions comme un frère et une sœur, protesta Callie. Tu n'avais pas de sœur et mon frère n'était pas assez grand pour faire un compagnon de jeux. Nous commettions ensemble les bêtises communes à une fratrie : patauger dans la boue du ruisseau, monter à cheval et apprendre à sauter les barrières, et couvrir mutuellement nos désobéissances. Nous étions punis ensemble, aussi. Tu étais un bien meilleur frère que mon véritable frère.

— Je ne suis *pas* ton frère, insista Richard avec une pointe d'agacement.

— Non ?

Callie cligna des yeux lorsqu'un éclair illumina fugitivement son visage aux traits fermes. Elle éprouva une sensation de perte, comme si, en niant leur relation d'enfance, il lui confisquait la partie de son passé qu'elle chérissait.

— J'aimais bien t'avoir pour frère.

— Je ne suis pas ton frère, répéta-t-il, cette fois d'une voix dure.

Et, s'inclinant vers elle, il l'embrassa.

Lorsque les lèvres de Richard couvrirent les siennes avec détermination, Callie tressaillit. Ce n'était pas ainsi que les choses étaient censées être !

Pour autant, sa réaction fut aussitôt suivie par des sensations qu'elle n'avait jamais éprouvées. Des ondes brûlantes qui se propageaient de sa tête à ses pieds, éveillant au passage chaque parcelle de sa chair.

Lorsqu'on l'avait mariée à un homme trois fois plus âgé qu'elle, c'est à peine si elle commençait à s'intéresser au sexe opposé. Et si Matthew s'était toujours montré attentionné, elle n'avait jamais ressenti autre chose qu'une vague curiosité tandis qu'elle acceptait de se soumettre au devoir conjugal.

Cela, en revanche... cela, c'était différent. Et pour la première fois, elle comprenait pourquoi des femmes en venaient à se déshonorer avec des hommes. Au contact de Richard, elle devinait la promesse de quelque chose de sauvage, d'irrésistible, et cela la terrifiait. Lorsqu'il posa la main sur sa taille, à quelques pouces seulement de ses seins, elle s'écarta abruptement et se retrouva plaquée contre le mur.

— C'est vraiment une très, très mauvaise idée ! dit-elle d'une voix étranglée.

— Tu as incontestablement raison, acquiesça-t-il, sans esquisser le moindre geste pour se rapprocher d'elle ou l'embrasser de nouveau. Je voulais juste qu'il soit bien clair que je ne suis pas ton frère. Même si je n'ai jamais eu de sœur, je suis convaincu que je ne ressentirais rien de tel envers elle.

— J'espère que non !

À la lueur d'un nouvel éclair, elle constata que Richard affichait un visage serein. Toutefois, même s'il n'avait pas l'air d'une brute menaçante, il était bien davantage que son ami d'enfance. Elle avait acheté un grand lit pour le confort des couples qui y dormiraient. Richard le remplissait, il dominait l'espace et jusqu'à l'air qu'elle respirait. Il n'était que force et puissance, et elle avait une conscience aiguë du fait qu'elle ne portait qu'une fine chemise de mousseline et qu'il n'était guère plus vêtu.

Comme elle essayait de se glisser hors du lit, il la rattrapa par le poignet.

— Reste, Câline, dit-il à voix basse. Ce n'est pas encore l'aube et je promets qu'il ne se passera rien que tu ne souhaites pas.

Elle hésita, puis comprit qu'elle lui faisait confiance. En outre, à cette heure de la nuit, avec la pluie qui tombait à verse, où irait-elle ? Elle se rallongea et tira la courtepointe sur elle.

Elle ne pouvait pas, ne voulait pas croire que son ami Richard puisse lui faire du mal. Cependant, sa virilité l'inquiétait. Elle avait lutté pour éradiquer ses peurs depuis qu'elle avait fui la Jamaïque, mais la journée qui venait de s'écouler les avait ramenées à la surface. Elle les chassa de nouveau, impitoyablement. Sa situation était difficile mais pas désastreuse. Elle devait se concentrer sur ses véritables problèmes, et ne pas se laisser désarçonner par un homme.

— Ce que je souhaite, reprit-elle, c'est me rendre à Baltimore de la manière la plus sûre et la plus rapide possible. Sans que tu compliques les choses.

— C'est compris.

Il se coucha sur le côté, face à elle. Il occupait moins d'espace dans cette position.

— Mais j'espère que je n'appartiens plus à la catégorie des frères.

— Non, admit Callie à regret. Je ne sais pas si c'est un bien ou un mal.

— Ce n'est ni bien ni mal, c'est ainsi. Nous ne sommes plus des enfants, Callie. Notre relation repose sur une amitié ancienne et profonde, mais nous sommes à présent des adultes.

Autrefois, elle n'avait jamais prêté attention à sa voix. Elle découvrait que sa voix d'adulte ne manquait pas de charme. Elle était chaude, bien modulée et dangereusement persuasive.

— C'est tout à fait vrai, acquiesça-t-elle. Les adultes ont moins de confiance et de temps, et davantage de doutes, de craintes et de responsabilités.

— Oui, et ma responsabilité consiste à te protéger des dangers de la guerre, ce qui inclut de vous réunir, ta famille et toi.

— Ma famille anglaise ou ma véritable famille ?

— Ta famille anglaise finance cette mission, mais c'est à toi qu'il revient de choisir où tu veux aller. Lorsqu'on m'a demandé d'entreprendre cette recherche, j'ai bien précisé que je n'essaierais pas de te contraindre à rentrer en Angleterre. Je me demande d'ailleurs… As-tu jamais envisagé d'y retourner ?

— Je rêve parfois de l'Angleterre, reconnut-elle, passant sous silence que, le plus souvent, c'était aux heures joyeuses en sa compagnie qu'elle rêvait. La fraîcheur, les paysages verdoyants… Dans mon cœur, l'Angleterre sera toujours mon pays. Je refuse toutefois d'y retourner pour y vivre en parente pauvre. J'aime être libre de mener mon existence à ma guise. Je créerai un autre atelier de couture à Baltimore. Il me faudra du temps pour reconstituer une clientèle, mais la ville est bien plus grande que Washington, et elle est riche. Je me débrouillerai, et ce sera selon mes propres règles.

— La manière traditionnelle pour une femme d'entretenir une famille passe par le mariage, lui rappela Richard. Les belles femmes comme toi ne manquent pas de retenir l'attention des hommes. Pourtant, j'ai cru comprendre que tu n'avais pas eu d'amant après avoir banni ton mari de ton lit ?

En dépit du ton interrogateur, ce n'était pas franchement une question. Callie se félicita que la pénombre l'empêche de voir qu'elle rougissait.

— Je n'aurais pas déshonoré Matthew en lui étant infidèle. Et aucun des hommes de ma connaissance ne me tentait.

— Rien n'encourage davantage à la vertu que l'absence de tentation, commenta Richard, pince-sans-rire. Mais à présent, tu es veuve et ta situation serait bien plus confortable si tu te remariais.

— C'est une manière de penser tellement masculine ! ricana-t-elle. Un mariage, c'est plus que suffisant. Je ne répéterai pas l'expérience. Je m'en sortirai très bien seule.

Après un silence songeur, Richard expliqua :

— Une partie de ma mission consiste à m'assurer que tu n'es pas dans une situation financière difficile. De l'argent te serait très utile pour refaire ta vie, au cas où tu déciderais de ne pas retourner en Angleterre. Et j'ai beaucoup d'argent à ma disposition.

— Andrew Harding doit être très riche pour dépenser autant d'argent alors qu'il ne me connaît même pas.

— Il est riche, et je suppose que sa femme a su se montrer persuasive.

— J'ai du mal à imaginer qu'une de mes sœurs puisse être persuasive à ce point. Cela dit, je ne les ai pas vues depuis quinze ans.

Une image fugitive traversa l'esprit de Callie : ses sœurs endimanchées le jour de son mariage, juste avant qu'elle quitte Rush Hall pour toujours.

— Si je retournais là-bas, ce serait un choc de les retrouver adultes, ajouta-t-elle.

— Je pense parfois à mes frères, quoique pas assez pour entreprendre des recherches, avoua Richard. Les deux plus âgés étaient assez odieux, et les plus jeunes étaient encore écoliers. Étant issus de trois mères différentes, nous n'avons pas été envoyés dans les mêmes écoles, je ne les connais donc pas bien. Surtout les deux benjamins.

— Mes enfants se connaissent et s'aiment. C'est ainsi que cela devrait être dans les familles. Ce qui est une autre raison pour ne pas me remarier. Je ne pourrais jamais épouser un homme qui les mépriserait parce qu'ils sont métis.

— Cela incite à la prudence, en effet. Les gens se montrent en général sous leur meilleur jour durant la cour. La réalité peut se révéler très différente après le mariage.

— Cela fait beaucoup de bonnes raisons pour ne pas se marier. Et toi ? Tu es marié ? Ou l'as-tu été ?

— Seigneur, ni l'un ni l'autre ! répondit Richard. J'ai mené une vie bien trop irrégulière. Aucune femme saine d'esprit n'aurait voulu m'épouser.

Pourtant, son physique et son charme feraient facilement perdre l'esprit à une femme. Poussée par la curiosité, Callie demanda :

— Quels sont tes projets ? Tu es de nouveau enraciné en Angleterre ? Tu veux femme et enfants ? Tu as l'intention de réaliser le rêve de tout Anglais, qui est de posséder son propre domaine et de devenir le châtelain local ?

Richard soupira et se laissa retomber sur le dos.

— À une époque, j'aurais dit non. J'ai mené une existence vagabonde, et si j'ai connu des moments terrifiants et douloureux, d'autres ont été très gratifiants.

Je ne changerais mon passé pour rien au monde, pas même les moments que je regrette. Mais...

— Mais ? insista-t-elle comme il s'interrompait.

— J'ai trente ans passés. Il y a cinq ans, j'ai vécu une expérience qui m'a obligé à examiner ma vie de plus près. J'avais fait trop de choses dont je n'étais pas fier. Jeter sa gourme est acceptable lorsqu'on est jeune. Ensuite, ça devient... malséant. Depuis lors, je m'efforce d'être une meilleure personne et d'aider les autres lorsque c'est nécessaire.

— Quelle a été cette expérience si marquante ? demanda-t-elle, fascinée.

— La perspective d'une exécution imminente. J'étais dans le nord du Portugal lorsque les Français ont envahi la région. Nous nous sommes retrouvés à cinq emprisonnés dans une cave et condamnés à être fusillés à l'aube en tant qu'espions anglais. Nous avons bu du mauvais cognac et parlé de la manière dont nous réformerions nos existences si par miracle nous survivions.

— De toute évidence, tu as survécu, dit-elle, effarée par la désinvolture avec laquelle il évoquait cette condamnation à mort. Tu as mis ta résolution en œuvre ?

— Oui, c'est ce qui m'a conduit à effectuer ma mission actuelle. Je trouve des solutions pour des gens qui n'ont pas la possibilité de résoudre certains problèmes eux-mêmes.

— Cela paraît admirable. Et donc, tu te retrouves ici parce que tu as volé au secours d'une veuve prodigue pour le compte d'un homme très riche ?

Il rit tout bas.

— Le travail est digne d'intérêt et il est bien rémunéré. Mais comme je l'ai dit, une fois atteint le grand âge de trente ans, j'ai commencé à me dire qu'il devait y avoir autre chose dans l'existence. Simplement, je n'ai pas encore trouvé ce que c'était.

— Le mariage, une famille et un manoir ? suggéra Callie. Si je me souviens bien, tu as hérité de ton parrain. La somme serait-elle suffisante pour faire de toi un hobereau ?

— Sans doute. Mais joindre le notaire de la famille, c'est courir le risque de rencontrer mon père ou mes frères. Mes seules relations avec les Audley se réduisent à l'envoi occasionnel au notaire en question d'un billet disant plus ou moins : *Désolé de vous informer que je suis toujours vivant !*

Callie s'esclaffa.

— Je constate que tu n'as pas tout à fait surmonté ton désir d'exaspérer ta famille.

— En effet. Il vaut donc mieux que je ne les voie pas, dit-il sans manifester le moindre regret. Si je deviens un jour un gentilhomme campagnard, il est peu probable que je croise les membres de ma famille. Ils sont imbus d'eux-mêmes et préfèrent éviter les classes inférieures. Personnellement, je trouve les classes inférieures bien plus intéressantes que la plupart des membres de la haute société.

— Tu es lord George Gordon Richard Augustus Audley, troisième fils du marquis de Kingston, lui rappela-t-elle. Tu n'appartiens pas précisément aux classes inférieures.

— Mon père ne serait pas de cet avis, rétorqua-t-il, sarcastique.

— Ton père est un cas désespéré. En revanche, il ne serait peut-être pas impossible que tu deviennes ami avec tes frères. Un ou deux sont sûrement dignes d'être connus, non ?

— Possible. Mais il faudrait que ce soient les plus jeunes car les deux aînés étaient profondément déplaisants. Je préfère les amis à la famille parce que les amis, on les choisit.

— Si tu décidais de te marier et de t'installer, ton esprit, ton physique séduisant, ton titre et une certaine fortune te permettraient de trouver une épouse capable d'être à la fois une amie et une maîtresse.

— Trouver le bon conjoint est la chose la plus difficile au monde, murmura-t-il, pensif. Mon titre n'est guère utile car il n'est que de courtoisie. D'ailleurs, tu ne semblais pas très impressionnée à l'idée de devenir lady George Audley.

— J'étais trop surprise pour être impressionnée, riposta Callie en gloussant. Et je n'aime pas plus le nom de lady George que je n'aimais le nom de lord George.

— Avec un peu de chance, tu n'auras plus à faire de nouveau semblant d'être lady George.

D'un geste désinvolte, il prit la main de Callie et entrelaça ses doigts aux siens.

— Nous devrions pouvoir bénéficier d'une heure ou deux de repos supplémentaire avant d'affronter la journée, qui s'annonce chargée.

— C'est une bonne idée, acquiesça Callie en étouffant un bâillement. Dors bien, Richard. Et rêve d'une femme qui serait aussi une amie, et d'une vie heureuse et paisible.

Alors qu'elle sombrait dans le sommeil, elle l'entendit murmurer :

— Je ne sais pas si c'est possible, Câline. Parce que la seule femme que j'aie jamais été près d'épouser, c'est toi.

9

Lorsque Gordon se réveilla, le jour était levé, même si la lumière indiquait qu'il était encore tôt. Une odeur de bois brûlé flottait dans l'atmosphère, mais la température était encore relativement fraîche.

Durant la nuit, Callie avait roulé vers lui. Sa tête était appuyée contre le haut de son bras et ses courbes douces pressaient contre son flanc. Quelques boucles cuivrées retombaient en désordre sur sa peau claire. Dans cette lumière tamisée, elle paraissait beaucoup plus jeune et elle était irrésistible. Il éprouva une bouffée de pur désir, un besoin irréfléchi de se pencher pour l'embrasser et la caresser…

Sauf qu'il ferait sacrément bien de résister à cette impulsion, pour des raisons plus nombreuses que le total de ses doigts et de ses orteils. Des raisons qui commençaient par « région en guerre » et se poursuivaient par « Callie n'éprouve aucun intérêt pour lui ni pour n'importe quel homme ». Peut-être que plus tard, lorsqu'elle serait en sécurité et qu'elle aurait repris le contrôle de son existence, elle se montrerait plus disposée au badinage. Ou peut-être pas. Elle semblait déterminée à tenir les hommes à l'écart de sa vie et il le comprenait vu la manière dont ils s'étaient conduits avec elle.

Penser à tout ce qu'elle avait enduré fit naître en lui une profonde tendresse sur laquelle s'étendaient tout à la fois les ombres du passé, du présent et de l'avenir. Le passé était fait de souvenirs joyeux et de longues conversations. Le présent était un mélange d'émerveillement et de danger auquel s'ajoutait le devoir absolu de la faire sortir de cette maudite ville pour la ramener auprès des enfants qui étaient sa raison de vivre.

Quant à l'avenir, c'était un mystère... sauf qu'il savait que Callie devait en faire partie. Ce que cela signifiait pour lui, il l'ignorait, et peu importait. Il le découvrirait en temps voulu. Pour l'heure, il s'agissait de quitter Baltimore, de récupérer la famille de Callie et de gagner l'Angleterre sans délai.

Il pressentait que ce ne serait pas si facile.

Callie remua et ouvrit soudain les yeux. Dans la lumière de l'aube, ses yeux noisette prenaient une teinte dorée. L'intimité de l'instant transperça Gordon. Il allait bondir du lit tel un chat ébouillanté, mais Callie le devança.

Elle longea maladroitement le mur pour atteindre l'extrémité du lit. Lorsqu'elle se leva, un rai de soleil dans son dos révéla les contours de son corps sous sa chemise. Le désir s'empara de nouveau de lui. Il n'était toutefois pas comparable à la panique qu'il éprouva face à une réaction qu'il ne s'expliquait pas.

Mais il y penserait plus tard. Avec détermination, il claqua la porte au nez de ses pensées indésirables avant de se lever à son tour.

— Tu as beaucoup de choses à faire avant de partir ? s'enquit-il. Je suppose que tu voudras dire au revoir à Mme Turner. Tu souhaites emporter des affaires de cette maison ?

— Je veux effectivement dire au revoir à Édith. Sinon je voyagerai léger, répondit Callie en décrochant sa robe du portemanteau. Tout ce que je possède, ce sont les vêtements que je portais hier et mon pistolet. Par chance, cette robe est assez large pour que je puisse monter derrière toi à califourchon sans être trop indécente.

— J'ai une meilleure idée.

Gordon retourna dans le salon et sortit d'une de ses sacoches de selle des vêtements soigneusement pliés ainsi qu'un chapeau aplati qui, une fois reformé, se révéla être un chapeau de soleil à large bord.

— Enfile ces vêtements, dit-il à Callie en les lui tendant. Ils seront un peu larges, mais pas autant que les miens.

Haussant les sourcils, elle s'empara du pantalon marron, de la chemise de lin et du chapeau.

— Tu voyages toujours avec des vêtements qui ne te vont pas ?

— Lorsque je dois me porter au secours de veuves dans des zones en guerre, oui. Certaines femmes préféreraient mourir plutôt que de porter une tenue masculine, mais j'aime être préparé. Les toilettes féminines sont rarement conçues pour se tirer d'affaire en cas de problème. Il est plus facile de s'échapper par une fenêtre ou d'enfourcher un cheval avec des culottes. Comme je ne savais pas de quelle taille serait ma veuve, j'ai préféré voir large.

— C'est ce que je constate, commenta Callie après avoir déplié la chemise, qui lui tombait à mi-cuisse.

— Tu auras l'air d'un jeune garçon, ce qui, dans ces circonstances, pourrait être un avantage. Tu portais des bottines solides, je crois ? ajouta-t-il après réflexion.

— En effet. Comme toi, j'ai essayé d'être prévoyante. Tu pourras la mettre dans ta sacoche ? demanda-t-elle en lui tendant la robe bleue avant de disparaître dans la chambre pour se changer.

Gordon s'habilla lui aussi, mais décida d'attendre le départ pour enfiler sa redingote. Une fois prêt, il explora le contenu du panier fourni par Mme Turner. Il découvrit des biscuits un peu écrasés, un bon morceau de fromage et une bouteille de limonade tiède.

Callie émergea de la chambre en chemise et pantalon. Ses cheveux étaient tressés et attachés sur le sommet de son crâne. Une fois coiffée du chapeau, elle ressemblerait à un garçon.

— Ainsi, tu comptes voyager dans tes atours de lord, dit-elle en prenant place à table.

— Oui, et en t'enviant d'être plus légèrement vêtue, répliqua Gordon. Mais si nous croisons des troupes britanniques, je serai peut-être amené à jouer de nouveau les lords.

Ils mangèrent rapidement, puis Callie rangea les bouteilles vides ainsi que la nourriture restante dans le panier.

— Je le rendrai à Édith lorsque j'irai lui faire mes adieux.

Gordon se leva et enfila sa redingote.

— Je vais seller Samson pendant que tu jettes un dernier coup d'œil ici.

— Il n'y a rien qui vaille la peine d'être emporté, dit Callie.

Elle retourna dans la chambre et en ressortit avec une couverture pliée et son pistolet.

— Être assise sur les sacoches de selle ne sera pas très confortable. Je pourrai utiliser cette couverture comme coussin.

— Je suppose que cette arme est chargée, dit-il en s'emparant de la couverture et du pistolet. Mieux vaudrait le garder à portée de main.

— Elle est chargée, confirma Callie. Peut-être qu'elle sera plus utile aujourd'hui que la nuit dernière. Quoique... Je ne sais pas si je serais capable de tirer sur un homme, avoua-t-elle. Quand ces soldats ont fait irruption, hier soir, je n'ai pas pu me résigner à presser la détente.

— Choisir délibérément de tuer un autre être humain est très difficile, répliqua Gordon. J'y ai été obligé et ça n'a pas été aisé. Cela étant, un tir d'avertissement peut avoir un effet dissuasif. Et puis, s'il faut vraiment tuer quelqu'un, je m'en chargerai.

Callie afficha un sourire ironique.

— Même si j'aime proclamer haut et fort que je suis une femme compétente, je te laisserai faire avec plaisir.

— J'ai dû apprendre à me défendre, je ferai donc ce qui est nécessaire. Je vais harnacher Samson, continua-t-il en ramassant ses sacoches. Nous irons ensuite à pied chez Mme Turner.

Callie souleva le panier.

— Je vais voir s'il y a des choses qui pourraient être utiles à Édith et je te rejoins.

Gordon acquiesça et sortit. L'odeur âcre de la fumée était encore prégnante, même si l'orage nocturne l'avait un peu atténuée.

Samson avait fait honneur au fourrage et paraissait prêt à affronter la journée. Gordon fixa la couverture de Callie par-dessus les sacoches, puis guida le cheval hors de l'écurie. Callie était déjà dans la rue, mais elle avait tourné à droite, en direction des ruines de sa maison.

Il la suivit. Elle s'arrêta et contempla les décombres, le visage de marbre. Des briques noircies et des poutres calcinées s'entassaient, et la pluie avait transformé les cendres en un bourbier noirâtre. Un mince filet de fumée s'élevait des débris.

Callie pivota abruptement et s'avança vers lui, les dents serrées.

— Je suis désolé, Câline, murmura-t-il.

— Ainsi se termine un épisode de ma vie, dit-elle simplement. Nous verrons ce qui arrivera ensuite.

Gordon lui emboîta le pas, suivi par le paisible Samson. Il comprit alors qu'ils avaient évité de se regarder dans les yeux depuis l'instant troublant où ils s'étaient réveillés. La relation entre eux était irrésistible, et cependant impossible à définir.

— J'ai des holsters dissimulés à l'avant des sacoches de selle, dit-il en tapotant celle de gauche. Ton pistolet est là, invisible mais facile à sortir en cas de besoin.

— Tu t'es souvenu que j'étais gauchère ? s'étonna-t-elle.

— Bien sûr, puisque je le suis aussi. Cela donnait à nos pères une autre raison de croire que nous étions des rejetons de Satan.

Callie sourit, soudain plus détendue.

— Ils avaient quantité de raisons de le croire. Et ils ne se sont jamais rendu compte qu'un enfant qu'on traite comme s'il était mauvais le deviendra vraiment avec le temps.

— L'inverse est-il vrai ? Si tu traites un enfant comme s'il était bon, il le devient ?

— Probablement, mais je n'en suis pas sûre. Mes enfants ont toujours été gentils.

Leur conversation prit fin lorsque Édith Turner les vit et sortit de chez elle. Elle regarda Callie avec stupéfaction.

— Je ne vous aurais jamais reconnue, lady George ! Vous partez ?

— Oui. Je suis venue vous dire au revoir et vous laisser la clé de la maison d'invités. N'hésitez pas à l'occuper si nécessaire.

Après avoir posé le panier sur le sol, Callie serra son amie dans ses bras.

— Je ne sais pas si je reviendrai un jour.

Devinant que les larmes étaient imminentes, Gordon intervint.

— Je prendrai bien soin d'elle, madame Turner.

— J'en suis certaine, répondit celle-ci en s'essuyant les yeux. Votre belle maison est détruite, Catherine, mais le terrain est très bien situé. Allez-vous le vendre ?

Callie parut désarçonnée.

— Je n'y avais pas pensé, mais vous avez raison. Je suppose que Washington existera toujours, quelle que soit l'issue de cette horrible guerre, et je n'ai plus l'usage de cette propriété.

— Si quelqu'un était intéressé, avez-vous un notaire auquel je puisse l'adresser ?

— Il y a un notaire dans le quartier de Georgetown qui a traité quelques affaires pour moi. M. Francis Scott Key. Vous le connaissez ?

— De nom uniquement. Je lui enverrai les éventuels acheteurs, déclara Mme Turner. Prenez soin de vous, ma chère petite, et écrivez-moi lorsque vous serez installée.

Callie le lui promit. Gordon grimpa en selle et lui tendit la main. Elle posa le pied sur sa botte et se hissa derrière lui.

— S'il vous plaît, Édith, dites au revoir pour moi à mes autres amies.

— Je le ferai. Vous allez leur manquer, et vos magnifiques robes également. Bon voyage !

Gordon ne pouvait que l'espérer.

10

Les rues de Washington étaient calmes, mais il y régnait une tension perceptible. Quelques rares personnes vaquaient à leurs affaires, le regard aux aguets. Callie repéra un colporteur, un affranchi nommé Harry, qui passait de maison en maison avec sa charrette tirée par un âne et remplie de produits frais. Cette vue la réconforta un peu. Washington avait beau être une ville occupée, la vie y suivait son cours.

Mieux valait qu'elle s'intéresse à son environnement plutôt que de penser au corps tout proche de Richard. Se réveiller dans le même lit que lui avait été une expérience d'autant plus troublante qu'elle avait trouvé cela presque naturel. Si le désir n'avait jamais fait partie de son existence, il avait été là, apparemment, en sommeil. Il choisissait vraiment mal son moment pour se manifester.

Alors qu'ils bifurquaient dans une rue, ils découvrirent des troupes britanniques qui se dirigeaient vers les restes calcinés de la maison du Président. Non loin de celle-ci se dressait un grand bâtiment de brique encore intact.

— On dirait qu'ils vont vers les ministères de la Guerre et de la Marine, commenta Callie.

— Vu que certains transportent de la poudre et des fusées, ces ministères vont subir le même traitement que les autres bâtiments gouvernementaux, devina Richard. Il serait peut-être plus sage de choisir un autre itinéraire.

Avant que Callie puisse répondre, un homme sortit au galop d'une rue adjacente en vociférant des insultes contre les Anglais. Il leva un pistolet, tira... et fut aussitôt abattu par un tir nourri. Alors qu'il dégringolait de sa monture, Richard fit volter Samson et le lança au petit galop.

— Définitivement un autre itinéraire ! Tu connais cette ville. Indique-moi le chemin.

— Va jusqu'au bout de ce pâté de maisons, puis tourne à gauche, répondit Callie, ébranlée par cette flambée de violence inattendue. Comment un homme peut-il commettre un acte aussi suicidaire ?

— Je dirais qu'il haïssait les Anglais et s'est suffisamment saoulé pour agir stupidement. Avec le résultat auquel nous venons d'assister.

Richard avait probablement raison, mais Callie vit là le rappel de la dangerosité d'une armée d'occupation. Quelques minutes plus tard, ils tombèrent sur un autre groupe de soldats qui vandalisaient un bâtiment dont l'arrière était déjà en feu.

— L'amiral Cockburn en personne est présent, constata Richard. Tu sais ce qu'abritent ces bureaux ?

— Un journal, le *National Intelligencer*. Le directeur a écrit des articles virulents contre les Anglais en général, et contre Cockburn en particulier, expliqua Callie. Apparemment, l'amiral se venge. Au prochain carrefour, tu tourneras à droite.

Richard obtempéra. En empruntant des rues plus petites, dépourvues de bâtiments officiels, ils évitèrent d'autres scènes pénibles.

Ils approchaient des limites de la ville lorsqu'une patrouille de soldats britanniques menée par un officier à cheval émergea d'une rue adjacente.

— Halte ! aboya l'officier.

— On essaie de forcer le passage ? chuchota Callie d'une voix dont le calme la surprit elle-même.

— Ils penseront que nous avons des raisons de fuir et ils nous abattront. Mieux vaut leur tenir la dragée haute. Après tout, nous sommes anglais. Pas leurs ennemis.

— Parle pour toi, répliqua-t-elle. Je vis et je travaille ici. Je pourrais être accusée de traîtrise.

— Un jeune garçon n'attirera pas l'attention, lui assura Richard, qui tira sur les rênes de Samson et attendit que l'officier les rejoigne.

— Qui êtes-vous et que faites-vous ici ? demanda le lieutenant d'un ton menaçant.

Callie posa subrepticement la main gauche sur la crosse de son pistolet.

— Je suis lord George Audley, à Washington au service du roi, répondit Richard avec un accent aristocratique plus coupant qu'un diamant.

— Alors comme ça, vous êtes un lord, ricana le lieutenant. Et moi, je suis ce satané Bonaparte ! Vous avez peut-être un accent anglais, d'accord, mais je parie que vous êtes un traître de Yankee.

— Un pari que vous allez perdre, rétorqua Richard de son ton le plus hautain. Voulez-vous que je vous montre mes lettres d'introduction ?

— Vous pouvez toujours, mais ça ne veut pas dire que je vous croirai.

Richard glissa la main dans sa redingote et en tira un portefeuille de cuir, qu'il ouvrit avec des précautions ostentatoires.

— Cela devrait convenir, dit-il en tendant un document plié à l'officier. Prenez-en soin.

L'homme ouvrit la lettre, parcourut les quelques lignes, puis poussa une exclamation.

— Lord Liverpool ? Le Premier ministre ?

— Oui. Préféreriez-vous une lettre de lord Castlereagh ? En tant que ministre des Affaires étrangères, il pourrait être indiqué dans ces circonstances.

Puis, avec un sourire arrogant, Richard ajouta :

— Mais si vous voulez bien patienter un instant, je crois avoir une lettre du duc de Wellington, qui serait la plus pertinente de toutes.

Contenant manifestement sa fureur, le lieutenant lui rendit la lettre de lord Liverpool.

— Que faites-vous dans une capitale ennemie occupée ?

Richard replia la lettre, la rangea dans le portefeuille de cuir, et replaça celui-ci dans sa poche intérieure.

— Cela, lieutenant, ne vous regarde pas. À présent, laissez-nous passer !

D'un geste, l'officier fit signe à ses hommes d'ouvrir un passage. Callie eut la chair de poule lorsque le cheval s'engagea entre les soldats.

— Bon sang, c'est une femme qui monte derrière lui ! s'écria soudain l'un d'eux.

— Vous avez amené votre putain personnelle ? lança le lieutenant.

Richard tourna vivement la tête et rétorqua d'une voix assassine :

— Cette dame est mon *épouse* ! La nuit dernière, un groupe de soldats anglais a attaqué lady George et je l'ai sauvée au dernier moment. Puisqu'on ne peut pas compter sur notre armée pour se conduire correctement, pouvez-vous lui reprocher de se travestir pour assurer sa sécurité ? À présent, laissez-nous passer ou il y aura des répercussions !

Le lieutenant pâlit.

— Allez-vous-en et tenez-vous à distance des patrouilles britanniques !

— Telle est mon intention, croyez-moi.

Tandis qu'ils s'éloignaient, Callie chuchota :

— Quels sont les risques qu'un des soldats fasse feu ?

— Minces, mais pas nulles, répondit Richard en toute honnêteté.

— C'est bien ce que je craignais. Cet horrible lieutenant paraissait prêt à commettre un meurtre uniquement parce qu'il en avait l'occasion.

De son accent le plus aristocratique, Richard répliqua :

— Puissent tous ses lapins mourir et qu'il ne trouve pas à revendre leur clapier.

Un instant interdite, Callie éclata d'un rire libérateur.

— Je n'avais pas entendu cette phrase depuis que j'ai quitté le Lancashire !

Richard gloussa.

— L'une des raisons pour lesquelles j'aime les « classes inférieures », c'est parce qu'elles ont souvent des expressions merveilleuses.

— La franchise des habitants du nord de l'Angleterre me manque.

— Et la fraîcheur de la température aussi. La pluie de ce matin ne l'a pas du tout fait baisser, dit-il en glissant l'index sous sa cravate pour la desserrer un peu. J'ai hâte de regagner le *Zéphyr* et de me débarrasser de cette maudite redingote et de cette cravate.

— C'est certes inconfortable, compatit Callie, mais avoir l'allure et l'accent d'un lord est utile en cas de rencontre avec des soldats anglais. En revanche, s'il s'agit d'Américains…

— Je m'adapte, répliqua-t-il en atténuant son accent anglais.

Il pouvait ainsi passer pour un homme éduqué d'un côté de l'Atlantique comme de l'autre.

— Les Américains sont étranges, dit Callie, songeuse. Ils méprisent la noblesse anglaise tout en étant fascinés par elle. Dans la mesure où je ne tenais pas à me faire remarquer, je n'ai jamais dit que mon père était lord.

— Ni que tu en avais épousé un, la taquina-t-il. Tu as été parfaite lors de notre scène de retrouvailles. Très émouvante.

— Les rôles que nous jouions lorsque nous étions enfants m'ont été utiles. En général, cependant, je préfère être honnête et en dire aussi peu que possible sur moi.

— La vérité a l'avantage d'être plus facile à se rappeler que de multiples mensonges. Nous n'avons pas terminé notre conversation sur les noms, enchaîna-t-il. J'ai noté que Mme Turner t'appelait Catherine - un prénom assez commun pour ne pas attirer l'attention.

— J'avais demandé à mon mari de m'appeler Callista, pas Catherine. À la Jamaïque, j'étais donc « Mlle Callista ». Et toi, quel nom utilises-tu d'ordinaire ? Mais peut-être en as-tu eu des dizaines au fil des années.

— Pas des dizaines, protesta-t-il. Enfin... deux dizaines, peut-être, ajouta-t-il après réflexion. Je n'ai endossé de fausses identités que lorsque c'était indispensable. Le plus souvent, je suis Gordon. J'ai éliminé d'office Augustus. Et Gordon peut être soit un prénom, soit un nom de famille, ce qui est plaisamment ambigu.

— Comme toi.

— J'aime à être ambigu. C'est un gage de sécurité.

Callie comprenait. Après tout, ne s'était-elle pas créé une nouvelle identité lorsqu'elle avait emménagé aux États-Unis ?

— Avec tous tes voyages et tes changements d'identité, y a-t-il un endroit où tu te sens chez toi ?

Elle fut surprise lorsqu'il répondit :

— À mon retour en Angleterre, j'ai acheté une maison dans un quartier agréable de Londres, pas loin de Mayfair mais moins prestigieux. J'ai découvert que j'aimais avoir un endroit à moi. Et j'ai été le premier étonné de découvrir que j'avais hâte d'y retourner chaque fois que j'étais en voyage.

Vu les épreuves qu'il avait dû affronter, Callie fut heureuse d'apprendre qu'il avait mûri au point d'aspirer à un véritable foyer. Tout le monde avait besoin d'un foyer. Elle-même avait ressenti un attachement profond pour la maison qu'elle avait aimée et où elle avait connu le bonheur. Mais finalement, ce n'était qu'une maison. Les gens qui en faisaient un foyer l'attendaient à Baltimore.

Une explosion assourdissante retentit soudain. Le placide Samson fut si surpris qu'il broncha et fit un écart. D'instinct, Callie s'accrocha à la taille de Richard, qui parvint à reprendre le contrôle du cheval.

— Samson n'aime pas les bruits inattendus, commenta-t-il en flattant l'encolure de l'animal pour le calmer.

— Moi non plus ! assura Callie. Tu as une idée de ce que cela pouvait être ?

— Une explosion aussi puissante, c'est probablement un dépôt de munitions. Elle a pu être provoquée par l'un ou l'autre des camps pour qu'il ne tombe pas aux mains de l'adversaire. J'espère que personne ne se trouvait à proximité.

Il mit Samson au trot avant de reprendre :

— Je serai heureux de sortir de Washington. Il s'y produit trop de choses imprévisibles.

Callie ne pouvait qu'abonder dans son sens. La tension qu'elle ressentait reflua enfin lorsque, ayant enfin quitté la ville, ils s'engagèrent sur une petite route de campagne qui traversait une épaisse forêt.

Si les grands arbres leur offraient une ombre bienvenue, l'air demeurait lourd et d'une immobilité qui n'augurait rien de bon.

— Dans combien de temps arriverons-nous ? demanda-t-elle.

— Tucker Hall est à environ deux heures d'ici, si rien ne nous retarde. Le bateau devrait nous attendre sur la Tucker Creek, près de la plantation.

— Il va y avoir de l'orage, annonça Callie en observant les nuages sombres qui roulaient à l'horizon. J'espère que nous y serons avant qu'il éclate.

— Encore un orage ? s'exclama Richard en regardant le ciel à son tour. Ton Maryland est vraiment un endroit formidable !

— Les orages y sont fréquents l'après-midi en plein été, mais ils sont en général circonscrits. Il peut pleuvoir à verse d'un côté de Washington et pas de l'autre. Avec un peu de chance, cet orage-là nous évitera. Cela dit, je ne suis pas optimiste.

Richard accéléra l'allure.

— Moi non plus. Au pire, nous serons juste mouillés, ce qui est moins dramatique que d'être menacés par des soldats armés.

— Certes. Cela dit, les orages d'été peuvent être violents dans cette partie du monde.

Des éclairs ne cessaient de zébrer le ciel bas, de plus en plus noir, ce qui laissait craindre le pire. Si seulement ils pouvaient trouver refuge dans un abri quelconque ! Hélas, la route était isolée, les constructions rares et éloignées les unes des autres.

Le ciel s'assombrit au point que Richard dut mettre Samson au pas pour ne pas risquer un faux pas sur la route creusée d'ornières. Une brise se leva soudain, forcit rapidement et se transforma en bourrasques tempétueuses qui soulevaient des tourbillons de feuilles mortes et de branchettes. De grosses gouttes commencèrent à tomber.

Au début, elles demeurèrent espacées. Puis les arbres commencèrent à craquer dans la forêt et la tempête se déchaîna.

11

En un instant, un rideau de pluie torrentielle fouetta monture et cavaliers. Il ne fallut que quelques secondes pour que Callie et Richard soient trempés jusqu'aux os. Si Callie savoura d'abord la fraîcheur de l'eau, elle ne tarda pas à avoir froid.

Forçant la voix pour couvrir le fracas, Richard lança par-dessus son épaule :

— Je regrette maintenant que nous ne nous soyons pas abrités plus tôt, mais j'espérais atteindre Tucker Hall avant l'orage. Accroche-toi, nous ne sommes plus très loin. Nous serons bientôt en sécurité.

— Être mouillé n'est pas désagréable, même si ta belle redingote risque d'en souffrir ! répliqua-t-elle avec bonne humeur. La pluie peut s'arrêter aussi soudainement qu'elle a commencé. Ces orages ne durent jamais.

La plupart du temps, du moins. Celui-ci était la tempête la plus violente qu'elle ait essuyée depuis qu'un ouragan avait frappé la Jamaïque. Cette impression venait peut-être du fait qu'en temps ordinaire, elle n'était pas dehors lorsque les éléments se déchaînaient.

Elle tressaillit lorsqu'un éclair zébra le ciel juste au-dessus d'eux et fut presque aussitôt suivi d'un retentissant coup de tonnerre. De nouveau, Samson broncha et Richard dut user de tous ses talents de cavalier pour l'empêcher de s'emballer.

— Il est terrifié par tout ce vacarme, dit-il en ralentissant encore l'allure pour apaiser le cheval.

Les éclairs et les coups de tonnerre étaient à présent simultanés. Quand un arbre s'abattit en travers de la route juste derrière eux, Samson se cabra, puis se mit à ruer. Se sentant tomber, Callie lâcha la taille de Richard de crainte de l'entraîner avec elle.

Rompue aux chutes, elle se mit en boule et roula sur le sol. Autour d'eux, c'était maintenant un fracas ininterrompu. Un barrage d'artillerie devait ressembler à cela, songea-t-elle vaguement.

Richard réussit à rester en selle, mais dès qu'il eut repris le contrôle de son cheval, il sauta à terre.

— Callie, ça va ? s'inquiéta-t-il.

— Ça va, répondit-elle en prenant la main qu'il lui tendait. Le sol est si spongieux que je n'aurai même pas de bleus. Je remercie le ciel que nous n'ayons pas été quelques mètres derrière.

Les yeux écarquillés, elle contempla l'arbre tombé, dont les branches vibraient encore de l'impact avec le sol. Le tronc faisait un bon mètre de diamètre. Ils auraient été tués s'ils s'étaient trouvés dessous au moment de sa chute.

Richard lâcha un juron.

— Nous ne sommes pas en sécurité ici, dit-il. Il y a un pont sur la rivière juste après le virage. Lorsque je suis passé hier, il paraissait solide ; j'espère juste qu'il est toujours praticable. De l'autre côté de la rivière, il y a une petite grange où nous pourrons nous abriter.

— Tu crois que Samson acceptera de franchir le pont ?

— Je pense que oui si je le mène.

Il caressa l'encolure du cheval, puis il se mit en marche sur la route détrempée. Samson le suivit sans difficultés.

— Reste tout près, conseilla-t-il à Callie. Avec cette pluie, on n'y voit guère qu'à une dizaine de pieds.

— C'est pire qu'une averse de balles. Je vais marcher de l'autre côté de Samson et m'accrocher à l'étrier.

— Bonne idée. Au moins, la pluie va te nettoyer de toute cette boue, lui lança Richard avec un sourire.

Son chapeau avait été emporté par le vent et ses cheveux trempés paraissaient plus sombres. C'était l'homme le plus beau et le plus séduisant qu'elle eût jamais vu.

Soudain, il ne s'agissait plus d'un désastre mais d'une aventure, et elle s'esclaffa.

— Je serai la femme la plus propre de tout le Maryland !

Comme prévu, le pont apparut après le virage. On distinguait vaguement les contours d'un bâtiment de l'autre côté de la rivière. Il paraissait intact. Callie fut rassurée de constater qu'il n'y avait pas d'arbres à proximité.

Mais d'abord, il leur fallait traverser la rivière. Les eaux rugissantes se déversaient tel un troupeau de chevaux sauvages et étaient tout près de passer par-dessus le pont.

— Le pont semble en état, déclara Richard. Il est fait de gros rondins jetés en travers de la rivière, avec des planches clouées en travers pour le solidifier. Avec les piliers à chaque extrémité et les garde-fous tout le long, nous devrions pouvoir traverser sans danger. À condition de ne pas attendre que l'eau monte encore.

Un autre arbre s'abattit derrière eux, cette fois si près que Callie sentit les feuilles lui frôler les mollets.

— Veux-tu que je passe la première pour tester la solidité ? proposa-t-elle.

— Je suis plus lourd, c'est donc moi qui m'en chargerai.

Il lui tendit la bride de Samson. Callie flatta l'encolure du cheval en lui murmurant des paroles de réconfort. Si la vue du pont et de l'eau torrentielle le rendait nerveux, il ne paraissait pas paniqué. Ils devraient réussir à le faire traverser sans peine.

Richard s'engagea avec précaution sur le pont. En aventurier pragmatique, qui ne prenait pas de risques inutiles, il empoigna le garde-fou de gauche – ce n'était guère qu'une longue branche étroite – et le secoua violemment. Il ne bougea pas.

Sans lâcher le garde-fou, il posa un pied sur la première planche, qu'il frappa du talon à plusieurs reprises. Le pont vibra, mais tint bon.

Il ne faisait pas plus d'une trentaine de pieds de long et après l'avoir traversé d'un pas prudent, Richard rebroussa chemin à une allure bien plus rapide.

— C'est de la bonne construction, annonça-t-il. Passe la première. Une fois que tu seras en sécurité de l'autre côté, je ferai traverser Samson.

Callie lui remit la bride du cheval, puis s'engagea lentement sur le pont. Après une légère baisse d'intensité, la pluie tombait de nouveau si drue qu'elle distinguait à peine la rive opposée. Même si le pont paraissait solide, les vibrations lui semblaient bien plus fortes à présent qu'elle marchait dessus. L'eau commençait à éclabousser les planches. Encore quelques minutes et le pont serait submergé.

Ce fut avec soulagement qu'elle posa le pied sur la terre ferme. Elle se retourna et cria :

— À ton tour !

Bien que manifestement nerveux, Samson était bien dressé. Encouragé par Richard, qui se tenait tout contre son épaule, il posa un premier sabot précautionneux sur le pont, puis commença à traverser. Les yeux rivés sur l'homme et sur le cheval, Callie ne vit pas le gros arbre déraciné charrié par le courant violent. Elle ne prit conscience du danger qu'au dernier instant.

— Richard ! hurla-t-elle. Attention !

Trop tard ! L'énorme boule de racines frappa de plein fouet le milieu du pont, pulvérisant les planches et décrochant les rondins des poteaux qui les soutenaient. Affolé, Samson se cabra puis bondit sur la rive. Callie tenta de l'attraper, sans succès. Elle évita de justesse d'être piétinée lorsqu'il détala au galop.

Richard ! Où était Richard ?

Avec horreur, elle vit qu'il avait été projeté dans la rivière et que, déjà, les flots furieux l'éloignaient. L'un des garde-fous avait été arraché et était tout près de tomber dans la rivière. Elle s'en saisit et courut le long de la rive, traînant la longue branche derrière elle.

Un jeune arbre était tombé dans l'eau et seules ses racines le retenaient encore à la berge. Richard réussit à attraper les minces branches supérieures, qui atteignaient presque le milieu de la rivière. Elles plièrent tandis que les racines cédaient les unes après les autres, mais la progression de Richard fut suffisamment ralentie pour permettre à Callie de parvenir à sa hauteur.

— Attrape ! cria-t-elle.

Tournant la tête, il vit qu'elle poussait vers lui le vestige du garde-fou. Il lâcha les branches de l'arbre à l'instant où ce dernier était arraché à la berge et réussit in extremis à attraper l'extrémité du garde-fou. Entre son poids et de la violence du courant, Callie faillit basculer dans la rivière. Elle se jeta à plat ventre, agrippant la longue branche de toutes ses forces.

Elle sentait le bois mouillé glisser entre ses doigts. Dieu merci, Richard parvint à se hisser, une main après l'autre, hors de l'eau et prit enfin pied sur la rive. Il avait dû être frappé par des débris car elle vit du sang dans ses cheveux lorsqu'il put enfin saisir la main qu'elle lui tendait.

Ils s'effondrèrent sur la rive boueuse et demeurèrent un long moment allongés côte à côte, immobiles, peinant à reprendre leur souffle. La pluie ne faiblissait pas. Enfin, Richard déclara d'une voix haletante :

— Je commence à vraiment détester ton fichu pays !

Callie ne put retenir un rire bref.

— À cet instant, je ne peux pas dire que j'aime ce coin d'Amérique.

Se redressant en position assise, elle regarda le pont ; il n'en restait plus que les piliers.

— Tu n'es pas blessé, à part l'écorchure à la tête ? s'enquit-elle.

Il bougea ses membres avec précaution, puis se frotta le crâne à l'endroit qui saignait et grimaça.

— Des contusions, mais rien de cassé, je pense, conclut-il avant de s'asseoir. Je suppose que Samson est à mi-chemin de son écurie à l'heure qu'il est.

— Si j'avais quatre jambes, crois-moi, je serais juste derrière lui, répliqua Callie, sarcastique.

— Si on allait mettre ce toit sur nos têtes ? suggéra-t-il.

Il se leva, lui tendit la main et lorsqu'ils furent tous deux debout, il glissa le bras autour des épaules de Callie. Ils gagnèrent la grange sous la pluie toujours diluvienne.

— Je crois que ça se calme un peu, hasarda Callie, juste avant de trébucher dans une ornière.

— Optimiste ! l'accusa Richard en la retenant. À mon avis, c'est le premier des quarante jours et quarante nuits qui engloutiront la terre.

Il souleva le loquet métallique et poussa l'un des battants de la grange. Callie pénétra à l'intérieur, pressée de se mettre à l'abri.

Lorsqu'il referma la porte derrière eux, la pénombre les enveloppa, la seule lumière provenant des trous de ventilation à hauteur du toit. La pénombre semblait intensifier l'odeur du foin frais et Callie fut brusquement ramenée quinze années en arrière, dans cette grange où ils s'étaient réfugiés lors de leur tentative de fuite avortée.

Après avoir jeté un regard circulaire, Richard murmura :

— Tu penses à cette grange où nous avons dormi autrefois, n'est-ce pas ?

— Comment ne pas y penser ?

C'était ce jour-là que sa vie avait basculé.

12

Gordon avait vécu la moitié de sa vie depuis cet épisode et la grange du Lancashire se trouvait à des milliers de miles. Quel jeune idiot il avait été de céder à son impulsion. C'était lui qui avait suggéré qu'ils s'enfuient ensemble. Il n'avait pas pris la mesure du désastre vers lequel ils couraient.

Il inspira lentement, profondément, tout en se débarrassant de sa redingote gorgée d'eau. Il la laissa tomber sur le sol, puis il prit la main de Callie et l'entraîna vers un tas de foin odorant.

— Voyons si le foin américain est aussi confortable que la variété anglaise.

Épuisée par cette journée riche en mésaventures, Callie le suivit volontiers. Une fois allongé sur le côté, il la contempla. La pénombre soulignait la délicatesse de ses traits. Son chapeau avait depuis longtemps disparu et la pluie avait assombri l'or rouge de sa longue natte.

— Tu as l'air d'un rat noyé, dit-il affectueusement. Un très joli rat noyé. Je te remercie de m'avoir sorti de l'eau.

Il inclina la tête dans l'intention de lui signifier sa gratitude par un baiser léger. Mais ses lèvres remuèrent sous les siennes tandis qu'elle lui rendait son baiser, et il ne put s'en tenir là. Une tempête se déchaîna dans son cerveau. Comme il se rapprochait de Callie, elle l'enlaça avec un soupir tremblant.

Callie... Callie...

Il fit descendre sa main, la referma sur son sein. Callie était douce, et forte, et intensément féminine, une femme à nulle autre pareille...

Elle s'écarta brusquement et le foin écrasé libéra une fraîche odeur de trèfle.

— Non ! s'écria-t-elle. J'ai besoin de toi comme ami, Richard. Il n'y a pas de place dans ma vie pour quoi que ce soit d'autre !

Il aurait voulu l'embrasser de nouveau et tenter de la faire changer d'avis, mais il avait appris un certain nombre de choses au fil des années.

— Désolé ! C'était un geste de reconnaissance de ma part qui a mal tourné. Cela n'aurait pas dû arriver.

Il roula sur le dos, les yeux fixés sur les ronds de lumière que dessinaient les trous d'aération.

— Je voulais juste te donner un simple baiser de remerciement, mais tu as... un effet malencontreux sur mon bon sens. Je ne cesse d'oublier que je suis ici pour t'aider, pas pour te rendre la vie plus compliquée.

— Plus compliquée, mais meilleure.

Quand elle prit une profonde inspiration, il comprit, et en fut heureux, qu'elle aussi était troublée.

— C'est surtout moi qui suis à blâmer, reprit-elle. Je n'aurais pas dû te rendre ton baiser. C'est juste que, l'espace d'un instant, cela m'a semblé... une bonne idée.

Une excellente idée, même selon lui ! Sauf que...

— Tu me terrifies, Callie.

— Moi ? dit-elle, étonnée. Je ne suis même pas armée !

Il rit, ce qui contribua à dissiper la tension.

— Je suis à peu près certain de pouvoir te battre en combat régulier, en revanche, je doute d'y parvenir s'il ne l'était pas.

— Ce serait pourtant le seul que je tenterais, rétorqua-t-elle. Pourquoi me risquer à un combat régulier contre une personne qui fait deux fois mon poids ?

— Je te reconnais bien là !

Il lui prit la main sans tenter de se rapprocher d'elle.

— Tu me terrifies parce que...

Il hésita, puis expliqua :

— Durant toutes ces années, j'ai eu ma part d'amis et d'ennemis, mais... je n'ai jamais été vraiment proche de quelqu'un depuis ma jeunesse. Et à ce moment-là, c'était déjà toi.

— Je suis désolée, murmura-t-elle. Je comprends ce que cela peut avoir de déconcertant.

Après un long silence, elle reprit :

— J'ai été proche d'autres personnes, surtout les enfants, Sarah et Joshua. Mais mon amitié avec toi, c'était autre chose. Et je n'en ai jamais retrouvé l'équivalent après notre séparation.

— Qui aurait pu deviner à quel point nos existences divergeraient alors qu'elles avaient commencé de manière si semblable ? Je trouve cela très intéressant. À présent, Câline, repose-toi, ajouta-t-il en lui pressant brièvement la main. J'ai l'impression que la pluie est moins forte. Lorsqu'elle aura cessé, nous rejoindrons Tucker Hall à pied. Ce n'est pas très loin.

— Bonne idée, acquiesça-t-elle dans un profond soupir. La pluie sur le toit est plus apaisante que la pluie qui vous cingle le visage.

Elle ferma les yeux et sa respiration ne tarda pas à devenir plus régulière. Sans lâcher la main de Gordon, elle roula sur le côté, face à lui, le visage serein.

Il réalisa alors pourquoi elle le terrifiait. Ce n'était pas simplement parce qu'il n'avait pas été proche de quiconque durant quinze ans, mais parce qu'il n'était plus capable d'une telle intimité. Il avait survécu en cultivant un détachement plein de froideur et d'ironie.

Il était capable de jouir de l'existence et de la rencontre d'autres personnes, quoique jamais au point d'être incapable de partir sans un regard en arrière. Sa capacité à tisser des liens profonds, lestés d'émotions, était morte lorsqu'il avait été condamné pour vol et enlèvement, et envoyé dans un bateau-prison à l'autre bout du monde.

L'un dans l'autre, il s'était plutôt bien adapté à la nouvelle vie qu'on lui avait imposée. Il avait survécu et s'il avait fait des choses dont il n'était pas fier, il n'était pas non plus devenu un monstre. Cependant, quelque part en chemin, il avait perdu sa capacité à espérer et à éprouver des sentiments profonds.

Seul perdurait le désir. Celui-ci était bien vivant, et le désir qu'il avait de Callie était d'une intensité embarrassante. Mais il se souciait trop d'elle pour lui faire du mal. Elle avait suffisamment souffert. C'était d'un ami qu'elle avait besoin, pas des complications d'une liaison. Et lui ne voulait pas voir sa propre vie voler de nouveau en éclats. Le désir, c'était différent, il saurait le maîtriser.

Callie et lui seraient amis. Amis pour toujours.

Gordon s'assoupit à son tour et se réveilla lorsqu'il prit conscience que la pluie était plus légère et que le tonnerre avait cessé. Il n'avait pas dormi longtemps – moins d'une heure –, mais il était remis de son dernier flirt avec la mort. L'orage s'étant éloigné, il faisait plus clair dans la grange. Lorsqu'il ouvrit les yeux, il découvrit que Callie, réveillée elle aussi, l'observait d'un air songeur.

Il lui sourit.

— Bonjour, Câline. Tu as l'air d'une chatte...

— Et toi d'un lion, murmura-t-elle. Plus gros qu'un chat, mais de même nature. Tu as d'ailleurs le courage d'un lion.

— Richard Cœur de Lion ? dit-il en riant.

— Tu es assez hâlé pour cela.

— Est-ce que le Cœur de Lion n'a pas passé des années à se fourvoyer en Europe et en Terre Sainte au lieu de rester en Angleterre et d'endosser les responsabilités qui lui incombaient ?

— La ressemblance est de plus en plus frappante, dit-elle avec un large sourire.

— La différence, c'est que je ne suis pas roi d'Angleterre et que je ne suis pas responsable d'un pays.

— Mais désormais, tu as un domicile là-bas, dit-elle doucement.

En effet, il avait une maison à Londres, et le désir qu'il avait d'y retourner le déconcertait.

— C'est une demeure plutôt modeste, pas un château Plantagenêt, répliqua-t-il. Je ne peux guère infliger de dégâts à l'Angleterre.

— Peut-être pas au pays, mais comme Cœur de Lion avait un mauvais frère, Jean sans Terre, qu'il n'aurait pas dû laisser gouverner l'Angleterre, tu as toi aussi un mauvais frère. Lorsque l'abominable vicomte Welham héritera et deviendra marquis de Kingston, il sera l'équivalent de Jean sans Terre. C'était vraiment un sale bonhomme, ajouta Callie avec une grimace. Il essayait tout le temps de m'isoler dans un coin pour me tripoter.

— Quoi ! s'exclama Gordon, à présent tout à fait réveillé. Pourquoi ne me l'as-tu pas dit ?

— Parce que j'avais peur que tu ne le tues, répondit-elle simplement. Je ne voulais pas que tu sois pendu.

— Tu n'avais peut-être pas tort, reconnut-il en s'efforçant de contenir sa fureur.

S'il n'avait jamais aimé Welham, l'aîné et le plus odieux de ses frères, à cet instant, il avait des envies de meurtre. Comment cette brute ignoble avait-elle osé agresser Callie ?

— Si je l'avais tué, j'aurais veillé à faire croire à un accident.

— J'aurais dû y penser, dit-elle avec un sourire ironique. Welham mérite peut-être de mourir pour de nombreuses raisons, mais je préfère penser aux gens qui se sont mal conduits avec moi comme le faisait ma nourrice. Elle disait toujours : « Vaquez à vos affaires et soyez certaine que Dieu finira par les avoir. »

— La sagesse même, reconnut-il en riant. J'essaye d'ailleurs d'appliquer ce principe ces derniers temps. Il n'empêche que si Welham était là, je lui flanquerais la raclée de sa vie. Je m'efforçais de protéger les servantes de ses entreprises, mais jamais je n'aurais imaginé qu'il s'en prendrait à la fille d'un lord.

— J'étais devenue très forte pour l'éviter. Il était donc davantage une plaie qu'une menace.

L'expression de Callie changea et elle reprit :

— Tu as dit tout à l'heure que toutes ces années, tu n'avais jamais été vraiment proche de quelqu'un. Et tes compagnes de lit ? J'imagine que tu n'avais pas fait vœu de chasteté ?

Cette question inattendue désarçonna Gordon. Il se laissa retomber dans le foin et contempla les poutres grossièrement taillées.

— Voilà qui signifie, je suppose, que tu n'as pas envie de discuter de ta vie amoureuse, enchaîna Callie d'un ton amusé.

— Ce n'est pas un sujet qu'un gentleman, même indigne et dévoyé comme moi, aborde avec une dame. Mais tu n'es pas une dame, ajouta-t-il en lui coulant un regard oblique, tu es Callie, et nous avons toujours été honnêtes l'un avec l'autre.

— Je vais essayer de prendre cela comme un compliment. Et si tu me disais la vérité, mais pas toute la vérité ? Nous avons tous nos secrets.

— Pourquoi pas, acquiesça Gordon qui, même en son for intérieur, préférait ne pas s'appesantir sur certaines vérités. Sache qu'à la différence de Welham, je n'ai jamais touché de femmes qui n'étaient pas consentantes.

— Tu n'as pas besoin de me le dire. Tu es beaucoup plus gentil que tu n'en as l'air, Richard.

— Certainement pas ! protesta-t-il. Mais ayant grandi avec une fille comme meilleure amie, comment aurais-je pu ensuite maltraiter des femmes ?

— Tout le mérite me revient donc ? Parfait !

— Il y a un fossé entre ne pas agresser effectivement des femmes et les traiter toujours bien. Comme je me déplaçais beaucoup, j'ai choisi pour amantes des femmes malheureuses en ménage. Elles savaient que notre relation serait limitée dans le temps et que jamais je ne les trahirais. En contrepartie, je faisais de mon mieux pour leur donner du plaisir afin qu'elles soient un peu heureuses, ne serait-ce qu'un court moment. Puis je me suis rendu compte que, même sans le vouloir, je leur faisais du mal.

— Parce que certaines de ces femmes sont tombées amoureuses de toi ?

— Comment as-tu deviné ?

— Cela tombe sous le sens, répliqua Callie en triturant distraitement un brin de paille. Pour une femme prisonnière d'un mariage malheureux, un homme séduisant, qui la traite avec gentillesse et ne souhaite que lui donner du plaisir est un rêve devenu réalité. Une telle femme ne peut que vouloir te garder dans sa vie. J'espère qu'aucune de ces femmes n'a assassiné son mari dans l'espoir que tu l'épouses.

Gordon fronça les sourcils.

— J'espère que non ! Mais il m'a fallu des années avant de comprendre que mes départs systématiques pouvaient être source de chagrin.

— Tu as laissé entendre que tu avais changé d'attitude à un moment donné. Comment est-ce arrivé ? Une prise de conscience due à la maturité ?

— Le hasard a voulu que je rencontre une femme avec qui j'avais eu une liaison quelques années plus tôt. J'étais heureux de la revoir car je gardais un bon souvenir des moments passés ensemble. J'ai découvert mon erreur lorsqu'elle s'est approchée de moi et, en réponse à mes salutations, m'a lancé son poing dans la figure. Et pas pour faire semblant. Je lui ai demandé ce que j'avais fait et elle me l'a expliqué. Après lui avoir demandé d'excuser mon manque de prévenance, je lui ai assuré que je me conduirais mieux à l'avenir.

— Et elle t'a cru ?

— Je l'ignore, mais j'ai bel et bien changé. On dirait que la pluie s'est arrêtée, ajouta-t-il après avoir levé les yeux vers les trous d'aération. Nous pouvons repartir.

Il se leva, brossa son pantalon humide, puis tendit la main à Callie pour l'aider à se lever à son tour.

Ce qu'elle fit avec une grimace.

— Je me trompais en disant que je n'aurais pas de bleus après ma chute de cheval !

Ayant ramassé sa redingote dégoulinante, Gordon glissa la main dans la poche intérieure.

— Bien, le cuir a protégé mes lettres d'introduction. Nous pourrions en avoir encore besoin.

Après avoir tordu la redingote pour l'essorer, il la noua par les manches autour de sa taille au lieu de l'enfiler.

Dehors, le sol détrempé fumait sous les rayons du soleil. Si l'orage avait fait baisser la température, il faisait encore aussi chaud et humide que dans les pays tropicaux que Gordon avait visités. Le pont avait disparu et la rivière était sortie de son lit à plusieurs endroits.

— À quelle distance sommes-nous ? voulut savoir Callie.

— Moins d'un mile, je pense. Ensuite, nous pourrons attaquer l'étape suivante de cette aventure.

— Parle pour toi, Cœur de Lion ! Je ne veux pas d'une aventure. Je veux juste un voyage parfaitement ennuyeux jusqu'à Baltimore.

— Où nous attendrons l'invasion de l'armée la plus puissante au monde. Ce sera très ennuyeux, j'en suis sûr, ajouta-t-il, railleur.

— On peut toujours espérer ! répliqua Callie en riant.

13

Ils trouvèrent le propriétaire de Tucker Hall, Thomas Green, dans l'écurie en train de s'occuper de Samson. Il leur jeta un regard méfiant, puis se détendit en reconnaissant Richard.

— Je suis content de vous voir sain et sauf. Je me suis inquiété quand Samson est rentré seul au grand galop.

Après avoir donné une carotte au cheval, il sortit de la stalle et referma la porte.

— C'est un animal fiable et paisible la plupart du temps, mais il n'aime pas le tonnerre.

— Nous nous en sommes aperçus, confirma Richard. Je lui faisais traverser la rivière en le menant par la bride lorsqu'un arbre déraciné a violemment heurté le milieu du pont. Samson, qui était déjà nerveux, a bondi sur la rive avant de détaler pendant que Mme Audley me repêchait. Nous nous sommes abrités dans la petite grange jusqu'à la fin de l'orage.

— J'espérais que le pont tiendrait le coup, avoua M. Green avec une grimace. Mais il est vrai que nous ne l'avions pas construit pour résister à un bélier flottant. Heureusement, vous vous êtes tirés d'affaire. C'est un plaisir, madame Audley, ajouta-t-il en tendant la main à Callie. Je suis heureux que lord George vous ait retrouvée. Vous allez rentrer en Angleterre à présent ?

— Aucune idée, répondit Callie. J'ai envoyé ma famille se mettre à l'abri à Baltimore. Je ne m'attendais pas que les Anglais brûlent ma maison, et c'est pourtant ce qu'ils ont fait. Ma seule préoccupation pour le moment, c'est de retrouver les miens.

— Je suis désolé pour votre maison, dit M. Green avant de pousser un soupir. Moi aussi, j'aimerais retrouver les miens. J'espère qu'ils pourront bientôt rentrer. Savez-vous si les Anglais ont l'intention d'occuper Washington ?

— À mon avis, ils prévoyaient une incursion, pas une occupation, répondit Richard. Ils ont dû être surpris de découvrir qu'après Bladensburg, il n'y a eu aucune tentative pour défendre la capitale. On peut toutefois supposer que des officiers américains compétents ne mettront pas beaucoup de temps à organiser une contre-attaque. Les Anglais ne souhaitent peut-être pas attendre sur place qu'elle survienne.

— Si les troupes britanniques pouvaient repartir bientôt ! s'exclama M. Green. Avoir brûlé notre capitale, c'est honteux ! Il est temps que l'Amérique cesse de se reposer sur des milices de volontaires inexpérimentés. Il faudrait qu'elle dispose d'une armée régulière, avec des soldats entraînés.

— C'est sûrement ce qui va se passer, intervint Callie. Nos défaites sont consternantes. Nous pouvons mieux faire.

Au moment où elle prononçait ces mots, elle se demanda si elle avait le droit de se considérer comme Américaine. Elle ne vivait ici que depuis un peu plus de trois ans ; en outre, la présence de Richard lui donnait l'impression d'être davantage anglaise qu'américaine.

— Le *Zéphyr* est-il amarré dans la Tucker Creek ? demanda ce dernier. Je n'ai vu aucun mât en arrivant.

— Quand la tempête s'est annoncée, le bateau a rejoint le fleuve pour ne pas risquer d'être brisé par la rivière en crue, expliqua M. Green. Je suppose qu'il va revenir maintenant que l'orage est terminé.

— Je me suis douté que Hawkins prendrait ce parti. La force du courant est terrible et il attendra probablement que la Tucker Creek ait regagné son lit.

— Il se peut qu'il ne revienne que demain, acquiesça M. Green. Mais je me montre un hôte bien négligent. Venez dans la maison et je vais vous dénicher des vêtements secs et de la nourriture.

— Des vêtements secs, ce serait merveilleux ! s'exclama Callie. Et si vous aviez une robe, ce serait encore mieux.

— Vous avez sauvé Lizzie, tout ce qui se trouve dans la maison est à vous.

M. Green les précéda dans la maison, claire et spacieuse, et les remit entre les mains de domestiques.

Une demi-heure plus tard, Callie était propre et sèche, ses cheveux humides étaient étalés dans son dos. Lorsque la femme de chambre lui proposa de faire son choix dans la garde-robe de sa maîtresse, elle jeta son dévolu sur une simple robe de coton décolorée par les lavages en supposant qu'elle ne manquerait guère à Mme Green.

Le soleil se couchait lorsqu'elle rejoignit les deux hommes pour dîner. Elle ne put s'empêcher de sourire à la vue de Richard. En dépit de son pantalon et de sa chemise mal ajustés, il conservait son allure de gentleman anglais. Il faudrait qu'elle lui demande comment il réussissait ce tour de force.

Tom Green se révéla un hôte exemplaire. Les vêtements qu'il avait offerts à Gordon – empruntés à son fils – ne lui allaient pas trop mal. Un valet se chargea de ses bottes, non seulement coûteuses mais auxquelles Gordon tenait beaucoup, en promettant qu'elles auraient pratiquement retrouvé leur lustre le lendemain. L'homme emporta également sa redingote, allégée des lettres d'introduction, mais ne se montra pas aussi optimiste à son sujet.

Quand Callie pénétra dans la salle à manger, elle portait une robe très simple d'un gris un peu passé ; cependant, avec sa luxuriante chevelure d'or rouge tombant sur ses épaules, elle ressemblait à la fille avec laquelle il s'était enfui. À l'exception de son regard, trop grave pour son âge.

Le repas fut léger et délicieux. Callie parla peu et Gordon devina qu'elle était accaparée par des pensées inquiètes et compliquées.

Après le thé accompagné d'un excellent gâteau aux pêches, Green repoussa sa chaise.

— Si vous voulez bien m'excuser, je vais devoir vous abandonner. Je dois mettre mes comptes à jour.

— Avez-vous envoyé certains de vos gens en sécurité de l'autre côté de la rivière ? demanda Callie.

— C'est inutile. Mes Noirs ne craignent rien ici, les Anglais les laissent tranquilles. Sauf, ajouta-t-il avec une grimace, quand ils en attirent certains en leur donnant des uniformes et des armes.

Gordon n'aurait pas abordé ce sujet, mais Callie continua :

— J'ai affranchi mes esclaves. Avez-vous envisagé d'en faire autant ? Ainsi, ils ne seraient pas tentés de rejoindre les Anglais.

— Vous ne dirigez pas une grande plantation comme moi, répliqua Green d'un ton un peu condescendant. Je ne peux pas me permettre d'affranchir mes esclaves. Je suis déjà à court de main-d'œuvre à cause de ceux qui se sont joints aux Anglais pour combattre les Américains.

— On peut comprendre qu'ils aient envie de partir, déclara Gordon sur le ton de la conversation. Si vous étiez esclave, vous ne feriez pas la même chose ?

Green ouvrit la bouche pour protester, puis se ravisa, les sourcils froncés.

— Sans doute, finit-il par admettre. Mais les Africains sont différents de nous. Je traite bien mes esclaves, mieux que la plupart des propriétaires. S'ils avaient le moindre bon sens, ils resteraient avec moi.

— Le désir de liberté est puissant, fit valoir Callie d'une voix douce. Aussi puissant que le désir d'aimer et de fonder une famille. Les hommes et les femmes de toutes les races sont prêts à risquer leur vie pour cela.

— Je ne dis pas le contraire, dit Green, visiblement mal à l'aise, mais il m'est impossible de diriger cette plantation sans esclaves.

— Pourquoi ne pas les traiter comme des ouvriers sous contrat ? suggéra Callie. Vous pourriez accorder la liberté à vos esclaves après un certain nombre d'années de travail. Si l'esclave est d'accord, vous rédigeriez un document expliquant les termes du contrat et prendriez comme témoin un prêtre local ou un abolitionniste en qui l'esclave a confiance. Cela vous donnerait le temps de vous adapter à cette nouvelle situation et je pense que beaucoup de vos ouvriers resteraient chez vous après avoir été affranchis.

Green parut réfléchir.

— Ce serait peut-être possible, reconnut-il. Une fois cette crise terminée, quand ma femme, mon fils et sa famille seront rentrés, j'en discuterai avec eux.

Callie adressa à Green un sourire si lumineux que Gordon faillit en tomber de sa chaise alors qu'il n'en était pas le destinataire. Green lui-même parut un instant ahuri.

— J'y réfléchirai très sérieusement, je vous assure, madame Audley, dit-il avant de se lever. À présent, il faut que je retourne travailler.

Lorsqu'il eut quitté la pièce, Callie se leva à son tour.

— Bonne nuit, Richard. Je vais prendre un peu l'air sous la véranda avant de me coucher. La journée a été épuisante.

— En effet, dit-il en se levant. Cela t'ennuie que je te tienne compagnie ?

— Pas du tout. Tu pourras m'indiquer dans quelle direction se trouve Washington, que je voie s'il y a encore des incendies.

— C'est peu probable après toute cette pluie.

Gordon la suivit à l'extérieur. La lune éclairait la vaste véranda qui entourait la maison sur trois côtés. Des rocking-chairs étaient disposés par petits groupes et il était aisé de s'imaginer les Green et leurs invités jouissant du paysage, une boisson fraîche à la main. Il la guida vers la façade située à l'ouest.

— La ville est là-bas, dit-il en pointant le doigt. Pas de flammes en vue.

— Dieu soit loué !

De la véranda, on voyait couler les eaux aux reflets argentés de la Tucker Creek. Contrairement au pont, la solide jetée de pierre qui s'avançait dans la rivière n'avait pas subi de dommages.

— Cette jetée était submergée à notre arrivée, fit remarquer Gordon, or l'eau est déjà descendue de deux pieds. Demain matin, la rivière devrait avoir pratiquement retrouvé son niveau habituel.

— Nous pourrons donc partir pour Baltimore.

Croisant les bras, Callie s'adossa à l'une des hautes colonnes en bois qui soutenaient le toit de la véranda.

Ses cheveux, à peu près secs à présent, recouvraient ses épaules d'un voile brillant.

Comme Gordon l'avait noté un peu plus tôt, elle paraissait presque juvénile, et elle était si belle que la regarder était presque douloureux. Il ne rêvait de rien d'autre que de la soulever dans ses bras et de la garder avec lui pour toujours.

— Crois-tu que M. Green donnera suite à ma suggestion de faire de ses esclaves des ouvriers sous contrat ? s'enquit Callie. Et de les affranchir ensuite ?

— C'est possible... Mais contrairement à toi, je n'ai pas passé des années au sein d'une société esclavagiste. Ton avis est plus pertinent que le mien.

— À la Jamaïque, la plupart des gens partaient du principe que les esclaves étaient indispensables. Certains planteurs étaient néanmoins mal à l'aise avec ce système et auraient accueilli favorablement une alternative qui ne provoquerait pas leur ruine. M. Green appartient peut-être à cette catégorie.

Elle poussa un profond soupir avant d'ajouter :

— Pour l'heure, je n'ai pas assez d'énergie pour m'inquiéter de grands problèmes de société. Ce que je désire par-dessus tout, c'est rejoindre ma famille à Baltimore et les serrer tous dans mes bras.

Ce n'était pas très éloigné du vœu que Gordon faisait en ce qui la concernait. Observant la silhouette gracieuse de Callie, il sut qu'il désirait cette femme comme il n'avait jamais rien désiré de sa vie. Il aurait toutefois fallu être un imbécile pour penser que le moment était bien choisi pour se déclarer.

Il pouvait néanmoins lui offrir du réconfort. Passant le bras autour de ses épaules, il l'attira à son côté.

— Ta famille va bien et tu vas la revoir bientôt, dit-il, rassurant.

Elle résista légèrement, puis se laissa aller contre lui avec un petit soupir.

— Tu as raison, j'en suis sûre, mais avec tout ce qui s'est passé, j'ai hâte que nous soyons réunis.

Sa robe sentait la lavande, et ce frais parfum la rendait encore plus « Callie ». Gordon déglutit et s'ordonna de ne pas resserrer son étreinte au risque de la faire fuir.

— Si tu me parlais de tes enfants ? Je ne sais rien d'eux à part qu'ils sont quarterons. Il y a sûrement davantage à en dire.

Callie pouffa.

— Tu risques de regretter d'avoir abordé le sujet, parce que je suis capable de parler d'eux pendant des heures ! Molly a seize ans. Son véritable prénom est Mary, mais Molly convient mieux à sa vivacité. Elle est encore plus belle que sa mère, ce qui n'est pas peu dire. Elle est très intelligente et s'est montrée une merveilleuse assistante dans mon atelier. Lorsque les enfants étaient petits, je leur racontais des histoires de l'Angleterre et elle rêve d'y aller un jour, lorsque la guerre sera terminée.

— Elle sera bientôt exaucée, promit Gordon. Et l'autre enfant ? Garçon ou fille ?

— Garçon, pour le meilleur et pour le pire ! Trey a quatorze ans, il est grand pour son âge, plein d'énergie, de charme et de curiosité. En réalité, il s'appelle Matthew, comme son père et son grand-père. Comme c'était le troisième Matthew de la famille, il a été surnommé Trey quand il était encore au berceau.

— Le fils légitime n'a pas reçu le prénom de Matthew ? s'étonna Gordon.

— Sa mère, la première femme de Matthew, a insisté pour que son fils porte celui de son père à elle, Henry, expliqua Callie. J'ai cru comprendre que c'était une femme avec laquelle il n'était pas facile de discuter.

Matthew Newell avait-il cru qu'en épousant une fille de seize ans, il aurait une épouse plus docile ? En ce cas, il s'était trompé. Mais au moins Callie avait-elle dû l'écouter et débattre avec lui.

— Vu la façon dont tu parlais de tes enfants, je les imaginais plus jeunes, or ce sont presque des adultes.

— Oui. Et je commence à comprendre l'adage « Petits enfants, petits soucis ; grands enfants, grands soucis », répondit Callie avec une moue. Molly a déjà droit à beaucoup trop d'attentions masculines inopportunes ; je lui ai donc appris comment se protéger en cas de besoin. Heureusement, elle a la tête sur les épaules et il est peu probable qu'elle se laisse séduire par un beau parleur.

Caressant doucement le bras de Callie, Gordon l'attira plus près de lui.

— Que veut faire Trey plus tard ?

— Il adore tout ce qui est machines, trouvailles et bricolages. Je le mettrai en apprentissage chez un inventeur, si un tel homme existe. Ou peut-être chez un imprimeur.

— Hériteront-ils quelque chose de leur père ?

— Ça, c'est une autre histoire, répondit-elle d'un ton acerbe. Matthew a rédigé le brouillon d'un testament dans lequel il laissait la plantation à son fils Henry, et des sommes substantielles à Molly et à Trey. À ma demande, il stipulait aussi que tous ses esclaves seraient affranchis après sa mort et que je serais tutrice des deux enfants jusqu'à leur majorité. Il m'a donné ce brouillon à lire. J'ai fait une ou deux suggestions et il m'a promis de les ajouter. Il est mort peu après et s'il y a eu un testament mis à jour, il a disparu.

— Laisse-moi deviner : le seul testament que l'on a retrouvé, c'est un testament plus ancien dans lequel son fils légitime héritait de tout ?

— Exactement. Je pense que Henry a détruit le nouveau testament. Hériter de la propriété familiale ne lui suffisait pas, il voulait aussi les esclaves et jusqu'au dernier penny de la fortune de son père.

— Je suppose qu'il n'y avait pas de recours légal puisque tu n'avais pas de copie de ce nouveau testament ?

— C'est même pire. Non seulement le testament a disparu, mais Henry m'a annoncé qu'il avait l'intention de vendre son frère et sa sœur. Molly rapporterait une « somme coquette », selon ses propres paroles. Et pour couronner le tout, conclut Callie avec un rire amer, il m'a généreusement proposé de rester et d'être sa maîtresse.

Gordon lâcha un juron sonore. Que n'avait-il été présent pour punir ce salaud !

— Et donc, tu t'es évanouie dans la nature et tu ne peux pas toucher l'argent qui te revient parce qu'il faudrait révéler ton adresse. C'est ignoble !

— Je m'efforce de ne pas y penser parce que cela me donne des envies de meurtre et qu'il n'y a pas grand-chose à faire excepté prier pour que Henry ait cessé de nous rechercher. Il possède tout, désormais, et il n'a rien à redouter de moi. Mais l'idée que Molly et Trey ne recevront pas ce à quoi ils ont droit me rend furieuse.

Elle soupira, puis reprit :

— Sans doute seraient-ils davantage en sécurité en Angleterre.

— Je suis censé vous emmener, toi et les tiens, lui rappela Gordon. Il te suffit de le décider.

— La vie en Angleterre est chère. Je ne sais pas si je suis capable de gagner de quoi subvenir à nos besoins. Je vais devoir repartir de rien et je ne veux pas dépendre de l'éventuelle charité de ma famille.

— Tu peux m'épouser, répliqua-t-il. Sans être immensément riche, j'ai de quoi vous assurer une vie confortable. Je peux doter Molly et aider Trey dans la carrière qu'il choisira. Peut-être qu'il voudra aller à l'université.

Callie le dévisagea, abasourdie.

— Je te remercie, mais je ne suis pas à ce point désespérée.

Gordon éclata de rire.

— Callie, si jamais je me faisais des illusions quant à la séduction que j'exerce sur les femmes, tu viens de les pulvériser.

— Désolée ! dit-elle en riant à son tour. C'est gentil de ta part, mais cette offre va bien au-delà de ta mission. Je ne souhaite pas me remarier et je suis persuadée que tu peux trouver mieux que moi si tu décides un jour de te marier.

Gordon était sûr du contraire, mais le moment était mal choisi pour le lui dire.

— L'offre reste ouverte, se contenta-t-il de déclarer d'un ton léger. Au cas où tu serais suffisamment désespérée.

— Je ne cesse de me répéter que je ne dois pas m'inquiéter. Mon existence est sens dessus dessous et je ne peux prendre aucune décision importante pour le moment.

— Il y a dans chaque famille un inquiet tout désigné. En général, c'est la femme. Essaie de ne pas te ronger les sangs. Il serait temps d'aller nous coucher, ajouta-t-il. Du lait chaud avec du sucre et une goutte de cognac t'aiderait peut-être à dormir mieux.

Elle sourit.

— Cela me rappellerait mon enfance. Est-ce que c'est ma nourrice qui a donné la recette à la tienne ou ta nourrice qui l'a donnée à la mienne ?

— J'ai oublié. Que dirais-tu d'aller dans la cuisine pour voir si nous pouvons nous concocter deux bols de sérénité ?

Callie eut l'air tentée, mais elle secoua la tête.

— Trop compliqué à faire dans une maison étrangère, surtout en situation de crise. En outre, dit-elle en étouffant un bâillement, je suis suffisamment fatiguée pour ne pas en avoir besoin.

— Oui, la journée a été fatigante, confirma Gordon.

Puis, songeant à l'agréable chambre d'amis qu'il occupait à l'étage, il ajouta :

— La nuit dernière, nous dormions dans le même lit.

— Nous n'en avions qu'un seul, souligna-t-elle. Dors bien, Richard.

— Toi aussi, Callie, dit-il en ouvrant la porte de la maison.

14

Le soleil se levait à peine lorsque Gordon se réveilla le lendemain. Dès qu'il commença à s'agiter, deux domestiques se présentèrent, l'une chargée d'un broc d'eau chaude, l'autre de ses bottes et de sa redingote. Comme promis, ses bottes avaient retrouvé leur allure. Sa redingote, en revanche, ne serait plus jamais la même. Elle était néanmoins portable.

Après s'être lavé et habillé, il rangea ses quelques possessions dans le sac de toile qu'il avait utilisé pour les emporter à Tucker Hall. Il avait transféré le tout dans les sacoches de selle de Samson avant de partir à Washington en quête de la mystérieuse veuve Audley. Les deux pistolets ayant pris la pluie, ils auraient besoin d'être nettoyés, mais rien n'avait été abîmé.

Le sac sur l'épaule, il descendit au rez-de-chaussée. Callie se tenait devant une fenêtre donnant sur la rivière. Ses cheveux étaient rassemblés en une longue natte qui lui tombait dans le dos. Elle se retourna à son entrée.

— Pas encore de signe de ton capitaine Hawkins, dit-elle.

— Il est tôt et de toute façon, le *Zéphyr* ne pourrait pas remonter la rivière jusqu'ici. Il enverra un bateau plus petit.

Gordon observa l'horizon, mais n'aperçut ni mâts ni voiles.

— Je peux mettre mes vêtements avec les tiens ? demanda Callie.

— Bien sûr.

Gordon rangea les effets pliés dans son sac. Il le refermait lorsque M. Green les rejoignit, deux chapeaux de paille à la main.

— Pour remplacer ceux que vous avez perdus, expliqua-t-il en les leur tendant. Ils ne sont pas très élégants, mais ils vous seront utiles. Et maintenant, le petit déjeuner !

La nourriture était excellente et M. Green se montrait un hôte aimable, mais Gordon sentait qu'il avait hâte qu'ils partent afin de reprendre ses tâches habituelles.

Alors qu'ils finissaient de manger, Callie se leva d'un bond.

— Un petit bateau s'approche de l'embarcadère !

— Personne ne porte un uniforme rouge, j'espère ? lança M. Green en se levant à son tour.

— Non, c'est Hawkins qui est à bord, déclara Gordon.

Il coiffa le chapeau de paille, ramassa son sac et tous trois sortirent en hâte pour rejoindre l'embarcadère. Hawkins serra la main de Gordon.

— Heureux de constater que vous êtes toujours vivant ! Vous avez réussi à trouver votre veuve ? enchaîna-t-il en posant un regard intéressé sur Callie.

— Oui, répondit Gordon. Voici Mme Audley, ainsi que M. Green, chef de la famille que vous avez emmenée en Virginie.

Après un échange de poignées de main, Green proposa au capitaine d'entrer manger un morceau.

— Je vous remercie, j'ai déjeuné, répondit Hawkins. Et je suppose que mes passagers sont pressés de partir.

— En effet, confirma Callie.

Serrant brièvement M. Green dans ses bras, elle murmura :

— Prenez soin de vous, et puisse votre famille vous rejoindre bientôt !

— Que Dieu vous entende ! répliqua-t-il en lui rendant son étreinte. Capitaine Hawkins, savez-vous ce qui se passe là-bas ?

— L'armée britannique a quitté Washington. J'imagine que les membres du gouvernement vont revenir pour rétablir l'ordre.

— Si seulement ! dit Green. Connaît-on les intentions des Anglais ?

— Beaucoup sont d'avis qu'ils vont prendre Baltimore pour cible. Il est toutefois trop tôt pour en être sûr. Ils peuvent décider de brûler Annapolis au passage.

— C'est égoïste de ma part, mais je suis heureux qu'ils s'éloignent d'ici. J'espère que nos troupes seront mieux préparées pour la prochaine bataille.

Les adieux échangés, le capitaine invita ses passagers à monter dans le canot. Gordon s'amusa de voir rougir les deux mousses chargés de ramer lorsque Callie prit place sur le banc. Une fois assis à côté d'elle, il demanda à Hawkins :

— Avez-vous réussi à échapper à la tempête ?

— Malheureusement, non. Les mâts et les voiles du *Zéphyr* ont subi de gros dommages. Il y avait des grêlons aussi gros que des balles de mousquet. Si je n'avais pas eu le temps de rejoindre le Potomac, il aurait été détruit. Il peut encore naviguer, mais il serait incapable de distancer un bateau à rames et encore moins une frégate anglaise. Nous ne pourrons traverser l'Atlantique qu'une fois les réparations effectuées.

— Pourra-t-il atteindre Baltimore ? demanda Callie d'une voix crispée. Je dois aller là-bas.

— Vous voulez aller à Baltimore ? dit Hawkins, l'air atterré. Je ne vous le conseille pas.

— Si vous ne pouvez pas m'y conduire, redéposez-moi à l'embarcadère, répliqua Callie avec raideur. Je m'y rendrai par la terre.

— Je ne vous le conseille *vraiment* pas, insista Hawkins. La campagne est devenue dangereuse. Vous risqueriez de croiser des bandits, des pilleurs, des miliciens américains en colère et peut-être même des patrouilles de soldats anglais.

Avant que Callie rétorque qu'elle était prête à courir ce risque, Richard intervint :

— Ce ne sera pas une destination facile à atteindre, mais Mme Audley doit retrouver sa famille, qu'elle a envoyée là-bas pour plus de sécurité. Selon vous, quel serait le meilleur moyen de rejoindre Baltimore ?

Des plis se creusèrent sur le front de Hawkins.

— J'ai l'intention de conduire le *Zéphyr* à St Michael's, une ville située sur la rive est de la baie, répondit-il après avoir réfléchi. Mon pilote, Landers, a grandi là-bas et son père y possède un chantier naval réputé. Le temps que l'on répare les avaries du *Zéphyr*, je peux louer un petit bateau pour vous emmener à Baltimore. Une embarcation de la taille d'un bateau de pêche, trop modeste pour attirer l'attention des Anglais.

Comme Callie se rembrunissait, Richard referma sa main sur la sienne.

— Mieux vaut écouter les gens qui savent de quoi ils parlent, Câline, dit-il à voix basse. Tu ne rendrais pas service à ta famille en te faisant tuer.

S'efforçant de dominer son anxiété, elle exhala lentement.

— Je sais que tu as raison, il n'empêche que ça ne me plaît pas.

— Madame Audley, il y a beaucoup de choses qui ne me plaisent pas et que je ne peux pas changer, intervint Hawkins. Celle-ci en est une. Mais je promets de faire mon possible pour que vous arriviez à Baltimore saine et sauve.

Callie regarda tour à tour ces deux hommes qui risquaient tant pour l'aider. Elle aussi avait appris, parfois dans la douleur, qu'il fallait accepter ce qu'on ne pouvait changer.

— Pardonnez-moi de m'être montrée déraisonnable. Votre bateau souffre de graves avaries, capitaine, et Richard a risqué sa vie pour me retrouver. Je vous suis profondément reconnaissante à tous les deux.

Hawkins hocha la tête, puis jeta un regard perplexe à Richard.

— Vous vous appelez Richard ?

— C'est l'un de mes prénoms. J'ai eu la surprise de découvrir que Mme Audley était une amie d'enfance. Nous étions voisins, en Angleterre, mais nous nous étions perdus de vue.

— Je le croyais mort, précisa Callie.

— S'il ne l'est pas, ce n'est pas faute d'avoir essayé, commenta Hawkins, pince-sans-rire.

— Il n'est pas le seul ! riposta-t-elle. Richard m'a parlé d'une certaine cave au Portugal. Celle avec le mauvais cognac.

Hawkins haussa les sourcils.

— Ce n'est pas le souvenir que je chéris le plus.

— Pourtant, les hommes semblent aimer le danger et le mystère. Vous ne connaissiez donc pas les prénoms de Richard, capitaine Hawkins. Quels sont les vôtres ? demanda-t-elle avec curiosité.

— Si vous avez un jour besoin de le savoir, je vous le dirai, répondit-il, l'air amusé. Pour le moment, je préfère garder le mystère.

Callie laissa échapper une exclamation étouffée en découvrant le *Zéphyr* à l'ancre alors qu'ils venaient de franchir une large courbe de la rivière. Deux de ses mâts étaient brisés et plusieurs voiles en lambeaux. Des matelots s'affairaient à remplacer l'une d'elles.

Richard siffla doucement.

— Vous ne plaisantiez pas en disant qu'il était endommagé !

— Il a vu pire, déclara Hawkins sobrement. Vous comprenez pourquoi il n'est pas en état de vous ramener en Angleterre.

— Ce n'est pas grave, dit Callie. Je n'ai pas encore décidé de rentrer chez moi.

Alors même qu'elle prononçait ces mots, elle comprit que l'Angleterre était bel et bien chez elle. Ce ne serait cependant pas le seul facteur qui entrerait en ligne de compte dans sa décision.

— J'aurais dû savoir que secourir une femme ne se ferait pas sans difficulté, maugréa le capitaine.

— Il ne s'agit pas tant de mon sexe que de cette guerre que nous affrontons, rétorqua Callie. J'ai appris que la vie pouvait basculer très vite et que l'avenir n'était jamais sûr.

Fronçant les sourcils, elle ajouta :

— Je ne saurais dire si ma hâte à aller à Baltimore est juste normale ou si mon instinct maternel me souffle que quelque chose ne va pas. Je sais bien que m'inquiéter ne sert à rien. Tout ce que je peux faire, c'est attendre.

— La patience est l'une des vertus les plus irritantes qu'un adulte doit acquérir, commenta Richard. Mais je jure de rester avec toi jusqu'à ce que tu saches ce que tu veux faire.

— Entre-temps, vous nous fournirez de nombreuses occasions d'affronter dangers et mystères, déclara Hawkins mi-amusé, mi-sarcastique. Rappelez-moi de vous remercier si je vis suffisamment longtemps.

15

Lorsque leur bateau pénétra enfin dans le port de Baltimore, l'excitation de Callie se teinta d'appréhension. Ils avaient dépassé le fort McHenry, une petite forteresse de brique que l'on appelait parfois le Star Fort en raison de sa forme en étoile, leur apprit Hawkins. C'était la fin de l'après-midi et une lumière dorée enveloppait les navires et les bâtiments.

Une activité militaire intense régnait dans le fort comme dans le port. Leur petit bateau, le *Sally May*, dut franchir un barrage conçu pour empêcher les vaisseaux ennemis d'entrer dans le port intérieur, complété par de solides barges hérissées de canons.

Plus près du rivage, une structure étrange montait et descendait au rythme des vagues.

— Qu'est-ce que c'est ? interrogea Callie.

— Ils ont utilisé des barges pour créer un pont provisoire jusqu'au fort afin d'y transporter hommes et matériel, expliqua Hawkins.

— Je ne peux m'empêcher de repenser à ce pont de barques à Porto, ce jour terrible où nous nous sommes rencontrés, murmura Richard, les yeux fixés sur le pont improvisé.

— Ce pont-là est plus solide et il n'est pas envahi par une population affolée, fit remarquer Hawkins.

Je préférerais néanmoins ne pas avoir à me risquer dessus.

Tout en observant les barques enchaînées les unes aux autres, Callie se promit de poser davantage de questions à Richard. Plus tard. Pour l'heure, elle brûlait d'impatience de retrouver sa famille.

Cela faisait près de quinze jours qu'elle l'avait envoyée dans le Nord. Le voyage jusqu'à St Michael's avait été ralenti d'une part par le mauvais état du *Zéphyr*, d'autre part parce qu'ils avaient dû se réfugier à deux reprises dans une des nombreuses criques de la baie lorsque les mâts des navires de la Royal Navy s'étaient profilés dans le lointain.

Même si l'attaque anglaise de l'année précédente avait laissé des traces, St Michael's se révéla une ville charmante. Landers, le propriétaire du chantier naval, fut heureux de se voir confier les réparations du *Zéphyr*. Hawkins et lui avaient déjà fait affaire ensemble. Ce fut aussi lui qui négocia la location d'un bateau rapide, suffisamment petit pour ne pas attirer l'attention, et cependant assez grand pour transporter la famille de Callie.

Hawkins savoura visiblement de voguer sur ce bateau léger, nerveux, qu'il pouvait manœuvrer presque seul. Il n'embarqua qu'un matelot et Richard donna un coup de main. Aux yeux inexpérimentés de Callie, ce dernier lui apparut aussi compétent que Hawkins. Sans doute avait-il acquis une bonne expérience lors de son périple de l'Angleterre à Botany Bay, et il avait beaucoup navigué depuis.

Assise à côté de Hawkins, qui tenait la barre, Callie ne se tenait plus d'impatience.

— Newell's est au bord de l'eau, indiqua-t-elle au capitaine tout en scrutant les solides entrepôts qui s'alignaient le long du port. Là ! Ce grand bâtiment avec un palan de levage au sommet et un clocher d'église derrière.

Assis de l'autre côté de Hawkins, Richard observait avec attention les quais et les rues.

— Il semblerait qu'on se prépare contre une possible attaque, fit-il remarquer, mais il n'y a pas d'évacuation massive comme à Washington.

— La ville est plus importante, mieux défendue et elle a davantage à perdre, expliqua Hawkins. On peut aussi supposer qu'un militaire compétent a pris les choses en main, ce qui n'était pas le cas à Washington.

— J'espère que vous avez raison, dit Callie alors que leur embarcation glissait doucement le long du quai le plus proche de l'entrepôt Newell's.

Richard et le matelot attachèrent les câbles d'amarrage, puis Richard grimpa sur le quai et tendit la main à Callie.

— Tu y es presque, dit-il d'un ton encourageant.

Non sans peine, elle le rejoignit. Ç'aurait été tellement plus facile si elle avait porté le pantalon que Richard lui avait prêté !

— Je vais rendre visite à un homme pour qui j'ai travaillé autrefois, annonça Hawkins. Nous déciderons plus tard de l'étape suivante.

Callie aurait aimé savoir quelle serait cette étape. Après avoir hoché la tête, elle se dirigea d'un pas vif vers l'entrepôt.

— Inutile de m'accompagner, dit-elle comme Richard lui emboîtait le pas. C'est tout près.

— La ville est en effervescence. Je ne te lâcherai pas tant que ta situation ne sera pas réglée. Ne t'inquiète pas, ajouta-t-il avec un demi-sourire, tu seras bientôt débarrassée de moi.

Une perspective douloureuse, en même temps qu'un soulagement, s'avoua Callie. La présence de Richard nuisait à sa tranquillité d'esprit.

Elle accéléra encore l'allure en approchant de l'entrepôt. Les vastes portes étaient closes, mais elle vit de la lumière dans le petit bureau qui se trouvait à l'angle du bâtiment. Quand elle y pénétra, elle plissa les yeux tant il lui parut sombre. Le bureau était tel que dans son souvenir, avec son comptoir, quelques fauteuils, des colonnes de tiroirs et, au fond, une table.

D'abord, elle le crut vide. Puis elle repéra une silhouette derrière le comptoir. Une femme confectionnait une carpette avec des chutes de tissus tressés.

Non, pas une femme, une fille. Sa belle-fille ! Callie la reconnut une seconde avant qu'elle lève les yeux.

— Mademoiselle Callista ! s'exclama-t-elle.

Elle contourna le comptoir en courant et se jeta dans ses bras.

— Nous avions tellement peur que vous ne soyez morte !

Callie l'étreignit avec force, non sans s'étonner : depuis quand Molly était-elle plus grande qu'elle ?

— Je suis si heureuse de te voir, Molly ! Pourquoi me croyiez-vous morte ?

— On nous a dit que les Anglais avaient incendié notre maison et personne ne savait ce que vous étiez devenue, expliqua Molly en serrant de nouveau Callie contre elle. Ces deux dernières semaines ont été horribles !

— Il faut que tu me racontes tout ce qui s'est passé. Mais d'abord, je veux te présenter un vieil ami qui m'a escortée depuis Washington.

Elle fit signe à Richard, qui se tenait dans l'embrasure de la porte.

— Je suis Gordon, dit-il en s'approchant. Callista m'a dit que vous étiez belle, Molly, et elle n'a pas exagéré.

Molly sourit et serra la main qu'il lui tendait.

— Je vous remercie d'avoir veillé sur elle.

Callie comprit soudain que Molly était devenue une jeune femme. Avec ses cheveux noirs ondulés, sa peau dorée, la grâce de ses traits et de sa silhouette, sa belle-fille était d'une beauté éclatante. Elle avait aussi hérité du regard chaleureux de sa mère. Et elle avait appris à recevoir un compliment avec simplicité.

— Pourquoi es-tu dans le bureau ? lui demanda Callie, et pourquoi les deux dernières semaines ont-elles été horribles ? Il s'est passé quelque chose ?

— Je garde le bureau parce que le gérant et les magasiniers ont rejoint leurs milices respectives. Ils s'entraînent toute la journée et jusqu'à tard le soir, expliqua Molly. Je suis seule à pouvoir rester ici car grand-mère a eu une mauvaise fièvre et elle nous a fait une grosse frayeur.

— Sarah est malade ? Il faut que je la voie ! s'écria Callie en pivotant vers l'escalier.

Molly la retint.

— La crise est passée et elle se remet bien. Elle se repose. Inutile de vous précipiter là-haut. Venez plutôt vous asseoir.

Callie hésita, puis accompagna Molly au fond du bureau. Richard les suivit, silencieux mais attentif.

— Où est ton grand-père ? s'enquit Callie.

— Une fois que grand-mère s'est sentie mieux, grand-père s'est porté volontaire pour aider à édifier des fortifications à l'est de la ville. On dit que c'est de ce côté que les Anglais risquent de lancer leur attaque terrestre. Le général Sam Smith est chargé de la défense de Baltimore et il a demandé que chaque homme possédant une bêche, une pelle ou une brouette commence à creuser sur Hampstead Hill.

— C'est bon signe si les gens travaillent ensemble pour défendre la ville, commenta Richard. Ce n'est pas comme à Washington.

— J'espère que vous avez raison, dit Molly. Parce que la plupart d'entre nous n'ont nulle part où aller.

— Et Trey ? Il participe aux travaux de terrassement, lui aussi ? s'enquit Callie.

Molly parut mal à l'aise, puis répondit :

— Il s'est engagé dans une milice du Maryland, il s'entraîne avec eux.

— Quoi ? Mais il n'a que quatorze ans ! s'écria Callie.

— Presque quinze. Il est grand pour son âge et il sait se servir d'un fusil. Ce n'est pas le plus jeune à s'être engagé.

Molly leva les mains en un geste d'impuissance.

— Que pouvais-je faire pour l'en empêcher ?

— Rien, reconnut Callie, qui ne voulait pas qu'elle se sente coupable. Je ne sais pas si moi-même, j'aurais réussi à le dissuader. C'est une tête de mule, ton frère.

— Et il est à un âge où les garçons ont hâte de devenir des hommes, observa Richard. Ce n'est pas parce qu'il a rejoint la milice qu'il sera nécessairement envoyé au combat. Il est trop tôt pour le savoir. Mais son désir de défendre sa famille et son foyer est digne d'admiration.

— C'est ce que je ne cesse de me répéter, avoua Molly avec un sourire en coin. Et vous, mademoiselle Callista, que vous est-il arrivé ? Pourquoi notre maison a-t-elle été incendiée alors que la plupart des maisons de Washington ont été épargnées, paraît-il ?

— Pure malchance, répondit Callie, qui lui donna quelques explications succinctes.

Molly se mordit la lèvre.

— Tout a brûlé ? Mes robes et ma chambre aussi ?

— J'en ai peur, murmura Callie, navrée.

Molly aimait les jolies choses et avait travaillé dur pour se confectionner des robes et décorer sa chambre.

— J'ai été tirée à l'extérieur par des soldats, poursuivit Callie, j'ai donc échappé à l'incendie... mais si mon ami n'était pas arrivé à ce moment-là, ç'aurait pu être bien pire.

Molly n'étant pas une innocente, elle dut deviner ce qui aurait pu se passer car elle s'exclama :

— Vous allez bien ? Vous n'avez pas été blessée ?

— Je vais très bien, la rassura Callie avec un sourire. Mon chevalier a surgi sur son cheval blanc pour voler à mon secours. Tout à fait comme dans ces romans gothiques que tu affectionnes.

— Oh, merci, merci ! dit Molly à Richard.

Elle semblait à deux doigts de l'embrasser. Elle se retint pourtant et se tourna de nouveau vers Callie.

— Vous voulez monter voir grand-mère ? Elle doit être réveillée à présent.

— Le plus tôt sera le mieux ! acquiesça Callie en se levant.

Après avoir verrouillé la porte du bureau, Molly les précéda dans le couloir d'où partait un escalier. Deux étages d'entreposage de marchandises séparaient le rez-de-chaussée de l'appartement. Plus ils montaient, plus l'atmosphère devenait étouffante.

Callie n'ayant pas vu cet appartement lorsqu'elle avait visité l'entrepôt, elle ne savait pas à quoi s'attendre. Elle se souvenait vaguement qu'on avait mentionné un espace de vie commune ainsi que deux chambres, mais une partie des lieux était parfois utilisée pour stocker des marchandises lorsque l'entrepôt était plein.

La porte en haut de l'escalier ouvrait sur une pièce étroite – encombrée de plusieurs gros tonneaux – qui s'étendait sur toute la longueur de l'entrepôt. Une légère odeur de tabac, pas déplaisante, flottait dans l'air.

La partie habitation, avec ses parois de planches grossières, était rudimentaire, et meublée de bric et de broc. Des fauteuils et un banc à haut dossier, réunis autour d'un tapis élimé, formaient un salon de fortune. La lumière entrait à flots par les fenêtres situées à l'avant et à l'arrière.

Les deux chambres occupaient le fond, encadrant un espace ouvert qui formait une petite cuisine. En face de la partie salon, une porte ouvrait sur un toit plat aménagé en terrasse surplombant le port.

— Où est Sarah ? demanda Callie.

— Dans la chambre de droite, indiqua Molly.

La porte était ouverte. La fenêtre aussi, mais la brise ne parvenait pas à rafraîchir l'atmosphère et à chasser l'odeur de la maladie. On était bien loin de leur luxueuse maison de Washington.

Sarah gisait sur un matelas de paille posé sur un simple châlit de bois. Les yeux clos, les traits tirés, elle paraissait terriblement fragile. Sa chemise de nuit de même que le mince couvre-lit étaient humides et chiffonnés. Le cœur serré, Callie s'agenouilla près d'elle.

— Sarah ? chuchota-t-elle. Je suis ici, saine et sauve.

Sarah battit des paupières, ouvrit les yeux et esquissa un sourire las.

— Mademoiselle Callista ! Je savais que vous reviendriez. Vous êtes comme un chat, vous avez plusieurs vies.

Elle essaya de lever une main tremblante. Callie s'en empara.

— Vous devez devenir folle à rester couchée ici, dit-elle affectueusement. À la maison, vous ne teniez pas en place.

Sarah fit la grimace.

— Je suis fatiguée de cette chambre, c'est vrai. Mais lorsque Joshua rentrera ce soir, il me portera sur la terrasse pour que je prenne un peu l'air. Et dans un jour ou deux, je serai de nouveau sur pied.

— Voulez-vous que je vous porte sur la terrasse dès maintenant ? proposa une voix masculine. Il y fait moins chaud et la vue est plus agréable.

Surprise, Sarah tourna un regard méfiant vers le seuil où se tenait Richard.

— C'est Gordon, un vieil ami du Lancashire, la rassura Callie. Il est venu à mon secours à Washington et m'a accompagnée jusqu'ici.

Sarah jugea manifestement qu'il s'agissait d'une recommandation suffisante.

— J'aimerais bien prendre l'air, si ce n'est pas trop vous déranger.

— Pas du tout, assura Richard avec un large sourire. J'aime porter de jolies femmes dans mes bras.

— Votre vieil ami est un charmeur, dit Sarah avec un petit rire.

— Nous avons tous besoin d'un talent, répliqua Richard en se penchant vers le lit.

— Je vais mettre un kilt plié sur l'une des chaises longues, dit Molly.

Laissant le couvre-lit sur Sarah, Richard glissa avec précaution un bras dans son dos pour l'aider à se redresser, puis il passa l'autre sous ses genoux.

— Le pire, avec les fièvres, c'est qu'elles vous donnent l'impression d'être aussi faible qu'un bébé fatigué, dit-il, compatissant. J'ai eu une fois une fièvre qui m'a laissé presque paralysé pendant deux semaines. Je me demandais si je m'en remettrais un jour.

Tout en parlant, il avait soulevé Sarah, non sans difficulté car elle était pratiquement au niveau du sol. Il dut franchir la porte de biais tant elle était étroite. Molly maintint ouverte celle qui menait à la terrasse. Lorsque Richard eut déposé Sarah sur une chaise longue, Callie lissa le couvre-lit sur elle, puis glissa un coussin sous sa tête.

— Qu'en pensez-vous ? Êtes-vous bien installée ?

Sarah soupira.

— Oh, oui ! Et la brise qui vient de la mer est tellement agréable.

Molly apparut, chargée d'un plateau sur lequel étaient disposés un pichet ainsi que plusieurs petites tasses d'étain bosselé.

— Grand-mère, j'ai préparé de ce thé froid à la menthe que vous aimez, dit-elle en posant le plateau sur la table.

Elle remplit une tasse, qu'elle tendit à Sarah.

— Merci, Molly. Tu es vraiment une gentille petite.

— J'essaye ! Il y en a suffisamment pour tout le monde, ajouta Molly en remplissant trois autres tasses.

Callie en prit une et s'installa dans l'un des fauteuils en bois. Après avoir accepté une tasse, Richard s'assit à côté d'elle. Elle sirota son thé, frais et agréablement sucré, savourant l'instant.

— La vue est assez spectaculaire d'ici, fit remarquer Gordon. Elle porte jusqu'au fort McHenry.

Il avait raison s'agissant de la vue. Callie aurait juste aimé qu'une grande partie de l'activité portuaire actuelle ne soit pas liée à la guerre.

Un silence paisible suivit, puis Molly se leva et se pencha par-dessus de la rambarde.

— Voilà Trey et grand-père ! s'écria-t-elle. Attendez qu'ils vous voient, mademoiselle Callista !

Callie se leva et se pencha à son tour par-dessus la rambarde. Bien que crotté et fatigué, Joshua était fidèle à lui-même, quelqu'un de fort sur qui on pouvait compter. Et ce jeune soldat à côté de lui, c'était Trey ? Dans sa tunique d'uniforme, il affichait l'assurance et la mine arrogante d'un homme fait. Si elle ne put s'empêcher d'être fière, elle était aussi triste de constater que son beau petit garçon n'était plus qu'un souvenir.

— Grand-père, Trey ! appela Molly. Regardez qui est là !

Tous deux levèrent la tête et Callie agita la main. Le visage de Joshua se fendit d'un grand sourire tandis que Trey poussait un cri.

— Mademoiselle Callista, vous êtes saine et sauve !

— Oui. Montez vite, que je vous serre dans mes bras !

Deux minutes plus tard, elle les étreignait. C'était si bon d'embrasser Trey ! Lorsqu'ils se séparèrent, il regarda Callie avec un sourire espiègle.

— Vous êtes devenue bien petite, mademoiselle Callista.

— Je suis de taille moyenne ! protesta-t-elle.

— Et nous, les Adams, nous sommes au-dessus de la moyenne !

Hélas, ce n'était que trop vrai ! Elle était la plus petite de cette réunion. À Washington, elle ne l'avait pas vraiment remarqué. Avec un pincement au cœur, elle réalisa qu'alors elle était la cheville ouvrière de la famille. Elle possédait la maison et gagnait la plus grosse partie de l'argent nécessaire à leur entretien. Mais tout avait changé, y compris le schéma familial.

Pendant qu'elle embrassait Trey, Richard s'était présenté à Joshua. Les deux hommes se serrèrent la main, prenant la mesure l'un de l'autre. La bonne impression parut être réciproque.

— Mademoiselle Callista, auriez-vous introduit un soldat anglais ici ? plaisanta Joshua. Il parle exactement comme vous.

Riant, elle présenta Trey à Richard, qui se comportait avec l'aisance de celui qui a vécu de multiples vies.

— Ainsi, vous avez secouru Mlle Callista ? dit Joshua.

— Oui, un membre de sa famille m'a envoyé ici avec mission de la retrouver et de m'assurer qu'elle allait bien…

Il s'interrompit, et Callie eut soudain la certitude qu'il allait lâcher une bombe.

— ... et la ramener chez elle, en Angleterre.

16

Gordon ne fut pas surpris de voir la consternation se peindre sur les visages. Il fallait à tout prix expliquer la situation à la famille de Callie. Ce qu'il y avait de protecteur en lui voulait la soustraire à cette ville avant une attaque concertée de l'armée anglaise et de la Royal Navy. Mais il ne pouvait le faire que si elle était d'accord. Elle devait décider de ce qu'elle voulait réellement - et lui aussi.

— Vous allez l'emmener loin de nous ? demanda Sarah.

Pour son mari et elle, métis, nés et élevés en esclaves, un homme comme Gordon, avec son assurance et sa peau claire, représentait potentiellement le pire ennemi.

Il s'efforça d'apparaître inoffensif.

— Seulement si elle le veut, répondit-il d'un ton égal. Je peux tous vous emmener en Angleterre si vous le souhaitez, pour y commencer une nouvelle vie. Nous pourrions partir demain matin.

— Quel genre de vie ? demanda Joshua. Ouvriers agricoles ? C'est hors de question.

— Vous choisiriez ce que vous voulez faire, et je m'engage à faciliter votre installation. Si vous souhaitiez avoir votre propre affaire, tenir une auberge, par exemple, ou vous établir comme menuisier, ce serait possible. Molly, enchaîna-t-il, vous auriez une dot au moment de vous marier. Trey, vous pourriez aller à l'université ou étudier le métier qui vous plaît. Vous auriez tous le choix.

Callie le regardait, les yeux étrécis. Sans doute se demandait-elle s'il avait la légitimité pour faire de telles promesses. Ou s'il présumait qu'elle l'épouserait pour le bénéfice de sa famille. Une fille soupçonneuse. Cela ne lui déplaisait pas.

— On dit qu'il fait froid et humide en Angleterre, dit Sarah.

— C'est vrai, reconnut Gordon. Il y fait plus froid, mais on ne souffre pas comme ici de chaleur abominable l'été. Et les hivers sont doux.

— Molly, commença Callie après une hésitation, tu as toujours voulu voir Londres. J'aimerais beaucoup t'y emmener.

— Je n'irai jamais là-bas ! lança Trey avec force. L'Angleterre, c'est l'ennemi. Je veux tous les tuer !

— Y compris moi ? s'enquit Callie, manifestement choquée.

Le jeune homme s'empourpra.

— Pas vous, évidemment ! Mais vous, vous êtes américaine, comme moi. Personne n'a besoin d'être né ici pour être américain.

Voyant l'expression blessée de Callie, Gordon intervint.

— Cette guerre est condamnable et aucune personne sensée ne peut l'approuver. On peut détester une guerre sans considérer que tous ceux de l'autre camp méritent la mort.

— Peut-être que pour vous, c'est une guerre stupide, riposta Trey. Mais l'Angleterre n'a pas grand-chose à perdre à part quelques soldats et de l'argent. L'Amérique, elle, peut être détruite.

Gordon devait admettre qu'il n'avait pas tort.

— L'enjeu n'est pas le même, c'est vrai. Les États-Unis risquent de perdre leur identité même. Il n'empêche qu'il y a encore des esclaves dans ce pays. Pas en Angleterre. N'est-ce pas un facteur à mettre dans la balance ?

Trey hésita, puis secoua la tête.

— Il n'y a peut-être pas d'esclaves sur le sol britannique, il n'empêche que les Anglais sont très heureux de posséder des colonies esclavagistes comme la Jamaïque. Ici, je suis libre. Baltimore compte plus de Noirs affranchis que n'importe quelle autre ville en Amérique. J'aime vivre ici.

— Personne ne doit prendre une décision ce soir, dit Gordon d'un ton apaisant. Il faut que vous y réfléchissiez et que vous en discutiez en famille.

— J'aimerais bien voir Londres un jour, murmura Sarah. Mais je suis trop faible pour voyager et je ne souhaite pas m'éloigner autant de ma famille. Je veux voir mon fils et ses enfants.

— Votre fils ? répéta Callie, abasourdie. Susannah n'était pas votre seul enfant ?

Ce fut Joshua qui répondit :

— Notre fils s'appelle Joshua, comme moi. Il s'est échappé de la Jamaïque avant votre arrivée sur l'île. Il vit à Philadelphie. Il est marié et il a trois enfants que nous n'avons jamais vus. Nous envisageons de lui rendre visite lorsque les combats auront cessé. Nous voudrions que les cousins fassent connaissance.

— Pourquoi ne m'avez-vous jamais parlé de lui ? demanda Callie.

— Ce n'était pas utile, se contenta de répondre Joshua.

Callie affichait un mélange d'incrédulité et de tristesse. D'avoir été tenue dans l'ignorance d'un fait aussi important lui donnait l'impression qu'ils ne formaient pas la famille qu'elle croyait, devina Gordon.

— Il faut que nous parlions, Callie, intervint-il. Nous descendons au bureau ?

L'air absent, elle hocha la tête et se dirigea vers l'escalier.

— Lorsque vous aurez terminé, dit Molly, joignez-vous à nous pour le dîner, monsieur Gordon. J'ai acheté une belle tourte au porc et j'ai fait une salade de carottes et de pommes de terre.

— Merci pour cette invitation, dit-il en souriant. Je crois que je vais me laisser tenter.

Callie avait descendu l'escalier à toute allure et Gordon la rejoignit dans le bureau. Adossée au comptoir, les bras croisés, elle paraissait prête à mordre. Avec son profil parfait, elle ressemblait à un ange en colère.

Les yeux plissés, elle demanda :

— Est-ce que l'offre d'entretenir les Adams en Angleterre est liée à une réponse positive à ta demande en mariage ?

Elle avait toujours eu une profonde aversion pour la contrainte, il le savait.

— Non, répondit-il. Ce sont deux choses différentes.

— Alors, répliqua-t-elle, la tête inclinée de côté, pourquoi fais-tu cette offre à des gens qui te sont complètement étrangers ?

— Tu veux dire, qu'ai-je à y gagner ?

Imitant son attitude, quoique de manière plus décontractée, Gordon s'appuya contre le chambranle de la porte, les bras croisés.

— Je peux me permettre de les aider à s'établir en Angleterre, alors pourquoi ne le ferais-je pas ? Ce sont des gens bien, ils méritent d'avoir une chance de se construire l'existence qu'ils souhaitent. En outre, tu te soucies d'eux et eux se soucient de toi.

Il avait évité d'employer les termes « aimer » ou « famille », qu'il soupçonnait d'être douloureux à cet instant.

— Je considérais que nous formions une famille, dit-elle d'une voix tendue. Et pourtant, j'ignorais que Joshua et Sarah avaient un fils et une autre famille ici, aux États-Unis. Pourquoi ne me l'ont-ils pas dit ?

En voyant son chagrin, il se félicita d'avoir perdu son aptitude à aimer. Exilée loin de sa famille, Callie s'en était créé une autre de toutes pièces. Elle découvrait maintenant que, contrairement à ce qu'elle croyait, elle n'en faisait pas vraiment partie.

— Sarah et Joshua étaient esclaves, répondit-il en choisissant ses mots avec soin. Tu les as toujours considérés comme des personnes à part entière et tu les as affranchis, mais c'est l'esclavage qui a modelé la plus grande partie de leur existence. Et les esclaves apprennent à faire très attention à ce qu'ils disent. C'est une question de survie. C'est ancré en eux.

— Mais ils sont libres depuis trois ans, depuis notre arrivée en Amérique, rétorqua-t-elle d'un ton plaintif. Ils ne se doutaient donc pas que je les aurais aidés à rendre visite à leur fils et à sa famille ?

Gordon s'efforça de trouver une explication à donner qui les satisferait tous les deux.

— Lorsque tu es arrivée à Washington, finit-il par dire, tu étais leur maîtresse. Tu leur as *offert* la liberté et c'est à toi qu'ils devaient leur maison, leur travail et leur argent. Tu étais pour eux une amie très chère, mais tu détenais aussi le pouvoir. C'était une seconde nature chez eux de ne pas en dire plus qu'il n'était nécessaire.

— Et l'installation à Baltimore a modifié ce schéma, devina-t-elle. Oui, c'est logique. Le monde est sens dessus dessous, les enfants ne sont plus vraiment des enfants, et leurs grands-parents apprennent à se voir comme des individus indépendants. Je crois que je comprends. Il n'empêche que ça fait mal.

Malgré la peine qui s'attardait dans son regard, elle réagissait avec une force d'âme surprenante. Beaucoup de femmes auraient fondu en larmes, au comble du désespoir.

— Ils deviennent tous des papillons prêts à prendre leur envol, dit Gordon. C'est une bonne chose.

— Oui, et ils s'envolent loin de moi, commenta-t-elle, ironique.

— C'est ce qui arrive en général avec les enfants, même dans des conditions normales.

— Et ma vie n'a pas été normale.

Elle soupira et poursuivit :

— J'ai supposé que nous continuerions comme nous le faisions depuis trois ans, vivant ensemble comme une famille. Je m'aperçois maintenant que cette situation ne pouvait être que provisoire. Parce que j'étais heureuse, je ne me suis pas assez intéressée à l'avenir. À présent que j'y suis obligée, je n'ai aucune idée de ce qu'il me réserve.

— Tu es déjà un papillon. Choisis ta fleur ! suggéra Gordon d'un ton léger. Mais ne survole pas toute une prairie pleine de fleurs d'un seul coup. C'est trop déroutant.

— C'est une bonne métaphore, admit-elle, mais je ne sais pas jusqu'où elle peut être filée.

— Alors commence avec ceci : oublie toute considération familiale et pense à l'endroit où tu aimerais vivre. Ici ? À Washington ? En Angleterre ?

Gordon retint son souffle, dans l'attente de sa réponse.

Un pli se creusa sur le front de Callie.

— J'aime beaucoup de choses en Amérique ; pour autant, mes racines sont en Angleterre. C'est elle que je choisirais si la vie était simple. Je croyais que ma famille était ici, ajouta-t-elle avec un sourire sans joie. Je vais devoir reconsidérer cette vision.

— Le cœur de tes relations avec les Adams n'a pas changé, dit-il doucement. Tu les aimes et ils t'aiment. Peut-être que bientôt, vous ne partagerez plus la vie telle que vous l'avez connue jusqu'à présent, mais vous resterez des amis précieux et chéris.

— Pas une famille, néanmoins. Les liens du sang comptent.

Callie se mordit la lèvre, puis poursuivit :

— Je devrais peut-être retourner en Angleterre. Me renseigner sur le membre de ma famille qui se souciait assez de moi pour t'envoyer à ma recherche. Je pourrais m'établir comme couturière dans une ville comme Bath. Si j'arrive à vendre ma propriété de Washington, j'aurai de quoi ouvrir une boutique et tenir financièrement le temps de retomber sur mes pieds.

— Ce serait sûrement un succès, admit Gordon, qui laissa s'écouler quelques secondes. Ou alors, tu pourrais m'épouser.

17

Callie observa Richard qui, adossé au chambranle, lui évoquait un lion au repos. Il était trop beau pour être réel. Richard, tout à la fois ami et étranger.

— Si tu le répètes suffisamment souvent, je pourrais commencer à te croire, et accepter. Tu m'aurais alors sur les bras.

— Je ne te le proposerais pas si je n'étais pas prêt à accepter les conséquences, rétorqua-t-il en souriant.

— Pourquoi moi, Richard ? Avec ton physique, ta naissance et ta fortune confortable, tu peux aisément trouver une épouse si tu veux fonder une famille.

— Oui, mais ce serait beaucoup de travail, riposta-t-il.

Callie sourit à son tour.

— Et donc, c'est plus facile avec moi ? Sache que je ne suis pas quelqu'un de facile et je ne me contenterai pas d'une réponse facile. Tu peux faire mieux.

— Je suis prêt pour le changement, Callie, déclara-t-il, soudain grave. Je n'ai jamais rencontré aucune autre femme que j'aurais aimé épouser, mais j'ai vu des mariages que j'envie. Des couples qui semblent sincèrement heureux ensemble, qui sont loyaux l'un vis-à-vis de l'autre. J'aimerais connaître cela, moi aussi.

— Et moi, je suis là, tu connais mes défauts, alors tu n'aurais pas trop d'efforts à fournir pour approfondir notre relation, dit-elle avec flegme.

— Exactement. Nous étions amis intimes autrefois et je pense que nous pourrions nous entendre plutôt bien.

— C'est la demande en mariage la moins romantique qui puisse s'imaginer, commenta-t-elle avec un demi-sourire.

— Il y a en moi bien des choses qui te décevraient, admit-il. En tant qu'aventurier, je suis d'une prudence et d'un pragmatisme à périr d'ennui ; en tant que mari, je serai incapable de faire des déclarations d'amour poétiques. Mais je veillerai toujours sur toi. Et... l'idée d'épouser ma meilleure amie est loin de me déplaire, conclut-il à mi-voix.

Tandis qu'elle étudiait son visage, Callie comprit que sous son assurance et sa force, il y avait de la solitude. Si elle n'avait pas eu une existence facile, celle de Richard avait été pire.

Plus jeune, elle avait caressé le rêve de toute jeune fille, celui de tomber follement amoureuse d'un homme honorable qui l'aimerait en retour. Peut-être que seuls les gens jeunes et idéalistes pouvaient connaître ce genre d'amour, et même s'il ne durait pas, ils en profitaient au moins un temps.

À défaut de grand amour romantique, une amitié profonde n'était sans doute pas un mauvais substitut.

— Tu réussis à faire apparaître le mariage comme... envisageable. Mais pas alors que nous pouvons nous retrouver en pleine bataille dans les prochains jours.

— Nous pourrions partir avec Hawkins et attendre l'issue de la bataille de Baltimore à St Michael's, mais je doute que tu acceptes. Ma demande en mariage demeure valable, nous aviserons en fonction des événements. Pour l'heure, allons voir si Hawkins est de retour sur le *Sally May*.

Callie se dirigea vers la porte d'entrée.

— Tu comptes lui demander d'attendre pendant que je règle mes affaires, qui sont compliquées, et que des décisions soient prises ? Cela prendra du temps.

Richard décrocha la clé du clou où Molly l'avait suspendue et alla ouvrir la porte.

— Hawkins a rempli plus que sa part de notre contrat initial. Je pense qu'il aura hâte de repartir avant que la Royal Navy frappe à la porte de Baltimore. C'est ce que ferait tout homme sain d'esprit.

— Alors, nous ne sommes pas très sains d'esprit, semble-t-il, dit-elle en franchissant le seuil.

Il lui adressa un sourire qui fit s'emballer son pouls.

— Le bon sens n'a jamais été notre point fort, reconnut-il.

Il referma la porte et posa une main légère au creux des reins de Callie tandis qu'ils se dirigeaient vers le *Sally May*. Ce geste était… possessif et elle ignorait si cela lui plaisait ou pas.

Assis sur le pont, Hawkins tirait paresseusement sur sa pipe tout en observant l'activité du port. Il tourna la tête lorsque Richard le héla depuis le quai. Il se leva et, se déplaçant avec assurance, tendit la main à Callie pour l'aider à monter dans le bateau.

— Vous avez trouvé votre famille heureuse et en bonne santé ? s'enquit-il. Vous êtes prête à partir ?

Callie descendit à pas prudents dans le cockpit et s'assit sur l'un des bancs de bois.

— Non. Je suis désolée. Les choses se révèlent plus compliquées que prévu. Nous ne pouvons pas partir maintenant. Il est donc probablement temps de nous dire au revoir.

— Vous avez rempli votre part du contrat, Hawkins, déclara Richard, qui avait suivi Callie. Vous êtes libre de rentrer en Angleterre.

— Jusqu'à quel point les choses sont-elles compliquées ? voulut savoir le capitaine.

— Mon beau-fils a rejoint la milice et refuse catégoriquement de partir, sa grand-mère se relève d'une forte fièvre et est trop faible pour voyager, et personne dans la famille n'est certain de vouloir aller en Angleterre. Pas même moi, conclut-elle en jetant un regard oblique à Richard.

Hawkins parut compatir.

— Et vous, Gordon ? Il me semble que vous aussi, vous avez rempli votre mission.

Richard haussa les épaules.

— Je n'abandonnerai pas Callie à la veille d'une bataille qui s'annonce rude. Je me débrouillerai pour rentrer.

Hawkins fronça les sourcils.

— Lorsque j'ai discuté avec l'homme que je connais ici, il m'a parlé d'un couple qui cherche désespérément à se rendre à Norfolk, où vivent sa fille et sa famille. Je me suis engagé à les y conduire. Ce n'est pas tout près pour un petit bateau comme celui-ci, il faudra donc plusieurs jours pour atteindre Norfolk, et plusieurs autres pour regagner St Michael's.

— D'ici là, nous y verrons peut-être plus clair sur ce qui attend Baltimore, déclara Richard.

Hawkins acquiesça.

— Je ne peux pas attendre indéfiniment, bien sûr, mais mon bateau est encore immobilisé pour les réparations. Je serai donc encore un moment à St Michael's. Après la bataille, s'il y en a une, je reviendrai ici si c'est possible afin de voir si certains d'entre vous souhaitent retourner en Angleterre.

— C'est plus que gentil de votre part ! s'exclama Callie. Je suis désolée que cette mission soit devenue si compliquée pour vous.

Le capitaine rit tout bas.

— Ce sont les complications qui rendent la vie intéressante. Je partirai demain matin avec la marée. Prenez soin de vous.

Il tendit la main à Richard, qui la lui serra.

— Vous de même, Hawkins. Je descends chercher mes affaires.

Alors qu'il disparaissait, Callie se leva et effleura la joue du capitaine d'un baiser.

— Je vous remercie pour tout ce que vous avez fait.

— J'espère que vous trouverez ce que vous cherchez, dit-il doucement.

Richard émergea de la cabine avec son sac. Il grimpa sur le quai et tendit la main à Callie.

— Y aurait-il de la place pour moi dans ton grenier si je me fais discret ?

— Bien sûr, dit-elle. Tu peux réarranger les tonneaux de tabac de manière à te créer un petit espace intime.

— En vérité, ce n'est pas une mauvaise idée.

Alors qu'ils retournaient vers l'entrepôt, il lui prit la main. Elle aurait dû se libérer, sauf que dans ce monde où tout était bouleversé, Richard demeurait un élément solide, fiable. Il la reliait à un passé plus simple que le présent.

Même à cette heure tardive, les quais restaient animés. Des négociants avaient trouvé des chariots pour emporter leurs marchandises hors de la ville ; des gens chargées de ballots embarquaient sur de petits bateaux. Même si Baltimore ne se vidait pas comme Washington, certains préféraient quitter la ville.

Étouffant un cri, Callie s'immobilisa, obligeant Richard à l'imiter puisqu'il lui tenait la main.

— Que se passe-t-il ? demanda-t-il.

— Je suis désolée, dit-elle en examinant les personnes qui se trouvaient devant eux avant de se remettre en marche. J'ai cru voir un homme qui ressemblait à mon beau-fils, Henry. Cela m'arrivait très souvent à mon arrivée aux États-Unis mais ça s'était calmé.

— Tu es sûre que ce n'était pas lui ?

Elle hocha la tête.

— Il vit à la Jamaïque. Je ne l'imagine pas venir ici en pleine guerre. Je suis un peu à fleur de peau, c'est tout.

Ils atteignirent Newell's et Richard ouvrit la porte.

— Que vas-tu faire pendant que nous attendons que la guerre vienne à nous ? reprit-elle. Je ne pense pas que tu souhaites te joindre à l'une des milices du Maryland.

— Je ne me battrai pas contre mes compatriotes. Pas plus que je ne tirerais sur les Américains si j'étais dans l'armée britannique. En revanche, je peux creuser des fossés, déclara-t-il avec un grand sourire.

— Ainsi, tu travailleras pour la défense mais pas pour l'attaque, dit-elle en se dirigeant vers l'escalier. Une solution plutôt satisfaisante.

— Si les défenses sont suffisamment efficaces, les Anglais choisiront peut-être de ne pas envahir la ville. Leurs troupes ne sont pas si nombreuses et Ross n'est pas stupide. Il ne va pas sacrifier des vies en attaquant des forces retranchées qui, cette fois, ne prendront pas la fuite.

— Une retraite anglaise est possible selon toi ?

— Oui, mais je ne sais pas dans quelle mesure. Nous pouvons demander à Joshua où en sont les travaux de terrassement.

Lorsqu'ils entrèrent dans l'appartement, il annonça :

— Je vais rester ici jusqu'à la fin. J'essaierai de ne pas trop déranger.

Joshua, qui était en train de dresser la table avec Trey, se tourna vers lui.

— L'oisiveté étant la mère de tous les vices, vous cherchez une occupation ?

— J'ai décidé de me porter volontaire pour creuser des tranchées à l'est de la ville si on a encore besoin de mains oisives.

Joshua parut interloqué qu'un homme qui appartenant manifestement à l'aristocratie se propose d'effectuer une pareille tâche. Il se ressaisit promptement.

— Vous paraissez avoir le dos solide, je pense donc que vous serez le bienvenu. Si vous ne voulez pas ruiner votre tenue londonienne, je peux vous prêter des vêtements.

— Volontiers, répondit Richard. Je voyage avec très peu de choses, ajouta-t-il en indiquant son sac.

— Plutôt que de creuser des fossés, vous devriez vous joindre à la milice, suggéra Trey avec un grand sourire. C'est plus drôle et on a un bel uniforme. Vous savez tirer ?

— Je suis un tireur convenable, mais je ne veux tuer ni des soldats américains ni des soldats anglais, expliqua Richard. Creuser des fossés devrait m'éviter des ennuis.

Richard était un tireur hors pair, Callie le savait. Une raison supplémentaire pour qu'il évite d'endosser l'uniforme.

Au murmure de voix en provenance de la chambre de Sarah, elle comprit que Molly s'occupait de sa grand-mère. Elle fut toutefois surprise lorsqu'un jeune milicien blond apparut, venant de la terrasse.

— Vous devez être un ami de Trey, dit-elle.

— Oui, madame, confirma-t-il timidement. Je m'appelle Peter Carroll. D'ordinaire, je fais des études de droit, mais cette semaine, je suis soldat. Trey m'a dit que je pouvais venir dîner et rester bouche bée devant sa sœur.

C'était un beau garçon, de deux ou trois ans plus âgé que Trey. Il rougit de manière charmante lorsque

Molly sortit de la chambre de Sarah. Celle-ci parut tout aussi troublée de le voir.

— Bonsoir, Peter ! Je suis tellement heureuse que vous ayez pu vous joindre à nous. La liste des invités s'allonge.

Molly paraissait fatiguée, mais elle endossait aisément le rôle de cuisinière et de maîtresse de maison. Callie comprit que sa présence n'était plus vraiment nécessaire désormais. Sa vie était bel et bien en train de changer.

Ils prirent place à table quelques minutes plus tard. Ce repas fut l'un des plus agréables auquel Callie eût jamais assisté. Mais peut-être était-ce l'imminence du danger qui rendait ces moments de plaisir partagé si particuliers.

Le dîner terminé, Trey et Peter s'en allèrent rejoindre leur régiment. En peu de temps, les nouveaux arrangements pour la vie commune furent établis. Joshua avait dormi avec sa femme jusqu'à ce que celle-ci tombe malade. Une chambre avait alors été attribuée aux femmes, l'autre aux hommes. Molly dormait sur une paillasse à côté de sa grand-mère. Cela lui permettait de la soigner, et Sarah n'était pas dérangée lorsque son mari partait tôt pour travailler.

Vu la chaleur, il suffit d'une couverture et d'un oreiller improvisé pour constituer deux couchages supplémentaires. Callie plaça sa paillasse de l'autre côté du lit de Sarah et Richard la sienne à côté du lit de Joshua. Lorsque ce dernier lui proposa le lit, Richard rétorqua que ce n'était pas lui qui avait de vieux os. Si Trey rentrait dans la nuit, il dormirait avec eux.

Étonnamment, Callie dormit bien. Hormis Trey, tous les gens qu'elle aimait le plus au monde se trouvaient sous ce toit. Elle pria pour que dans un mois, ils soient tous aussi heureux et en bonne santé.

18

Creuser des fossés était extrêmement dur. Gordon le savait, bien sûr, car il s'était déjà adonné à des tâches très pénibles. Mais l'épuisement provoqué par les travaux de terrassement était particulier.

À la fin de la journée, il était couvert de terre et se découvrait des muscles douloureux là où il ignorait même avoir des muscles. Joshua remarqua, mais il eut le tact de n'en rien dire, que Gordon avait l'air d'avoir été piétiné par un peloton de chevaux de course. Plusieurs fois.

Lorsqu'ils rejoignirent Newell's, il eut tout juste assez d'énergie pour avaler un peu de pain et de fromage, puis il gagna la chambre, se débarrassa de ses vêtements crottés et s'effondra sur sa paillasse. Avant de sombrer dans un sommeil sans rêve, il entendit Joshua déclarer en gloussant :

— Je dois lui reconnaître ça, à ce Blanc : il sait ce que travailler veut dire.

— Vraiment ? répliqua Callie avec une pointe d'acidité.

— C'est un beau compliment, mademoiselle Callista. C'est à peine si on aurait dit un gentleman quand il creusait avec sa pelle.

Gordon s'abandonna au sommeil avec le sourire. Apparemment, il avait passé avec succès l'examen de Joshua.

Le lendemain matin, il constata que quelqu'un avait récupéré ses vêtements et ses bottes pour les brosser et les mettre à sécher dehors. Il fut touché que quelqu'un se préoccupe ainsi de lui. Callie ? Molly ? Joshua ? Plutôt l'une des femmes, devina-t-il.

Creuser fut aussi dur que la veille, mais son corps s'habituait. Après le dîner, il proposa une promenade à Callie.

— J'aimerais découvrir un peu la ville.

— Pourquoi pas. Je ne connais pas bien Baltimore, moi non plus.

Une fois dans la rue, elle prit le bras de Gordon et ils déambulèrent le long du quai. La pression légère de la main de Callie au creux de son coude lui parut aller de soi.

— Qu'as-tu fait aujourd'hui ? s'enquit-il.

— De la couture. C'est ce que je fais de mieux. Je suis allée dans une boutique d'occasion et j'ai acheté deux robes, une cape et quelques autres effets indispensables. J'ai retouché cette robe aujourd'hui et je m'occuperai de l'autre demain. J'ai aussi acheté du tissu pour confectionner des vêtements neufs.

Gordon s'aperçut alors qu'elle avait troqué la robe empruntée à Mme Green pour une autre, d'une élégance discrète, en mousseline vert pâle imprimée de fleurs.

— Je dois vraiment être épuisé pour ne pas avoir remarqué que tu avais amélioré ta garde-robe. Certes, tu es toujours tellement ravissante qu'il est facile de ne pas prêter attention à ce que tu portes.

— Espèce de vil flatteur, répliqua-t-elle, amusée. Comment se passe le terrassement ?

Gordon lui montra ses paumes.

— Les ampoules prospèrent, mais cela fera une nouvelle entrée sur la liste des choses inattendues et intéressantes que j'ai faites dans ma vie.

Là où les ampoules avaient éclaté, la peau était à vif, nota Callie. Elle fronça les sourcils.

— Rappelle-moi de mettre du baume dessus ce soir. Il ne faudrait pas qu'elles s'infectent. Je comprends que bâtir des fortifications soit inattendu pour toi, enchaîna-t-elle, mais qu'est-ce qui rend la chose intéressante ?

— Les hommes. Blancs et Noirs, esclaves et affranchis, riches et pauvres, et tous les intermédiaires possibles. Travailler dans un but commun, vital, a créé un magnifique état d'esprit qui tisse un lien entre tous. Il y a avec nous un garçon qui ne doit pas avoir plus de onze ou douze ans. Il s'appelle Sam Smith, c'est le petit-fils du général Sam Smith qui organise la défense de la ville. Ce gamin travaille jusqu'à tomber de fatigue, et il est fier de le faire.

— Rien ne vaut d'avoir à affronter une menace commune, à devoir défendre sa vie ou sa maison, pour rapprocher les gens.

Gordon en avait fait l'expérience à plusieurs reprises. Notamment dans cette cave au Portugal, où cinq hommes qui ne se connaissaient pas attendaient d'être fusillés. À Baltimore toutefois, la menace était plus vaste et engageait le sort d'une nation tout entière.

— Personne n'a fait le moindre commentaire sur mon accent anglais, poursuivit-il. Deux autres Britanniques travaillent dans les tranchées. À partir du moment où nous creusons, nous sommes considérés comme des Baltimoriens.

— Cela te plaît de t'inscrire dans quelque chose de plus grand ?

— Beaucoup. Même si ce n'est que temporaire, c'est un sentiment puissant.

Callie ouvrait la bouche pour faire une remarque lorsqu'elle tressaillit, puis jura entre ses dents.

— Qu'y a-t-il ? lui demanda Gordon.

— J'ai de nouveau aperçu cet homme qui ressemble à Henry, mon beau-fils. Il doit vivre près d'ici parce que cela fait deux ou trois fois. Je ne le vois jamais très bien, juste assez pour être sur le qui-vive.

Gordon suivit la direction de son regard, mais personne ne semblait les surveiller.

— À quoi ressemble-t-il ?

— Il est plutôt grand, les cheveux bruns et des yeux bleu clair. Il a la silhouette d'un homme qui devrait être mince, mais qui s'est empâté à force de se laisser aller, conclut-elle d'un ton acide.

— Quelle langue de vipère ! s'esclaffa-t-il. Mais je crois aux intuitions. Vu ta réaction, es-tu certaine que cet homme que tu entrevois n'est pas ton beau-fils ?

Callie secoua la tête.

— Si c'était Henry, il aurait déjà causé des ennuis.

— Pourrait-il être là à cause de l'entrepôt Newell's ? Je suppose que celui-ci lui appartient et qu'en temps normal, l'affaire est plutôt rentable.

— La situation est compliquée. Tu te souviens que le testament révisé de Matthew s'est mystérieusement volatilisé ?

Gordon acquiesça.

— Par ce testament, Matthew me léguait l'entrepôt ainsi que plusieurs autres entreprises, qui m'auraient rapporté un revenu régulier. Pas une fortune, mais de quoi m'assurer une vie confortable.

— Sauf que tu ne peux pas le prouver sans ce testament révisé.

— En effet. Il se trouve cependant que j'ai en ma possession le brouillon que Matthew m'avait demandé d'étudier. Il y a les notes que j'ai ajoutées, et sur lesquelles il a apposé ses initiales pour montrer son intention d'effectuer ces modifications. Il a emporté ce document pour en faire faire une copie propre et convenablement signée et puis il est mort soudainement. Je pense qu'il a fait effectuer cette dernière copie, mais je ne l'ai jamais vue. Si elle a existé, Henry l'a probablement brûlée.

— Toutefois, au cas où Henry se présenterait, tu devrais pouvoir utiliser le brouillon pour prouver que ton mari avait l'intention de te donner l'entrepôt, c'est cela ?

— Exactement. Je ne sais pas si j'aurais gain de cause, mais si Henry commence à frapper du pied et à exiger notre départ, il est capable de se montrer si odieux qu'un juge serait peut-être disposé à croire que Newell's m'appartient. D'autant que j'ai en ma possession notre contrat de mariage, dans lequel Matthew promet de me donner certains biens pour me constituer un douaire dans l'éventualité de sa mort.

— La situation semble suffisamment compliquée pour engraisser un notaire pendant des années, commenta Gordon. Tu as vraiment ces documents en ta possession ?

— Oui. Je les avais confiés à Joshua et à Sarah lorsqu'ils ont quitté Washington. Tous les papiers importants sont donc ici. Je suis heureuse d'avoir suivi mon intuition sur ce point, avoua-t-elle. Si Henry veut effectivement me causer des ennuis, j'aurai au moins quelques munitions.

— Le brouillon était-il très différent du testament final ?

— Non, pour autant que je sache. Matthew l'a écrit de sa propre main. Il y a plusieurs mots barrés, mais ses dispositions envers moi et ses enfants sont très claires.

— Je suis assez doué pour les faux en écriture, déclara Gordon. Si tu as un spécimen de la signature de Matthew, je pourrais facilement l'ajouter sur le brouillon. Ce document paraîtrait cependant plus légal s'il était signé par des témoins. Et je suppose que Joshua et Sarah ne pourraient pas en tenir lieu car ils étaient esclaves à ce moment-là.

Callie s'arrêta au milieu de la rue et le dévisagea, les yeux ronds.

— Je t'ai choquée ? demanda-t-il.

— C'est une idée merveilleuse ! s'exclama-t-elle. J'étais désespérée que Molly et Trey ne reçoivent pas l'héritage auquel ils ont droit et que leur père leur destinait.

— Et tu as droit à ton douaire, toi aussi, souligna Gordon. Alors que votre situation était compliquée, tu t'es montrée une bonne épouse. Et ensuite, une mère pour ses enfants.

— Ce serait bien d'avoir un revenu assuré, reconnut Callie. Mais c'est moins important que de voir Molly et Trey bien dotés pour commencer leur vie d'adultes. Quant aux témoins, continua-t-elle, Matthew avait un bon ami du nom de Frederick Holmes. Ils se retrouvaient régulièrement pour jouer aux cartes et fumer un cigare. M. Holmes était très âgé, il est mort environ une semaine après Matthew. C'était un planteur respecté et il aurait pu signer le testament.

Elle eut un sourire malicieux.

— Et j'ai un exemplaire de sa signature sur la lettre de condoléances qu'il m'a envoyée après le décès de Matthew.

— Magnifique ! s'exclama Gordon. Je n'ose imaginer que ton mari ait eu d'autres amis qui soient morts aussi opportunément ?

— Non, et tant mieux pour eux. Un seul témoin, cela suffira ?

Réfléchissant, Gordon l'invita à poursuivre leur promenade.

— Ce ne sera pas tout à fait régulier, mais tu pourrais peut-être le signer toi-même. Écrire quelque chose comme : « Cela me semble très équitable, monsieur Newell. Votre femme aimante, l'Honorable Catherine Callista, etc. » Et tu le dates.

— Si le testament paraît légitime, un juge ne risque-t-il pas de se demander pourquoi je ne l'ai pas montré plus tôt ?

— Tu n'auras qu'à battre des paupières et dire que tu doutais de sa légalité parce qu'il y avait des mots rayés et qu'un seul témoin l'avait signé. Aie l'air charmante et vulnérable, peut-être pas très intelligente, et le juge te mangera dans la main.

Callie s'esclaffa.

— Cette idée m'enchante ! Mon notaire, Francis Scott Key, est l'un des meilleurs de Washington. J'ignore où il se trouve à l'heure actuelle. Sans doute dans leur propriété familiale dans le centre du Maryland. Mais lorsque la situation sera redevenue normale, je lui écrirai pour savoir ce qu'on peut faire. Il connaît peut-être des notaires à la Jamaïque qui pourraient enregistrer le testament et obtenir justice pour Molly et pour Trey.

— Cela vaut en tout cas la peine d'essayer. Tu ne tentes pas de t'emparer de quelque chose auquel tu n'as pas droit, Câline. Tu t'efforces simplement de faire respecter les vœux de ton défunt mari.

— C'est à la fois vrai et élégamment justifié. Je suis heureuse que tu possèdes tant de talents variés, conclut-elle en gloussant.

— Ils sont tous à ton service.

Tournant la tête, Gordon remarqua deux clippers à la ligne effilée amarrés au quai. Dans le chantier naval voisin, il repéra un navire semblable en construction.

— C'est Fell's Point, le centre de construction navale, je suppose ?

— Oui, le lieu de naissance de la plupart des navires qui harcèlent en ce moment la flotte britannique. J'ai entendu dire que les corsaires américains ont capturé plus d'un millier de leurs bâtiments.

Gordon siffla doucement.

— Pas étonnant que les Anglais traitent Baltimore de nid de pirates.

— Oui, c'est devenu un motif de fierté ici. Malheureusement, si les Anglais réussissent à conquérir la ville, Fell's Point sera sûrement rasé.

— Je ne pense pas que les Anglais iront aussi loin. Si tu voyais nos fortifications !

Callie sourit et, d'un commun accord, ils rebroussèrent chemin. Il faisait presque nuit lorsqu'ils atteignirent l'entrepôt.

— L'une des premières choses que Joshua a faite à son arrivée ici, expliqua Callie alors qu'elle gravissait les marches à tâtons, ç'a été de poser une rampe de chaque côté de cet escalier. C'est très utile lorsqu'on n'a pas de lanterne, comme maintenant.

— Il devrait ouvrir un atelier de menuiserie. Baltimore est une ville en pleine expansion et les bons menuisiers sont recherchés.

— Je pense qu'il aimerait beaucoup avoir sa propre affaire.

Ils avaient presque atteint le sommet de l'escalier lorsque Gordon décida de prendre une initiative.

— Callie ?

Elle s'arrêta, se retourna. Elle n'était qu'une ombre élancée, un discret parfum de lavande et un visage pâle.

— Que veux-tu ?

Gordon se tenait deux marches plus bas. Il en monta une pour que leurs visages se trouvent au même niveau.

— Juste ceci.

Sans lâcher la rampe, il s'inclina et l'embrassa. Ses lèvres rencontrèrent d'abord sa joue, mais il lui fut facile de trouver sa bouche.

Callie soupira, sa bouche s'amollit sous la sienne et sa main se posa sur son épaule. Sans tenter d'approfondir ce baiser, il lui entoura la taille du bras et l'attira contre lui. Son corps souple épousait le sien à la perfection.

Il en coûtait à Gordon de se contenir, mais insister aurait été idiot, il le savait. Ce baiser tendre se prolongea jusqu'à ce qu'elle s'écarte de lui et murmure, essoufflée :

— Essayeriez-vous de me séduire, lord George ?

— Pas du tout. C'était un baiser de gentleman, répliqua-t-il en s'efforçant de retrouver un ton léger. Et une tentative de séduction serait indigne d'un gentleman.

Et lui déclarer qu'il la courtisait serait aller trop vite en besogne.

— Disons alors juste un baiser de gentleman pour souhaiter une bonne nuit.

Elle s'inclina et effleura ses lèvres des siennes.

— Bonne nuit, souffla-t-elle.

Puis elle pivota et monta les dernières marches d'un pas vif. Il la suivit. Juste avant qu'elle ouvre la porte, il chuchota :

— Avec ce baiser, mon sommeil sera peuplé de beaux rêves. Et le tien ?

Elle poussa la porte. Un flot de lumière se déversa, illuminant le sourire énigmatique qu'elle lui jeta pardessus son épaule.

Il devina que tous deux feraient de doux rêves cette nuit.

19

— Il paraît que du sommet de Federal Hill, le regard couvre la moitié de la distance qui nous sépare de Washington, dit Richard alors qu'ils escaladaient la colline ensemble. Mais c'est sans doute exagéré.

Chaque soir de cette longue semaine de préparation et d'attente, Callie et Richard sillonnaient la ville. Baltimore était la troisième plus grande ville des États-Unis et ils commençaient à bien la connaître.

— Federal Hill est aussi haute que Hampstead Hill ? demanda Callie, un peu haletante. Du sommet de celle-ci, on a une vue splendide sur la ville et sur vos fortifications.

— Je ne crois pas que Federal Hill soit aussi élevée. Mais on y a aussi une très belle vue.

Parvenus en haut de la colline, ils suivirent des yeux le cours de la Patapsco River jusqu'à la baie.

Soudain, Richard se raidit et jura entre ses dents.

À son tour, Callie aperçut dans le lointain brumeux les mâts innombrables d'une flotte. Ce fut comme si une main glacée lui empoignait le cœur.

— La Royal Navy ?

— Je pense, oui, répondit-il. Dans les jours à venir, la détermination des habitants de Baltimore va être mise à l'épreuve.

— Trey, murmura Callie. Si le général Ross lance une attaque terrestre, le régiment de Trey sera sûrement appelé.

— Peut-être, ou peut-être pas, dit Richard d'un ton posé. Des miliciens, des volontaires et des soldats aguerris n'ont cessé d'affluer dans la ville. Les Américains sont en nombre bien supérieur aux Anglais et vu les très belles défenses que nous avons édifiées, les combattants ne seront pas mis en déroute comme à Bladensburg.

Sans doute avait-il raison. Sarah avait raconté à Callie qu'après l'incendie de Washington, Baltimore avait succombé à la panique, mais qu'il avait suffi de deux jours pour que la ville se ressaisisse et mobilise toutes ses ressources pour résister à l'attaque probable des Anglais.

Elle adressa au ciel une prière silencieuse pour Trey, puis demanda :

— J'ai entendu dire que les Anglais ne peuvent pas pénétrer dans le port à moins de détruire le fort McHenry. Tu crois que c'est vrai ?

— C'est en tout cas ce qu'assurent les équipes de terrassement de Hampstead Hill.

Richard indiqua la forteresse de brique qui se dressait à l'extrémité d'une péninsule face aux lointains navires de guerre.

— Selon les marins avec qui je travaillais, poursuivit-il, la position du fort est parfaite et la rivière n'est pas assez profonde pour que les navires importants remontent jusque-là. Seuls les plus petits parviendront à portée de fusil.

— Entre-temps, l'armée du général Ross arrivera par l'est. Si seulement cette maudite guerre n'avait jamais commencé !

— Je suis d'accord avec toi, dit Richard. J'ai pris conscience que même si je refuse de m'opposer à mon pays, je veux que les États-Unis sortent de cette guerre plus forts et plus assurés de leur identité.

Il tourna les yeux vers Callie.

— Je n'ai jamais pu m'empêcher d'encourager le faible contre le fort.

— Moi non plus, avoua-t-elle avec un sourire. Quelle imprudence de la part de l'Amérique de s'attaquer à la plus grande puissance militaire du monde ! Ils ont fait de terribles erreurs dans cette guerre, mais là, ils se sont organisés et ils vont résister.

— Et ils sont en force.

Richard pivota, Callie l'imita et ils reprirent en silence le chemin de l'entrepôt.

Elle aimait ces sorties vespérales car elles leur permettaient de passer du temps ensemble. Ces heures partagées la ramenaient à l'amitié de leur enfance, hormis le baiser que Richard lui réclamait rituellement en guise de bonsoir, devant la porte de l'appartement.

Callie aurait pu s'y soustraire si elle l'avait voulu, mais elle avait découvert qu'elle ne le voulait pas. Et si Richard ne tentait pas de la séduire, leur baiser devenait plus long et plus enivrant soir après soir. Si elle le soupçonnait de la courtiser, elle préférait ne pas lui poser la question. Dans une semaine, la bataille serait peut-être terminée et il serait alors possible de penser à l'avenir.

Mais pas pour le moment.

Après des préparatifs intenses, Baltimore avait eu tendance à se reposer sur ses lauriers. Cependant, la vue des navires anglais se profilant à l'horizon replongea la cité dans une fébrilité inquiète. Des défenseurs en tenues variées, depuis l'uniforme militaire officiel jusqu'aux hardes de matelot, se déversèrent dans les rues, déjà encombrées par les habitants qui avaient décidé de rendre visite à de la famille ou des amis à l'extérieur de la ville.

Trey ayant une permission pour la nuit, il était donc à la maison, mais il bouillait d'excitation.

— Nous serons mobilisés demain matin, j'en suis sûr !

Gordon envisagea de l'éclairer sur la laideur de la guerre et des combats, puis y renonça. Le jeune homme ne le croirait pas, et il découvrirait la vérité bien assez tôt.

— Je propose que nous confectionnions une échelle de corde, juste pour parer à toute éventualité, déclara Callie. Joshua, avons-nous assez de cordage ?

— Oui, répondit-il, et j'ai du bois pour fabriquer des échelons solides.

— Vous pensez que nous risquons de devoir nous échapper de cette manière, mademoiselle Callista ? demanda Molly.

— Sans doute pas, mais ayant eu une maison incendiée dans cette guerre, je préfère me préparer à tout, expliqua Callie. Tous les entrepôts sont en bois, ils flamberont donc très rapidement si les Anglais décident de mettre le feu à la ville.

Gordon ne pouvait que lui donner raison. En outre, un projet commun constituerait une distraction salutaire en cette période d'incertitude.

Callie alluma toutes leurs lanternes pour qu'ils y voient suffisamment, et Sarah, qui avait recouvré des forces, leur prêta main-forte.

Ayant passé du temps en mer, Gordon s'y connaissait en matière de nœuds. Il fut donc désigné responsable des nœuds. Il ne leur fallut guère plus de deux heures pour fabriquer une échelle solide, suffisamment longue pour atteindre le sol, à l'avant comme à l'arrière de l'entrepôt.

Une fois terminée, l'échelle formait un tas impressionnant. Tandis que Gordon et Trey l'enroulaient en un cylindre qui atteignait presque le volume d'un tonneau de tabac, Molly demanda avec inquiétude :

— Vous pourrez utiliser l'échelle si jamais nous y sommes obligés, grand-mère ?

Sarah se mit à rire.

— Si je dois choisir entre l'échelle et le barbecue, je me débrouillerai !

— Ne t'inquiète pas, je m'occuperai de toi, lui dit son mari. Demain matin, quand il fera jour, je fixerai des crochets pour l'échelle à l'arrière et à l'avant du bâtiment. Pour l'heure, ajouta-t-il en dissimulant un bâillement derrière sa main, je suis prêt à aller me coucher.

— Je vais dormir sur la terrasse, annonça Trey. Comme ça, j'entendrai le signal si on appelle les soldats au rassemblement.

— Moi aussi, déclara Gordon. Un peu de fraîcheur sera la bienvenue.

— Et si Mlle Callista et moi-même dormions dehors, nous aussi ? suggéra Molly, Grand-mère et grand-père pourraient reprendre leur lit.

— Ça, c'est une bonne idée ! acquiesça Joshua. Je n'aime pas dormir seul.

— Moi non plus, renchérit Sarah en souriant. Tes ronflements me manquent.

Les ronflements de Joshua ne manqueraient certes pas à Gordon, mais il enviait au vieux couple l'affection profonde qui les unissait. Callie et lui éprouvaient une grande affection l'un pour l'autre, mais cela suffirait-il à les lier l'un à l'autre ?

Comme prévu, la terrasse était fraîche, quoique moins calme que d'ordinaire en raison de l'activité qui régnait dans les rues. Trey et Molly étendirent leur couverture sur la partie gauche tandis que Gordon et

Callie s'installaient à droite. Gordon fut heureux que Callie pose sa paillasse à côté de la sienne. À une distance suffisante pour éviter les problèmes, mais assez près pour que, une fois tout le monde allongé, elle tende la main et saisisse la sienne.

Il la porta à ses lèvres, puis se prépara à dormir. Il se félicitait d'être aussi maître de lui... et aussi fatigué. S'il avait cédé à la tentation et s'était employé à séduire Callie durant cette semaine étrange, elle l'aurait probablement assommé avec la crosse de son pistolet.

Alors qu'au contraire, elle était de plus en plus détendue avec lui et répondait de manière encourageante à ses baisers. La prochaine fois qu'il lui demanderait de l'épouser, elle étudierait peut-être plus sérieusement la question.

Sinon, ma foi, il rongerait son frein et la lui reposerait plus tard.

En s'éveillant à l'aube, Callie s'aperçut qu'elle avait migré du côté de Richard et que, blottie contre lui, elle avait la tête sur son épaule. Lorsqu'elle leva les yeux, elle vit qu'il l'observait d'un air amusé. Constatant qu'elle était réveillée, il fit doucement descendre sa paume le long de son bras jusqu'à sa hanche. C'était absolument délicieux. Il ne prononça pas un mot lorsqu'elle s'écarta de lui, mais la lueur amusée dans ses yeux gris s'accentua.

Une fois allongée sur le dos, Callie se rappela que la guerre atteindrait certainement Baltimore aujourd'hui et que son beau-fils y prendrait part. Sa main retourna prendre celle de Richard, qui entrecroisa ses doigts aux siens. Les sentiments de Callie à son endroit étaient compliqués, mais à cet instant, elle avait besoin de tout le réconfort qu'elle pouvait trouver.

Ils demeurèrent ainsi jusqu'à ce que Trey commence à remuer.

— C'est aujourd'hui le grand jour ! s'écria-t-il d'une voix rauque.

Une voix d'homme, plus celle d'un jeune garçon.

Molly, qui n'était pas une lève-tôt, grommela :

— Je conçois que tu sois pressé d'aller te faire tuer, mais cela t'ennuierait de le faire moins bruyamment ?

Callie ne put s'empêcher de sourire.

— Je crois qu'il est temps pour tout le monde de se lever, dit-elle, joignant le geste à la parole.

— Debout, les paresseux ! lança Sarah depuis la porte de la terrasse.

Elle avait retrouvé son énergie, visiblement. Dormir avec son mari n'y était sans doute pas étranger.

— Je vais préparer le petit déjeuner, continua-t-elle, après quoi, je propose que nous nous rendions à l'église la plus proche pour prier.

— Difficile d'être contre, déclara Richard. J'espère juste que Dieu se souviendra de moi quand j'entrerai dans cette église. Ça fait longtemps !

— Alors, c'est une bonne chose que vous y alliez ce matin, parce que je peux vous assurer que le diable, lui, connaît votre nom, rétorqua Sarah en gloussant.

Commencer la journée avec des rires était une bonne chose, décida Callie. Des rires et des prières. Ils avaient besoin des deux.

20

L'église la plus proche était méthodiste et située à quelques pâtés de maisons de l'entrepôt. Les rues étaient encombrées de piétons se rendant à l'office, de miliciens attendant d'être appelés et de voitures lourdement chargées – certaines familles ayant jugé opportun de quitter la ville.

Gordon constata qu'un grand nombre de personnes empruntaient la même direction qu'eux.

— L'église va être bondée. J'imagine que c'est inhabituel.

— En effet, confirma Sarah. Nous ne serons pas les seuls à demander une protection supplémentaire à Dieu aujourd'hui.

Gordon essaya de se rappeler la dernière fois qu'il était entré dans une église. Sans doute était-ce lors du mariage d'un vieux camarade de classe, Daniel Herbert, l'année passée, à Londres. La cérémonie s'était tenue dans la très imposante église St George. Celle dont ils approchaient aujourd'hui était bien plus modeste, même si son clocher aspirait à une certaine grandeur.

Comme Callie et Molly bavardaient ensemble et que Sarah marchait au bras de Joshua, Gordon se retrouva en compagnie de Trey. Vêtu de sa tunique de milicien, le jeune homme avait emporté son paquetage et son fusil, prêt à répondre à l'appel à tout moment.

— Dans quelle brigade êtes-vous, Trey ? Le vert foncé de votre tunique évoque l'uniforme des fusiliers de l'armée britannique.

— Exactement, monsieur ! J'appartiens aux fusiliers du capitaine Aisquith car je suis très bon tireur. Je suis le plus jeune de la compagnie. Ils croient que j'ai dix-sept ans, ajouta-t-il en baissant la voix. Deux ou trois autres garçons ont à peu près cet âge-là, mais en vrai, je suis le plus jeune.

— Peut-être que les autres garçons mentent eux aussi.

— Je n'avais pas pensé à ça, admit Trey, l'air dépité.

— C'est un honneur d'appartenir à un tel groupe d'élite, quel que soit votre âge, assura Gordon. Étonnamment, je n'ai entendu personne, dans votre famille, faire allusion au fait que vous étiez dans une compagnie de tireurs d'élite.

— Je ne le leur ai pas dit parce qu'ils s'inquiéteraient encore plus qu'ils ne le font déjà. Beaucoup des miliciens seront postés dans les tranchées auxquelles vous avez travaillé, mais les troupes spéciales comme la nôtre seront envoyées en première ligne. On se battra vraiment !

— Votre famille ne serait pas ravie de l'apprendre pour une bonne raison, déclara Gordon avec flegme. Se battre vraiment peut conduire à mourir vraiment.

— Je ne vais pas mourir, répliqua Trey avec assurance.

Puis, comme Gordon haussait les sourcils, il ajouta :

— Mais si je meurs, au moins ce sera pour une bonne cause.

Espérant que l'assurance du jeune homme était justifiée, Gordon demanda :

— Où avez-vous appris à tirer aussi bien ?

— Avec mon père. Il disait que j'étais un tireur-né.

Il eut soudain l'air mélancolique.

— Il me manque. Ce n'était pas bien de sa part, d'avoir ma mère et Mlle Callista en même temps, mais il nous traitait tous bien.

— Et votre demi-frère, Henry ?

Trey se renfrogna.

— C'est une brute. Je ne crois pas que mon père l'aimait beaucoup, mais comme c'était l'aîné et son fils légitime, il était obligé d'en faire son héritier. Henry a passé beaucoup de temps en Angleterre pour ses études, et à son retour, il en avait toujours après ma famille. Ma mère, Molly et moi, on avait peur de lui. C'est pour ça que j'ai décidé d'apprendre à tirer.

— Henry était dangereux ?

— Oh, oui ! répondit Trey avec gravité. Il voulait nous vendre tous, Molly, mes grands-parents et moi, dans une autre île. À la Jamaïque, mon père avait des amis qui auraient pu nous aider, mais sur une autre île, on aurait juste été des esclaves comme les autres.

À présent, Gordon comprenait mieux que Trey ait acquis cette force de caractère nécessaire à un soldat.

— C'est une bonne chose que Mlle Callista ait été là.

— C'est notre ange gardien, murmura Trey. Sans elle...

Il jeta à Gordon un regard dur.

— Vous savez à quel point elle est précieuse ?

— Oui. Je l'ai toujours su.

En vérité, elle lui était plus précieuse chaque jour qui passait.

Lorsqu'ils atteignirent l'église, ils virent que les soldats déposaient leurs armes à l'extérieur. Un brigadier-chef veillait sur elles.

— Ne vous inquiétez pas, jeune homme, dit-il à Trey, qui hésitait visiblement, on ne vous volera pas votre fusil. Mais vous ne pourrez pas entrer si vous êtes armé.

Heureusement, le pistolet de Gordon n'était pas visible. À contrecœur, Trey déposa son fusil à l'extrémité la plus éloignée du tas, puis ils rejoignirent les autres à l'intérieur. Le dernier banc sur la droite put les accueillir tous les six, à condition de se serrer.

Gordon trouvait en général la messe ennuyeuse ; ce dimanche-là cependant, les gens chantaient de tout leur cœur et l'atmosphère était chargée d'un mélange de crainte et d'impatience. Le pasteur prononça un sermon vibrant, qui fut soudain interrompu par la détonation toute proche d'un canon. Celle-ci fut suivie d'une deuxième, puis d'une troisième. Trey bondit sur ses pieds, au comble de l'excitation.

— Ça y est ! C'est le signal de rassemblement devant le tribunal !

Un grand tumulte se fit dans l'église tandis que les fidèles se levaient au milieu des exclamations. D'un geste sec, le pasteur referma sa bible.

— Mes frères, mes amis, tonna-t-il, sa voix couvrant la cacophonie, l'alerte a été donnée ! Les Anglais approchent, et en vous recommandant à Dieu et à la parole de Sa Grâce, je vous bénis. Que le dieu des batailles vous accompagne !

Gordon applaudit en son for intérieur la grandiloquence et l'à-propos du pasteur. Trey embrassa les femmes, serra la main de Joshua et de Gordon, puis fila.

Callie se leva et déclara d'une voix presque ferme :

— Il est temps de rentrer à la maison. Nous pouvons continuer à prier où que nous soyons.

— Nous le pouvons et nous le ferons, confirma Sarah, les traits soudain tirés.

Alors qu'ils se mêlaient à la foule se déversant par les portes de l'église, Gordon, qui marchait derrière Callie, la vit jeter un coup d'œil méfiant autour d'elle.

— Quelque chose ne va pas ? lui demanda-t-il à voix basse.

Elle lui adressa un sourire d'excuse.

— J'ai toujours l'impression qu'on me surveille. J'ai les nerfs à vif, rien de plus.

— Peut-être, ou peut-être pas. J'ai appris à écouter mes intuitions, lui répéta-t-il. Henry Newell s'est peut-être abstenu de faire le voyage depuis la Jamaïque, mais n'aurait-il pas pu engager des hommes pour surveiller ta maison de Washington, au cas où toi ou ta famille vous rendriez à Baltimore ?

— C'est possible, admit-elle, mal à l'aise.

Ils avaient enfin atteint la rue et elle prit une profonde inspiration.

— Je te remercie de me fournir des raisons supplémentaires de m'inquiéter !

Il laissa échapper un petit rire et lui pressa brièvement l'épaule.

— L'expérience m'a appris qu'avoir de nombreux sujets d'inquiétude réduisait celle qu'on pouvait avoir sur un sujet particulier.

— Je garderai cela à l'esprit, dit-elle en lui prenant le bras. Que faisons-nous à présent ? L'attente va me rendre folle !

Dans la rue, les miliciens affluaient. Comme les autres civils, Callie et Gordon s'écartèrent pour les laisser passer.

— Je ne suis pas non plus très doué pour attendre, avoua-t-il. Habituellement, lorsqu'il y a de l'action, je suis au beau milieu, la tête rentrée dans les épaules en essayant de rester en vie.

— Je suis heureuse que ce ne soit pas le cas cette fois. J'ai assez de sujets d'inquiétude comme cela, répliqua-t-elle. En outre, ce n'est pas ton combat.

Peut-être. Il n'empêche qu'il y avait quelque chose d'indécent à voir un garçon qui n'avait pas quinze ans aller se battre et, éventuellement, se faire tuer.

— Une des façons de s'occuper, c'est de se préparer au pire. Le pire n'arrivera pas, parce qu'il y a beaucoup d'hommes ici, qu'ils ont une plus grande connaissance du terrain et de meilleures positions défensives que les Anglais, et que beaucoup sont baltimoriens. Ils se battent pour leur ville et ils sont aussi dangereux que des chats sauvages acculés. Mais faire des préparatifs nous empêchera de devenir fous.

En outre, cela l'empêcherait de trop penser à Callie.

Plus tôt cette crise s'achèverait – avec le moins de dommages possible espérait-il –, plus tôt il pourrait la courtiser ouvertement.

21

— Il y a quelqu'un ? Ho hé, il y a quelqu'un ?

On tambourinait à la porte de l'entrepôt.

— Monsieur Gordon ? Madame Newell ? appela une jeune voix masculine.

Callie se figea. Elle se reposait sur la terrasse après avoir passé la journée à collecter et à ranger des provisions ainsi que tout ce qui serait nécessaire en cas de siège ou d'occupation par les troupes britanniques. À l'aide du palan fixé à l'arrière du bâtiment, Richard et Joshua avaient hissé jusqu'à l'appartement des tonneaux d'eau et de combustible.

Joshua avait fixé dans le sol des ancrages solides pour l'échelle de corde, puis Sarah l'avait envoyé chercher des fournitures médicales. Comme il l'avait fait remarquer avec ironie, il était dommage qu'aucun d'eux ne fume vu qu'ils avaient des provisions de tabac pour une vie entière.

Tôt le lundi matin, trois coups de canon avaient annoncé l'arrivée des Anglais à North Point, la péninsule qui s'étendait entre les rivières Patapsco et Back. Comme le général Sam Smith l'avait anticipé, l'attaque terrestre viendrait de l'est et les Anglais auraient à franchir les énormes tranchées que Richard avait aidé à creuser.

Comme à Washington, quoique dans une moindre mesure, la ville s'était vidée. Ceux qui restaient affichaient une détermination tranquille. Des coups de canon et des fusillades épisodiques retentissaient à l'est. La rumeur se répandit que le général Stricker avait déployé ses meilleurs soldats en tirailleurs, à l'endroit le plus étroit de la péninsule, dans l'espoir de bloquer l'avancée des Anglais.

Tout cela se déroulait au loin. Mais la voix de Peter Carroll, l'ami de Trey, retentissant devant leur porte donnait brusquement une résonance personnelle au danger.

— Je descends vous ouvrir, Peter ! cria Callie en se penchant par-dessus la rambarde.

Elle se précipita vers l'escalier, mais Richard fut plus rapide. Il dévala les marches et lorsque Callie arriva en bas, il avait déjà fait entrer Peter. L'uniforme de celui-ci était poussiéreux et la manche droite de sa tunique avait été arrachée et transformée en écharpe pour soutenir son bras droit grossièrement bandé.

— Que se passe-t-il ? demanda aussitôt Callie. Où est Trey ?

De sa main gauche, Peter essuya son visage en sueur.

— Il est vivant, mais blessé, dit-il, s'efforçant de se ressaisir. Il a besoin d'aide.

— Grièvement blessé ? demanda Richard. Non, montons pour que tout le monde vous entende.

Le cœur de Callie battait à grands coups précipités lorsqu'elle suivit Peter dans l'escalier. Il titubait d'épuisement.

Quand il pénétra dans la salle commune, les trois Adams l'entourèrent. Molly lui tendit un grand verre de limonade fraîche.

Le jeune homme se laissa tomber sur une chaise et vida la moitié du verre d'une traite. Tandis qu'il buvait le reste plus lentement, Sarah s'installa près de lui avec son nécessaire médical. Après avoir enlevé l'écharpe improvisée, elle examina son bras. Peter tressaillit quand elle le palpa.

— C'est vilain et ça saigne, dit-elle, mais ce n'est qu'une plaie. Je vais verser du whisky dessus pour éviter l'infection. Je vous préviens, ça va piquer. Lorsque votre bras sera correctement bandé, vous pourrez vous en servir un peu.

Peter inhala avec force lorsqu'elle tamponna la blessure avec l'alcool.

— Trey est blessé à la jambe et à l'épaule, dit-il. Il ne semble pas avoir de fracture, mais il a perdu beaucoup de sang. Même avec mon aide, il pouvait à peine marcher.

— Que s'est-il passé ? demanda Richard. Nous avons entendu des tirs d'artillerie, mais ils ne semblaient pas suffisamment nourris pour évoquer une bataille rangée.

— C'étaient des escarmouches, monsieur, confirma Peter. Le général Stricker a envoyé un groupe de tireurs d'élite, dont nous étions, pour provoquer un combat avant que d'autres soldats anglais arrivent. Ça a fonctionné. Leur commandant en chef, le général Ross, est sérieusement blessé, peut-être mort.

Des exclamations diverses se firent entendre. Si Ross était mort ou incapable de commander, c'en était peut-être fini de l'attaque terrestre. Ou du moins, elle perdrait de sa force. Si Ross était un officier exceptionnel, il était peu probable que son second soit aussi brillant stratège.

Livide, Callie demanda :

— Où est Trey, à présent ?

— Comme je ne servais plus à rien avec ce bras, notre lieutenant m'a demandé de l'aider à gagner l'arrière pour voir un chirurgien. Je devais le porter à moitié, et c'est devenu beaucoup trop difficile pour nous deux. Je l'ai laissé dans une cabane vide, au bord de la route de Philadelphie. Trey m'a dit que vous aviez une charrette et des chevaux. Pouvez-vous aller le chercher ?

— Naturellement, dit Richard. Mais il faudra que vous veniez avec Joshua et moi pour nous guider.

— Je viens aussi, décida Callie. Je suis plus capable de soigner Trey qu'aucun de vous.

— Et moi encore plus ! intervint Sarah d'un ton véhément tout en bandant le bras de Peter. Je veux veiller sur mon petit.

Avant que Joshua puisse protester, Richard déclara :

— Vous n'êtes pas entièrement remise, Sarah. Il faut que vous gardiez des forces pour le soigner ici. Je sais que vous voudriez venir, continua-t-il en reportant son attention sur Callie et Molly, mais vous êtes toutes deux bien trop jolies pour vous retrouver à proximité d'un champ de bataille. Le risque de s'attirer des ennuis est trop grand.

— Quelle manière galante de présenter un refus ! dit Molly, désappointée.

— Oui, il sait se servir de sa langue, acquiesça Callie, avant de réaliser ce que sa remarque avait de suggestif.

Heureusement, Richard s'abstint de relever.

— Nous ne serons pas de retour avant plusieurs heures, dit-il. Callie, garde ton pistolet à portée de main, au cas où.

— Entendu.

À regret, elle dut admettre qu'il avait raison. Elle serait plus utile ici, car ni Molly ni Sarah ne savaient se servir d'une arme.

— Sarah, vous avez quelque chose à ajouter à la trousse médicale avant qu'ils l'emportent ? demanda-t-elle.

— Tant qu'ils ne décident pas de boire le restant de whisky, elle contient tout ce qu'il faut, répondit Sarah en refermant la trousse, qu'elle confia à son mari.

— Je vais chercher des couvertures pour mettre au fond de la charrette, dit ce dernier. Gordon, pouvez-vous aller à l'écurie voisine pour faire harnacher les chevaux et les amener derrière l'entrepôt ? C'est là qu'est garée la charrette.

— Bien sûr.

Callie se tourna vers Peter.

— Trey est loin d'ici ?

— À quatre miles environ. À peu près à mi-chemin entre notre front et l'endroit où nous avons abattu Ross, à moins que nos troupes n'aient battu en retraite comme à Bladensburg. Nous devrions être de retour à la tombée de la nuit.

— Il est probable que nous serons retardés, prévint Richard. En conséquence, ne vous inquiétez pas. Nous reviendrons avec Trey le plus vite possible.

Tout en parlant, il était allé chercher son sac, dont il tira son pistolet. Après l'avoir glissé dans sa ceinture, il compléta son armement par une corne à poudre et un sac de balles.

Son expression avait changé. Ce n'était plus l'aimable Richard qu'elle connaissait, mais le menaçant lord George Audley surgi de la nuit à Washington pour la secourir.

— Soyez tous prudents ! recommanda Sarah en étreignant son mari.

Richard s'approcha de Callie et l'attira à lui. Son baiser ne fut pas un effleurement poli, non, il l'embrassa à pleine bouche, ses mains se promenant avidement le long de son dos.

Après un instant de résistance, elle lui rendit son baiser avec une fougue identique. Une langue de feu courut dans ses veines, lui monta à la tête, éradiquant toute conscience de l'endroit où ils se trouvaient et de l'épreuve qu'ils affrontaient. Richard, l'ami en qui elle avait toute confiance, l'homme qui comptait pour elle plus que tout au monde...

Il finit par la relâcher, le souffle court.

— Je reviendrai, Callie. N'en doute pas. Et nous ramènerons Trey, alors ne t'inquiète pas. *Je reviendrai !*

Il tourna les talons et sortit. Abasourdie, Callie frôla ses lèvres du bout des doigts. Que s'était-il passé exactement ?

Sa vie avait basculé. Une fois de plus.

— Je croyais que vous étiez juste amis ! s'exclama alors Molly, les yeux ronds.

— Nous l'étions, répliqua Callie, encore ébranlée, en s'humectant les lèvres. C'est en train de changer.

Sarah eut un rire rauque.

— La prochaine fois que ce garçon vous demandera en mariage, vous devriez accepter.

Peut-être. L'idée commençait à faire son chemin.

L'appartement parut très vide après le départ des trois hommes. Brisant le silence, Molly murmura :

— Trey va s'en sortir, n'est-ce pas ?

Sarah entoura de son bras les épaules de sa belle-fille.

— Mais oui, la rassura-t-elle. Peter Carroll ne paraissait pas trop inquiet. C'est juste qu'avec une blessure à la jambe, marcher est difficile. Et il fait très chaud. Ton frère doit être très fatigué.

Callie le pensait sincèrement et cependant, une chape d'anxiété pesait sur elle. La menace était-elle réelle ou se montait-elle la tête ? Elle avait le sentiment d'un danger imminent. Peut-être qu'un petit groupe de soldats anglais allait réussir à entrer dans la ville. Ou que des marins parviendraient à atteindre le rivage et sèmeraient le chaos.

Ces deux hypothèses étaient hautement improbables, mais son malaise refusait de céder.

Fatiguée, Sarah s'était étendue sur une chaise longue.

— Vous avez l'air d'une chatte dansant sur des charbons ardents, mademoiselle Callista, lança-t-elle.

Callie prit une profonde inspiration, puis répondit :

— J'ai l'impression que quelque chose se prépare. Pas que les Anglais vont envahir la ville. Du moins, pas maintenant. Mais quelque chose.

— Il peut toujours y avoir de simples malfaiteurs, fit remarquer Molly. Comme beaucoup d'hommes sont partis combattre, des voleurs peuvent tenter de pénétrer dans des maisons moins bien défendues.

— C'est peut-être ce que je ressens, murmura Callie. Pour nous tenir occupées jusqu'au retour de Trey, que diriez-vous d'envisager ce que nous ferions si des cambrioleurs tentaient d'entrer ? Un peu comme les exercices que font les soldats.

— J'aime bien l'idée, déclara Molly. Nous serions ainsi plus à même de réagir si nous nous entraînons.

— Exactement, approuva Callie. Lorsque les soldats anglais ont fait irruption dans ma maison, à Washington, j'ai été paralysée, comme un lapin terrifié. Je n'aurais sans doute pas pu faire grand-chose car ils étaient trop nombreux, mais j'ai détesté cette impression d'être totalement impuissante.

— Personne n'aime se sentir impuissant, commenta Sarah d'un air grave. Tentons d'imaginer ce que nous ferions si nous avions à nous défendre.

Callie baissa les yeux sur son pistolet, songeuse.

— À Washington, je savais qu'un seul coup ne suffirait pas à me tirer des griffes d'un groupe de soldats furieux. En revanche, s'il y avait une tentative d'effraction ici, les cambrioleurs ne seraient probablement pas nombreux. Il faut que je place ce pistolet à un endroit adéquat, ainsi que la poudre et les balles pour recharger.

— Que diriez-vous de ceci ? proposa Molly en tirant une petite table à un endroit où elle avait une vue dégagée sur la porte d'entrée.

Elle y déposa ensuite le panier qui contenait son ouvrage en cours.

— Vous pouvez cacher votre pistolet et vos munitions derrière. Si quelqu'un entre, il ne les verra pas.

— Parfait ! Et que pensez-vous de couteaux ? Nous disposons des couteaux de cuisine bien aiguisés de Sarah, mais il est vrai qu'atteindre une cible avec un couteau demande beaucoup d'adresse.

— Un couteau, c'est plus efficace de près, dit Molly. Et je ne veux pas que qui que ce soit m'approche d'aussi près !

— Moi non plus, renchérit Callie. Mais si des hommes ivres entrent et découvrent trois femmes seules, ils peuvent décider de s'amuser un peu... Ce qui signifie qu'ils viendront bien trop près.

Elles gardèrent le silence, conscientes que ce n'était malheureusement pas une hypothèse à exclure.

— J'ai une chute de cuir d'une bonne taille, dit soudain Molly. Je pourrais confectionner des étuis pour les plus petits des couteaux, et nous pourrions les attacher à notre cuisse.

— Quel esprit délicieusement pervers ! s'exclama Callie. Mettons-nous au travail.

— N'oublions pas le tabac, intervint Sarah. Nous en avons de pleins tonneaux. Ces barriques sont solides et stables quand elles sont debout, mais nous pourrions en mettre deux sur le flanc. Il suffirait alors de les pousser pour qu'elles roulent vite et bien.

— Brillante idée, Sarah ! Molly, commençons par coucher deux tonneaux face à la porte. Après quoi, nous fabriquerons les étuis pour les couteaux.

Sa belle-fille sourit.

— Ces préparatifs sont plutôt amusants dans le genre inquiétant.

— Je suis sûre qu'ils ne serviront à rien, dit Callie, mais ils empêcheront nos esprits de battre la campagne.

Elle posa son pistolet chargé, sa poudre et des balles supplémentaires derrière le panier à ouvrage.

Quelque temps auparavant, elle avait dit à Richard qu'elle n'était pas sûre de pouvoir se résoudre à tuer quelqu'un. Son opinion à ce sujet commençait à changer.

22

— La cabane est par là, dit Peter en indiquant un chemin cahoteux qui serpentait à travers un tunnel d'arbres. J'ai emmené Trey le plus loin possible du champ de bataille.

Une salve d'artillerie à l'est ponctua ses paroles.

Le chemin aboutissait à une modeste cabane en rondins. Des poules picoraient alentour. Elles levèrent la tête, regardèrent les nouveaux venus avec indifférence, avant de poursuivre leur quête de nourriture. Sans doute avaient-elles été libérées de leur poulailler afin de ne pas mourir de faim pendant l'absence des propriétaires de la cabane.

— Si les tuniques rouges trouvent cet endroit, ces poules sont cuites, commenta Joshua en arrêtant la charrette. Avez-vous dû forcer la porte, Peter ?

Le jeune homme hocha la tête avec une moue désolée.

— Le verrou était très simple et je ne voulais pas laisser Trey à découvert. J'ai laissé un peu d'argent et un mot d'excuse sur la table. J'ai aussi laissé nos fusils dessous. Je ne me sentais pas assez solide pour les emporter.

Gordon et Joshua le suivirent à l'intérieur. Trey gisait, les yeux clos, sur une simple paillasse de vieilles couvertures que son ami avait installées devant l'âtre froid. Les pansements grossiers sur son épaule gauche et sur sa jambe étaient tachés de sang, mais il ouvrit les yeux à leur entrée.

— Grand-père ! hoqueta-t-il, l'air prêt à pleurer de soulagement.

— Ne t'inquiète pas, Trey, dit Joshua de sa voix réconfortante. C'est un bon ami que tu as là. Il est venu droit à l'entrepôt et nous a guidés ensuite jusqu'ici.

Trey posa sur Peter un regard las.

— Il m'a sauvé la vie. Si les Anglais m'avaient trouvé, je serais mort, comme Hank McComas et Danny Wells. Je les aimais vraiment bien, ajouta-t-il après avoir avalé sa salive avec peine.

— Ce sont eux qui ont tiré sur le général Ross ? demanda doucement Gordon.

— Je ne sais pas qui l'a abattu. Nous avons fait feu en même temps et comme nous étions tous trois d'excellents tireurs, ça peut être n'importe lequel d'entre nous. Le général Ross est tombé de son cheval et un aide l'a rattrapé avant qu'il touche le sol. Avec un cri de fureur, ses hommes se sont précipités pour nous attaquer. Hank et Danny ont été tués sous l'arbre dans lequel ils étaient montés pour viser. J'ai été touché deux fois, mais j'étais plus éloigné.

Son visage se crispa et il parut soudain très jeune.

— Est-ce que je vais mourir ? murmura-t-il.

Gordon enleva le pansement sur sa jambe, versa du whisky pour nettoyer la blessure, puis la recouvrit d'un pansement propre.

— Un jour, oui, mais ce ne sera pas aujourd'hui, répondit-il. La balle de mousquet qui a touché votre cuisse gauche a traversé le muscle sans sectionner de veine importante.

Trey n'ayant plus sa tunique, il lui fut facile d'examiner sa blessure à l'épaule.

— La balle n'a fait que l'érafler, conclut-il, avant de verser du whisky sur la plaie, puis de la panser à son tour. Une infection n'est jamais à exclure, mais vous êtes jeune et solide, et vous serez très bientôt à la maison avec votre grand-mère. Vous devriez vous en sortir. Plus tard, vous pourrez vous vanter auprès des filles d'être un héros de la bataille de Baltimore.

Ce qui était la vérité.

Trey laissa échapper un petit rire étranglé. Il ne put retenir un gémissement quand Joshua et Gordon soulevèrent la couverture sur laquelle il reposait pour en faire une civière improvisée afin de l'emporter jusqu'à la charrette. Tandis que Peter accrochait une autre couverture aux ridelles pour protéger le blessé du soleil, Gordon retourna dans la cabane et ajouta quelques pièces à celles laissées par Peter.

Après avoir ramassé les fusils, les cornes à poudre et les munitions, il referma la porte. Avec un peu de chance, les propriétaires retrouveraient leur cabane intacte à leur retour, et l'argent suffirait à les dédommager.

Le trajet de retour se fit à une allure plus modérée qu'à l'aller. Il fallait éviter de secouer Trey plus qu'il n'était absolument nécessaire. Joshua conduisait l'attelage et Peter indiquait l'itinéraire. Une fois assis à l'arrière, à côté de Trey, Gordon chargea les deux fusils, qu'il dissimula ensuite sous les couvertures. Il pourrait ainsi en saisir un et faire feu très rapidement. Il espérait néanmoins n'avoir pas à le faire.

Peu après avoir rejoint la route de Philadelphie, ils furent arrêtés par une brigade de soldats américains commandée par un lieutenant. Celui-ci exigea d'un ton brusque une explication sur leur présence si près des lignes ennemies.

— Mon camarade blessé et moi faisions partie de l'avant-garde des fusiliers, expliqua Peter. Je n'étais plus utile, ajouta-t-il en levant son bras bandé, alors on m'a demandé de ramener mon ami à l'arrière pour le faire soigner.

Se penchant sur la charrette, le jeune officier vit le sang qui rougissait déjà les nouveaux pansements de Trey.

— Qui êtes-vous ? demanda-t-il à Gordon.

— George Gordon, chirurgien, répondit-il avec un accent américain. Mais cette semaine, j'ai aussi passé du temps à creuser des tranchées, ajouta-t-il en montrant ses mains calleuses.

Le lieutenant parut convaincu et leur fit signe de passer.

— Vous feriez bien de partir au plus vite, leur recommanda-t-il. La brigade de la ville a retenu les Anglais jusqu'à présent, mais s'ils cèdent...

Il s'en tint là et repartit avec sa patrouille. C'est à peine s'il avait regardé Joshua. Il considérait sans doute qu'il s'agissait d'un esclave et donc qu'il ne comptait pas.

Tandis qu'ils se dirigeaient vers l'ouest pour rejoindre Baltimore, Trey dit à Gordon :

— Vous avez essayé de me prévenir que la guerre n'était pas splendide et glorieuse.

— Oui. Hélas, ça fait partie de ces choses que l'on doit en général apprendre par soi-même, répliqua Gordon. Au moins, vous avez survécu à votre baptême du feu.

— Jusqu'à présent. Vous étiez officier dans l'armée britannique ? demanda Trey. J'ai entendu Mlle Callista vous appeler capitaine Audley.

— J'ai commandé un navire ou deux, mais je n'ai jamais été un véritable soldat, avec un rang et un uniforme. Obéir aux ordres n'est pas mon fort. J'ai cependant eu à défendre ma vie plus d'une fois. Survivre aux rencontres avec des pirates dans la mer de Chine exige de savoir se battre.

— Pour de vrai ? murmura Trey, les yeux écarquillés. Ce n'est pas une histoire que vous me racontez pour me distraire ?

— C'est entièrement vrai. Je me suis aussi battu à d'autres occasions. En général contre des bandits ou des pirates. Je ne défendais pas mon pays, juste mes amis et moi-même contre des brutes qui voulaient nous tuer pour une raison ou une autre.

Trey ferma les yeux. Il resta silencieux si longtemps que Gordon en conclut qu'il devait être endormi ou inconscient. Ils avaient parcouru la moitié du trajet lorsque, les yeux toujours clos, le jeune homme déclara d'une voix sourde :

— Il paraît que le général Ross était un homme bon et honorable, et je l'ai peut-être tué. Cela fait de moi un héros ou un coupable ?

Gordon posa la main sur celle de Trey.

— Les deux. Ni l'un ni l'autre. L'horreur de la guerre, c'est qu'on tue des inconnus dont beaucoup sont des hommes bons, honorables, qui ont des amis et une famille qui les aiment. Ross fait partie de ceux-là. Mais l'armée anglaise n'a pas ici d'officier aussi brillant que lui. Faute d'un commandement adéquat, il se peut que les troupes anglaises se retirent. Ou si elles attaquent nos fortifications, elles seront moins bien préparées. Ce qui permettra de sauver beaucoup de vies.

Après un autre long silence, Trey reprit :

— Je pensais qu'être soldat serait prestigieux et honorable. Je crois que cela ne me plaît pas beaucoup, finalement.

— Ce qui prouve que vous êtes très mûr pour votre âge. Vous avez fait votre devoir, Trey. Vous pouvez en être fier, même si vous n'aimez pas ce que vous avez fait.

— Merci, chuchota-t-il.

Il ne dit plus un mot jusqu'à ce qu'ils aient regagné l'entrepôt, mais Gordon vit des larmes briller sous ses yeux.

Être propulsé dans l'âge adulte n'était pas facile.

23

Préparer la défense de l'appartement fut une bonne distraction pour Callie, Molly et Sarah. Bien que n'ayant pas encore retrouvé son énergie habituelle, Sarah assura qu'elle se sentait tout à fait capable d'envoyer rouler un tonneau de tabac sur d'éventuels agresseurs.

Avec le cuir fourni par Molly, elles fabriquèrent des fourreaux pour les deux plus petits couteaux de la cuisine. Callie eut l'impression d'être d'une fringante pirate lorsque, ayant attaché le fourreau à sa cuisse gauche, elle s'exerça à retirer rapidement le couteau de sous ses jupes.

Pince-sans-rire, Sarah lui demanda de ne tuer personne avec ce couteau, parce qu'elle ne voudrait plus s'en servir en cuisine ensuite. Malgré la chaleur, elle avait décidé de préparer la soupe préférée de Trey, avec du bœuf, de l'orge et des légumes. Rien de plus revigorant, assura-t-elle. Plus revigorant encore serait l'amour avec lequel elle confectionnait cette soupe.

Il était difficile d'ignorer le bruit de l'artillerie et des tirs de fusil en provenance de l'est ; pourtant, Callie commençait à ne plus vraiment y prêter attention. À croire que l'on pouvait s'habituer à tout.

Leurs préparatifs furent achevés au crépuscule. Molly et Callie s'installèrent alors de chaque côté de la lampe, Molly pour travailler à sa carpette, Callie pour rectifier la deuxième robe qu'elle avait achetée. Tout en décousant une couture, elle songea qu'elles étaient davantage comme deux sœurs que comme une mère et sa fille. Et être une sœur semblait comporter moins de responsabilités qu'être une mère.

Molly n'était guère plus âgée que la plus jeune des sœurs qu'elle avait laissées en Angleterre. Annie marchait tout juste lorsqu'elle était partie à la Jamaïque. À quoi pouvait-elle bien ressembler à présent ?

Elle ressentit un pincement de nostalgie en songeant à la maison de son enfance. Bien sûr, son père était un tyran, et la sœur qui venait après elle l'avait probablement trahie lorsqu'elle avait essayé de s'enfuir avec Richard. Mais l'un dans l'autre, elle s'entendait bien avec ses sœurs et son petit frère. Leur avait-elle manqué ? Se souvenaient-ils seulement d'elle après toutes ces années ?

Un coup retentissant à la porte l'arracha à ses pensées. Elle leva vivement la tête, affolée. Un autre coup ébranla la porte, la faisant à demi sortir de ses gonds. C'était cela, la menace qu'elle avait sentie approcher !

Après un instant de paralysie, Callie songea au pistolet. Mais avant qu'elle ait pu esquisser le moindre geste, un dernier choc pulvérisa la porte et trois hommes firent irruption dans la pièce.

En tête venait sa brute de beau-fils, Henry Newell.

Le visage tordu par une grimace de triomphe, il lança d'une voix sifflante :

— Je vous tiens, espèce de garce !

Sarah était dans le coin cuisine, occupée à remuer la soupe. Callie et Molly se pétrifièrent, regardant Henry tels des lapins hypnotisés par un serpent. Elles ne savaient que trop bien de quoi il était capable.

Dire que Callie avait trouvé absurde d'envisager que son beau-fils la traquerait jusqu'en Amérique !

Et voilà qu'il était là, et que cette rencontre avait quelque chose d'affreusement inévitable. Selon les domestiques de Matthew, Henry avait été un enfant détestable. Il refusait toujours d'admettre qu'il avait tort, ne supportait pas de perdre, était prêt à tout pour se prétendre vainqueur. Quoi d'étonnant donc qu'il ait poursuivi Callie sans relâche ?

Rassemblant son courage, elle se leva d'un mouvement fluide, laissant glisser au sol la robe sur laquelle elle travaillait. Elle s'en voulait de s'être éloignée de la table sur laquelle se trouvait son pistolet afin d'avoir davantage de lumière pour coudre. La table en question se trouvait entre Henry et elle, et son arme était dans l'ombre de la corbeille, où il ne pouvait la voir.

S'avançant d'un pas vers lui, Callie lança avec une fausse chaleur :

— Eh bien, Henry, quelle surprise ! Vous êtes venu vous assurer que votre belle-mère et vos demi-frère et sœur sont sains et saufs ? Je pensais que vous auriez une femme et des enfants sur qui veiller à présent.

— Ni femme ni enfant tant que je n'en aurai pas fini avec vous !

Il tira un pistolet de sa veste et visa Callie au milieu de la poitrine. La bouche de l'arme lui parut aussi grande et menaçante que celle d'un canon.

— J'ai attendu cet instant trois maudites années ! éructa-t-il.

Callie n'eut qu'une pensée : gagner du temps, par n'importe quel moyen.

— Comment m'avez-vous trouvée ? Je pensais que vous aviez fini par renoncer.

— Je ne renonce jamais ! Je ne croyais pas à ma chance lorsque le directeur de l'entrepôt m'a écrit il y a deux mois et appris que Mme Newell vivait désormais à Washington, et qu'elle pourrait envisager de s'installer dans l'appartement de l'entrepôt en cas d'invasion anglaise. Même cette foutue Royal Navy n'a pas pu m'empêcher de passer ! Aujourd'hui, on a surveillé l'entrepôt et attendu pendant des heures pour s'assurer que les hommes ne reviendraient pas de sitôt. Le moment est enfin venu d'obtenir justice !

S'efforçant de contenir sa panique, Callie s'avança de deux pas supplémentaires.

— Je ne comprends pas votre besoin de justice, Henry. Le dernier testament de votre père a mystérieusement disparu si bien que vous avez hérité de tout. Cela ne vous suffit pas ?

Les yeux pâles de son beau-fils étincelèrent.

— Vous vous êtes enfuies avec tout l'argent que contenait le coffre de mon père et quatre esclaves de valeur, et je ne parle pas des bijoux de ma mère ! Je veux récupérer le tout !

Même une guerre n'avait pas réussi à l'arrêter. Sa quête effrénée devait lui avoir coûté davantage que ce qu'il prétendait avoir perdu. Mais il ne se préoccupait pas de logique. Callie avait toujours senti qu'elle était pour lui l'objet d'une sombre obsession.

— Vous savez que votre père voulait affranchir les quatre Adams, répliqua-t-elle. Il nous en a fait part en même temps à tous les deux.

— Sauf qu'il était trop paresseux et trop négligent pour s'en occuper. Puisqu'il ne l'a pas fait, c'est *à moi* qu'ils appartiennent désormais et vous n'aviez absolument pas le droit de les affranchir ! gronda-t-il. Je suis venu les reprendre et régler mes comptes avec vous.

— De quels comptes parlez-vous ?

Callie fit un pas de plus tout en surveillant du coin de l'œil les acolytes de Henry. Des brutes qui exhalaient une puissante odeur d'alcool. Le visage de l'un d'eux lui avait paru familier et elle avait reconnu Kirkland, le contremaître violent qu'elle avait persuadé Matthew de renvoyer. Elle identifiait à présent l'autre homme, un ami musclé mais pas très futé de Kirkland. Il s'appelait Bouc, ce qui était une insulte aux véritables boucs.

S'efforçant de garder son calme, elle continua :

— Je ne vous ai fait aucun tort. L'argent que j'ai pris dans le coffre de votre père est loin d'être ce que j'aurais dû légalement percevoir à titre de douaire. Même si vous ajoutiez à ce que j'ai emporté la valeur que présenteraient les Adams sur le marché…

La simple idée d'un prix de vente de ses amis lui donnait envie de vomir.

— … la somme demeurerait très inférieure au versement de mon douaire. Vous avez gagné, Henry ! Pourquoi vous donner autant de mal pour nous retrouver ?

— Non seulement vous avez volé ce qui me revenait, mais vous avez traité la putain de mon père comme si c'était une femme blanche ! cracha-t-il. Aucune de vous deux n'était digne de toucher la jupe de ma mère et pourtant, vous étiez là, à tromper mon père et à comploter contre moi !

— J'ai traité votre père avec respect et affection, et je n'ai jamais comploté contre vous.

Encore un pas. Le pistolet était presque à portée de main, sauf que durant les quelques secondes nécessaires pour le saisir, le lever et viser, Henry pourrait tirer puisqu'il la tenait déjà en joue. Certes, il arrivait que le coup fasse long feu, mais elle ne voulait pas risquer sa vie sur un pari.

— Vous avez donné des idées aux autres esclaves ! continua Henry avec fureur. Après votre départ, plusieurs de mes meilleurs ouvriers agricoles se sont enfuis de la plantation et ont rejoint les nègres marrons dans les collines. C'est à cause de vous !

— Ça suffit ! intervint Kirkland. Vous nous avez promis des filles si on venait avec vous. La fille noire, là-bas ? Elle m'a l'air mûre à point !

— Elle vaudra davantage si elle est vierge. Peut-être qu'elle l'est encore. Je peux en tirer une petite fortune en la vendant à La Nouvelle-Orléans. Tu peux avoir celle-ci, la veuve de mon père, une fois que j'en aurai fini avec elle.

Henry tourna alors son pistolet vers Sarah, toujours derrière son réchaud.

— La vieille, là-bas, c'est une bonne cuisinière, et j'en tirerai aussi un bon prix. Où est le garçon ?

— Mon frère s'est enrôlé dans la milice pour combattre les Anglais ! répondit Molly avec une expression farouche. Vous ne pourrez pas l'avoir !

Elle aussi se rapprocha de leurs agresseurs, une lueur dangereuse dans le regard.

— Je n'aurais pas dû attendre que les hommes partent, mais le grand blond paraissait dangereux, dit Henry.

Les sourcils froncés, il parut réfléchir sur le parti à prendre.

— Je ne peux peut-être pas avoir le garçon, mais le vieux est un bon menuisier et il peut rapporter quelque chose. On va attendre qu'il revienne. On peut s'amuser avec les femmes, enchaîna-t-il, son regard revenant sur Callie, puis tendre une embuscade aux hommes. Qui est cet homme blond, chère belle-maman ? Votre amant ?

— Juste un vieil ami venu d'Angleterre, répondit Callie. Personne que vous connaissiez.

— Dans ce cas, je vais le tuer. J'attacherai tous mes esclaves, et je laisserai vos deux corps dans l'entrepôt, où le directeur finira bien par les trouver. Du moins ce qu'il en restera, conclut Henry en s'esclaffant.

Bouc, dont le regard n'avait cessé d'aller d'une femme à l'autre, se dirigea en titubant vers la cuisine.

— J'ai pas envie d'attendre jusqu'à ce que vous ayez fini avec la rouquine. La vieille a pas l'air mal. Je veux bien l'essayer pendant que Kirkland monte la garde.

L'œil luisant de concupiscence, il tendit la main vers Sarah.

— Ne me touchez pas, espèce de porc ! s'écria-t-elle en lui jetant une louche de soupe au visage.

Avec un glapissement de douleur, l'homme recula, les mains sur les yeux. Sarah en profita pour le pousser avec force vers le tonneau de tabac le plus proche. Celui-ci était couché et tourné vers la porte. La tête de Bouc le heurta avec un horrible craquement, l'envoyant rouler vers Kirkland.

— Bon sang, fais gaffe à ce que tu fais ! hurla le contremaître.

S'écartant d'un bond de la trajectoire du tonneau, il heurta violemment Henry.

— Espèces de crétins maladroits ! rugit ce dernier.

Il trébucha et tourna la tête pour voir ce qui se passait dans son dos.

Callie bondit. Elle attrapa son pistolet et visa, le tenant à deux mains.

— Vous vouliez que justice soit faite, Henry ? Vous allez être exaucé !

À Washington, elle avait été incapable de tirer. Cette fois, elle n'hésita pas. Elle appuya lentement sur la détente afin de ne pas dévier et envoya une balle droit dans le cœur de Henry.

Il y eut une détonation assourdissante, un nuage de fumée âcre, et Callie fut projetée en arrière par le recul de l'arme. Le sang jaillit de la poitrine de l'homme et elle dut lutter contre une envie de vomir.

— Qu'est-ce... ?

Incrédule, Henry se plia en deux, les yeux fixés sur elle.

Dans un dernier souffle, il murmura :

— Garce !

Son pistolet lui échappa tandis qu'il s'effondrait sur le sol. Craignant que le coup ne parte, Callie se baissa instinctivement.

Une nouvelle détonation retentit, encore plus forte, aussitôt suivie d'un hurlement poussé par Bouc. Lorsque Callie se redressa, elle vit le sang jaillir de la tempe de l'homme, qui s'affala sur le sol.

Callie rechargeait fébrilement son pistolet lorsque Kirkland le lui arracha des mains et le jeta au loin.

— Maudite harpie, tu vas le payer !

Refermant les mains autour du cou de Callie, il la tira violemment à lui. À demi étranglée, elle tenta de relever sa jupe pour atteindre l'étui attaché à sa cuisse...

— Lâchez-la ! hurla alors sa belle-fille, avant de se baisser pour ramasser le pistolet déchargé de Henry.

Elle en abattit la crosse sur le visage de Kirkland, puis chercha à tâtons son propre couteau, les yeux emplis de fureur.

Comme Kirkland portait les mains à son nez en jurant, Callie réussit enfin à tirer son couteau. Elle en porta un coup, lui entaillant le visage. Il se jeta sur elle, sans réussir toutefois à immobiliser la main qui tenait le couteau. D'instinct, Callie abaissa le couteau de toutes ses forces. La lame, aussi aiguisée que celle d'un rasoir, coupa l'homme à la gorge, libérant un jet de sang chaud. Il se tenait si près qu'elle en fut éclaboussée. Il s'affaissa alors à ses pieds.

Callie eut un haut-le-cœur. Elle serait tombée elle aussi si Molly ne l'avait rattrapée.

— Tout va bien maintenant, balbutia la jeune fille d'une voix haletante. Tout va bien !

Entre le moment où Bouc s'était jeté sur Sarah et celui de la mort de Kirkland, il ne devait pas s'être écoulé plus d'une minute.

Pétrifiée, Callie regarda les corps et le sang. L'appartement, plein de cette fumée âcre qui piquait les yeux, ressemblait à un champ de bataille. Elle se mit à trembler irrépressiblement.

C'est alors que des pas précipités retentirent dans l'escalier. Tel un automate, elle leva son couteau, se préparant à affronter cette nouvelle menace.

— Callie ! fit la voix de Richard. Callie !

Il surgit par la porte brisée et balaya la scène d'un regard horrifié.

— Mon Dieu !

— Henry nous a attaquées, expliqua Molly à travers ses larmes. Dire que c'était mon frère. Qu'il soit trois fois maudit !

Richard rejoignit Callie en trois enjambées et referma les bras autour d'elle. Elle n'avait pas encore vraiment compris qu'il était là.

— Callie, tu n'es pas blessée ?

Le corps de Callie le reconnut avant son cerveau. S'effondrant contre sa poitrine, elle se cramponna à lui tandis que l'horreur de ce qui venait de se passer la submergeait. Des sanglots incontrôlables la secouèrent.

Joshua entra à son tour dans l'appartement en criant :

— Sarah ! Molly !

Quand il vit le corps de Henry Newell, il s'arrêta net.

— Seigneur, cette brute est venue jusqu'ici ?

Molly se jeta dans ses bras en sanglotant.

— Grand-père !

Sarah l'avait suivie à une allure plus modérée.

— Ce démon est venu pour violer et tuer Mlle Callista, dit-elle d'une voix glaciale. Et pour nous ramener là-bas comme esclaves.

Elle glissa le bras autour de la taille de son mari, qui serrait toujours Molly dans ses bras.

— Mlle Callista a tué ces porcs, continua-t-elle avec une satisfaction féroce. Elle s'est battue comme une tigresse. Et Molly aussi. Le dernier coup de feu de Henry a tué celui-là, acheva-t-elle en désignant Bouc, et ce n'est pas une perte.

Joshua laissa échapper des jurons que Callie n'avait jamais entendus dans sa bouche. Sans lâcher sa femme et sa petite-fille, il s'avança et flanqua un coup de pied dans la tête de Henry.

— Je regrette de ne pas avoir été là pour le tuer moi-même !

— Je le regrette aussi, dit Callie d'une voix faible. Mais il a attendu que Richard et vous soyez loin.

Richard lui caressa doucement les cheveux.

— Viens t'asseoir, Câline. Tu sembles prête à t'évanouir.

Après s'être laissée tomber sur la chaise la plus proche, elle demanda :

— Où est Trey ?

Richard s'accroupit devant elle, lui prit les mains, et la scruta.

— Il est en bas dans la charrette avec Peter Carroll. Il n'est pas grièvement blessé, mais il est affaibli. Nous venions de nous arrêter devant la porte de l'entrepôt quand nous avons entendu des coups de feu et un hurlement. Joshua et moi sommes accourus aussi vite que possible. Apparemment, tu n'avais pas besoin de nous, Câline, ajouta-t-il avec tendresse. Ma guerrière !

— J'étais terrifiée, chuchota-t-elle.

— N'importe quelle personne sensée l'aurait été. Bien que terrifié, un héros fait ce qu'il doit faire. Tu es une héroïne, Callie.

— Ce n'est pas vraiment ce que je ressens.

— Tu l'es pourtant bel et bien, affirma-t-il. Il faut que je descende pour aider à ramener Trey ici. Je peux te laisser quelques minutes ?

Callie rassembla ce qui lui restait de forces et de détermination.

— Ça ira, assura-t-elle. Va chercher Trey. Lorsque Sarah l'aura soigné…

Elle jeta un regard aux corps qui gisaient sur le sol, puis détourna les yeux.

— … il faudra décider de ce que nous faisons ensuite.

24

La nuit était tout à fait tombée. Laissant Joshua s'occuper des cadavres, Gordon redescendit l'escalier, le cœur encore battant. S'il se souvenait de sa panique en entendant les détonations, il se rappelait à peine avoir recommandé à Peter de veiller sur Trey avant de bondir de la charrette pour s'engouffrer dans l'entrepôt, Joshua sur ses talons. La porte fracassée lui avait confirmé le désastre.

Lorsqu'il s'était précipité dans la pièce, qu'il avait vu Callie couverte de sang, il avait senti son cœur sombrer. Il n'oublierait jamais son indicible soulagement quand il avait compris qu'elle n'était pas blessée. Mais le choc qu'elle avait subi était en soi bien assez horrible.

Même si elle s'était un peu reprise lorsqu'il lui avait dit qu'il devait redescendre pour aider Trey, elle restait profondément ébranlée. Callie agirait toujours comme les circonstances l'exigeaient, mais elle avait l'âme d'une soigneuse, non d'une tueuse.

Il regagna la rue au moment où Peter essayait d'empêcher Trey de sortir de la charrette.

— Que s'est-il passé ? s'écria ce dernier. Ma famille… ?

— Tout le monde est sain et sauf, lui assura Gordon.

Il jeta un coup d'œil à Peter. Jusqu'à quel point pouvait-il évoquer ces événements devant quelqu'un qui n'appartenait pas à la famille ?

Devinant ses pensées, Peter déclara gravement :

— Je suis un Carroll de Carrolton, je ferais n'importe quoi pour protéger Molly et Trey. S'il y a des secrets, ils sont en sûreté avec moi.

Gordon hocha la tête.

— Trey, commença-t-il, ton demi-frère, Henry, a forcé l'entrée de l'appartement avec deux complices. Callie, Molly et Sarah se sont défendues.

Le jeune homme cilla, l'air incertain.

— Elles se sont défendues… ?

— Ils sont morts tous les trois, déclara Gordon sans détour.

Il se tourna ensuite vers Peter.

— À présent, vous êtes impliqué dans cette histoire. Attachez les chevaux et nous aiderons Trey à monter. Vous prendrez connaissance des événements là-haut.

Dès que Gordon eut aidé Trey à descendre de la charrette, Peter s'exécuta. Même s'il gardait le plus souvent son bras blessé en écharpe, il était capable de faire certaines choses, comme se charger des deux fusils.

Trey pouvant à peine marcher, Gordon enroula le bras autour de sa taille et le porta à demi jusqu'à l'escalier étroit. À plusieurs reprises, le jeune garçon ravala un gémissement de douleur. Il réussit pourtant à se hisser, marche après marche, en s'accrochant à la rampe.

Enfin, ils entrèrent dans l'appartement. Sarah avait déjà fait le lit dans la chambre des hommes.

— Amenez mon petit ici ! ordonna-t-elle.

Trey parut sur le point de fondre en larmes lorsqu'on l'étendit sur le matelas et que sa grand-mère l'enlaça tendrement. Elle chassa tout le monde de la pièce et berça Trey comme un enfant, lui murmurant des paroles de réconfort.

Dans la grande pièce, Joshua avait tiré les corps au pied du mur de planches et les avait recouverts du tapis désormais inutilisable. Molly, occupée à disposer de la nourriture et des boissons sur la table, se retourna et se jeta dans les bras de Peter qui sortait avec Gordon de la chambre où se trouvait son frère.

— Merci d'avoir sauvé Trey !

— Je suis heureux d'avoir été là pour l'aider.

Il lui rendit son étreinte et Gordon, qui soupçonnait une attirance entre eux, en eut la confirmation. Ils étaient encore jeunes tous les deux, mais si leur attachement perdurait, l'avenir de Molly serait assuré. Gordon avait appris que les Carroll figuraient parmi les familles les plus éminentes du Maryland. Charles Carroll – le grand-père de Peter, peut-être ? – était l'un des signataires de la Déclaration d'indépendance, et il passait pour l'homme le plus fortuné d'Amérique.

La richesse épousait en général la richesse, mais Molly était belle, avenante, intelligente, et la mort de Henry Newell améliorerait radicalement sa situation financière. Son frère et elle allaient devenir les héritiers du domaine et des biens Newell. Confiant dans ses talents de faussaire, Gordon y veillerait.

Et depuis quand réfléchissait-il en mère soucieuse d'établir sa progéniture ?

Ignorant avec tact l'étreinte des deux jeunes gens, il déclara :

— Je vous remercie d'avoir sorti la bouteille de bon cognac que j'ai achetée il y a deux jours, Molly. Je crois que nous en avons tous besoin.

— Moi, certainement, acquiesça Callie en sortant de la chambre des femmes.

Bien que toujours pâle, elle avait recouvré son sang-froid. Elle s'était lavée et avait changé de robe.

Elle paraissait presque normale, abstraction faite de son regard.

Gordon se retint de la prendre dans ses bras. Il craignait de saper ses maigres forces.

— Comment te sens-tu ? se contenta-t-il de demander.

Elle esquissa un sourire.

— Nous sommes tous vivants, sains et presque saufs, et ces brutes sont mortes. Je considère que c'est la meilleure issue possible.

Elle coula un regard vers le tapis qui recouvrait les corps et déglutit avec peine.

— À présent, nous devons décider de ce qu'il faut faire de... des restes.

— J'ai quelques idées à ce sujet. Mais d'abord, un cordial pour nous remettre.

Gordon versa du cognac dans la demi-douzaine de petits verres que Molly avait préparés. Il vida le sien d'une traite et le remplit de nouveau. Si Callie ne but pas aussi vite que lui, elle fut bientôt prête, elle aussi, pour un deuxième service.

Si Molly s'étrangla un peu, l'alcool parut la ragaillardir.

— Allons manger, proposa-t-elle. Nous y verrons plus clair ensuite.

Joshua la gratifia d'un sourire tendre.

— Tu es vraiment comme ta grand-mère.

Elle le remercia d'un sourire, puis déposa sur la table un plat garni de tranches de jambon et de fromage, une soupière fumante, une grosse miche de pain et un pichet de limonade. Gordon s'aperçut qu'il mourait de faim. Joshua et Peter aussi, apparemment. Molly et Callie firent honneur à la nourriture et Callie retrouva un peu de couleurs.

Sarah les rejoignit quelques minutes plus tard.

— Trey s'est assoupi. Il devrait se remettre, je pense.

L'air las, elle se laissa tomber sur la chaise à côté de son mari, qui s'empressa de remplir son assiette.

C'était ainsi qu'une famille devrait être, songea Gordon. Ce partage, ces gestes attentionnés… Il n'avait jamais rien connu de tel lors des repas tendus et sinistres de son enfance.

Molly termina la première. Elle s'employa alors à convaincre Peter de quitter sa tunique militaire. Lorsque les hommes étaient allés chercher Trey, elle avait lavé les taches de sang sur la manche droite, qui avait été détachée du vêtement pour être convertie en écharpe improvisée. L'homme, la tunique et la manche se trouvant maintenant au même endroit, elle entreprit de recoudre cette dernière. Peter la contemplait comme s'il ne pouvait se rassasier d'elle.

Lorsque tout le monde eut fini de manger, Callie demanda abruptement :

— Que faisons-nous des corps ?

— J'ai aperçu des mâts de la Royal Navy sur la Patapsco River, dit Peter. Dans les heures qui viennent, ils vont certainement commencer à bombarder le fort McHenry. Je ne sais pas combien de temps il tiendra, mais quelques corps déposés discrètement dans le port ne devraient guère attirer l'attention.

Il y eut un silence interdit. Puis Callie demanda :

— Un futur homme de loi est-il censé suggérer ce genre de choses ?

— La loi a pour objectif la justice, répondit-il d'une voix ferme qui préfigurait l'homme qu'il deviendrait un jour. Ces trois hommes se sont introduits ici pour détruire l'existence de femmes innocentes. Leur mort est juste.

— C'est une vision très pragmatique, reconnut Callie. J'admets toutefois que je préférerais ne pas avoir à tenter d'expliquer ce qui s'est passé ici, surtout alors qu'une bataille est sur le point de commencer.

— Nous pouvons nous débarrasser des deux acolytes de Henry de cette manière, dit Gordon, mais la mort de ce dernier doit être officiellement confirmée. S'il est mort célibataire, Molly et Trey sont les héritiers du domaine Newell.

Callie lui jeta un regard aigu.

— Il a dit, et je répète textuellement ses paroles, qu'il n'aurait ni femme ni enfant tant qu'il n'en aurait pas fini avec moi.

Gordon regretta de n'avoir pas la possibilité de tuer de nouveau Henry.

— En ce cas, le codicille au testament prend effet et tout revient à Molly et à Trey, hormis ton douaire, Callie, et quelques legs individuels. Comme tu te le rappelles probablement, tu es leur tutrice légale jusqu'à leur majorité.

Callie savait pertinemment qu'il n'y avait pas de codicille. Elle avait sans doute décidé d'avoir foi dans ses talents de faussaire, car elle répondit :

— Je suis heureuse que Matthew m'ait choisie comme tutrice, mais cela signifie-t-il que je dois les ramener à la Jamaïque pour diriger la plantation ?

— Non ! fit une voix rauque.

C'était celle de Trey, qui s'accrochait au chambranle de la porte.

— Je ne retournerai pas là-bas. Jamais !

Tandis que Joshua se levait pour l'aider à prendre place à table, Molly déclara plus calmement, quoique avec fermeté :

— Moi non plus. Papa nous aimait beaucoup, mais pas assez pour nous affranchir. Nous étions des esclaves là-bas. Je ne retournerai jamais à la Jamaïque.

— Je comprends et je suis d'accord, dit Callie. Moi non plus, je ne veux pas y retourner. Mais la plantation sera alors entre les mains d'un régisseur, ce qui est souvent un problème lorsque les propriétaires ne sont pas sur place. Ou alors, il faut la vendre.

— Nous ne pouvons pas vendre la plantation avec ses esclaves, souligna Molly. Ce sont nos amis, ils doivent être affranchis.

— Molly a raison. Je ne veux pas que les choses continuent comme avant, renchérit Trey.

Il jeta un coup d'œil circonspect à sa grand-mère avant de verser un peu de cognac dans sa limonade. Sarah ne broncha pas, mais à son expression, il était évident qu'il n'en aurait pas plus.

— Il y a une alternative, intervint Gordon. Callie, tu m'as dit que la plantation voisine appartenait à des quakers et que leurs ouvriers étaient libres. Vous pourriez affranchir les esclaves de Newell et vendre la plantation à ces quakers. Avec une clause stipulant qu'ils doivent garder tous ceux qui souhaitent rester et leur verser un salaire décent en échange de leur travail. Évidemment, cela réduirait beaucoup votre héritage.

Molly et Trey échangèrent un long regard, puis hochèrent la tête.

— Faisons cela, décréta Molly. Nous n'avons pas besoin d'être riches, mais de faire ce qui est juste.

Les yeux embués, Callie leur sourit.

— Je suis tellement fière de vous ! Cela s'annonce cependant compliqué à mettre en œuvre en étant si loin de l'île, les avertit-elle. Peter, une fois que nous aurons le certificat de décès de Henry, faut-il que j'écrive à mon notaire ? Il est peut-être en relation avec des notaires de la Jamaïque, ou connaît quelqu'un qui l'est.

— Cela dépend des notaires, répondit Peter. La plupart travaillent juste localement. À Baltimore et à Washington cependant, certains ont des relations internationales. Qui est votre notaire ?

— Francis Scott Key, de Georgetown.

— M. Key ? Mais c'est parfait ! s'exclama Peter. J'étudie la loi avec mon oncle, qui est un bon ami de M. Key. Ils ont travaillé ensemble sur plusieurs affaires. Ils trouveront un notaire efficace et honnête à la Jamaïque, qui pourra procéder à l'homologation du testament, affranchir les esclaves et vendre la plantation une fois votre qualité de propriétaires confirmée. Cela prendra évidemment du temps.

— J'ignore où se trouve M. Key en ce moment, dit Callie, mais la vie finira bien par reprendre son cours. Votre oncle pourrait peut-être entamer les démarches pour déclarer la mort de Henry Newell et nous faire savoir quelles sont les formalités à prévoir ?

— Il sera heureux de vous aider, j'en suis certain, répondit Peter. Quant à l'endroit où M. Key se trouve en ce moment, continua-t-il, je crois savoir qu'il est l'hôte de la Royal Navy.

Callie le dévisagea, perplexe.

— Et que ferait-il sur un navire britannique ?

— M. Key et M. Skinner, l'officier chargé de l'échange des prisonniers de guerre, se sont rendus avec un drapeau blanc auprès de l'amiral Cochrane pour demander la libération d'un prisonnier américain, un médecin âgé et en mauvaise santé, expliqua Peter. Ils voulaient aussi obtenir la liste des autres Américains détenus par les Anglais. D'après mon oncle, comme ils sont sur le vaisseau amiral britannique, ils seront probablement retenus à bord jusqu'à la défaite de Baltimore.

Trey poussa un grognement.

— Et si Baltimore n'est pas vaincue ?

— Peu importe qui remporte la bataille, ils ne seront sans doute relâchés qu'après. Cela fait déjà quelque temps que M. Skinner a été nommé administrateur des prisonniers de guerre, et il a toujours été traité avec beaucoup de courtoisie. À l'entendre, ajouta Peter avec un sourire, les amiraux britanniques ont toujours une excellente table.

— C'est bon à savoir, murmura Callie, avant de froncer les sourcils. Et comment pourrons-nous déclarer la mort de Henry sans que je sois accusée de meurtre ?

— J'ai une idée, annonça Gordon. Mais qui risque de ne pas vous plaire. Nous pourrions dire qu'il s'inquiétait pour sa belle-mère, son demi-frère et sa demi-sœur, et qu'il s'est donc rendu à Baltimore dans l'espoir de les emmener dans un endroit sûr. Et qu'apprenant que son jeune frère avait été blessé, il nous a accompagnés jusqu'au champ de bataille pour aider à le ramener et, hélas, a été mortellement blessé. Il y a suffisamment de balles qui volent autour de North Point pour qu'un accident de ce genre soit plausible.

— Tu as raison, dit Callie avec un sourire ironique. La pensée d'un Henry inquiet et héroïque est révoltante mais l'histoire pourrait passer si nous nous accordons sur les détails. Cela justifierait même que son corps soit ici. Seriez-vous tous d'accord pour cette version ?

— J'acquiescerai à ce que vous direz si jamais vous êtes interrogée, répondit Joshua. En revanche, je ne pourrai jamais me résoudre à dire que ce monstre est venu à Baltimore pour protéger Molly et Trey !

— Nous pouvons mentir s'il le faut, déclara Sarah. Il est toutefois peu probable que nous soyons interrogés, vu que nous ne sommes que deux vieux domestiques noirs.

— Si on me pose des questions, je suis certaine de pouvoir fondre en larmes de manière convaincante, dit Molly. Dès lors que je n'ai pas à expliquer pourquoi je pleure ! ajouta-t-elle, suscitant des rires.

— On peut le faire, même si je déteste l'idée de prétendre qu'il a eu un jour un geste désintéressé, avoua Trey. Mais puisque vous êtes notre tutrice, c'est surtout à vous qu'ils s'adresseront, mademoiselle Callista, non ?

Peter tira de sa poche une feuille de papier pliée et un petit crayon, et griffonna quelques lignes.

— Voici un billet adressé à un médecin que notre famille connaît et qui demeure non loin, dit-il. Il y a moins de chances qu'il soit avec la milice qu'un chirurgien. Il pourra vous signer le certificat de décès et vous aider à organiser les obsèques.

Callie prit le papier et murmura :

— Je vous remercie infiniment, Peter. Vous nous facilitez vraiment les choses.

— Je suis heureux de me rendre utile, madame.

Il se leva et laissa Molly l'aider à enfiler son bras gauche dans sa tunique, qu'il laissa ouverte du côté de son bras en écharpe.

— Je dois rejoindre mon régiment, reprit-il. Je ne sais pas si je serai bon à quelque chose, mais il est probable que les Anglais attaqueront demain les défenses de Hampstead Hill et il faut que je sois présent.

Si Molly eut l'air affligé, elle ne chercha toutefois pas à le dissuader.

— Revenez sain et sauf ! dit-elle simplement.

— C'est bien mon intention, répliqua-t-il avec un sourire, tout en saisissant son fusil et ses munitions. Mieux vaut que je parte maintenant, au cas où vous auriez à discuter de choses qu'un homme de loi ne devrait pas entendre.

« Un garçon intelligent », songea Gordon. Molly ne méritait pas moins.

Sarah et Callie embrassèrent Peter, puis Molly l'accompagna dehors pour un au revoir plus intime. Quand ils furent hors de portée de voix, Gordon se tourna vers Joshua.

— Auriez-vous de bonnes idées sur la meilleure façon de déposer les associés de Henry dans le port sans se faire remarquer ?

— Il va bientôt pleuvoir, répondit Joshua. Et pas qu'un peu, à mon avis. Nous pouvons utiliser la grande toile qui sert aux marchandises, à l'arrière de la maison, pour descendre les corps à l'aide du palan, puis les emporter jusqu'au bateau des Newell. On peut ensuite ramer en direction du fort et les faire passer par-dessus bord.

— On va se mouiller, mais c'est un bon plan, convint Gordon. Tant qu'à utiliser le palan, nous pourrions aussi descendre Henry et le mettre dans le bureau. Je présume que personne n'a envie de dormir avec sa dépouille ici.

— Oh que non ! confirma Callie. Tu as eu souvent l'occasion de te débarrasser de cadavres indésirables ?

— Non. Ce sera un nouveau talent à ajouter à ma liste, répondit-il avec un sérieux affecté.

Il fut heureux de l'entendre rire.

— Un jour, j'aimerais voir cette liste, dit-elle en se levant. Pour l'heure, il est temps de se mettre tous au travail.

25

Callie avait toujours admiré la capacité de Joshua à prédire le temps. Cette fois encore, il ne s'était pas trompé. Ce fut sous une pluie battante que Gordon et lui placèrent les corps dans la grande toile puis les firent descendre à l'extérieur du bâtiment. Un travail macabre, qu'ils exécutèrent avec stoïcisme. Elle remercia le ciel qu'il y eût chez elle deux hommes musclés à l'estomac bien accroché.

Entre l'obscurité et la pluie, il y avait peu de risques qu'ils se fassent remarquer. En cas de questions, toutefois, descendre le corps de Henry pour le déposer dans le bureau de l'entrepôt pouvait se justifier. Henry le héros, venu à Baltimore pour protéger sa famille... Callie se serait esclaffée si elle ne tremblait pas encore intérieurement à la pensée des menaces qu'il avait proférées.

Tandis que Richard et Joshua s'éloignaient en ramant sous des trombes d'eau, elle se concentra sur le sang à nettoyer. Elle s'efforça de les considérer comme n'importe quelles autres taches. Elle aida ensuite Molly à ranger la nourriture et à faire la vaisselle.

Elle essuyait les assiettes lorsque Molly lui demanda :

— Que pensez-vous de Peter Carroll ?

La question ne surprit pas Callie.

— Je pense que c'est un jeune homme très bien.

— Croyez-vous qu'il puisse y avoir quelque chose de... durable entre un homme issu d'une des premières familles du Maryland et une esclave ?

— Tu n'es plus une esclave ! protesta Callie. En plus d'être une jeune fille belle et éduquée, tu es aussi une héritière. Quant à la question d'une relation durable... C'est toujours une question épineuse. Je suis sûre que Peter n'accorde aucune importance à tes origines, mais ce ne sera peut-être pas le cas de sa famille. Et même s'ils n'ont pas d'objection, vous êtes tous deux très jeunes. Les premières amours ressemblent souvent à des orages d'été. Intenses et de courte durée.

Molly lui jeta un regard oblique.

— Peter a dix-neuf ans. J'en ai seize. Vous vous êtes mariée à seize ans.

Un argument inattaquable et plutôt perturbant. Comment croire que Molly avait le même âge qu'elle à l'époque de son mariage ? Elle était si jeune ! Mais Callie aussi avait été jeune, beaucoup trop jeune.

— Je ne me suis pas mariée par choix. Même si cela a relativement bien tourné, je ne le recommanderais pas.

— Aviez-vous un premier amour qui vous consumait cœur et âme ? demanda Molly. Quelqu'un auprès de qui vous désiriez ardemment être, bien que vous ayez été obligée d'épouser mon père ?

— Pas vraiment, répondit Callie en rangeant la pile d'assiettes sur une étagère. Les filles que je connaissais s'éprenaient toujours des maîtres de danse, des garçons d'écurie ou des jeunes et beaux pasteurs, mais cela ne m'est jamais arrivé. Peut-être que je ne suis tout simplement pas très passionnée.

— Je n'en crois rien ! s'exclama Molly. Il y avait sûrement quelqu'un.

Callie réfléchit quelques instants, puis secoua la tête.

— Je suppose que parce que Richard était mon meilleur ami, je ne prêtais pas attention aux garçons d'écurie.

— Et vous n'aviez pas le béguin pour lui ? s'étonna Molly. Il est si séduisant !

— Non. Nous étions amis. Nous montions à cheval, nous nagions, nous faisions les quatre cents coups ensemble. C'est différent.

— Vraiment ? demanda Molly, sceptique.

— Oui, répondit Callie avec fermeté.

Elle chassa de ses pensées leurs récents baisers, qui n'avaient rien à voir avec leurs relations durant l'enfance.

— Et on ne met pas en doute les paroles de ses aînées, mon petit !

Molly s'esclaffa et elles achevèrent leur tâche en silence. Sarah était déjà partie se coucher, de même que Trey.

— Tu tiens à peine debout, fit remarquer Callie. Quant à moi, je n'aurai pas de repos tant que les hommes ne seront pas rentrés. Avant d'aller te coucher, peux-tu m'aider à déplacer quelques tonneaux de tabac de manière à former une alcôve ? Je vais installer ma paillasse ici car je risque de ne pas bien dormir cette nuit et je ne voudrais pas déranger Sarah.

— Et moi, alors ? répliqua Molly en se dirigeant vers les tonneaux.

— Oh, ça m'est égal de ruiner ton sommeil ! riposta Callie.

Toutes les deux gloussèrent et, une fois de plus, Callie songea que Molly était davantage pour elle une petite sœur qu'une fille.

Elles n'eurent aucun mal à disposer les tonneaux de manière à créer un espace en forme de « U », ouvert du côté de la terrasse et de la baie. Callie étala ensuite les couvertures en formant une couchette le plus large possible car elle pressentait qu'elle allait se tourner et se retourner toute la nuit. Et si ses nerfs lâchaient et qu'elle se mettait à pleurer, personne ne l'entendrait.

Elle envoya Molly se coucher, puis emporta un verre de limonade mêlée de cognac sur la partie abritée de la terrasse. La ville avait demandé aux habitants d'éteindre toutes les lumières pour éviter de servir de cible aux ennemis. Dehors tout n'était donc que pluie et obscurité. Il y avait dans la maison deux lanternes à volets qui ne laissaient filtrer qu'une étroite bande de lumière. L'une était accrochée dans l'escalier, l'autre posée sur une table pour permettre aux hommes de se diriger quand ils rentreraient.

Ce fut avec soulagement qu'elle entendit le clapotement des rames, puis le frottement du bois lorsque la grosse barque s'amarra le long du ponton. Quelques minutes s'écoulèrent, puis une clé tourna dans la serrure de la porte d'entrée, sous la terrasse. Cette porte étant intacte, Callie en avait déduit que Henry s'était muni d'un passe-partout.

Les pas lourds de deux hommes résonnèrent dans l'escalier. Quand ils entrèrent dans l'appartement, elle entendit Joshua maugréer :

— Première chose demain matin, je répare cette porte et je mets un verrou solide à celle d'en bas.

Callie se leva, prit les deux petits verres de cognac qu'elle avait remplis un peu plus tôt et alla à leur rencontre.

— Vous êtes aussi ruisselants que le linge qu'on retire de la lessiveuse, commenta-t-elle.

— C'est l'impression que j'ai, répliqua Joshua en ravalant un bâillement. Je pourrais apprendre à nager à un poisson.

Il avait récupéré au passage la lanterne accrochée dans l'escalier et prenait soin de détourner le faisceau lumineux de la terrasse.

Callie lui tendit un verre de cognac.

— Trey dort dans votre chambre. Il voulait vous donner le lit, mais nous l'en avons dissuadé en lui rappelant qu'il avait reçu deux balles.

— Ce garçon ! murmura Joshua d'un ton affectueux. Je serai très bien par terre. Ce soir, je crois que je pourrais dormir sur des cailloux.

Il but le cognac d'une traite, puis rendit le verre à Callie.

— La journée a été longue, c'est sûr.

— En effet, acquiesça Callie.

Richard accrocha son chapeau et sa redingote trempés aux patères à côté de la porte avant d'accepter son remontant.

— Il y a des serviettes et des vêtements secs dans la cuisine, lui dit Callie. Veux-tu me rejoindre sur la terrasse pour te détendre avant d'aller te coucher ?

— Volontiers.

Son sourire dans la pénombre trahissait sa lassitude, mais il était serein. Muni de la seconde lanterne, il se dirigea vers le coin cuisine.

À tâtons, Callie retourna sur la terrasse et se laissa tomber, rompue, dans l'un des fauteuils. Quelques minutes plus tard, Richard s'installa à sa gauche, un grand verre à la main.

Même si le bruit de la pluie noyait la plupart des bruits, il sembla naturel à Callie de parler à voix basse.

— Vous avez mené votre tâche à bien ?

— Oui. Nous avons ramé jusqu'au port et avons confié les corps à la mer en deux endroits différents.

Je ne sais pas combien de temps s'écoulera avant qu'on les trouve. Leur mort sera ou non associée aux combats. Je ne crois pas que cela ait d'importance.

Il leva son verre en direction du port et du fort qui se dressait à l'extrémité en ajoutant :

— Il y a de plus graves sujets d'inquiétude.

— Comme l'a dit Peter Carroll, ils méritaient leur sort. Je ne m'apitoie pas sur ces deux-là. Cependant…

Callie hésita.

— Je suis triste pour Henry, qui était le pire de tous. Je le méprisais, mais Matthew l'aimait.

Richard tendit la main pour s'emparer de la sienne.

— L'amour peut être aveugle.

Ils sirotèrent leur boisson en silence tandis que la pluie devenait peu à peu moins drue. Après une dernière gorgée de limonade, Callie posa son verre vide sur le sol.

— J'ai cru comprendre que tu avais l'intention d'ajouter ce codicille très utile au testament de Matthew ?

— Oui. Tu me montreras le brouillon qu'il a rédigé ainsi que tout exemplaire de son écriture que tu possèdes et je devrais être capable de fournir un document qui paraîtra convaincant. Ce n'est pas comme s'il y avait d'autres héritiers susceptibles de porter la chose devant la justice.

— Certes. Et c'est réellement ce que Matthew aurait voulu : la justice. Même si ce n'est pas très légal. J'aime le point de vue de Peter sur le sujet.

— Comment te sens-tu, Câline ? murmura-t-il. Si ma journée était longue et fatigante, la tienne a été bien pire.

Callie essaya de trouver une repartie légère, digne d'une guerrière, mais elle commença à trembler. S'agrippant à la main de Richard comme à une planche de salut dans une mer déchaînée, elle répondit d'une voix chevrotante :

— Ç'a été la pire journée de mon existence. Pire que lorsque nous nous sommes enfuis et que nos vies ont été saccagées, pire que lorsque les Anglais ont brûlé ma maison. Aujourd'hui, tous ceux que j'aime ont été en danger. Trey a été blessé, Joshua et toi auriez pu vous faire tuer en allant le chercher. Et ensuite, Henry est arrivé et...

Sa voix s'enroua. Elle fut incapable de poursuivre.

Richard se leva, la souleva dans ses bras et se rassit dans son fauteuil. L'ayant installé sur ses genoux, il attira sa tête au creux de son épaule et se mit à lui caresser le dos.

— Ceux que tu aimes ont été menacés et tu as été obligée de tuer. Tu as le droit d'avoir les nerfs qui lâchent. Sens-toi libre de casser de la porcelaine ou de te jeter à terre et de marteler le sol de tes poings.

Callie n'était pas certaine qu'il ait eu l'intention de la faire rire, mais elle ne put s'en empêcher.

— Si jamais j'étais tentée, mieux vaudrait que je me jette à terre et martèle le sol de mes poings avant de casser la porcelaine.

— L'esprit toujours pratique. Tu as raison, il y a eu assez de sang versé aujourd'hui.

Il lui massait doucement la nuque et elle sentit une chaleur bienfaisante l'envahir et dénouer les nœuds dans son corps.

— Je suis désolée d'être devenue une telle pleurnicheuse, reprit-elle avec un soupir las. Avant, tu me disais avec admiration que j'étais comme un garçon, pas une fille larmoyante.

Il rit tout bas, avec tendresse.

— Les temps changent. Je me suis aperçu que tu étais une fille et ça ne me dérange pas du tout. En fait, j'aime plutôt cela. S'effondrer après une journée horrible, ce n'est pas la même chose qu'être une pleurnicheuse.

— Sans doute. Mais le moment est mal choisi pour m'apitoyer sur moi-même. Demain, Baltimore sera peut-être bombardée et il faut que je sois préparée à toute éventualité.

— La Royal Navy n'aura pas la partie facile, assura Richard. Il faudra que les Anglais détruisent le fort McHenry et la batterie d'artillerie de Lazaretto Point, sur la rive opposée. Après quoi, ils devront passer le barrage à l'entrée du goulet. Les forts résisteront peut-être si longtemps au bombardement qu'ils finiront par se lasser et repartir.

— On peut toujours l'espérer ! Il est vrai que nous ne sommes pas à Washington. Demain, continua-t-elle après un autre soupir, je devrais être capable de faire à nouveau comme si j'étais forte. Ce soir en revanche, je ne veux pas dormir seule. J'ai installé un couchage au milieu des tonneaux de tabac. Tu te joins à moi ?

Elle sentit le corps de Richard se tendre sous le sien.

— Tu peux préciser ce que tu entends par me joindre à toi ?

— Dormir. Se serrer l'un contre l'autre. Rien de plus.

Elle se laissa glisser de ses genoux et lui tendit la main.

— Vous devez être aussi fatigué que moi, monsieur l'aventurier audacieux. Venez vous reposer.

— Avec plaisir, Câline, dit-il en saisissant sa main.

Puis il lui adressa son sourire complice, irrésistible.

— Tu pourras me chanter une berceuse pour m'endormir.

26

La journée avait été très longue. Gordon soupçonna d'ailleurs qu'ils étaient le lendemain. Même avec un partenaire aussi costaud que Joshua Adams, la lutte contre les vagues tempétueuses dans le port avait été épuisante. Gordon était éreinté, ce qui rendait l'invitation de Callie à partager sa paillasse encore plus attrayante. Vu sa fatigue, il réussirait certainement à se conduire en gentleman. Cela n'en serait pas moins un défi car Callie lui inspirait des sentiments dangereusement intenses, de tendresse et de désir mêlés.

L'espace créé entre les tonneaux était douillet, entre le léger parfum de feuilles de tabac et la vue sur la terrasse. Non pas qu'il y eût grand-chose à voir à travers le rideau de pluie et dans une ville plongée dans l'obscurité.

Callie souleva la couverture et se glissa sur la couchette improvisée, suffisamment large pour deux. Gordon s'allongea près d'elle.

— Le sol est moins dur que lors des nuits précédentes, ou c'est moi qui suis trop fatigué pour m'en apercevoir ? demanda-t-il.

— La paillasse est un peu plus épaisse. Molly et moi avons trouvé un tas de grands sacs en toile de jute dans l'entrepôt. Nous les avons remontés pour rendre nos couchages plus confortables. Ce n'est pas un vrai lit, mais c'est mieux que le plancher.

Certes. Sauf qu'avec Callie à ses côtés, même le bois brut lui aurait convenu.

Elle roula sur le flanc pour lui faire face et passa le bras autour de sa taille.

— Je te remercie de te joindre à moi.

— Tout le plaisir est pour moi, assura-t-il, sincère. Cette journée a été épouvantable. Cependant, nous sommes tous ici, vivants, et Trey n'est pas gravement blessé. Il y a de quoi être reconnaissant.

Il lui caressa le dos et eut la confirmation de ce qu'il avait soupçonné lorsqu'elle était sur ses genoux : elle ne portait rien sous sa grande chemise de linon. C'était presque aussi bon que si elle ne portait rien du tout.

— Molly est folle de Peter, et lui d'elle, apparemment, murmura Callie. Tu crois que quelque chose puisse en sortir ?

— Je suppose que tu parles de mariage, pas d'une liaison.

— Évidemment ! dit-elle, indignée. Je veux qu'elle trouve un mari gentil, dévoué, qui prendra soin d'elle et de la famille qu'ils pourraient fonder. Comme Sarah et Joshua.

— Peter semble être un garçon vraiment bien. En supposant qu'il survive à l'attaque des Anglais, je pense qu'ils pourraient avoir un avenir commun. Je suppose que Molly héritera d'une certaine somme ?

— Avec l'affranchissement de tous les esclaves, ce ne sera pas une fortune énorme. Suffisante néanmoins pour lui assurer une vie indépendante ou lui constituer une dot convenable en cas de mariage.

— Qu'elle ait de l'argent ne peut pas nuire, avoua Gordon. Mais ils sont jeunes. Leur attirance peut n'être que passagère.

— C'est ce que j'ai dit à Molly. Elle voulait savoir si, à son âge, j'avais été attirée par un jeune homme au point de le vouloir plus que tout. J'ai dû admettre que cela ne m'était jamais arrivé, avoua Callie avec un gloussement.

— Non ?

— Après mûre réflexion, je me suis dit qu'être amie avec toi ne me laissait plus d'énergie pour m'intéresser aux garçons.

Gordon demeura un instant songeur.

— ... C'était la même chose pour moi. Peut-être que cela nous a rendus plus lents pour penser à l'amour que ceux de notre âge.

— Je préférerais effectivement penser que j'étais lente et pas que j'ai un problème, répliqua-t-elle, ironique.

— Tu n'as pas de problème, assura Gordon. Tu as simplement manqué d'occasions vu que tu es passée directement de l'état de meilleure amie à celui d'épouse d'un homme assez âgé pour être ton père. Je présume qu'à la Jamaïque, l'honneur t'a empêchée de rechercher un homme plus proche de ton âge ?

— Je n'ai jamais rencontré quelqu'un qui m'ait suffisamment tentée pour que je me risque à l'adultère. Et toi ? Une fois libre, est-ce que tu t'es découvert un intérêt normal pour le sexe opposé ?

On pouvait compter sur Callie pour poser des questions directes. Gordon ne put s'empêcher de sourire.

— Oh, oui ! Je suis d'une normalité très ordinaire !

Mais s'il avait rencontré des femmes qu'il avait appréciées au lit comme en dehors, aucune n'avait jamais capturé son esprit ou son cœur, ni ne l'avait rendu fou amoureux.

— Depuis que nous nous sommes retrouvés à Washington, reprit Callie, je ne cesse de m'interroger sur ce qu'aurait été notre vie si nous n'avions pas été rattrapés par nos pères dans notre fuite. Si nous nous étions mariés en Écosse, notre vie aurait-elle été meilleure ou pire ? Est-ce qu'en mûrissant, en prenant conscience qu'il existait d'autres partenaires possibles, nous nous serions lassés l'un de l'autre ? Est-ce que l'amitié aurait constitué une base suffisamment solide même si nous n'étions pas épris l'un de l'autre ?

— J'y ai pensé aussi, reconnut Gordon. C'est en ami que je t'ai proposé de m'épouser, pour t'éviter un mariage non voulu. Mais lorsque tu m'as remercié d'un baiser… Eh bien, j'ai pris conscience que tu étais une fille et que cette fuite n'était pas une si mauvaise idée que ça.

— Vraiment ? dit-elle en riant. Je me souviens d'avoir été immensément soulagée, et reconnaissante, et excitée par cette aventure, mais rien de sentimental. Je crois que la vérité, c'est que je n'ai pas un tempérament très passionné.

— Pardonne-moi de ne pas être d'accord.

Se rappelant la manière dont elle avait répondu à son baiser d'adieu plus tôt dans la journée – ou plus exactement la veille –, Gordon roula face à elle et l'embrassa. Lentement, profondément, avec le sentiment d'être assez passionné pour deux.

Il suivit de la main l'arc subtil de son dos élégant, glissa jusqu'au creux de ses reins. Il l'attira alors contre son ventre.

Elle laissa échapper un petit cri rauque et répondit à son baiser avec avidité. Loin de s'écarter, elle insinua la jambe entre les siennes, amenant leurs corps à un contact brûlant, même à travers les tissus.

Sa fatigue envolée, Gordon murmura d'une voix :

— Si tu ne veux pas aller plus loin, c'est maintenant qu'il faut arrêter !

En guise de réponse, elle glissa ses mains sous la chemise de Gordon. Elles étaient délicieusement fraîches sur sa peau échauffée.

— Oublions cette journée ensemble, chuchota-t-elle.

Abandonnant ses derniers scrupules, il posa la main sur l'un de ses seins. Avec un halètement, elle s'arqua contre sa paume lorsqu'il en taquina la pointe. De nouveau, elle s'empara de sa bouche et entama avec sa langue une danse taquine et provocante.

Passant la main sous son ample chemise, il remonta le long de sa jambe douce, au galbe exquis. Plus haut, toujours plus haut, jusqu'à sa hanche. Délicatement, il s'immisça entre ses cuisses jusqu'au creux soyeux de son intimité. Avec un gémissement, assourdi par le bruit de la pluie, elle écarta les jambes.

Quand il commença à explorer les replis sensibles, Callie se tordit et ondula contre sa main. La pensée vertigineuse lui vint soudain qu'il pourrait prendre Callie là, maintenant, et qu'elle l'accueillerait volontiers. Cette envie folle qu'il avait de concrétiser son désir faillit avoir raison de lui.

Dieu merci, il lui restait juste assez de bon sens pour comprendre que ce serait franchir une ligne qui changerait tout entre eux et risquait de détruire toute chance d'un avenir commun. Alors, ce soir, il renoncerait à cette union ultime des corps. Mais, bon sang, il allait lui prouver qu'elle était une femme plus que passionnée !

Il reprit sa bouche tandis que ses doigts s'enfonçaient dans son intimité. Sa chaleur moite et les senteurs sensuelles qui émanaient de son corps étaient plus enivrantes que les meilleurs des cognacs.

Lorsque Callie jouit sous ses caresses, il recueillit son cri entre ses lèvres. Puis, la sentant s'amollir, il fit courir sa bouche le long de son cou, jusqu'au creux délicat de son épaule. Sous sa langue, il percevait la pulsation de son pouls. Elle était si désirable, si délectable.

Peu à peu, son souffle se fit moins haletant. Ils étaient si étroitement serrés qu'il était difficile de savoir où finissait le corps de l'un et où commençait celui de l'autre. Le sang rugissait dans les veines de Gordon, exigeant satisfaction, mais l'intensité du plaisir de Callie lui suffisait presque.

Il commençait à reprendre ses esprits quand il sentit qu'elle glissait une main timide sous la ceinture de son caleçon. À peine en eut-il pris conscience qu'elle refermait la main sur son sexe, provoquant un raidissement immédiat de tout son corps.

Ses caresses étaient hésitantes, mais c'était sans importance. La main de Callie qui le touchait, son corps pressé contre le sien, son odeur intime…

— Callie, gémit-il en l'écrasant contre lui. Bonté divine, *Callie* !

— Mon Richard, chuchota-t-elle. Mon Cœur de Lion.

Elle accentua doucement la pression de sa main, et le plaisir déferla en lui dans un paroxysme qui lui parut s'étirer indéfiniment, et s'acheva pourtant trop rapidement.

Il garda Callie serrée contre lui tandis que son corps et son esprit se rejoignaient lentement. Quand avait-il connu une satisfaction aussi ardente ?

Jamais.

Un tel contentement ?

Jamais !

— Je suis désolé, Câline, finit-il par murmurer d'une voix entrecoupée. Je ne voulais pas que cela arrive.

— Moi non plus. Mais ce fut à coup sûr une distraction bienvenue après une journée difficile, dit-elle avec un petit rire.

— Je suis heureux que tu penses cela. En fait, j'ai menti, avoua-t-il, penaud. Je ne suis pas désolé le moins du monde, même si ce n'était pas prévu.

Il lui pétrissait doucement le dos et la nuque, se refusant à la laisser partir. Il ne voulait plus qu'elle parte, jamais, et la question franchit de nouveau ses lèvres :

— Callie, veux-tu m'épouser ? Nous avons été tous les deux abîmés par la vie et nous avons chacun nos limites, mais je pense que nous sommes mieux ensemble que séparés.

Pendant un long, très long moment, elle ne dit rien. Elle n'essaya pas non plus de s'écarter de lui.

— Il est difficile de voir au-delà des quelques jours à venir, murmura-t-elle enfin. Cependant, si nous sommes vivants et indemnes après cette bataille, le sujet vaudra la peine d'être discuté.

Gordon ne put retenir un rire d'exultation.

— J'ai fini par t'avoir à l'usure !

— Je crois, oui, admit-elle, un sourire dans la voix. Il faut dire que tout a été bouleversé depuis que tu as fait irruption dans ma vie, il y a trois semaines.

— Mon monde aussi a changé.

Lui qui ne tenait pas en place recherchait désormais la paix. Il avait, au sens propre, fait le tour du monde avant de trouver le chemin de chez lui. Il ne lui restait plus qu'à convaincre cette guerrière valeureuse, mais circonspecte, de partager sa vie.

Il déposa un baiser sur le sommet de son crâne, puis il tira la couverture sur eux. La pluie faiblissait, mais la température avait baissé et l'air nocturne était frais.

— J'aimerais te tenir ainsi pour toujours, dit-il.

— Je me contenterai de savourer cette nuit, puisque nous ne savons pas de quoi demain sera fait.

Elle se tortilla délicieusement contre lui pour trouver la position la plus confortable. Elle paraissait faite pour ses bras.

— Que l'aube soit lente à venir ! ajouta-t-elle à voix basse.

La fatigue de Gordon avait cédé la place à une détente exquise. Quand avait-il été aussi heureux ? Jamais.

Il s'assoupit, le sourire aux lèvres.

La nuit fut courte. À l'aube, les Anglais commencèrent à bombarder le fort McHenry. La marine la plus puissante du monde frappait à la porte de Baltimore.

27

Joshua invita le médecin et son assistant à pénétrer dans le bureau de l'entrepôt. Tous trois ruisselaient. Le médecin, un homme digne, d'âge moyen, avait réagi favorablement à la simple lecture du nom de Carroll en bas du billet de Peter. Après avoir attendu que le fracas d'un bombardement particulièrement intense s'atténue, Joshua annonça :

— Le Dr Williams et son assistant, mademoiselle Callista.

Callie contourna le comptoir.

— Je vous remercie d'être venu aussi promptement, docteur Williams. Le... le corps est sur la table de travail, là, derrière.

Elle le conduisit à l'endroit où le corps recouvert d'une bâche reposait sur la table.

Lorsqu'ils furent tous rassemblés, Callie présenta Richard et Molly au médecin sous les noms qu'ils avaient jugés les plus appropriés. Ils portaient tous tant de noms différents ! Richard ne ferait pas mention de son état de lord, et il n'était pas nécessaire de révéler que Molly et Trey étaient des enfants illégitimes. Ces deux derniers ainsi qu'elle-même seraient des Newell.

— Voici M. Audley et Mlle Mary Newell. Je suppose que Joshua vous a expliqué que le défunt était mon beau-fils, Henry Newell ? Qu'il venait juste d'arriver de la Jamaïque pour retrouver sa famille et qu'il a été victime d'un acte de violence terrible ?

Le Dr Williams acquiesça tout en se débarrassant de son manteau trempé, qu'il tendit à Joshua sans même lui accorder un regard. Joshua jouait à merveille le rôle d'esclave auquel on ne prête aucune attention.

— Oui, j'ai cru comprendre que ce malheureux gentleman avait été abattu, confirma le médecin. Dans quelles circonstances ?

Richard avait réclamé l'honneur de débiter les mensonges indispensables, arguant qu'il serait le meilleur. Ce fut donc lui qui expliqua :

— Peter Carroll nous avait informés que le frère de Mary, tireur d'élite dans la milice, avait été blessé durant les combats à North Point. Je suis parti le chercher en charrette avec Joshua. Peter nous guidait. Nous le ramenions ici lorsque nous avons découvert M. Newell qui gisait sur la route, mortellement touché. Trey, le blessé, s'était évanoui, mais Joshua l'a reconnu immédiatement. Son cheval avait disparu, certainement volé par les Anglais.

Le Dr Williams griffonna quelques lignes dans un petit carnet. Il ne semblait rien trouver de suspect à ce récit.

— Savez-vous pourquoi M. Newell se rendait sur un champ de bataille ?

— M. Newell respirait encore et il était à demi conscient. Il a dit qu'il était à la recherche de son jeune frère, qu'il savait être excellent tireur et doté d'un grand courage. Il ne doutait pas qu'il s'était porté volontaire pour les missions les plus dangereuses.

Richard baissa la voix pour ajouter :

— Il a pu comprendre que Trey était à côté de lui et qu'il n'était pas grièvement blessé, ce qui l'a rassuré.

Nous avons ramené M. Newell en ville dans l'espoir d'arriver à temps chez un chirurgien.

— Hélas, il était trop tard, murmura Callie en se tamponnant les yeux avec un délicat mouchoir de mousseline. Il était déjà mort à son arrivée ici. Penser qu'il était venu d'aussi loin à cause de ses jeunes frère et sœur !

— Un geste admirable mais insensé, déclara le Dr Williams, l'air grave, en écrivant de nouveau dans son carnet. Je crois comprendre que vous êtes un ami de la famille, monsieur Audley ?

— Mme Newell et moi sommes fiancés, déclara Richard, ignorant délibérément les regards stupéfaits de Callie, Molly et Joshua. Nous avons l'intention de nous marier lorsque la situation sera apaisée.

— J'étais anéantie par la mort de Henry, reprit Callie en s'efforçant d'apparaître fragile et désarmée. M. Audley nous a apporté une aide inestimable dans ces circonstances difficiles. C'est lui qui a expliqué l'importance d'un certificat de décès. Henry était un homme riche, et comme il n'a ni femme ni enfant, son frère et sa sœur sont ses héritiers. La situation est compliquée par le fait qu'il vivait à la Jamaïque. En conséquence, tout doit être fait dans les règles ici.

— Je comprends, dit le médecin en glissant son carnet dans sa veste. C'est pour moi un honneur d'avoir été choisi par M. Carroll pour vous aider dans une affaire aussi importante.

Une série de détonations particulièrement violentes du côté du fort ébranla brièvement l'entrepôt. Tous tressaillirent, mais comme le bombardement durait depuis des heures, il n'y eut pas de réaction plus forte.

Richard reprit :

— Henry Newell aurait été mon beau-fils. Bien que je n'aie pas eu l'occasion de le connaître vraiment avant sa disparition tragique, je dois m'employer à faire ce qui est le mieux pour lui.

D'un geste solennel, il abaissa la bâche de manière à révéler le visage de Henry. Même dans la mort, son visage était marqué par la colère et la brutalité.

— Il n'y a pas de doute quant à l'identité du défunt ? s'enquit le Dr Williams.

La question semblait relever de la procédure officielle, certainement requise avant l'établissement d'un certificat de décès.

— Aucune. Il s'agit bien de mon beau-fils, confirma Callie. Voici les papiers qu'il avait sur lui.

Elle tendit au médecin les documents que Richard avait trouvés dans les poches de Henry. Il avait également sur lui une grosse somme d'argent. D'un commun accord, ils en avaient confisqué la plus grande partie au bénéfice de Molly et de Trey.

— Il y avait aussi sa chevalière, ajouta-t-elle en montrant l'épais anneau d'or orné d'un « N » ouvragé. Elle appartenait à mon mari et elle est revenue à Henry à la mort de son père. À présent, c'est le plus jeune fils qui en héritera.

Elle n'était pas du tout sûre que Trey accepte quoi que ce soit qu'ait porté Henry.

Le Dr Williams hocha la tête.

— Quelqu'un d'autre peut-il identifier le corps ?

Molly s'avança.

— Oui, c'est bien mon frère aîné, Henry. Si seulement il n'était pas venu en Amérique !

Sur ce, elle fondit en larmes. Callie passa un bras réconfortant autour de ses épaules.

— Trey, le frère cadet, peut aussi témoigner de son identité, déclara Richard. Il ne peut pas descendre à cause de sa blessure à la jambe, mais il a vu M. Newell hier, à notre retour, et il avait repris suffisamment conscience pour le reconnaître. Je peux vous conduire auprès de lui si vous le souhaitez.

— Non, ce ne sera pas nécessaire.

Le médecin tira la bâche jusqu'à la taille de Henry, révélant la blessure au milieu de sa poitrine et sa chemise tachée de sang séché.

— Il n'y a pas non plus de doute sur les causes de la mort, constata-t-il, avant de secouer tristement la tête. Un homme si jeune. Quel dommage que M. Newell ait accompli un aussi long voyage pour venir en aide aux siens, avec pour seul résultat de trouver la mort loin de chez lui.

— Une grande perte pour la société jamaïcaine et pour sa famille, acquiesça Richard avec componction.

Callie dut reconnaître qu'il mentait fort bien. Il continua :

— Notre dernier devoir envers M. Newell est de lui offrir un enterrement chrétien convenable. Il était anglican, et ce serait notre choix s'il se trouve une église pas trop éloignée d'ici.

— St Paul's, que je fréquente, n'est pas loin, dit Williams en rabattant la bâche sur le défunt. Nous, les Baltimoriens, sommes fiers de notre ville, mais elle est d'une taille modeste comparée à Londres. Tout est proche !

— Pensez-vous que le pasteur accepterait de nous aider ? s'enquit Callie.

Personne ne fit allusion au fait que le temps chaud laissait peu de temps pour procéder aux obsèques.

— Le révérend Harbow est un ami, répondit le Dr Williams. Il m'a confié avoir demandé au sacristain de faire creuser des tombes supplémentaires, en cas de besoin après la bataille. Je suis certain qu'il acceptera de vous rendre service en organisant rapidement la cérémonie. Il y a un fabricant de cercueils à côté. Lui aussi en a préparé.

C'était inespéré. Callie prit une profonde inspiration et s'avoua qu'elle avait hâte que Henry soit inhumé.

— Richard, pouvons-nous nous rendre chez le pasteur ?

— Bien sûr.

Il prit une des capes en toile huilée qu'ils avaient descendues à cause de la pluie et la lui drapa sur les épaules.

— Docteur Williams, pourriez-vous envoyer votre assistant chez le menuisier pour qu'il nous livre un cercueil ? demanda-t-il. Si le révérend Harbow accepte de célébrer des obsèques, nous pourrons transporter le cercueil sur notre charrette jusqu'à l'église.

— Bien sûr, répondit le médecin, qui fit signe à son assistant de s'approcher.

Quand il lui eut expliqué ce qu'il avait à faire, Richard donna à ce dernier une partie de l'argent de Henry pour payer le cercueil.

Il fut décidé que Molly et Joshua resteraient avec le corps jusqu'à l'arrivée du cercueil. Callie et Richard, quant à eux, se rendraient à St Paul's pour tenter de persuader le pasteur de célébrer un office pour un étranger distingué qui n'appartenait pas à sa paroisse.

Ils sortirent en même temps que le Dr Williams, qui leur indiqua la direction de St Paul's avant de prendre congé. Le vent et la pluie les souffletaient et les tirs de canon résonnaient dans le lointain. Callie prit le bras de Richard et, dès que le médecin se fut éloigné, lui demanda d'une voix suave :

— Comment ai-je pu ne pas m'apercevoir que nous étions fiancés ?

— J'ai pensé que si nous étions sur le point de nous marier, cela me donnerait plus de poids pour traiter avec les médecins, les pasteurs et les autres, répondit-il avec un grand sourire.

Callie leva les yeux au ciel.

— Rappelle-moi de rompre nos fiançailles après l'enterrement de Henry.

— Oui, Câline, acquiesça-t-il avec une docilité feinte. Ce sera comme si ces fiançailles n'avaient jamais eu lieu.

Baissant la tête, Callie regarda où elle mettait les pieds. Elle ne l'aurait jamais admis, mais elle trouvait... intéressant de caresser l'idée d'être fiancée à Richard. Cela ne lui apparaissait plus ni impossible ni inopportun.

Elle lui coula un regard oblique. Depuis la nuit passée, et la découverte de ce tempérament passionné qu'elle ignorait posséder, elle trouvait de plus en plus difficile d'imaginer vivre sans lui ; et de plus en plus facile d'imaginer qu'ils partageaient le même lit...

Plus tard ! Elle penserait à l'avenir plus tard. Pour l'heure, elle devait enterrer son beau-fils et s'efforcer d'ignorer la canonnade.

Les obsèques de Henry Newell furent simples et rapides. Les habitants de la ville qui ne participaient pas à la bataille étaient sur les nerfs et trop heureux de se voir confier une tâche utile. Le révérend Harbow se montra très serviable et compatissant. Que Richard ait mentionné à une ou deux reprises le nom des Carroll n'y fut sans doute pas étranger.

Il pleuvait toujours à verse lorsque Henry fut enterré dans le cimetière boueux de l'église St Paul's. Trey n'était pas en état d'assister à la cérémonie et Molly s'y refusa catégoriquement. Le frère et la sœur restèrent donc dans l'appartement tandis que Sarah et Joshua se joignaient à Callie et à Richard.

Le révérend Harbow ne sachant rien du défunt, il demanda si quelqu'un voulait prononcer quelques mots. Callie fut prise d'une envie brutale de hurler :

« Mon beau-fils était une brute, un être vil, et je suis contente de l'avoir tué ! »

Elle ravala ces mots à grand-peine et enfouit son visage entre ses mains dans l'espoir que sa réaction passerait pour du chagrin.

Ce fut Richard qui prit la parole.

— Je n'ai pas connu Henry Newell de son vivant, et les circonstances étant ce qu'elles sont, nous ne serons jamais membres de la même famille. Henry était un homme du monde, raffiné, éduqué en Angleterre, qui appartenait à la bonne société de sa Jamaïque natale et qui sera grandement regretté par tous ses amis.

« Si tant est qu'il ait eu des amis », songea Callie. Cela étant, la Jamaïque comptait d'autres brutes portées sur la boisson, alors oui, peut-être avait-il eu des amis.

— Son frère, sa sœur et sa belle-mère n'oublieront jamais qu'il a entrepris cet extraordinaire voyage jusqu'en Amérique pour les retrouver, poursuivit Richard. Je sais qu'il était le fils bien-aimé de sa mère et de son père et, avec la grâce de Dieu, il se trouve désormais à leur côté.

Baissant la tête, il conclut :

— Puisse Henry Newell connaître la paix.

Callie comprit que cette dernière phrase semblait sincère. Et peut-être l'était-elle.

Ainsi prit fin l'existence mortelle de Henry Newell. Outre qu'il offrit un généreux dédommagement à l'église et au pasteur, Richard commanda une pierre tombale très respectable. Y seraient inscrits les nom et dates de naissance et de mort de Henry, ainsi que le vœu renouvelé qu'il repose en paix.

Alors que tous les quatre reprenaient le chemin de l'entrepôt, Joshua déclara :

— Je suis heureux d'y avoir assisté. Je voulais m'assurer que ce monstre était bien mort !

Ce commentaire fut accueilli par des rires bienvenus. La bataille pour Baltimore faisait toujours rage, mais au moins, le monstre était mort.

À leur arrivée, Molly et Trey dormaient. S'étant munis d'une longue-vue, Richard et Joshua s'installèrent sur la terrasse pour observer la canonnade. Ils avaient une vue imprenable sur les éclairs, accompagnés de déflagrations, qui illuminaient le ciel.

Malgré la pluie, de nombreux observateurs se tenaient sur les toits voisins. Si, à cette distance, il était impossible de suivre la progression de la bataille, les bombardements incessants étaient plutôt bon signe car ils signifiaient que le fort McHenry ne s'était pas encore rendu.

Callie et Sarah entreprirent de préparer le dîner.

— C'est une bonne chose que vous ayez acheté ce jambon de Virginie, fit remarquer Callie, qui était en train de le couper en petits morceaux. Il nous nourrit depuis des jours.

— Dommage que nous n'ayons pas de nourriture plus raffinée sous la main, déclara Sarah en insérant jambon et fromage dans des petits pains coupés en deux. Si des obsèques méritent d'être fêtées, ce sont bien celles-ci !

Callie s'esclaffa, puis porta la main à sa bouche.

— Je ne cesse de me dire que je devrais montrer davantage de respect, mais je n'y arrive pas.

— Justice a été faite et nous nous en sommes bien sortis, répliqua Sarah. Je peux vous assurer qu'un poids très, très lourd vient de m'être enlevé.

— Je commence à me sentir moins mal de ce que j'ai fait, admit Callie.

Dans la poêle qu'elle avait mise à chauffer, elle fit fondre une noix de beurre, puis elle répartit les petits pains fourrés au jambon et au fromage.

S'essuyant les mains, elle déclara sans regarder son amie :

— Richard m'a réellement demandée en mariage et pas uniquement pour tromper le médecin et le pasteur.

— Vous allez accepter ?

— Je ne sais pas, murmura Callie. La première fois qu'il me l'a demandé, à Washington, cela semblait hors de question. J'avais trop de responsabilités. Mais plus le temps passe, plus il m'est difficile d'imaginer la vie sans lui.

— Votre lord George, ou Gordon ou Richard ou Audley, quel que soit le nom qu'il se donne, est un homme bien, et il croit que le soleil se lève et se couche sur vous. En outre, ajouta Sarah avec un grand sourire, c'est le plus bel homme que j'aie jamais vu. Pourquoi traînez-vous les pieds ?

— Parce que vous êtes ma famille et que je ne supporte pas l'idée de vous abandonner ! lâcha Callie. Or j'y serais obligée parce que Richard veut retourner en Angleterre.

— Mademoiselle Callista, regardez-moi au lieu de regarder cette poêle, ordonna Sarah.

Callie s'exécuta et elle enchaîna :

— Vous êtes l'ange bien-aimé de notre famille. Vous nous avez arrachés à l'esclavage comme l'envoyé de Dieu en personne, et vous nous avez entretenus quand nous n'avions pas même un penny pour manger. Et surtout, vous nous avez permis de vivre la tête haute, d'être libres et indépendants. Nous vous devons notre existence actuelle et un avenir qui s'annonce réjouissant.

Sa voix s'adoucit lorsqu'elle conclut :

— À présent, il est temps de vous préoccuper de votre propre vie. Si vous l'aimez, pourquoi ne pas l'épouser ?

— Je ne sais pas si je l'aime de la même manière que Joshua et vous vous aimez. Ou comme Molly et Peter. Richard et moi étions amis intimes. Je pense que nous le sommes toujours. Est-ce une base suffisamment solide pour bâtir un mariage ?

— Chaque union a sa propre histoire. Elles commencent toutes dans des endroits différents et suivent des chemins différents. Joshua et moi sommes tombés amoureux l'un de l'autre lorsque nous avions à peu près le même âge que Molly et Peter, et nous nous le sommes prouvé longtemps avant de pouvoir être officiellement mariés dans une église. Saviez-vous que maître Matthew m'avait achetée à une autre plantation pour que Joshua et moi puissions être ensemble ?

— Non, je l'ignorais, avoua Callie, stupéfaite.

— C'est Joshua qui lui a demandé de m'acheter. Maître Matthew l'a fait parce qu'il appréciait Joshua et que je ne coûtais pas cher, n'étant à l'époque que fille de cuisine, raconta Sarah en riant. Il a fait une bonne affaire puisque je suis devenue une excellente cuisinière ! Rien ne l'y obligeait cependant et je ne l'ai jamais oublié, continua-t-elle, nostalgique. Joshua et moi nous aimions alors et nous nous aimons toujours, mais cet amour a grandi et changé au fil des ans. Il est désormais plus posé, plus profond, plus fort. Il va bien au-delà de ce que nous pouvions imaginer lorsque nous étions jeunes et que nous voulions juste nous arracher nos vêtements.

— Je ne veux pas savoir ça ! s'exclama Callie.

Sarah rit de nouveau.

— Je dis simplement que si vous n'aimez pas maintenant votre homme de la manière que vous voudriez, vous en viendrez à l'aimer de plein de manières dont vous n'avez jamais rêvé. Vous êtes une femme bonne, c'est un homme bon, et ensemble, vous trouverez les bonnes façons de vous aimer.

Callie prit une profonde inspiration.

— Alors, vous me donnez votre bénédiction ?

Sarah s'approcha et la prit dans ses bras.

— Oui. Vous avez vécu trop longtemps pour nous. Il est temps de vivre pour vous. Cela ne signifie pas que nous ne vous aimerons plus ou que vous ne nous aimez plus. Nous nous écrirons. Peut-être que vous viendrez nous rendre visite, ou peut-être que nous irons vous voir. J'aimerais bien voir Londres avant de mourir.

Callie étreignit Sarah. Si seulement sa propre mère avait été aussi sage et aussi chaleureuse !

Une odeur de grillé lui chatouilla soudain les narines et elle retourna en hâte les petits pains avant qu'ils brûlent.

Sarah lui avait fourni ample matière à réflexion. Ses amis n'avaient plus vraiment besoin d'elle, à présent. Une pensée attristante… mais aussi libératrice.

28

Le confort des fauteuils ayant été amélioré avec des sacs en toile de jute rembourrés, la terrasse était l'endroit parfait pour observer le bombardement de Baltimore. Callie et Sarah y transportèrent des assiettes de sandwichs chauds, un pichet de limonade et deux petits bols d'oignons au vinaigre.

Tel le joueur de flûte de Hamelin, elles entraînèrent du monde à leur suite, en l'occurrence Molly et Trey, qui s'étaient réveillés affamés. Trey s'appuyait sur une canne improvisée que Joshua lui avait confectionnée.

— Comment te sens-tu, mon garçon ? s'enquit Sarah. Tu as l'air plus solide.

— Je vais très bien, assura le jeune homme en s'asseyant à côté de son grand-père. Je peux retourner demain sur le champ de bataille.

— Pas question ! s'exclamèrent Sarah et Callie d'une seule voix.

À quoi Sarah ajouta :

— Cette bataille sera gagnée ou perdue sans toi. Tu as fait ta part.

Callie choisit un fauteuil près de celui de Gordon. À portée de sa main, fut-il heureux de constater en mordant dans un petit pain croustillant. Il fit descendre la bouchée avec une gorgée de limonade. Légèrement corsée de cognac, nota-t-il. Sarah savait comment rasséréner une maisonnée en des temps difficiles.

Après avoir dévoré son petit pain, Callie demanda :

— Où en est la bataille ?

— Nous n'en savons rien, hélas, répondit Gordon. Entre l'obscurité et la pluie, tout ce que nous parvenons à voir, ce sont les obus de mortier et les fusées qui jaillissent du Star Fort et, en face, de la batterie sur Lazaretto Point.

Il lui passa la longue-vue avant de prendre un autre petit pain.

— Quand une roquette est tirée au-dessus du fort, dit Callie après avoir ajusté la longue-vue, je distingue les murs de brique, mais rien d'autre.

Avec un soupir, elle tendit la longue-vue à Sarah.

— Quelle journée vraiment étrange !

— Un jour, les livres d'histoire la décriront comme celle de la bataille de Baltimore, reprit Gordon. Et tout cela paraîtra évident et prévisible parce que les historiens sauront, à ce moment-là, qui a gagné. Mais cette nuit, c'est un mystère. Il n'empêche que je commence à me sentir optimiste pour la ville. Cela fait des heures que la Royal Navy bombarde le fort, apparemment sans beaucoup de résultat.

— J'ai l'impression que les navires anglais ont des canons à portée plus longue que les canons américains, fit remarquer Joshua. Mais comme ils restent suffisamment loin pour ne pas être touchés, leur efficacité est sans doute diminuée.

— On n'entend plus de tirs du côté est, constata Molly. Vous croyez que les troupes britanniques se sont retirées ?

— Je pense plutôt que les deux armées sont face à face et que leurs chefs déplacent les troupes comme des pions sur un échiquier, répondit Gordon. Les forces américaines sont beaucoup plus nombreuses et elles sont protégées par de formidables tranchées. À mon avis, les troupes britanniques attendent que l'attaque navale réussisse. Auquel cas, elles attaqueront à leur tour et la ville sera prise en étau comme une noix dans un casse-noix.

Pour appuyer sa démonstration, il referma en pince son pouce et son index.

Une déflagration particulièrement assourdissante fit tressaillir Molly.

— Ils ont dû l'entendre jusqu'à Washington !

— Peut-être même à Philadelphie, renchérit Trey en s'emparant de deux autres petits pains.

Callie soupira.

— Combien de temps les Anglais peuvent-ils tenir ainsi ? Ils ont lancé cette attaque il y a maintenant... quinze heures, calcula-t-elle. Ne vont-ils pas être à court de munitions ?

— À un moment ou un autre, certainement. Mais ce n'est pas encore le cas, déplora Joshua d'un air sombre. Le fort n'en utilise pas autant car ils savent que les navires de guerre anglais sont hors de portée de leurs canons. Je suppose qu'ils économisent leurs munitions en attendant que l'ennemi se rapproche.

Ils mangèrent en silence jusqu'à l'épuisement des petits pains et de la limonade. La longue-vue reposait sur les genoux de Callie, qui la portait à ses yeux de temps à autre.

— Même si nous ne pouvons pas voir grand-chose, c'est horriblement fascinant, avoua-t-elle.

— Peut-être, dit Joshua en se levant, mais je suis fatigué. Réveillez-moi s'il se passe quelque chose d'intéressant.

Sarah se leva à son tour.

— On s'habitue à tout, non ? Je suis à peu près certaine d'être capable de dormir même si l'on tire encore quelques centaines de coups de canon. Molly,

Trey, c'est l'heure d'aller vous coucher, vous aussi. Ces derniers jours ont été difficiles.

Les jeunes gens retournèrent à l'intérieur sans protester, ce qui témoignait de leur fatigue.

— Il ne reste plus que nous. Si tu venais t'asseoir sur mes genoux ? suggéra Gordon. Je trouve cela réconfortant.

— Moi aussi.

Callie quitta son fauteuil et alla récupérer une couverture sur sa paillasse entre les tonneaux de tabac. Elle s'installa ensuite dans le giron de Gordon, drapa la couverture sur eux et posa la tête sur son épaule avec un soupir de bien-être.

— Je pourrais m'y habituer, murmura-t-elle.

— Je l'espère bien.

Il entreprit de retirer les épingles de ses cheveux, qu'elle avait relevés en chignon pour avoir l'air d'une veuve respectable. Puis, les doigts écartés, il répartit les épaisses mèches soyeuses sur ses épaules.

— J'adore tes cheveux. Ils brillent comme de l'or rouge à la lueur des fusées Congreve.

— Je crois que nous sommes un peu trop loin pour ça, dit-elle avec un petit rire. Je déteste ces horribles roquettes qui jaillissent un peu partout comme des diables fous. Je n'oublierai jamais le moment où les Anglais en ont fait exploser deux dans ma maison.

Elle soupira, puis ajouta :

— J'ai l'impression que c'était il y a un millier d'années.

— J'ai la même impression. Tant de choses se sont produites depuis. Nous vivons dans une incertitude vraiment étrange.

Fronçant les sourcils, il essaya de préciser ses pensées.

— C'est bizarre de ne rien faire. Je n'ai pas l'habitude de n'être qu'un spectateur. En général, en cas de troubles, soit je me bats, soit je m'enfuis pour sauver ma peau.

— À mon avis, tu te bats plus souvent que tu ne t'enfuis. De quel côté penche ton cœur en cet instant ?

— J'admire cette ville. Des garçons comme Trey et une poignée de vétérans avisés comme Sam Smith affrontent la plus grande puissance militaire du monde. Les Invincibles de Wellington ont battu Napoléon en personne et pourtant, des soldats américains plutôt inexpérimentés leur résistent. Je ne voudrais pas que Baltimore soit vaincue.

— Moi non plus, murmura Callie en étouffant un bâillement. Comme l'a dit Joshua, réveille-moi s'il se passe quelque chose d'intéressant.

— Promis. Dors bien, Câline, chuchota-t-il.

Gordon était ravi qu'elle dorme entre ses bras. Leur intimité de la nuit passée avait rendu cela possible. Combien de temps encore avant qu'elle accepte de l'épouser ? Pas très longtemps, espérait-il. Il voulait rentrer chez lui. Avec Callie.

Malgré la canonnade, il sommeilla lui aussi. Ce fut un changement abrupt dans l'atmosphère qui le réveilla. Les canons ne tonnaient plus. Le silence régnait – un silence de mort.

Aussitôt sur le qui-vive, Gordon interrogea le ciel sombre au-dessus du fort McHenry. Quelque part dans le lointain, une horloge sonna quatre coups.

Callie remua, puis se réveilla brusquement.

— Les canons ne tirent plus ! La bataille pour le fort doit être terminée ! Qui a gagné ?

— Impossible à dire, malheureusement. Mais même si le fort McHenry s'est rendu, la Royal Navy doit encore franchir le barrage des bateaux qui ont été coulés à l'entrée du port. La tâche ne sera pas facile.

— Quelle horreur de ne pas savoir ! s'écria Callie en scrutant l'obscurité.

— Il y a beaucoup de choses pénibles dans une guerre, mais l'absence d'informations est l'une des pires. Il nous faudra attendre l'aube pour voir quel drapeau flotte au-dessus du Star Fort.

Callie se laissa glisser de ses genoux et s'étira.

— Tu fais un bon matelas, mais je suis toute raide.

— Moi aussi.

Gordon quitta son fauteuil avec une grimace. Le rembourrage de la toile de jute n'avait pas suffi à le rendre confortable pour une nuit de sommeil.

— Nous pourrions peut-être arpenter la terrasse pour nous dérouiller, proposa-t-il.

— J'ai une idée.

Après s'être placée derrière lui, elle entreprit de lui masser le cou et les épaules. En plus d'être délicieux, c'était aussi la preuve qu'ils étaient à l'aise physiquement.

Lorsqu'elle eut terminé, Gordon lui rendit la pareille, sauf que sa main finit par s'égarer dans un endroit qui lui valut une tape.

— Tiens-toi bien ! lui ordonna-t-elle.

— Oui, madame, dit-il avec une docilité feinte.

Ils arpentèrent ensuite la terrasse main dans la main, s'efforçant de percer l'obscurité. Gordon songea aux hommes dans les tranchées creusées sur les flancs de Hampstead Hill, qui devaient être dans la boue jusqu'au cou. Mais jusqu'ici, il n'avait rien entendu qui évoquât une attaque de l'infanterie britannique.

Enfin, l'horizon commença à s'éclaircir à l'est. Malheureusement, le ciel demeurait trop chargé pour qu'ils distinguent le moindre détail sur le fort. Gordon alla récupérer la longue-vue.

— J'aperçois le mât, mais impossible de voir quel drapeau y est accroché.

Ils furent rejoints par Joshua et Sarah, puis par Molly et Trey. Sarah fit frire des œufs et en fourra les derniers petits pains, qu'elle servit avec du thé. Les yeux rivés sur l'horizon, ils mangèrent et attendirent, parlant peu.

Les nuages commencèrent à se dissiper lentement, le ciel à s'éclaircir. Puis, avec une soudaineté saisissante, les nuées s'écartèrent et le soleil illumina le fort McHenry ainsi que le drapeau qui flottait à son sommet.

— Regardez ! souffla Molly. Regardez ça !

La brise matinale souleva le gigantesque drapeau qui se déploya alors dans toute sa splendeur. Rouge, blanc et bleu, étoiles et rayures.

Le fort McHenry était invaincu.

Le cœur de Callie bondit. Le plus beau drapeau qu'elle eût jamais vu flottait au-dessus du fort : la bannière étoilée.

— Nous avons gagné, murmura-t-elle.

À l'horizon, les mâts des navires britanniques disparaissaient déjà dans la brume.

— Nous avons gagné ! exulta-t-elle. Ils ont renoncé ! Le petit Star Fort en brique a tenu bon face à la plus grande marine du monde !

Tandis que Trey poussait des hourras, que Molly fondait en larmes, et que Sarah et Joshua se jetaient dans les bras l'un de l'autre, Callie fit pivoter Richard face à elle. Il l'enlaça en riant.

— Ils peuvent mettre sur pied une attaque depuis une direction différente, la prévint-il, souriant, lui aussi, jusqu'aux oreilles.

— Non. L'automne est là, ils vont partir vers des endroits chauds comme les Bermudes ou la Barbade, assura-t-elle. J'ai l'une de mes intuitions, Richard. Tu te souviens de mes intuitions ? Baltimore est sauve, je le sais !

— Tes intuitions sont plutôt fiables, en général, reconnut-il.

Il entoura les épaules de Callie du bras et tourna les yeux vers le gigantesque drapeau, comme s'il ne pouvait se lasser de cette vue.

Tandis qu'elle l'imitait, Callie réalisa, non sans stupeur, que cela faisait des années qu'elle n'avait pas eu une de ces intuitions. Elles lui venaient souvent lorsqu'elle était jeune, et puis elles avaient disparu. Quand était-ce arrivé ?

Lorsqu'elle s'était mariée et était partie à la Jamaïque. Pendant quinze ans, elle avait fait ce qu'elle avait à faire, elle avait avancé, un pas après l'autre, mais l'esprit allègre, rebelle, qui était le sien dans sa jeunesse avait été enterré.

Avec une lucidité impitoyable, elle reconnut que si elle avait fait de ses beaux-enfants et de leurs grands-parents sa famille, ce n'était pas seulement parce qu'ils avaient besoin d'elle, mais parce qu'elle avait désespérément besoin d'eux.

Elle avait soudain l'impression de renaître et se sentait prête pour une nouvelle aventure. Tandis que des cris de joie de plus en plus enthousiastes s'élevaient des rues et des toits voisins, elle prit la main de Richard et l'entraîna à l'intérieur, loin des clameurs de victoire.

Plongeant son regard dans le sien, elle demanda :

— Lord George Gordon Richard Augustus Audley, voulez-vous toujours m'épouser ?

Le chapelet de noms le fit ciller, pourtant il répondit :

— Oui.

— Alors, veux-tu me reposer la question, ou dois-je te demander ta main ?

Éclatant d'un rire sonore, il la souleva de terre et la fit tournoyer.

— Demande ma main, Câline ! Je ne l'avais pas réalisé, mais je rêvais qu'une belle femme me demande de l'épouser !

Il la reposa sur le sol, un sourire radieux aux lèvres. Recouvrant son sérieux, Callie lui prit les mains et scruta son beau et cher visage, qui lui était aussi familier que le sien depuis leur première rencontre dans la nursery de Rush Hall.

— Nous avons beau être abîmés toi et moi, comme tu l'as dit, nous sommes mieux ensemble que séparés. Tout à l'heure sur la terrasse, je me suis rendu compte que je n'avais plus éprouvé la moindre certitude depuis que je m'étais mariée contre mon gré et que je t'avais perdu. Jusqu'à aujourd'hui. Je *sais* que les Anglais ont renoncé à cette bataille et je *sais* que je veux me lancer dans l'aventure d'une vie entière avec toi.

Callie prit une profonde inspiration.

— Veux-tu m'épouser, mon Cœur de Lion ?

L'expression de Richard changea. Pour la première fois, son regard trahit sa vulnérabilité et elle en fut touchée en plein cœur.

— Je ne sais pas si je pourrai un jour te donner tout ce que tu mérites, Callie, dit-il d'un air grave. Mais je fais le vœu, en t'épousant, de te donner tout ce que je possède.

Elle étreignit les mains de Richard.

— Qu'est-ce qu'une femme peut demander de plus ?

— Ma foi... un toit sur sa tête. Et cela, je peux te l'offrir, assura-t-il avec un sourire. Ce toit se trouve à Londres mais, si tu préfères, nous pouvons en trouver un autre dans un autre endroit.

— Même ici ? risqua-t-elle, curieuse.

— Même ici. J'en suis venu à beaucoup aimer cette ville. N'importe où, en fait, ajouta-t-il en haussant les épaules, du moment que c'est avec toi. Mais d'abord... l'Angleterre !

Un frisson courut le long de l'échine de Callie.

— Je viens juste d'avoir une autre de mes intuitions.

— Elles se bousculent, ce matin, fit-il remarquer avec intérêt.

— Il y aura d'importants défis à relever lorsque nous retournerons en Angleterre. Peut-être même du danger.

Cette fois, le sourire de Richard se fit tendre.

— Nous allons être confrontés à notre passé, ce qui sera en effet un défi. Quant au danger... ne cherchons-nous pas l'aventure ?

— L'aventure de toute une vie.

Se hissant sur la pointe des pieds, elle noua les bras autour du cou de Richard et elle l'embrassa avec une passion dont était exclue toute incertitude.

Elle épousait son meilleur ami et tout était pour le mieux.

29

Gordon avait du mal à croire à sa chance. À présent que sa décision était prise, Callie ne montrait plus aucune réserve. Il retrouvait l'amie d'enfance intrépide, la fille à laquelle il pensait toujours avec nostalgie lors des moments sombres et désespérants de son existence.

Un raclement de gorge sonore lui fit relever la tête. Sur le seuil de la terrasse, les quatre Adams les regardaient, affichant de grands sourires.

— Mademoiselle Callista, il serait temps que vous fassiez un honnête homme de ce pauvre garçon, non ? lança Sarah.

Callie rougit.

— J'en ai bien l'intention. Je viens juste de lui demander sa main et il me l'a accordée.

— Quand et où le mariage sera-t-il célébré ? s'enquit Molly, les yeux brillants.

— Dès que possible, ici, à Baltimore, répondit Gordon.

Passant le bras autour des épaules de Callie, il l'attira contre lui.

— Je ne veux pas qu'elle s'en aille, cette fois. Joshua, acceptez-vous d'être mon témoin ?

— Avec joie, milord, répondit Joshua.

— Si vous me donnez encore du « milord », je prends Trey comme témoin, menaça Gordon.

— Si vous insistez, Gordon, dit Joshua. Mais j'aimais bien l'idée d'être le témoin d'un véritable lord anglais.

— Ce n'est qu'un titre de courtoisie, expliqua Callie. Sarah, serez-vous mon témoin ? Et Molly, je te veux comme demoiselle d'honneur.

— Tout le monde sera associé au mariage sauf moi ? protesta Trey, vexé.

— Vous serez notre garde, décréta Gordon. Si quelqu'un ouvre la bouche lorsque le pasteur demandera s'il y a un empêchement à notre mariage, vous le ferez taire d'un coup de canne.

— J'ai mon fusil. Je pourrai l'utiliser ? demanda Trey, plein d'espoir.

Sa plaisanterie fut accueillie par un silence un peu tendu. Ce fut Callie qui y mit fin.

— Et si vous alliez faire une promenade le long de la mer tous les quatre ? suggéra-t-elle. Joignez-vous aux réjouissances, écoutez ce que les gens racontent. Mon fiancé et moi avons besoin d'environ deux heures pour... discuter des préparatifs du mariage.

— Venez, les enfants, dit Sarah. Nous sommes congédiés, et je ne veux pas que vous traîniez dans le coin au risque d'être corrompus par ces tourtereaux.

Il fallut quelques minutes aux Adams pour se préparer. Heureusement, Trey marchait sans difficulté ce matin. Avant qu'ils sortent, Gordon lança une pièce d'or à Joshua, qui fermait la procession.

— Offrez-vous un bon repas pour fêter cela !

— Vu l'heure, ce sera plutôt un second petit déjeuner. Nous vous porterons un toast avec un bon café bien fort si nous avons de la chance, conclut-il avant de refermer la porte derrière lui.

— Les préparatifs du mariage, répéta Gordon. St Paul's ou l'église méthodiste, dont le pasteur nous a renvoyés avec la bénédiction du dieu des batailles ? Il semble avoir l'oreille du Très-Haut puisqu'il a été exaucé.

— Nous pouvons en décider plus tard, répliqua Callie.

En riant, elle se jeta sur lui et s'attaqua à sa redingote.

— Je propose que nous anticipions la cérémonie nuptiale, histoire de voir si nous prenons une sage décision.

— Je suis persuadé que c'est le cas. Mais mieux vaut s'en assurer.

Il se débarrassa de sa redingote, ôta le châle de Callie et entreprit de déboutonner sa robe. Il se découvrait d'une gaucherie incroyable.

— Quel lit allons-nous prendre ?

— Les lits ont déjà des propriétaires, lui rappela-t-elle, alors prenons la paillasse. Elle est peut-être inconfortable, mais elle est à nous et personne ne peut nous voir.

Elle commença à déboutonner la chemise de Gordon et se montra tout aussi malhabile que lui.

Il n'avait jamais ressenti un désir aussi fou. Il est vrai qu'il n'avait jamais fait l'amour avec Callie.

— Nous avons attendu très longtemps pour en arriver là, dit-il d'une voix rauque. Nous devrions peut-être aller plus lentement.

Callie se pencha et taquina de la langue le petit creux à la base de son cou.

— Tu as raison, murmura-t-elle. Mais avons-nous jamais été raisonnables ?

— Certes. Mais c'est... c'est important, Callie, insista-t-il, le visage sérieux. Il s'agit de notre avenir. Une femme m'a dit un jour que se marier, c'était comme tenir la main d'une autre personne et sauter ensemble d'une falaise.

Callie s'esclaffa.

— La question est donc : allons-nous nous envoler ou nous écraser au bas de la falaise ?

— Du moment que nous le faisons ensemble, murmura-t-il en lui enlevant sa robe. Envole-toi avec moi, Câline !

— Toujours.

Elle ne portait plus que sa chemise de jour et un corset léger. Déboutonnant le pantalon de Richard, elle comprit que leur véritable mariage, l'engagement ultime, c'était maintenant.

Elle tira les pans de la chemise de Richard de son pantalon puis la fit passer au-dessus de sa tête, révélant son torse puissant. Elle ne put s'empêcher d'y faire courir ses mains, savourant la sensation des muscles fermes roulant sous ses paumes.

Mais il y avait aussi des cicatrices. Nombreuses.

— Quelqu'un s'est servi de toi comme cible d'entraînement ? souffla-t-elle en suivant du doigt un creux rugueux qui pouvait avoir été causé par une balle de mousquet.

— Ces cicatrices ne sont pas venues en un seul jour, répondit-il en riant. Ma collection s'est enrichie au fil des ans. Il y en a dont j'ai probablement oublié l'origine.

S'interdisant de penser à son périlleux passé, Callie déclara fermement :

— Eh bien, il est temps de cesser de les collectionner ! C'est un ordre.

— Bien, madame. Encore que, si tu veux y ajouter une morsure…

— Une idée qui vaut la peine d'être explorée, admit-elle avant de lui mordiller l'épaule.

Sa peau était chaude et salée, et les yeux de Richard s'enflammèrent tels ceux d'un lion au soleil. Il lui ôta en hâte son corset. Dans sa fine chemise, elle frissonna malgré la chaleur du regard dont il la couvrait.

Surmontant un accès de timidité, elle fit glisser son pantalon le long de ses jambes, puis s'agenouilla pour maintenir l'étoffe afin qu'il puisse en extraire ses pieds. Il était à présent en caleçon et lorsqu'elle se redressa, elle vit la preuve incontestable qu'il était prêt à consommer leurs… fiançailles.

— Tu appréhendes ? demanda-t-il doucement, comme s'il lisait dans son esprit.

Callie se sentit rougir.

— J'ai été mariée pendant douze ans, je suis veuve depuis trois, et pourtant aucun homme ne m'a jamais vue nue.

— J'ai hâte d'être le premier à avoir cette chance. Mais la révélation peut attendre.

Il la prit par la main pour l'entraîner jusqu'au nid qui les attendait.

Dans la lumière matinale, il était magnifique avec sa peau claire et ses cheveux blonds hérités de sa mère norvégienne.

Il repoussa la couverture du dessus. Le tissage en était grossier et elle n'était pas particulièrement douce, mais sa rugosité même était érotique sur la peau. Cela étant, Callie était si excitée que n'importe quoi lui aurait semblé érotique.

Richard la fit s'allonger face à lui. Puis il lui caressa la tête et le dos tout en l'embrassant avec une grande tendresse. Callie devinait qu'il s'efforçait de ne pas la brusquer. Elle était aussi nerveuse qu'une vierge. Non seulement elle n'avait pas couché avec un homme depuis longtemps, mais il s'agissait alors de devoir, pas de désir. Elle pénétrait en territoire inconnu.

Sa nervosité reflua néanmoins à mesure que Richard ranimait la passion qui l'avait embrasée un peu plus tôt. Elle plongea les doigts dans ses cheveux.

— J'espère que tu porteras tes cheveux plus longs que ne le dicte la mode, murmura-t-elle. Ils sont si beaux.

— C'est moi qui suis censé te faire ce compliment, répliqua-t-il en riant tout bas.

À son tour, il referma la main sur la chevelure de Callie pour la déployer sur ses épaules.

— Ma chatte de feu, rouge et or, et débordante de vitalité.

— C'est comme si je reprenais vie après des années à avoir été un feu qui couvait sous la cendre.

Elle lui caressa la joue – elle était râpeuse sous sa paume –, descendit le long de sa mâchoire, de son cou, puis plus bas, sur son corps, et c'était pur délice.

Puisque c'était elle qui avait eu besoin de ralentir, elle se devait d'être celle qui rallumerait le feu. Sa main continuait de cheminer sur la peau souple et les muscles saillants, puis ses doigts frôlèrent des poils drus, et se refermèrent sur le sexe dur et chaud de Richard.

Il prit une brève inspiration et devint plus dur encore. Avoir ce pouvoir de le troubler la ravissait. Avant qu'elle puisse le tester plus avant, il déclara :

— Il est temps de calmer le jeu en me concentrant sur toi.

Il la fit alors basculer sur le dos et l'embrassa à pleine bouche. Elle gémit lorsque, ayant retroussé sa chemise, il inclina la tête et aspira entre ses lèvres la pointe d'un sein. Et tandis qu'il la taquinait de la langue, la mordillait, la léchait, des sensations inouïes déferlaient en elle. Quand sa main se glissa entre ses cuisses, Callie le supplia :

— Ne prends pas trop de temps. S'il te plaît !

— Mon plaisir est de vous contenter, madame, dit-il d'une voix rauque.

Se hissant au-dessus d'elle, il se positionna entre ses jambes. Son corps bronzé aux muscles bandés était si beau qu'elle en eut le souffle coupé.

Il entra en elle lentement, par égard pour son long célibat, et pourtant, malgré son étroitesse, Callie l'accueillit avec bonheur.

Elle retint son souffle, en proie à un mélange de joie et d'étonnement. Matthew avait été un amant attentionné envers une épouse pourtant peu enthousiaste, et Callie n'avait eu aucune raison de se plaindre de lui. Mais elle n'avait jamais rien connu de tel. Jamais !

Tandis que Richard commençait à aller et venir en elle, elle s'abandonna aux sensations qui affluaient. À ses coups de reins, elle répondait par des ondulations du bassin, et trouva très vite le rythme parfait, celui qui attisait le feu grandissant. Quand il la caressa juste au-dessus de l'endroit où leurs corps s'unissaient, ce fut un déferlement de pure passion, d'émotion et de plaisir.

Elle se tordait et dut s'accrocher à ses épaules pour ne pas voler en éclats. D'instinct, il comprit et l'enlaça plus étroitement, juste avant de jouir dans un grondement sourd, le visage enfoui dans sa chevelure.

Elle le retint contre elle, bouleversée. Puis elle murmura d'une voix mal assurée :

— Cela veut dire, je pense, que nous sommes compatibles.

S'esclaffant, Richard roula sur le côté en l'entraînant avec lui, puis il tira la couverture sur eux. Callie adorait être contre lui. C'était une intimité d'un autre genre, quoique aussi puissante, à sa façon, que leur union l'avait été.

— Très compatibles, en effet, acquiesça-t-il. Je me demande si ç'aurait été pareil si nous avions réussi à atteindre Gretna Green.

— Je ne crois pas. Nous étions trop jeunes. Ne te méprends pas, ajouta-t-elle après lui avoir mordillé l'épaule, nous aurions tout compris rapidement, j'en suis sûre !

Il l'attira plus étroitement contre lui et murmura, soudain sérieux :

— À cette époque, j'aurais été capable de venir à toi avec un cœur plus ouvert qu'aujourd'hui. Mais même si je ne suis pas capable de t'aimer aussi bien que tu le mérites, ajouta-t-il en lui caressant la joue, je mourrais pour toi.

— J'espère que tu n'y seras pas obligé, répliqua Callie, tout aussi sérieuse. Sache toutefois que je tuerais pour toi.

Elle avait d'ores et déjà prouvé qu'elle en était capable. Et aussi horrible que cet acte ait été, elle recommencerait sans hésiter pour protéger Richard.

— Quel couple assoiffé de sang nous sommes ! commenta-t-il en lui caressant les cheveux. Nous n'aurons sans doute pas l'usage de tels talents en Angleterre.

— J'espère que tu as raison.

Elle se blottit contre lui, certaine de ne jamais se lasser de cette intimité.

— Je me demande combien de temps nous avons avant le retour des Adams.

— Pas assez.

Sa main s'égara sur son sein et commença à faire des choses délicieuses. Avec un soupir de regret, Callie la repoussa.

— Estimons-nous heureux d'avoir pu passer tout ce temps seuls. Nous ferions toutefois bien de nous marier rapidement.

— En effet, acquiesça-t-il en se levant et en s'étirant tel un bel animal. Je ne serais pas contre tester notre compatibilité dans un vrai lit.

Callie se leva en riant. Elle était prête à rire de tout.

— Une première fois n'est-elle pas censée être particulière ? répliqua-t-elle. Des sacs de jute dans le grenier d'un entrepôt, ça ne peut pas s'oublier !

Sa timidité envolée, elle se débarrassa de sa chemise et se retrouva aussi nue que Richard qui semblait avoir égaré son caleçon.

— Au cas où tu t'interrogerais sur ce que tu acquiers...

Il retint son souffle et ses yeux s'assombrirent.

— Tu es tellement belle, murmura-t-il. Tu as toujours été belle et tu le seras toujours. Et tu ferais bien de te couvrir avant que j'oublie que nous ne serons plus seuls très longtemps !

Elle renfila sa chemise. Elle se sentait dévergondée et elle aimait cela.

— Une fois habillés, nous pourrions peut-être faire une petite sieste avant leur retour ? suggéra-t-elle. Nous n'avons pas beaucoup dormi la nuit dernière.

Elle jeta un coup d'œil dehors et frissonna de nouveau à la vue du grand drapeau américain qui flottait dans la brise. Bien que n'étant pas américaine au sens strict, elle savait de quel côté elle se tenait durant cette guerre.

— Une sieste est une excellente idée, confirma Richard, qui interrompit son habillage le temps de déposer un baiser sur sa tempe. Après quoi, nous nous consacrerons à notre travail suivant.

— À savoir ?

L'air aussi espiègle que le garçon de dix-sept ans avec lequel elle s'était enfuie, il répondit :

— Le faux en écriture !

30

Callie ne fut pas le moins du monde surprise de découvrir que Richard était un faussaire méticuleux. Son futur mari avait décidément de multiples talents !

Une fois vêtus, Richard et elle s'étaient allongés sur la paillasse. Ils avaient dormi jusqu'à midi. Heureusement, ils s'étaient assoupis face à face, en se tenant par la main, ce qui n'avait rien d'embarrassant si leurs compagnons les surprenaient.

Après le déjeuner, Joshua, Molly et Trey ressortirent. Callie et Richard se mirent au travail. Tandis qu'elle mettait à sa taille la robe qu'elle porterait pour leur mariage, Richard commença par lire tous les documents écrits de la main de Matthew en possession de Callie. Dieu merci, elle avait demandé aux Adams d'emporter à Baltimore une boîte de papiers importants, si bien qu'un certain nombre d'échantillons étaient disponibles.

Ayant disposé ces modèles devant lui, Richard s'entraîna à imiter l'écriture de Matthew, en portant une attention particulière à sa signature.

— Étant gaucher, est-ce que c'est plus difficile de copier son écriture ? demanda Callie.

— Oui, mais je suis un très bon faussaire, répondit-il, une lueur amusée dans les yeux.

— Il faudra un jour m'expliquer où et comment tu as acquis un tel talent. Peut-être lorsque nous voguerons vers l'Angleterre et que le temps nous semblera long.

— Le temps ne semblera jamais long avec toi, répliqua-t-il avec un regard brûlant. Pour l'heure, je dois malheureusement me concentrer sur ce papier. Qu'allons-nous mettre dans le codicille ?

Callie se remémora le brouillon qu'elle avait étudié.

— Il faut que ce soit court. Juste quelques phrases qui spécifient les dispositions prises par Matthew concernant ses biens « dans l'éventualité où mon fils bien-aimé Henry Newell décéderait sans épouse ni descendance ». À l'exception des quelques legs particuliers qui figurent déjà dans le testament original, tout doit être divisé entre « Mary Adams Newell, connue sous le nom de Molly, et Matthew Adams Newell, connu sous le nom de Trey ». Et je dois être leur seule tutrice.

— Tu as raison, le plus simple sera le mieux.

Une fois le contenu du codicille arrêté, Richard commença à travailler sur un brouillon. Il avait d'ores et déjà déniché du papier à lettres semblable à celui qu'utilisait Matthew et les feuilles attendaient qu'il soit prêt à créer la version définitive du testament.

Callie se concentra sur son ouvrage. Au bout d'un moment, elle décida de faire une pause et rejoignit Sarah dans le coin cuisine. Celle-ci confectionnait une grande quantité de biscuits, qu'elle faisait cuire dans le four de fortune que Joshua lui avait fabriqué. Joshua était capable de fabriquer à peu près n'importe quoi, semblait-il.

Une première fournée refroidissait sur la table. Callie prit un gâteau, le coupa en deux et étala dessus la confiture de pommes de Sarah.

— Votre cuisine va me manquer, Sarah.

— Vous aurez sûrement un chef français, mais je doute qu'il fasse des biscuits comme les miens, répliqua Sarah en rassemblant la pâte en une grosse boule. Je vous donnerai la recette.

— Les miens ne seront jamais aussi bons, assura Callie en chipant un autre biscuit. Maintenant que la bataille est terminée, il est possible de penser à l'avenir. Je suis certaine que Joshua et vous avez discuté de ce que vous vouliez faire. Vous comptez rester à Baltimore ?

— Oui, nous voulons monter notre propre affaire, répondit Sarah en aplatissant la pâte sur la table farinée. Joshua fera de la menuiserie et moi des pâtisseries à emporter. Nous nous installerons dans un local suffisamment grand pour nos deux activités et nous vivrons au-dessus. Joshua a commencé à chercher un bon emplacement.

Callie eut un pincement au cœur en constatant que leurs projets ne tenaient pas compte d'elle. Mais ils s'engageaient dans des directions différentes désormais.

— Vous avez déjà tout prévu, constata-t-elle. Et la visite à votre fils et à sa famille ?

— Philadelphie n'est pas si éloignée. Nous irons là-bas ou ce sont eux qui viendront nous voir.

À l'aide d'un verre retourné, Sarah entreprit de découper des ronds dans la pâte pour former les biscuits.

— Peut-être que nous parviendrons à l'attirer ici définitivement, ajouta-t-elle avec un sourire. Nous verrons. Un monde de possibilités s'offre à nous et c'est à vous que nous le devons.

Callie rougit. Elle se considérait comme plus gâtée encore d'avoir bénéficié de l'amitié de sa famille d'adoption.

— Henry avait une grosse somme sur lui, dit-elle. Vu ce qu'il vous a volé, ainsi qu'à son frère et à sa sœur, il me semble juste que cet argent revienne à votre famille. Il vous aidera dans votre nouvelle vie.

Sarah releva la tête, les yeux écarquillés.

— Nous pensions réussir à nous débrouiller avec nos économies. Cela dit, cet argent faciliterait les choses, c'est certain. Mais, et votre douaire ? Henry vous a volée, vous aussi.

— Une fois que le testament de Matthew aura été légalement enregistré, je toucherai ce qui m'est dû. Et entre-temps, j'aurai épousé un homme qui assure être capable de m'entretenir décemment.

— Je suis certaine que c'est le cas !

Sarah reprit sa tâche et bientôt, les ronds de pâte s'alignèrent sur la plaque de tôle.

— Quelles sont les intentions de Molly et de Trey ? voulut savoir Callie.

— Molly s'entraîne à écrire « Mme Molly Carroll », répondit Sarah avec flegme. Si cela ne marche pas entre eux, lorsqu'elle aura fini de pleurer toutes les larmes de son corps, d'autres jeunes gens se présenteront. Je la tiendrai occupée jusqu'à ce qu'elle se marie. Grâce à vous, Molly est une excellente couturière. Quant à Trey, il envisage de faire du droit.

— Vraiment ? Décidément, Peter Carroll a beaucoup d'influence sur votre famille.

— On peut le dire. Si Trey est sérieux, nous devrions pouvoir trouver quelqu'un pour le former.

— J'imagine que la milice sera bientôt démobilisée et que les hommes rentreront chez eux. Le directeur de l'entrepôt devrait revenir dans quelques jours. C'est un homme aimable. Comme je suis plus ou moins la propriétaire de cet endroit, vous pouvez rester ici jusqu'à ce que vous ayez trouvé une maison.

— Avant l'hiver, j'espère ! Ce grenier doit être une vraie glacière.

Callie s'apprêtait à retourner à sa couture lorsque la cloche tinta dans l'escalier. Là encore, c'était une innovation bienvenue de Joshua.

— Je descends voir de qui il s'agit.

— Je t'accompagne, dit Richard, qui se leva et s'étira. J'ai besoin d'une pause.

— Au cas où j'aurais besoin d'être défendue dans l'escalier ? demanda Callie avec un sourire en coin.

— Souviens-toi que la ville fête sa victoire, ce qui signifie que certains vont boire plus que de raison, répliqua-t-il. Si une paire d'excités a remarqué que trois belles femmes vivaient ici, il n'est pas exclu que tu puisses avoir besoin de protection dans ton propre escalier.

Sarah sortit la tête de la cuisine.

— *Trois* belles femmes ? Merci, lord George !

L'air sérieux, Richard la rejoignit et l'embrassa sur la joue.

— Vous êtes belle, Sarah, sans conteste. J'espère que Joshua vous le dit souvent.

Sarah rougit sous sa peau sombre.

— Mais oui !

Tandis qu'ils descendaient les marches, Callie murmura :

— Attention, Richard, tu deviens vraiment très gentil.

— Dieu m'en garde ! s'exclama-t-il avec une horreur feinte. Je vais mettre un point d'honneur à cultiver mon mauvais caractère.

Puis il lui sourit avant d'ajouter :

— Quoique pas avant que le souvenir de ce matin se soit estompé. Cela peut prendre un moment.

Cette fois, ce fut Callie qui rougit.

Lorsqu'elle ouvrit la porte d'entrée, elle se trouva face à un jeune milicien.

— Madame Newell ? s'enquit-il.

Elle hocha la tête.

— J'ai un message de la part de Peter Carroll. Les troupes britanniques se sont retirées au milieu de la nuit sans attaquer les fortifications américaines. Leurs soldats sont en train d'embarquer sur les bâtiments de la Royal Navy. Peter voulait prévenir Mlle Molly Adams qu'il allait bien et qu'il lui rendrait visite dès qu'il aura été démobilisé.

— Voilà de merveilleuses nouvelles ! Je vous remercie, dit Callie avec chaleur. Puis-je vous offrir un rafraîchissement ?

— Je vous remercie, madame, mais j'habite à deux pas, et je veux aller rassurer ma mère sans attendre, répondit-il avec un grand sourire.

Après avoir porté la main à son chapeau, il tourna les talons.

Richard referma la porte.

— Ton intuition de ce matin était juste : c'est vraiment fini. Que dirais-tu de faire le tour des églises du quartier dès demain afin de savoir si l'une d'elles est disposée à nous marier rapidement ? Je suis relativement confiant. Nous devrions trouver un pasteur qui n'insistera pas pour faire publier les bans. Je ne veux pas attendre plus longtemps qu'il n'est absolument nécessaire, conclut-il avec un sourire entendu.

— Je suis on ne peut plus d'accord !

On y voyait désormais plus clair dans l'escalier car Joshua avait percé le mur à la hauteur du premier étage pour installer une fenêtre.

Richard dévisageait Callie, le regard intense.

— J'avais d'autres raisons que ta protection pour t'accompagner, avoua-t-il en l'attirant dans ses bras. Te voler un baiser, par exemple.

Loin de résister à son étreinte, elle se plaqua contre lui.

— Peut-on voler un baiser lorsqu'il est librement donné ?

— Un point philosophique sur lequel je me pencherai plus tard, répondit-il d'une voix rauque avant de s'emparer de sa bouche.

Callie ignorait qu'un simple baiser puisse être aussi enivrant. Certes, celui-ci n'était pas simple. Leurs langues se touchaient, leurs souffles se mêlaient. D'une main ferme posée sur ses fesses, Richard la plaqua contre lui.

Enchantée de sentir la preuve solide de son désir, elle glissa la main entre eux et l'étreignit. Richard l'adossa alors au mur et fit remonter sa main le long de sa cuisse avant de la glisser entre ses jambes…

Elle gémit quand, l'ayant soulevée, il enroula l'une de ses jambes sur sa hanche. Leur union fut si rapide, leur jouissance si soudaine et si violente ! Un orgasme brutal les terrassa au même instant et Callie perdit pied.

Mieux ensemble que séparés…

Elle ne reprit conscience que lorsque Richard la reposa doucement sur le sol, le souffle rauque.

— Vraiment, dit-il d'une voix entrecoupée, j'avais l'intention de ne pas le refaire tant que nous ne serions pas mariés. Et que nous n'aurions pas un vrai lit !

Callie laissa échapper un rire étranglé.

— Je comprends mieux pourquoi le mariage jouit d'une telle popularité. Combien de temps dure cette période de lune de miel ?

— Vu que nous ne sommes même pas encore mariés, je pense que nous avons beaucoup de temps devant nous. Des années, assura-t-il après lui avoir embrassé l'oreille. Des décennies.

Ils étaient enlacés, s'efforçant de reprendre leur souffle, lorsqu'une pensée vint soudain à Callie.

— Je n'envisageais pas de me remarier, je n'ai donc pas réfléchi à la question des enfants, murmura-t-elle. Et toi ?

Il releva la tête et resta silencieux si longtemps qu'elle commença à s'inquiéter.

— Richard ? Cela n'arrivera peut-être pas. Je n'ai pas eu d'enfants de mon premier mariage. Si tu détestes cette idée, on peut faire certaines choses pour éviter une grossesse.

Cela dit, il était peut-être déjà trop tard pour prendre des précautions.

Il la serra contre lui d'un geste rassurant.

— Je ne déteste pas cette idée. Pour autant, je ne pensais pas avoir un jour des enfants. Cependant... en avoir avec toi me plaît. Cela me plaît même beaucoup. Nous devrions pouvoir nous débrouiller pour être de meilleurs parents que les nôtres.

— Je l'espère bien ! s'exclama Callie.

— De toute façon, ce ne sera pas difficile, répliqua-t-il avec une pointe d'humour. Prenons pour objectif de faire aussi bien que Joshua et Sarah, même si je doute que nous y parvenions.

Il passa le bras sur les épaules de Callie et ils gravirent l'escalier.

— Demain, reprit-il, nous réglerons les détails du mariage. L'église, le pasteur et l'alliance.

— Deux alliances, rectifia Callie avec fermeté. Pourquoi les femmes devraient-elles être les seules à être signalées comme étant prises ?

— Pourquoi, en effet ? admit Richard en riant. Deux alliances, donc.

— Comment retournerons-nous en Angleterre ? Tu crois que Hawkins viendra nous chercher ?

— Oui, s'il le peut. C'est un type bien. Lorsque la nouvelle que Baltimore a résisté aux Anglais atteindra St Michael's, il remontera sûrement jusqu'ici. Son bateau doit être réparé à l'heure qu'il est. Et puis, ajouta-t-il en haussant les épaules, si pour une raison ou pour une autre, il ne peut pas revenir nous chercher, nous trouverons bien un moyen de rentrer chez nous.

Elle allait rentrer chez elle, en Angleterre, avec son meilleur ami à ses côtés. Comment pouvait-elle avoir autant de chance ?

31

Les deux jours suivants convainquirent Gordon qu'être marié allait lui plaire. Il avait toujours adoré la compagnie de Callie et l'avoir en permanence à ses côtés, c'était retrouver leur complicité d'autrefois. Sauf qu'au lieu d'attraper des grenouilles ou de chevaucher à bride abattue, ils organisaient un mariage et, dès que l'occasion s'en présentait, échangeaient des baisers furtifs.

Ils commencèrent par se rendre chez un bijoutier et orfèvre, M. Tate. Lorsqu'ils entrèrent dans sa boutique, celui-ci installait des plateaux garnis de bijoux sur le comptoir.

— Bonjour ! les salua-t-il gaiement. Comme vous le voyez, je viens juste de rouvrir. J'avais transporté mon commerce hors de la ville durant ces quinze malheureux derniers jours.

— Les combats sont mauvais pour les affaires, fit remarquer Gordon.

Surtout pour un commerce de petits objets précieux, faciles à piller.

— J'espère que vous pourrez nous procurer rapidement deux alliances assorties, ajouta-t-il.

— De simples anneaux d'or, précisa Callie, qui jeta un regard espiègle à Gordon.

Elle était particulièrement ravissante ce matin, dans sa robe bleu marine, sobre et parfaitement coupée, qui mettait sa chevelure en valeur.

— À l'intérieur de l'alliance que je donnerai à mon mari, j'aimerais que vous graviez « Mon Cœur de Lion ».

— Dans ce cas, déclara Gordon avec un grand sourire, à l'intérieur de l'anneau destiné à ma femme, gravez s'il vous plaît « Ma Câline ».

M. Tate cilla, mais se ressaisit vite.

— Si vous voulez bien m'épeler les inscriptions que vous souhaitez ? Avoir pensé à échanger des alliances est une idée très novatrice. Je ne serais pas étonné que vous lanciez une mode. Naturellement, poursuivit-il en souriant, ce serait une mode que je ne pourrais qu'encourager. Permettez-moi de vous montrer quelques modèles d'anneaux d'or très simples. Je peux mettre les alliances à votre disposition demain, si vous le souhaitez.

— Ce serait parfait.

Gordon s'apprêtait à verser un acompte lorsqu'un présentoir de boucles d'oreilles attira son regard. En particulier une paire de topazes accrochées à de délicats fils d'or. Il en prit une, admira les reflets du soleil sur les facettes du bijou.

— Elles te plaisent ? demanda-t-il à Callie. Je ne t'ai pas fait de cadeau de fiançailles digne de ce nom.

— Tu n'as pas à m'offrir quoi que ce soit. Que tu aies accepté de m'épouser lorsque je t'ai demandé ta main me suffit.

Callie saisit néanmoins l'autre boucle et la tint devant son oreille en se regardant dans le petit miroir posé sur le comptoir.

— Je reconnais qu'elles sont très jolies.

Durant trois ans, elle avait entretenu une famille de cinq personnes sans jamais pouvoir mettre d'argent de côté. Gordon eut l'envie soudaine, irrésistible, de la gâter.

— Leur couleur est assortie à tes yeux. Combien coûtent ces boucles d'oreilles, monsieur Tate ?

La négociation fut rapide et satisfaisante pour les deux parties. Callie accrocha les fils d'or à ses oreilles, puis se haussa sur la pointe des pieds pour embrasser Gordon sur la joue.

— Personne n'a jamais pris aussi grand soin de moi, chuchota-t-elle. Et parfois, même la plus indépendante des femmes aime qu'on prenne soin d'elle.

Ridiculement heureux, il l'embrassa à son tour, non sans ardeur, tandis que M. Tate se détournait avec tact.

Riant, ils quittèrent la boutique bras dessus, bras dessous. Callie avait toujours su le faire rire, songea Gordon, et l'inciter à savourer l'existence. À présent débarrassée de ses inquiétudes concernant la guerre, sa famille d'adoption et Henry Newell, elle était de nouveau la Callie animée et heureuse d'autrefois, mais riche de quinze années de maturité et d'expérience.

Oui, il avait retrouvé sa meilleure amie, et la perspective de partager son lit aussi longtemps qu'ils vivraient le transportait de bonheur.

Ils rendirent ensuite visite au pasteur de St Paul's, qui accepta aussitôt de célébrer rapidement le mariage. Bien que vivant depuis des années dans le Maryland, le révérend Harbow, anglais de naissance, ne fut pas peu impressionné par le fait que Gordon était fils de marquis.

Le problème de l'église et des alliances réglé, toute la famille se mit en quête de l'endroit idéal pour le futur établissement des Adams. Même Trey, dont la blessure cicatrisait bien, fut de la partie.

L'après-midi du deuxième jour, ils dénichèrent l'emplacement parfait. Un bâtiment spacieux sur Charles

Street, à quelques pâtés de maisons du bord de mer. Le propriétaire actuel était tonnelier, si bien que la grande cour, à l'arrière, était déjà équipée d'un espace de stockage et d'un atelier pour travailler le bois.

Sarah fut quant à elle enthousiasmée par la longue cuisine. Le bâtiment était en bon état, l'appartement à l'étage grand et confortable. Le propriétaire ayant décidé de s'installer hors de la ville, il était prêt à baisser le prix si la transaction se faisait rapidement. L'argent de Henry suffirait donc à l'achat.

Pour fêter cela, Gordon invita toute la famille à dîner dans la taverne la plus renommée de Baltimore. Avant qu'ils commencent à manger, il leva son verre pour porter un toast.

— Au bonheur et à la satisfaction futurs de nous tous, et plus jamais de guerre !

Tous s'esclaffèrent en levant leur verre à leur tour. Jetant un regard circulaire autour de la table, Gordon réalisa que les Adams allaient lui manquer. En seulement quinze jours, ils étaient devenus comme sa famille. Non, davantage que sa propre famille. L'expérience partagée de la guerre les avait liés tous les six et c'était un lien qu'ils n'oublieraient jamais.

Il leva ensuite son verre pour un second toast.

— Et nous nous reverrons, je vous le promets !

— Je me fais un plaisir de boire à cette promesse ! lança Joshua.

Personne ne but à l'excès, mais ils étaient tous joyeux quand ils quittèrent la taverne et reprirent la direction de l'entrepôt. Il avait beau faire nuit, les rues grouillaient de miliciens heureux qui fêtaient leur démobilisation.

Se tenant par la main, Gordon et Callie fermaient la marche de leur petit groupe. Alors qu'ils approchaient de l'entrepôt, ils virent un homme qui tirait sur la corde de la cloche, le visage levé vers l'appartement. Molly le reconnut la première.

— Peter ! s'écria-t-elle.

Au mépris des convenances, elle le rejoignit en courant et se jeta dans ses bras. Il l'embrassa puis, sans la lâcher, se tourna vers les autres membres de la famille.

— Je voulais rassurer Molly sur mon sort, expliqua-t-il après les avoir salués. Et j'ai des nouvelles pour vous, madame Newell.

— Montez donc, Peter, vous m'en ferez part là-haut, proposa Callie tandis que Joshua ouvrait la porte. Nous venons de dîner, mais si vous voulez manger, il y a toujours de bonnes choses dans la cuisine de Sarah.

— Ce serait avec grand plaisir, madame.

Après avoir allumé une lanterne dans le petit vestibule, Joshua les précéda dans l'escalier.

Pendant qu'on allumait les lampes à l'intérieur, Peter déclara :

— Madame Newell, j'ai pensé que vous seriez heureuse d'apprendre que votre notaire, M. Key, et les Américains qui l'accompagnaient viennent d'être relâchés par les Anglais et sont arrivés à Baltimore ce soir.

Il s'interrompit pour accepter avec reconnaissance le verre de bière que Sarah lui tendait.

— M. Skinner et lui ont réussi à obtenir la libération du médecin âgé, dont la captivité était à l'origine de leur démarche. Ils ont aussi la liste de tous les prisonniers retenus par les Anglais, ce qui est un soulagement pour les familles.

— Merveilleux ! s'exclama Callie. Pour les prisonniers comme pour moi. J'ai quelques problèmes légaux à régler et nous avions envisagé de nous adresser à votre oncle. Mais parler à M. Key sera encore mieux. Savez-vous où il demeure ?

— Il est logé à l'Indian Queen Hotel, pas loin d'ici. C'est ce grand bâtiment à l'angle de Baltimore et de Hanover Street.

Les yeux de Peter s'éclairèrent lorsque Molly s'approcha avec un plateau bien garni.

— Merci, Molly ! C'est merveilleux de revenir à la civilisation après des jours passés dans des fossés boueux. La grande nouvelle, c'est que nous n'avons pas de nouvelles. Car après une journée à jouer au chat et à la souris en face de nos lignes, les troupes britanniques se sont retirées au milieu de la nuit sans livrer bataille. Nous nous sommes interrogés sur l'éventualité d'une attaque par un autre côté, mais elles ont embarqué sur leurs navires et sont apparemment bel et bien parties. Y a-t-il d'autres nouvelles, ici ?

— Vous pouvez me féliciter, déclara Gordon, conscient d'arborer un sourire ridiculement grand. Callie a accepté de m'épouser. Le mariage aura lieu dans trois jours à l'église St Paul's, et vous êtes bien sûr invité.

— Magnifique ! s'écria Peter. Je me ferai un plaisir d'y assister. D'autres nouvelles intéressantes ?

Joshua profita de sa question pour évoquer leur future installation. Peter connaissait l'endroit et approuva leur choix. Si l'idée que la jeune fille qu'il aimait allait vivre au-dessus d'une boutique le chiffonnait, il n'en laissa rien voir.

Gordon se surprit néanmoins à éprouver le désir – étonnamment paternel – d'interroger Peter sur ses intentions vis-à-vis de Molly. C'est Joshua qui aurait dû s'en charger, mais il était probable qu'un ancien esclave se montrerait réticent à questionner un jeune homme blanc, issu d'une famille riche et connue de surcroît.

Gordon attendit que l'excitation retombe un peu et que Peter ait achevé son dîner avant de l'inviter à le rejoindre sur la terrasse. L'air un peu méfiant, le jeune homme l'accompagna dehors.

Après avoir refermé la porte derrière eux, Gordon s'accouda à la balustrade, les yeux fixés sur le port.

— J'aime votre ville, dit-il.

Adoptant une posture identique, Peter répliqua :

— Moi aussi. La défense de Baltimore va inspirer le reste du pays et je pense qu'elle aidera aux négociations de paix à Gand. Cette ville va grandir et prospérer, et je suis heureux à la perspective d'être partie prenante de son développement.

— J'avais l'impression que la famille Carroll possédait déjà une grande partie de cette ville et de cet État.

Peter rit tout bas.

— La famille Carroll est très étendue. La branche à laquelle j'appartiens est certes financièrement à l'aise, mais nous ne faisons pas partie des Carroll excessivement riches.

Gordon fut heureux de l'apprendre.

— Le problème sera donc moindre si vous épousez une fille qui n'est pas aussi riche que vous et qui n'est pas issue d'une vieille famille du Maryland, dit-il. En supposant que vous soyez sérieux au sujet de Molly.

— Si la question est : mes intentions sont-elles honorables ? La réponse est oui, monsieur. Molly est belle mais, plus important encore, elle incarne à mes yeux la bonté et la sagesse.

Le jeune homme lui coula un regard oblique.

— Et avec elle, je me sens à ma place, ajouta-t-il. En tant qu'homme tout juste fiancé, vous devez être à même de comprendre cela.

En vérité, Peter venait de résumer parfaitement ce que Gordon ressentait vis-à-vis de Callie.

— Oui, je le comprends. Mais Callie et moi nous connaissons depuis la nursery.

— Alors que Molly et moi ne nous connaissons que depuis quelques jours, admit Peter posément. Mes sentiments peuvent changer, de même que les siens. Elle est jeune et je ne suis guère plus âgé qu'elle. En outre, je ne peux envisager de me marier avant d'avoir terminé mes études de droit. Quoi qu'il en soit, je veux la courtiser honorablement et aussi longtemps que nos sentiments l'un pour l'autre demeureront inchangés. J'ai l'espoir qu'un jour, nous nous tiendrons devant ce même autel qui verra Mme Newell et vous-même échanger vos vœux. Cela répond-il à vos inquiétudes ?

— Oui, répondit Gordon, qui ne put retenir un petit rire. Je serai probablement en Angleterre et donc mal placé pour vous surveiller. Mais Joshua est parfaitement capable de vous casser la figure au cas où cela serait nécessaire.

— Ce ne sera pas nécessaire.

Le sujet étant clos, Gordon demanda :

— Savez-vous comment Key et les autres sont revenus en ville ? Les bateaux coulés pour bloquer l'entrée du port n'ayant pas été encore remontés, la navigation n'est donc pas redevenue normale.

— Key et Skinner étaient sur un petit sloop qui a réussi à se faufiler entre les navires immergés.

— Voilà une bonne nouvelle. Le navire qui doit nous ramener en Angleterre est censé arriver bientôt.

Si un petit sloop avait réussi à se frayer un passage, une barque envoyée par le *Zéphyr* n'aurait aucun problème.

— Vous ramener en Angleterre ? répéta Peter avec curiosité.

— Je suis anglais jusqu'au bout des ongles, répondit Gordon. Ce qui ne veut pas dire que je n'ai pas fêté la résistance de Baltimore face à l'attaque anglaise. Si la ville avait été conquise et incendiée, cela aurait pu détruire vos États-Unis. Le monde se portera mieux si une autre nation anglo-saxonne vient contrebalancer l'arrogance britannique.

Peter éclata de rire.

— Vous êtes très lucide vis-à-vis de votre pays.

— J'ai parcouru le monde. Les pays ayant adopté les principes de la loi et de la justice britanniques ne s'en portent pas mal, mais trop de pouvoir conduit à la tyrannie. Mieux vaut qu'il soit réparti entre les nations.

Gordon porta les yeux vers le large. Dans une semaine, il prendrait la mer en compagnie de sa femme. Mais cette ville et ces gens faisaient désormais partie de lui. Ils reviendraient.

32

L'Indian Queen Hotel était un édifice imposant, qu'on se serait attendu à trouver à Londres plutôt qu'à Baltimore – non que Callie ait vu grand-chose de Londres avant de s'exiler dans les Caraïbes. Richard et elle ayant pris soin de se vêtir avec recherche, le réceptionniste ne fit pas de difficulté pour leur indiquer le numéro de la chambre de M. Key.

— M. Key et sa femme ont une très jolie maison à Georgetown, au nord de Washington, expliqua Callie alors qu'ils gravissaient l'escalier. Six enfants et un cabinet d'avocat sur la Potomac River. Ils aiment beaucoup recevoir, et je me suis souvent rendue chez eux. Même si Frank a plutôt l'allure d'un poète rêveur, c'est un excellent homme de loi. Il a en outre de nombreuses relations au sein de la bonne société du Maryland.

— Exactement ce dont nous avons besoin pour entamer les démarches d'homologation du testament de Henry à la Jamaïque, déclara Richard, qui sourit avant d'ajouter : J'adore regarder tes boucles d'oreilles danser.

— Et moi, j'adore les porter, répliqua-t-elle en riant. Il se pourrait que je ne les enlève jamais.

Si Callie savourait cette brève période de fiançailles, elle n'en était pas moins pressée d'être enfin mariée et de se réveiller dans les bras de Richard.

Une fois devant la porte de M. Key, elle frappa quelques coups rapides.

— Monsieur Key ? C'est Callista Audley. J'ai une affaire importante à vous soumettre, si le moment n'est pas terriblement mal choisi.

Après un instant, la porte s'ouvrit sur Frank Key. Avec ses boucles brunes emmêlées et sa chemise chiffonnée, il paraissait ne pas avoir dormi depuis plusieurs jours. Mais son sourire était accueillant.

— Callista, quel plaisir de vous voir ici ! Entrez, je vous en prie. J'en déduis que votre famille et vous avez réussi à quitter Washington indemnes.

— Oui, encore qu'à ma connaissance, ma maison a le triste privilège d'être la seule résidence de Washington à avoir été incendiée par les Anglais.

— Je suis vraiment navré de l'apprendre ! C'était une belle maison, et bien située.

— Je ne retournerai pas là-bas, et je voudrais donc vendre le terrain. Voici l'adresse de mon obligeante voisine, Mme Turner, ainsi que celle de mon futur logement à Londres.

Après avoir remis à M. Key le papier portant les différentes adresses, elle enchaîna :

— J'aimerais vous présenter Gordon Audley. Nous allons nous marier lundi.

Les deux hommes échangèrent une poignée de main en se jaugeant du regard. Puis M. Key les invita à s'asseoir.

— Êtes-vous un parent du premier mari de Mme Audley, monsieur ?

— C'est bien plus compliqué que cela, répondit Richard. Je laisse à Callie le soin de raconter l'histoire.

— Ce que je vais faire. J'ai besoin d'aide pour faire homologuer un testament à la Jamaïque mais, d'abord, comment allez-vous ? J'ai appris que M. Skinner et vous aviez été détenus par la Royal Navy. Et que vous aviez réussi non seulement à faire libérer ce vieux médecin, mais à obtenir la liste de tous les prisonniers de guerre.

— En effet. Cela étant, regarder le bombardement à des miles de là et ne pas savoir comment se déroulait la bataille a été une épreuve. Si j'avais des doutes au sujet de cette guerre, ils se sont envolés quand Baltimore a été attaquée. Jamais je ne me suis senti aussi américain, avoua-t-il.

Puis, l'air un peu embarrassé, il poursuivit :

— Vous le savez, j'ai tendance à griffonner des bribes de poésie. Durant et après la bataille, j'ai été submergé par des émotions comme je n'en avais jamais éprouvé. J'ai noté ce que je ressentais au dos d'une enveloppe et, la nuit dernière, j'en ai fait un poème. Aimeriez-vous... aimeriez-vous le lire ?

— Oh, mais volontiers !

Callie avait déjà lu des poèmes de Frank Key. Il avait du talent et le sujet était enthousiasmant.

Il lui tendit une feuille de papier sur laquelle les lignes se succédaient, serrées et parfois raturées.

— Je dois encore y travailler, mais je pense qu'il rend bien l'angoisse extrême, puis le sentiment de triomphe suscités par l'événement.

Callie commença à lire tandis que Richard regardait par-dessus son épaule de manière éhontée.

Ô, dites-moi, voyez-vous aux premières lueurs de l'aube
Ce que nous saluions si fièrement aux dernières lueurs du crépuscule,
Et dont les larges bandes et les étoiles brillantes, dans la bataille périlleuse,
Au-dessus des remparts que nous gardions, flottaient si vaillamment ?
Et l'éclat rouge des fusées, les bombes explosant dans les airs,

Prouvaient au long de la nuit que notre drapeau était toujours là.
Ô, dites-moi, est-ce que la bannière étoilée flotte encore
Sur la terre de la liberté et la patrie des braves ?

Lorsqu'elle lut les derniers mots, Callie pleurait.

— Oui, souffla-t-elle, c'était exactement cela.

Richard posa la main sur son épaule.

— Nous avons regardé les fusées et les bombes avec appréhension, nous aussi, dit-il. Ne pas savoir ce qu'il en était quand les bombardements ont cessé a été terrible. Et j'avoue que lorsque le soleil a paru, révélant « les larges bandes et les étoiles brillantes » que vous évoquez, ç'a été un moment saisissant. Ce poème que vous avez écrit ne s'adresse pas seulement à Baltimore, mais à la nation tout entière.

Frank Key rougit.

— Je suis heureux que mes mots soient parvenus à traduire ce que vous avez ressenti. Ils se sont imposés à moi si violemment que je n'imaginais pas ne pas les écrire.

— Il faudrait en faire une chanson, fit remarquer Callie quand elle eut terminé de lire la quatrième et dernière strophe. Toute la ville la chanterait avec joie, j'en suis sûre.

— J'ai une mélodie en tête, avoua M. Key. Mais pour l'heure, parlez-moi de l'affaire qui vous amène.

Callie lui livra le récit succinct, et soigneusement expurgé, des raisons pour lesquelles sa belle-famille et elle avaient vécu sous des noms d'emprunt. Elle lui donna la version officielle de la mort de Henry Newell et expliqua qu'elle avait en sa possession un brouillon du testament de Matthew, ainsi qu'un codicille découvert bien plus tard.

Elle avait envisagé de prétendre qu'elle avait trouvé ce codicille plié dans sa bible, mais Frank Key étant un membre fervent de l'Église anglicane, elle jugea plus sage d'avoir « découvert » cette addition inattendue au testament de Matthew dans son précieux volume de *Robinson Crusoé*. Richard lui avait offert ce livre pour ses douze ans et c'était le seul qu'elle avait envoyé à Baltimore avec les Adams.

M. Key étudia avec soin le certificat de décès de Henry, le testament rédigé de la main de Matthew et le codicille. Il ne mit pas en doute l'authenticité de ce dernier, rendant ainsi hommage, sans le savoir, au talent de faussaire de Richard.

— Tout cela semble clair, déclara-t-il quand il eut terminé son examen. Enregistrer le testament demandera néanmoins du temps.

— Peut-on faire cela depuis un autre pays ? s'enquit Callie. Aucun d'entre nous ne veut retourner à la Jamaïque.

M. Key réfléchit, puis hocha la tête.

— Je connais à Washington un jeune et brillant avocat d'origine jamaïcaine. Il devrait accepter d'autant plus facilement d'emporter vos documents à la Jamaïque pour les faire homologuer qu'il aura ainsi l'occasion de rendre visite à sa famille tout en étant rémunéré.

— Ce serait merveilleux ! avoua Callie. Mon mari et moi devons partir sous peu pour l'Angleterre. Je suppose qu'il y a nombre de formalités à régler avant mon départ. Mieux vaut ne pas perdre de temps à envoyer des papiers d'un côté à l'autre de l'Atlantique.

— Vos suppositions sont justes. Il y aura beaucoup de copies de documents à faire et d'actes à établir. Je peux me charger de la partie notariale, puisque je vous connais depuis plusieurs années... encore que sous deux noms différents, ajouta-t-il avec un bref sourire. Je travaille souvent avec un juriste d'ici, George Carroll, et les employés de son cabinet pourront aider à copier et à remplir les formulaires nécessaires. Votre belle-famille restant à Baltimore, il serait utile qu'elle noue des relations avec lui en cas de problèmes ultérieurs.

— Nous connaissons Peter, le neveu de George Carroll, expliqua Callie. Ma belle-fille, Molly, et lui montrent un grand intérêt l'un pour l'autre.

— Parfait ! Peter est un jeune homme bien, assura M. Key en rassemblant les papiers qu'il rangea dans le porte-documents. Maintenant, je dois me rendre présentable avant de retrouver mon beau-frère pour une autre affaire.

Callie se leva et lui tendit la main.

— Je vous remercie infiniment d'avoir pris le temps de nous aider dans une période aussi agitée.

— Nous autres poètes sommes des animaux nerveux, déclara Frank Key en lui serrant la main avec un sourire charmant. Être notaire avant le petit déjeuner en valait la peine vu votre enthousiasme pour ma dernière œuvre.

— Un enthousiasme très sincère, assura Richard en lui serrant la main à son tour. J'ai hâte d'entendre *La Défense du fort McHenry* chantée à tous les coins de rue !

33

Durant les jours qui suivirent, ils s'entretinrent avec des juristes et signèrent des papiers. Peter Carroll avait pris un jour de congé, qu'il passa en compagnie de Molly. Callie enviait la pureté innocente de leur amour, indemne des blessures et des trahisons infligées par la vie. Elle-même n'avait jamais connu cela, mais elle avait Richard, désormais, ce qui rachetait tout le reste.

Le surlendemain, Peter retrouva son bureau dans l'étude de son oncle et se joignit aux clercs affectés à la copie des documents originaux. C'était un travail énorme car il fallait des copies pour Callie, pour la famille Adams, pour M. Key et pour le tribunal. À force d'apposer sa signature, Callie attrapa une crampe. Elle était toutefois rassurée : les documents n'avaient suscité aucune question. Bien sûr, il faudrait des mois pour que tout soit réglé, mais l'avenir de Molly et de Trey serait alors assuré financièrement.

Avec l'arrivée de l'automne, le temps devint agréablement frais. La veille de leur mariage, Richard et Callie décidèrent d'aller se promener. Ils déambulèrent le long de l'eau en se tenant la main et firent demi-tour quand le ciel commença à s'assombrir. C'est alors qu'ils aperçurent, se dirigeant vers le quai le plus proche de l'entrepôt, une embarcation familière.

— Le canot du *Zéphyr* ! s'exclama Richard en reconnaissant les deux hommes à bord. Hawkins a le sens de l'à-propos.

Ils accélérèrent le pas et rejoignirent le capitaine au moment où il mettait le pied sur le quai.

— Bonjour ! leur lança-t-il. Je suis heureux de voir que vous avez survécu aux derniers événements. Alors, rentrer en Angleterre vous intéresse ?

— Et comment, répondit Richard en aidant le matelot à grimper sur le quai. Et cela vous intéresserait d'assister à un mariage demain matin ?

Le regard de Hawkins passa de l'un à l'autre.

— J'en serais enchanté, dit-il. Et je suis ravi de constater que vous avez enfin compris quoi faire l'un de l'autre !

En riant, Callie lui tendit la main.

— C'était à ce point évident ?

— Pas pour vous, peut-être, mais pour tous les autres, répondit Hawkins en s'inclinant sur sa main. Faute d'un cadeau convenable, je vous offre l'usage de ma cabine sur le *Zéphyr* pour le voyage de retour.

— Nous ne voulons pas vous chasser de votre propre lit, capitaine Hawkins, répondit Callie, embarrassée.

— Nous acceptons, déclara Richard, qui n'avait manifestement pas les mêmes scrupules qu'elle. Et nous vous remercions, Hawkins. Franchement, ajouta-t-il en adressant un regard taquin à Callie, je n'ai pas envie de passer ma lune de miel sur une couchette.

— Moi non plus, avoua-t-elle, avant d'embrasser Hawkins sur la joue. Merci, capitaine.

Il rougit sous son hâle et s'empressa de changer de sujet. En souriant, Callie les invita, son matelot et lui, à venir dîner chez eux.

Cette lune de miel s'annonçait bien.

L'un dans l'autre, décida Gordon, il était plus facile d'affronter un groupe de soldats ivres et armés que de se marier. Alors qu'il attendait devant l'autel, il marmonna :

— Je ne referai jamais cela !

Joshua rit tout bas.

— Vous n'en aurez pas l'occasion. Mlle Callista n'est pas du genre à renoncer à quelqu'un. Vous allez être appariés pour la vie comme un couple d'oies.

— Une comparaison intéressante, commenta Gordon.

Mais l'idée de caresser les plumes de Callie suffit à le distraire. Il ne croyait pas vraiment qu'elle avait changé d'avis, bien sûr ; pour autant, il avait hâte d'en finir.

Les seules personnes présentes étaient Peter Carroll, Hawkins et Trey, prêt à brandir sa canne s'il le fallait. L'église semblait très vide. Et puis soudain, l'orgue retentit, emplissant le vaste espace de son allégresse solennelle, et les trois femmes apparurent.

Molly s'avançait la première, un petit bouquet entre les mains, le visage illuminé par un grand sourire. Dans sa robe grenat, elle était éblouissante et paraissait infiniment plus mûre que lorsque Gordon avait fait sa connaissance, quelques semaines plus tôt. Elle devait penser à son futur mariage. Vu les regards que Peter et elle échangeaient, il était évident qu'ils avaient ce sujet à l'esprit.

Sarah la suivait, digne et magnifique dans une toilette de satin vert. Enfin venait Callie, resplendissante dans sa robe crème et or, sa chevelure flamboyante relevée en chignon et ses topazes étincelant à ses oreilles. Gordon crut que son cœur allait cesser de battre.

Il eut soudain la certitude que quoi qu'il arrive, Callie donnerait un sens à sa vie. Il avait passé de nombreuses années à tenter de survivre, puis à assister de gens qui avaient besoin d'aide. Si certaines de ces tâches pouvaient tenir lieu de rédemption pour ses péchés passés, ce n'était pas le même sens que Callie apporterait à cette union.

Comment avait-il pu avoir une chance pareille ?

Parvenue devant l'autel, Callie lui adressa un sourire lumineux et son cœur recommença à battre. Il se souvint de leur première rencontre, alors qu'elle n'était qu'une toute petite fille joyeuse et intrépide. Déjà là, il avait deviné qu'elle était unique.

Tant de souvenirs. Leurs incursions dans les cuisines pour chiper de la nourriture, leurs discussions passionnées sur leurs lectures, les hurlements de Callie lorsqu'elle avait supplié son père de ne pas le tuer. Et tandis qu'ils se tenaient devant l'autel, il comprit que l'engagement qu'ils s'apprêtaient à célébrer était inéluctable.

Les yeux brillants, Callie lui prit la main. Ils se tournèrent vers le révérend Harbow, et ils devinrent mari et femme.

Callie avait l'impression qu'elle aurait dû être plus nerveuse – après tout, son existence était sur le point de basculer –, or elle n'éprouvait aucune inquiétude. Il s'agissait de Richard. Leur mariage ne devrait pas apporter beaucoup de surprises et c'était parfait.

Gordon avait réservé un salon particulier à l'Indian Queen Hotel pour le petit déjeuner de mariage, qui se prolongea en déjeuner. La nourriture était bonne, quoique peut-être pas aussi bonne que celle de Sarah.

Ils rirent et discutèrent jusque tard dans l'après-midi, puis Richard se leva, son verre à la main.

— Je porte un toast à nos amis, que nous remercions d'être présents ici. Et le meilleur reste à venir !

Il vida son verre au milieu des rires, le reposa et invita Callie à se lever à son tour.

— Je vous laisse profiter de la compagnie les uns des autres aussi longtemps que vous le souhaitez, mais j'ai réservé la suite des jeunes mariés dans cet hôtel. Je n'ai rien contre les tonneaux de tabac, au contraire, simplement, je ne veux pas dormir avec eux ce soir !

Il y eut une nouvelle salve de rires et Callie rougit. Elle les soupçonnait tous de savoir parfaitement ce qui se passait derrière les tonneaux.

— Nous nous arrêterons demain à l'appartement pour faire nos adieux, reprit Richard. Hawkins, nous vous rejoindrons à l'heure de la marée.

Sur ce, il entraîna Callie vers l'escalier.

— Un vrai lit confortable ? murmura-t-elle. Et pas de tonneaux de tabac ? Quel luxe, milord !

Richard s'esclaffa.

— Je ne suis pas certain que nous connaîtrons de nouveau un tel luxe. Même si Hawkins nous donne sa cabine, elle est petite et j'ignore de quelle largeur sera le lit. Quant à ma maison de Londres, si elle est confortable, je n'irai pas jusqu'à dire qu'elle est luxueuse.

— Ça n'a aucune importance.

La suite réservée aux jeunes mariés se situait, comme les autres suites, au dernier étage. Lorsque Callie posa le pied sur le palier, elle découvrit un grand miroir accroché au mur opposé.

Elle fut prise de court par la vue d'un couple éblouissant, avant de le reconnaître. Évidemment, Richard était séduisant pour deux. Ce qui la surprit, ce fut de lui être aussi bien assortie. Et en effet, le miroir lui renvoyait l'image d'une femme sûre d'elle, élégamment vêtue, qui semblait digne d'être sa compagne.

Elle n'eut pas le temps de s'attarder car déjà Richard ouvrait la porte de leur suite. Celle-ci se composait d'un salon et d'une chambre, que l'on apercevait par une porte sur la gauche, et comportait de nombreuses fenêtres.

— Cet endroit aurait été parfait pour observer le bombardement, commenta Richard.

Callie s'approcha d'une grande fenêtre qui, comme dans un tableau, encadrait une vue splendide sur le port.

— Tu as raison, confirma-t-elle.

Puis elle pivota et déclara :

— Puisque nous avons déjà prouvé que nous étions compatibles, nous pourrions passer le temps d'une autre manière. Que dirais-tu d'une partie de cartes ?

Gordon éclata de rire et la souleva dans ses bras.

— Je n'ai jamais trouvé les cartes très intéressantes. En revanche toi, ma Câline, tu es infiniment fascinante.

Il l'emporta dans la chambre à coucher et la déposa au milieu du vaste lit avant de l'y rejoindre. Ils s'embrassèrent à perdre haleine et lorsqu'ils reprirent leur souffle, Callie étouffa un rire.

— C'est vraiment un beau lit !

— Et j'ai bien l'intention de ne pas perdre une minute pour en profiter.

L'enlaçant, il roula sur le dos et l'entraîna avec lui.

— Ceci est enfin légal ! jubila-t-il.

Callie se tortilla, s'efforçant de trouver la position la plus confortable. Leurs corps s'épousaient à merveille. Quand il referma la main sur l'un de ses seins, elle déclara d'une voix haletante :

— Quelque chose d'aussi délicieux ne peut que relever du péché !

— Du péché, peut-être, murmura-t-il en promenant les lèvres le long de son cou. Mais du péché *légal*.

Sous leurs doigts impatients, les vêtements ne tardèrent pas à voler dans la pièce. Même s'ils n'avaient aucune raison de se hâter, leur première union fut d'autant plus rapide qu'ils réprimaient leur désir depuis des jours. Oh, oui, ils étaient compatibles !

Après, ils restèrent allongés nus sous les draps. Callie adorait l'idée de pouvoir toucher Richard où et quand elle le souhaitait, de partager un même oreiller avec lui, de regarder son visage tourné vers elle, ses yeux gris aussi clairs que du quartz.

— Je pense, commença-t-elle lentement, qu'il nous sera relativement facile de nous adapter au mariage, parce que nous nous faisons entièrement confiance. N'est-ce pas un socle admirable pour un mariage ? Lorsque des étrangers se marient, il faut du temps pour que la confiance s'établisse.

— Tu parles d'expérience, je présume. J'aime le fait de ne pas avoir à passer du temps à essayer de deviner ce que tu ressens ou ce que tu veux. Que tu sois remarquablement franche aide beaucoup, je dois dire.

Tout en parlant, il jouait avec les cheveux de Callie.

— Tu as réfléchi au genre de vie que tu aimerais que nous menions ? reprit-il. Il y a la maison de Londres, certes, mais si elle ne te plaît pas, nous pourrons en acheter une autre.

— Je suis certaine qu'elle me plaira, répondit-elle. Londres est le cœur battant de l'Angleterre, je ne risque pas de m'en lasser avant longtemps.

— Aimerais-tu avoir également une maison à la campagne ? Un manoir pas trop éloigné de la ville, histoire que nous ne passions pas trop de temps sur la route pour nous y rendre et en revenir.

— Cela me plairait, bien sûr, mais avons-nous les moyens de nous l'offrir ?

Alors qu'elle caressait paresseusement le bras de Richard, elle s'immobilisa en sentant une cicatrice.

— On t'a tiré dessus ?

— Juste un peu.

Avant qu'elle puisse lui demander ce que ce « juste un peu » signifiait, il enchaîna :

— Quant à ce que nous pouvons nous offrir, tu te rappelles peut-être que j'ai toujours été économe.

Parce qu'il n'avait jamais pu compter que sur lui-même, soupçonnait-elle, et voulait donc disposer de ressources personnelles pour parer à toute éventualité.

— Oui. Tu avais même les fonds nécessaires à notre fuite. Je n'avais alors pas beaucoup d'expérience avec l'argent. Depuis, je suis devenue experte dans l'art de tordre les pennies jusqu'à ce qu'ils crient. En outre, je finirai bien par recevoir mon douaire un jour ou l'autre, ce qui devrait accroître joliment nos finances.

— Rappelle-moi de faire établir un contrat de mariage une fois à Londres. J'y ai pensé lorsque nous étions dans les papiers jusqu'au cou à Baltimore, mais cela m'a paru moins important que de régler les problèmes d'héritage.

— J'ai pensé la même chose.

Parce qu'elle lui faisait entièrement confiance, établir un contrat de mariage ne lui avait paru ni impératif ni urgent. Ça le serait toutefois s'ils avaient des enfants. À cette pensée, un frémissement étrange la parcourut.

— Quoi qu'il en soit, reprit Richard, j'ai les moyens d'acheter un petit manoir à la campagne. Je pourrais me faire hobereau, ajouta-t-il en souriant. Tu crois que je pourrais devenir magistrat bénévole, ou est-ce que les autorités en auraient un haut-le-corps ?

— Je crois que tu ferais un bon magistrat, parce que tu as l'esprit pratique et que tu n'as rien d'un moraliste rigide, répondit-elle, pensive. As-tu songé à te présenter au Parlement ? Tu ferais un excellent député.

Richard éclata de rire.

— Tu me vois me joindre à une poignée d'autres rebelles de la Chambre des communes et affoler les traditionalistes ? Ça pourrait être amusant, cela dit. Sauf qu'à mon avis, aucune circonscription n'accepterait de me présenter comme candidat.

— Tu n'as pas de vieux camarades d'école qui contrôleraient des « bourgs pourris[1] » ? hasarda Callie, à demi sérieuse. Peut-être que l'un d'eux t'enverrait au Parlement si tu étais intéressé.

Richard hésita, puis concéda :

— Je ne dis pas que je n'y penserai pas, mais vu mes opinions réformistes, je souhaite éliminer les « bourgs pourris ». Je trouve anormal que des hommes puissants puissent envoyer leurs propres députés au Parlement. Il est vrai aussi que je n'ai plus envie d'accomplir des missions parfois douteuses, pour des gens qui sont prêts à me payer grassement afin que je règle leurs problèmes. J'ai fait des investissements suffisamment rentables pour ne plus avoir besoin d'accepter ce genre de travail.

— Des missions douteuses, comme secourir des veuves dans des régions en guerre ?

Callie lui sourit tendrement avant d'ajouter :

— Je suis heureuse que tu n'aies pas renoncé à ce travail plus tôt !

— Moi aussi, avoua-t-il en lui prenant la main. Il y a toutefois une chose que je me suis promis de faire s'agissant des personnes auxquelles j'ai causé du tort par le passé. Je t'ai parlé de cette cave où nous étions plusieurs à être condamnés à mort. Un peu ivres, nous avions envisagé les manières de nous

1. *Rotten borough* : au XIXe siècle, circonscription permettant à des gens aisés de devenir membres du Parlement sans avoir été élus. *(N.d.T.)*

racheter si nous survivions. Il est temps pour moi de faire amende honorable.

— Faire la paix avec le passé avant d'aborder l'avenir ? C'est une belle idée. Est-ce que cela inclut de faire la paix avec ton père s'il est encore vivant ?

— Non, répondit Richard. Peut-être avec certains de mes frères. Je n'ai rien fait pour mériter les mauvais traitements infligés par mon père. Mon comportement répréhensible était le résultat du sien. Je n'ai rien à racheter de ce côté-là. En revanche, je me suis mal conduit avec certaines personnes. Des condisciples, une directrice d'école. Et toi ? demanda-t-il en la scrutant. Y a-t-il des problèmes du passé que tu éprouves le besoin de régler ?

— Tordre le cou de la sœur qui nous a trahis lors de notre fuite, par exemple ? Je ne devrais pas, sans doute. À part ça... Tant d'années se sont écoulées, dit-elle dans un soupir. Il me reste très peu de connaissances en Angleterre.

— Dans ce cas, nous aurons simplement à en faire de nouvelles, et des meilleures.

Richard se pencha sur elle et captura ses lèvres. Sachant qu'une chose en entraînerait une autre, Callie se pressa contre lui. S'il s'agissait là de ce qu'on appelait des confidences sur l'oreiller, elle aimait beaucoup cela.

Comme Gordon s'y attendait, l'émotion et les larmes présidèrent aux adieux, le lendemain matin. Il ne s'inquiétait pas outre mesure des larmes féminines dès lors qu'il n'en était pas la cause ; et il ne pouvait certes pas reprocher à Callie et à sa famille d'adoption d'être émues. Même si l'avenir de chacun paraissait riant, cette séparation n'en était pas moins un déchirement.

Hawkins et son matelot patientaient stoïquement dans le canot. Leurs modestes bagages étaient déjà à bord et il ne s'agissait plus que d'attendre que Callie soit prête à partir.

Avec sagesse, elle ne prolongea pas les adieux plus que nécessaire. Un surplus de larmes ne les aurait pas rendus moins douloureux. Gordon fut heureux lorsqu'elle s'essuya les yeux et annonça :

— Il est temps de partir, Richard.

— Rappelle-toi simplement que nous reviendrons un jour ou l'autre.

Il serra la main de Joshua et de Trey, embrassa Sarah et Molly, puis aida Callie à descendre dans le canot.

Après avoir agité la main une dernière fois, elle se tourna résolument vers le large.

— En digne femme que je suis, dit-elle, je vais maintenant déclarer que je dois être horrible avec mes yeux gonflés et mon nez rouge.

Gordon se mit à rire.

— Tu es adorable et tu as l'air d'avoir dix ans.

— Je ne suis pas certaine que ce soit mieux qu'horrible, dit-elle avant de glisser sa main dans la sienne. Selon toi, combien de temps s'écoulera avant que nous puissions revenir ? C'est un si long voyage.

— Le jour n'est pas loin où des bateaux à vapeur traverseront l'Atlantique. Ils seront plus rapides et plus sûrs que les bateaux à voiles.

Hawkins ricana.

— Ils sont affreux et sentent mauvais. Une sale engeance, ces bateaux à vapeur !

— Je ne vous donne pas entièrement tort, admit Gordon. Mais ayant passé quelque temps comme capitaine sur un bateau à vapeur, je pense néanmoins qu'ils représentent l'avenir.

Callie le dévisagea avec stupéfaction.

— Tu as été capitaine d'un navire à vapeur ? Quand cela ?

— Il y a un an ou deux. Je ne suis pas un vieux loup de mer comme Hawkins, mais je m'y connais un peu en navigation et un peu en machines à vapeur. J'ai donc aidé un ami qui avait besoin d'un capitaine pour le bateau à vapeur qu'il testait sur la Tamise.

— Il faut vraiment que je dresse la liste de toutes les choses que tu as faites ! s'exclama Callie. Tu me raconteras cette histoire de bateau à vapeur durant le voyage. Cela nous fournira un sujet de conversation.

Il la gratifia d'un lent sourire suggestif.

— Je ne pense pas que nous nous ennuierons.

Le sourire sensuel et provocant qu'elle lui retourna le lui garantit.

Et de fait, ils ne s'ennuyèrent pas.

34

Les blanches falaises de Douvres,
octobre 1814

Cramponnée au bastingage, Callie contemplait les hautes falaises de craie qui se dressaient devant eux, la gorge nouée.

— Je n'avais jamais vu les falaises blanches, mais elles font tellement partie du folklore anglais qu'elles incarnent pour moi le retour au pays. Tu as demandé à Hawkins de prendre cette route afin que je puisse les voir ?

— Les falaises blanches étaient une des raisons pour arriver de ce côté, répondit son mari – son mari ! Moi aussi, je suis ému de les voir. Mais il se trouve que la Westerfield Academy se trouve sur la route de Douvres, et c'était donc l'occasion ou jamais de commencer à faire amende honorable.

Richard lui entoura les épaules du bras et elle glissa le sien autour de sa taille avec un soupir de bonheur. Ils avaient eu la plus belle des lunes de miel imaginables lors de ce long voyage paisible. L'Atlantique s'était montré exceptionnellement calme et ne leur avait pas envoyé de tempête. Même si le lit de Hawkins ne valait pas celui de l'Indian Queen Hotel, ils en avaient été *très* satisfaits.

— La Westerfield Academy était ta dernière école, n'est-ce pas ? Tu y étais encore lors de notre fuite et tu n'y es donc jamais retourné.

Il confirma d'un hochement de tête.

— Tu t'es très mal conduit dans cette école ? voulut-elle savoir.

Richard passa d'un pied sur l'autre, l'air embarrassé.

— Je te rassure, je n'ai pas tenté d'y mettre le feu. Mais j'étais coléreux, rebelle et je manquais souvent les cours. Je me montrais grossier, parfois violent. Heureusement, on mettait vite fin à ce genre de comportement. L'une de mes connaissances, à Londres, m'a dit que j'étais considéré comme l'unique échec de lady Agnès Westerfield.

— C'est une distinction, certes, commenta Callie en grimaçant. Mais comment peut-on dire cela de toi alors que tu es si avenant, si raisonnable ?

Richard s'esclaffa.

— Cela remonte à un certain temps. Non seulement j'ai changé, mais tu fais ressortir ce qu'il y a de meilleur en moi, Câline. Je suis toutefois encore capable d'être une personne effroyable.

Elle se le rappela lorsqu'il avait surgi devant sa maison en flammes. Oui, elle le croyait volontiers.

— J'ai hâte de rencontrer lady Agnès. Si elle essaye de te frapper, je te défendrai.

— Elle n'essaiera pas. C'était une femme remarquablement patiente.

Après un long silence, il avoua :

— Je n'ai pas hâte de la revoir, pour autant, il me semble que c'est la chose à faire. La chose à faire, répéta-t-il avec un sourire penaud. Cela paraît si affreusement mûr.

— Ne veux-tu pas tout essayer au moins une fois dans ta vie ? le taquina-t-elle.

Il s'esclaffa, mais elle était heureuse d'être à ses côtés lorsqu'il affronterait ce témoin de son passé.

La Westerfield Academy était une vaste demeure digne de la fille d'un duc. Tout en aidant Callie à descendre de la voiture qu'ils avaient louée, Gordon expliqua :

— Cette maison faisait partie de l'héritage de lady Agnès. Elle a voyagé à travers le monde lorsqu'elle était jeune et une fois revenue en Angleterre, elle a ouvert cette école pour avoir une occupation. Tu sais, je suppose, qu'elle accueille les mauvais garnements de bonne famille ?

Callie lui prit le bras et ils se dirigèrent vers l'entrée de l'aile droite.

— J'ai toujours envie de rire quand j'entends cela. Mais qu'est-ce que cela signifie, en vérité ?

— Son objectif, assez subversif, est d'aider les garçons rebelles à apprendre à jouer le jeu de la société sans y perdre leur âme. Et elle y parvient plutôt bien, conclut-il en pensant à ses nombreux condisciples qui s'étaient épanouis grâce à elle.

— Cela me paraît un endroit parfait pour toi, commenta Callie, avant de tendre l'oreille. Je présume que les hurlements qui viennent de derrière la maison indiquent un terrain de jeux et non un massacre en cours ?

Gordon savait qu'elle essayait de le faire rire pour qu'il se détende, mais il ne réussit même pas à sourire.

— Lady Agnès et ses deux associés sont de fervents adeptes de l'activité physique pour évacuer le trop-plein d'énergie des jeunes garçons.

Il fit tinter la cloche à côté de la vaste porte d'entrée.

— Cette aile est privée. Les salles d'étude occupent le reste de la maison. Et il y a maintenant des logements pour les élèves à l'arrière. On commençait tout juste à les construire lorsque je suis parti.

Il ne s'écoula pas plus de deux minutes avant qu'un majordome âgé, à l'expression imperturbable, ouvre la porte. Il parut familier à Gordon, qui fut cependant incapable de se rappeler son nom.

— Madame, monsieur, dit-il en s'inclinant légèrement. En quoi puis-je vous aider ?

— J'aimerais voir lady Agnès si elle est disponible, répondit Gordon. Dites-lui que la brebis galeuse est revenue.

Impassible, le majordome les fit entrer dans un petit salon sur la droite.

— Je vais voir si elle peut vous recevoir.

Callie s'assit dans une bergère, mais Gordon se mit à faire les cent pas. Il espérait que la curiosité de lady Agnès serait suffisamment piquée pour qu'elle vienne voir de qui il s'agissait. Cette femme l'avait traité avec bonté et il ne l'avait pas payée de retour. On aurait pu penser qu'il trouverait plus facile de persister dans cette voie puisque c'était ainsi qu'il s'était conduit durant la plus grande partie de sa jeunesse, mais avec lady Agnès, c'était différent. Elle, il la respectait.

Environ cinq minutes plus tard, un pas ferme se fit entendre, et lady Agnès pénétra dans le salon. Grande, l'air autoritaire, ce n'était pas une femme que l'on pouvait ignorer. Hormis quelques fils d'argent dans sa chevelure, elle n'avait pas changé.

— Je me demande qui peut être cette brebis galeuse.

Gordon s'avança vers elle et s'inclina. Il ressentait de nouveau à cette crainte de l'autorité qu'il avait toujours excellé à dissimuler lorsqu'il était collégien.

— Lady Agnès, la salua-t-il.

Elle le dévisagea, puis s'exclama :

— Lord George Audley ! Quel plaisir inattendu.

Elle se tourna vers Callie.

— Et vous êtes ?

Callie se leva et sourit.

— Bonjour, lady Agnès. Je suis Mme Brebis galeuse. Ou peut-être devrais-je dire lady George Brebis galeuse.

Lady Agnès se mit à rire, puis elle jeta un regard par-dessus son épaule.

— Apportez le thé, s'il vous plaît. Je prévois une longue et intéressante conversation avec lord et lady Brebis galeuse.

Elle leur fit signe de s'asseoir, mais Gordon resta debout.

— Il se peut que votre mémoire soit lacunaire, lady Agnès. On m'a dit que j'étais considéré comme votre unique échec, et je suis venu, trop tardivement, vous présenter mes excuses.

— Ma mémoire est excellente, rétorqua la directrice en s'installant sur le canapé. Asseyez-vous, mon garçon. Où donc avez-vous entendu dire que vous étiez mon unique échec ? Je n'ai quant à moi jamais rien dit de tel.

Gordon eut un sourire réticent en s'entendant appeler « mon garçon ». Il prit néanmoins place dans un fauteuil face aux deux femmes.

— Ce sont d'anciens condisciples rencontrés récemment à Londres qui me l'ont raconté. Aucun d'eux ne semblait enclin à contester cette affirmation.

Lady Agnès soupira.

— De tous mes pensionnaires, vous avez été certes l'un de ceux qui ont représenté le plus grand défi. À votre arrivée vous étiez comme un chiot qui a été battu si souvent qu'il ne fait confiance à personne. Mordre, c'était la seule chose que vous saviez faire. Pourtant, il me semblait que, peu à peu, vous vous amélioriez. Je me trompais ?

— Non, admit Gordon. Mais j'étais loin d'être assagi quand je suis parti.

Elle l'étudia longuement avant de déclarer :

— J'ai toujours pensé que si vous aviez passé une autre année ici, les choses se seraient arrangées et vous auriez été prêt à affronter le monde selon vos propres conditions.

Gordon songea au garçon qu'il était alors, et comment il en était venu, malgré lui, à respecter l'école et ses condisciples.

— C'est possible. Je commençais à me rendre compte que je devais changer et cesser de donner des coups de pied dans les murs.

— C'est bien ce que je pensais, avoua lady Agnès, qui leva les mains en un geste d'impuissance. Hélas, vous êtes parti à la fin du premier semestre et vous n'êtes jamais revenu. J'ai reçu un mot du secrétaire de votre père expliquant qu'on vous retirait de l'école parce que vous aviez déshonoré une jeune fille de bonne famille et qu'on s'occupait de votre sort.

Ce fut avec un sourire froid qu'elle ajouta :

— On s'attendait que je renvoie par retour du courrier l'argent perçu pour le semestre suivant.

Callie avait assisté à cet échange avec fascination, mais à ce point de la conversation, elle s'écria, indignée :

— C'est scandaleux ! C'est moi, cette « jeune fille de bonne famille » que Richard est censé avoir déshonorée. En réalité, il a proposé de m'épouser pour m'éviter d'être mariée à un inconnu qui avait trois fois mon âge et qui permettait à mon père de se débarrasser de moi avec profit.

Lady Agnès fixait Callie d'un air stupéfait.

— Je me doutais que l'histoire ne s'arrêtait pas là, murmura-t-elle. Si vous voulez bien me la raconter, elle ne sortira pas d'ici.

Callie interrogea Gordon du regard et il hocha la tête. Lady Agnès avait beau avoir écarté ses excuses, elle méritait de connaître la vérité.

— Richard a suggéré une fuite à Gretna Green, reprit Callie. Aux yeux de la société, il s'agissait peut-être d'un déshonneur mais pour moi, c'était le salut.

— Ainsi, vous étiez amoureux ?

— Non, nous étions des amis intimes. Il n'y avait aucun sentiment amoureux entre nous. Du moins, à l'époque, ajouta Callie en jetant un coup d'œil à Gordon. J'étais affolée et quand il a suggéré de fuir et de nous marier, j'ai accepté avec reconnaissance.

Elle prit une respiration tremblante avant de poursuivre :

— Mais nos pères, lord Stanfield et lord Kingston, nous ont rattrapés très vite. Pour empêcher mon père de battre Richard à mort, j'ai dû jurer d'épouser son riche planteur jamaïcain si lui, en retour, promettait de ne plus faire de mal à Richard.

— Stanfield a tenu parole, lâcha Gordon, sarcastique. Au lieu de m'achever avec sa cravache, il m'a fait arrêter pour vol et enlèvement, et condamner à la transportation à Botany Bay.

Il en fallait beaucoup pour choquer lady Agnès, pourtant ces mots la laissèrent bouche bée. L'entrée du majordome, suivi d'une servante qui poussait un chariot, lui permit de se ressaisir.

Une fois les domestiques sortis, elle demanda :

— Vu ce que vous venez de me raconter, vous voudriez peut-être quelque chose de plus fort ?

— Non, merci, dit Gordon en étouffant un petit rire. Je suis du genre sobre. C'est une histoire assez horrible, mais il s'est passé pas mal de temps depuis.

Après avoir accepté une tasse de café, il garnit de sandwichs une petite assiette. L'école avait toujours employé de bonnes cuisinières.

Lady Agnès servit ensuite un thé à Callie.

— Si vous êtes une des filles de Stanfield, je suppose que vous êtes Catherine ? Comment votre mariage a-t-il tourné ?

— On m'appelait Catherine autrefois, mais j'utilise désormais mon deuxième prénom, Callista.

Après avoir goûté à son thé, qu'elle trouva excellent, Callie se servit à son tour en sandwichs.

— Mon sort a été moins terrible que celui de Richard. Quoique beaucoup plus âgé que moi, mon mari était gentil. Son fils aîné, né d'un premier mariage, était... difficile. En revanche, je me suis beaucoup attachée à mes deux plus jeunes beaux-enfants.

Gordon nota que Callie donnait l'impression que les plus jeunes avaient la même mère que Henry. Il est vrai qu'entrer dans les détails n'était pas nécessaire.

— À la mort de mon mari, continua Callie, j'ai eu des raisons de douter de la bonne volonté de son héritier. Avec les deux plus jeunes et leurs grands-parents, je me suis réfugiée à Washington où nous avons vécu sous le nom d'Audley.

Elle adressa un sourire à Gordon avant d'expliquer :

— J'avais choisi ce nom en souvenir de mon ami d'enfance, que l'on m'avait dit mort. Puis Richard a été envoyé de Londres pour rechercher la veuve Audley. Qu'il a retrouvée. Et après plusieurs semaines passées à Baltimore, nous voilà en Angleterre, mariés en bonne et due forme.

— Je suis certaine que cette histoire recèle de nombreux événements fascinants. Étiez-vous à Washington lorsque la ville a été incendiée ? Quelle affaire honteuse ! commenta lady Agnès avec indignation. Et Baltimore ? Les Américains se sont remarquablement défendus.

— On ne peut pas dire que les Anglais n'ont pas été incités à incendier la capitale américaine, même si j'aurais préféré qu'ils s'abstiennent, répondit Callie. À Baltimore, nous avions une vue parfaite sur le bombardement. Tout cela a été très instructif et enrichira mes éventuels mémoires si jamais je les écris. Ce dont je doute.

Lady Agnès rit doucement.

— Lord George, vous avez choisi la femme parfaite, même si vous n'avez certainement pas besoin que je vous le dise.

— Non, en effet, acquiesça-t-il d'un air attendri.

— J'ai une question concernant vos noms, dit Agnès en poussant dans sa direction l'assiette de sandwichs.

— Lorsque vous étiez ici, on vous appelait lord George, ce qui était normal. Récemment, d'anciens élèves de Westerfield, en évoquant différentes aventures à faire dresser les cheveux sur la tête, parlaient de vous comme étant Gordon. Je sais que ces prénoms sont les vôtres, mais lequel préférez-vous ?

Gordon réfléchit un moment, puis répondit :

— Lord George était un jeune homme très irritant et je n'ai jamais aimé ce prénom. Considérez-le comme mort. Richard appartient à Callie. Gordon convient à celui que je suis désormais. Je choisis donc d'être M. Gordon Audley. Vous pouvez m'appeler Gordon si vous le souhaitez.

Il se tourna ensuite vers Callie.

— Es-tu prête à sacrifier lady George ?

— Sans regrets. Je n'aime pas non plus George comme prénom. Dès lors que je suis Mme Audley et non pas la veuve Audley, je m'estime satisfaite.

— Ce sera donc Gordon, décréta lady Agnès. Cela vous va bien.

— Je veux en savoir plus sur ces aventures à faire dresser les cheveux sur la tête dont vous parlez, lady

Agnès, dit Callie. Vous voudrez bien m'en raconter quelques-unes ? Je suis sûre que Richard s'y refusera.

La directrice s'esclaffa.

— Ma foi, le rôle de votre mari a été décisif pour aider lord Kirkland à délivrer sa femme, ainsi que la femme de chambre de celle-ci, qui avaient été enlevées.

Callie adressa un regard interrogateur à Gordon, qui haussa les épaules.

— La chance a simplement voulu que je sois à Londres, à bord du dernier vapeur d'Ashton. J'ai juste dirigé le bateau. Ce sont Kirkland et ses amis qui ont risqué leur vie en prenant à l'abordage le navire des ravisseurs, et c'est Ashton, dans la salle des machines, qui a poussé son bateau à la vitesse maximum. Que cet homme soit duc est du gâchis. C'est un ingénieur de première classe.

— Tu vas être obligé de m'en dire davantage, l'avertit Callie d'un air menaçant.

Gordon se contenta de sourire.

— Lady Agnès, qu'avez-vous d'autre à me raconter sur mon mari ? s'entêta Callie.

— La seule histoire réellement dramatique que je connaisse, répondit lady Agnès après réflexion, c'est qu'il a utilisé ses talents de tireur d'élite pour sauver la vie d'un autre de mes garçons et de sa femme. Et puis, il y a eu cette histoire de cave au Portugal.

— Je la connais, dit Callie, qui porta sur Gordon un regard songeur. Je ne vais pas écrire mes mémoires, finalement, mais les tiens. Le titre sera : *Contes terrifiants d'un gentleman anglais*.

Son mari leva les yeux au ciel.

— Ce livre ne se vendra jamais. Comme je te l'ai dit, je suis un aventurier accidentel et circonspect.

Puis, changeant délibérément de sujet, il demanda :

— Lady Agnès, vous fréquentez toujours la bonne société, j'imagine. Nous n'avons eu ni l'un ni l'autre de nouvelles de nos familles depuis des années. Nos pères sont-ils toujours en vie ?

La directrice secoua la tête.

— Non. Lord Stanfield est mort il y a environ deux ans. C'est le frère de Callista, Marcus, qui est à présent lord Stanfield. Un jeune homme très agréable, semble-t-il.

— La mort de mon père n'est pas une perte pour l'humanité, déclara Callie d'un ton acerbe. Je suis heureuse d'apprendre que mon frère ne lui ressemble pas. Qu'en est-il du père de Richard ?

— Lord Kingston est mort il y a environ un an. Son cœur a lâché, je crois.

À regret, Gordon renonça au rêve qu'il avait vaguement caressé de se confronter à son père et de lui dire tout le mal qu'il pensait de lui. Mais cette colère était ancienne et facile à surmonter.

— Ainsi, Welham, mon frère aîné, est désormais marquis de Kingston, dit-il. Je suis sûr qu'il en est très heureux.

Il nota mentalement de ne pas s'approcher de Kingston Court, le fief familial. Il n'avait aucun désir de revoir Welham.

Julian et Welham, fils de la première marquise de Kingston, avaient toujours été grossiers et insupportables – Welham était le pire car il avait l'arrogance de l'héritier.

— Pour autant que je sache, le nouveau lord Kingston exaspère tout le monde, avoua lady Agnès. Je ne me souviens pas que l'on m'ait parlé de vos frères cadets, ajouta-t-elle. Ce qui signifie probablement qu'ils sont vivants et qu'ils vont bien.

Gordon avait plus de chances d'établir des relations convenables avec ses plus jeunes frères. Leur mère s'était montrée plutôt affable avec ses trois beaux-fils, et ses fils avaient peut-être hérité de son caractère.

Le frère qui venait après Gordon dans la lignée était Eldon. Il y avait ensuite le benjamin, Francis. Il se rappelait à peine leur visage. Un jour, peut-être, il chercherait à les revoir.

— Il est un peu tard pour regagner Londres, fit remarquer lady Agnès. Pourquoi ne pas passer la nuit ici ? Emily et le général Rowlings assisteront au dîner, et je sais qu'ils seront heureux de vous voir.

À l'intention de Callie, elle précisa :

— Ce sont mes associés. Ils dirigent l'école avec moi.

— Se montreront-ils aussi indulgents que vous ? demanda Gordon avec circonspection.

— J'en suis certaine. Ils se réjouiront de constater que non seulement vous avez survécu, mais que vous vous êtes épanoui.

— À moins que tu ne souhaites rentrer à Londres, dit Callie à son mari, je serais heureuse de passer la nuit ici. Avec un peu de chance, j'entendrai d'autres histoires affolantes au sujet de ta folle jeunesse.

— Comment pourrais-je te refuser un tel plaisir ? répliqua-t-il en riant. Je vous remercie, lady Agnès. Nous acceptons votre hospitalité avec plaisir.

Revoir cette femme était le défi qu'il appréhendait plus que tout. Or, elle lui avait facilité la tâche. Cela signifiait-il que ses autres tentatives de rédemption allaient se révéler plus ardues que prévu ?

Il espérait que non car il commençait à apprécier que les choses se fassent aisément. Une fois de plus, il rendit grâce à Callie du nouveau tournant pris par son existence.

35

— Regarde comme les feuilles changent de couleur ! C'est magnifique !

Fascinée, Callie contemplait le paysage par la fenêtre de la voiture.

— J'ignorais que j'aimais avoir quatre saisons avant de ne plus en avoir, ajouta-t-elle.

— Il y a quatre saisons à Washington, lui rappela Richard.

— Oui, mais ce ne sont pas les saisons anglaises. Elles sont trop extrêmes. Et à la Jamaïque, il faisait très chaud la plupart du temps.

Avec un petit rire, Richard lui prit la main pour la ramener près de lui sur la banquette.

— Tu laisses des empreintes de nez sur la vitre. Quand un vent glacial soufflera de la mer du Nord, tu te réjouiras peut-être un peu moins d'avoir quatre saisons anglaises.

— Pourquoi crois-tu que je me sois mariée ? susurra-t-elle en battant des cils. Tu auras pour tâche de me tenir chaud tout l'hiver.

— Je ferai de mon mieux, assura-t-il en la serrant contre lui.

Elle posa la tête sur son épaule.

— Nous pouvons être très bêtes, toi et moi, tu as remarqué ?

— Oui, et ça me plaît. Pourquoi ne pas essayer de te reposer un peu ? Ainsi tu auras de nouvelles exclamations à ta disposition lorsque nous serons à Londres. Tu dois être fatiguée vu que nous avons passé la moitié de la nuit à bavarder autour de la table du dîner.

— Oui, ce fut un excellent moment, dit Callie avant d'étouffer un bâillement. Mais tu as raison, je suis un peu fatiguée. Réveille-moi lorsque nous approcherons de Londres.

Elle s'assoupit et ne se réveilla que lorsque Richard dit doucement :

— Nous entrons dans Mayfair, Callie.

Elle se redressa brusquement.

— Tu m'as laissée manquer la plus grande partie de Londres ! s'écria-t-elle.

— Londres sera encore là demain et tu seras moins fatiguée pour en profiter.

Elle tourna la tête et colla de nouveau le nez sur la vitre.

— Je vais passer des années à explorer cette ville. J'ai hâte ! Je ne suis venue qu'une fois ou deux lorsque j'étais enfant, mais je ne me souviens pas de grand-chose.

— Nous sommes presque arrivés, annonça Richard. La maison se situe sur Mount Row, qui ressemble à Berkeley Square en miniature. Le jardin privé qui se trouve au centre de la place est beaucoup plus petit et il n'y a pas de Gunter's pour les glaces. Mais quand on sort, voir un peu de verdure est agréable.

— C'est charmant !

La voiture s'arrêta devant une maison à l'angle de la rue. Après être descendu, Richard déplia le marchepied et offrit sa main à Callie.

— Bienvenue dans votre nouveau château, ma princesse.

Callie sautillait presque d'excitation. Les maisons mitoyennes qui entouraient le square étaient jolies et bien entretenues. Les portes d'entrée étaient peintes de couleurs différentes ; plutôt sobres, elles ajoutaient du cachet à l'endroit. La maison de Richard – *leur* maison – se distinguait par une porte d'un rouge très foncé.

— Tu m'as bien dit que le couple qui s'occupe de ton intérieur s'appelait Bolton ?

— Oui. En plus d'être très compétents, ils ont le don d'apparaître lorsqu'on a besoin d'eux et d'être invisibles le reste du temps.

Il invita Callie à gravir les marches du perron, puis souleva le heurtoir de cuivre étincelant. Une tête de lion, nota-t-elle.

Ayant ainsi prévenu de leur arrivée, Richard ouvrit la porte avec sa clé et ils entrèrent dans un petit vestibule. Celui-ci était immaculé et brillamment éclairé par le soleil de l'après-midi. Un vase garni de fleurs d'automne était posé sur une longue table contre le mur. À côté du vase, trois paniers débordaient de lettres et d'invitations.

— Il suffit de s'absenter quelque mois pour être submergé de courrier, constata Richard en aidant Callie à ôter sa cape.

À peine l'avait-il fait glisser de ses épaules qu'un homme, qui devait être Bolton, apparut. Robuste, il avait une balafre sur la joue gauche.

— Bonjour, lord George, dit-il en s'inclinant, l'air sincèrement heureux. Quel plaisir de vous revoir à la maison.

— Ma femme et moi avons décidé de renoncer à lord et à lady George, expliqua Richard. Nous serons M. et Mme Gordon Audley. Je suis désolé si cela diminue le respect que votre position inspirait aux autres domestiques.

— Nous ferons face, monsieur.

L'expression de Bolton resta sobre, mais une lueur amusée éclaira son regard.

— Bienvenue à Londres, madame Audley. Puis-je vous offrir mes félicitations à tous les deux ?

— Vous le pouvez, répondit Callie en souriant. J'ai hâte de faire le tour du propriétaire.

— Ce sera avec plaisir, Câline, même si cela ne sera pas long, répondit Richard.

Il lui offrit son bras et s'adressa à Bolton :

— Pouvez-vous vous occuper des bagages et du cocher, s'il vous plaît ? Quand nous serons en bas, je demanderai à Mme Bolton de servir le dîner dans une heure et demie. Rien de compliqué, si cela te convient, Callie ?

— Ce sera parfait, acquiesça-t-elle.

Mme Bolton était une femme solide, au regard vif et à l'assurance tranquille. Callie sentit qu'elles allaient bien s'entendre.

Après la cuisine, ils gagnèrent les pièces de réception. La maison était agréable, la plupart des pièces étant réchauffées par des tapis persans richement colorés. Il y manquait toutefois quelques éléments décoratifs ici ou là.

— Il y a encore du travail en matière de décoration, dit Richard sur un ton d'excuse. J'ai acheté cette maison il y a peu et je n'ai pas été beaucoup là. Sens-toi libre d'y apporter tous les changements que tu souhaites.

— J'aime beaucoup m'occuper de décoration.

Le cœur de Callie se serra à la pensée de sa belle demeure de Washington partie en fumée, mais elle enchaîna :

— J'adore cette maison, Richard. Elle est tellement plus chaleureuse et accueillante que les demeures où nous avons grandi.

— C'était le but, avoua-t-il.

Tandis qu'ils gagnaient l'étage réservé aux chambres, Callie laissa ses doigts glisser le long de la rampe de chêne.

— Les Bolton doivent beaucoup aimer cette maison, eux aussi. Ils en prennent visiblement grand soin.

— Oui, ils s'y plaisent beaucoup, confirma-t-il. Bolton était sergent dans l'armée, c'est leur premier véritable foyer.

Il la guida vers l'arrière de la maison.

— Deux chambres qui communiquent entre elles donnent sur le jardin. J'utilise celle de droite comme salon et bureau, mais on peut la transformer en chambre pour la maîtresse de maison si tu veux.

Callie s'esclaffa.

— Je ne suis pas près de me lasser du lit conjugal, mon Cœur de Lion !

— Je suis très heureux de l'entendre, déclara-t-il d'un ton solennel en l'entraînant dans la chambre.

Elle jeta un coup d'œil au jardin avant de porter son attention sur le lit. Il était presque aussi grand que celui de l'Indian Queen Hotel.

Et encore plus confortable.

Après avoir essayé le lit, qui passa l'épreuve haut la main, ils dînèrent tranquillement, puis s'installèrent dans le salon contigu à la chambre. La soirée étant fraîche, une agréable flambée réchauffait la pièce. Callie lui trouvait un charme délicieusement domestique et ne regrettait pas les tonneaux de tabac et les fusées Congreve. Cerise sur le gâteau, la chambre à coucher était à deux pas.

Levant les yeux de sa correspondance, elle contempla le profil sérieux de Richard. Son mari était occupé à trier le courrier qui s'était accumulé durant son absence. Il mettait de côté les rares lettres qui retenaient son attention, les autres finissant dans la corbeille à papier.

Il tourna soudain la tête et lui sourit.

— Tu es bien ? s'enquit-il.

— Très bien. J'écris des lettres à Baltimore et à Washington pour faire savoir à nos amis que nous sommes bien arrivés.

Elle cambra le dos et s'étira.

— Il faudra que j'établisse un genre de routine, ce qui s'annonce compliqué dans la mesure où je ne connais personne d'autre que toi à Londres.

— Tu vas y remédier rapidement, j'en suis sûr. Tu te fais des amis si facilement.

Callie dut reconnaître que Richard n'avait pas tort.

— Si je me sens assez courageuse, je pourrai me rendre à Stanfield House pour voir si certains membres de ma famille y résident. Dans le cas contraire, les domestiques sauront probablement où ils se trouvent.

— Tu n'as pas l'air très enthousiaste.

— Nous avons toi et moi vécu sur un nuage enchanté sans avoir à affronter le monde extérieur. Maintenant que mes deux parents sont morts, je suis l'aînée de la famille. Je suis partie depuis si longtemps que je vais avoir l'impression d'être une étrangère parmi eux.

Avec un sourire contraint, elle ajouta :

— Et pour être franche, je préférerais me rendre dans la célèbre librairie Hatchards plutôt qu'à Stanfield House.

— Allons visiter Londres demain, proposa Richard. Je vais louer une voiture. En outre, aller chez Hatchards est toujours un plaisir, d'autant que la librairie sert de boîte aux lettres aux Vauriens Repentis.

— De boîte aux lettres ?

— Nous y adressons tous nos courriers et M. Hatchard les conserve à l'intention du rat de cave qui pourrait passer. Il y aura peut-être de nouveaux messages, qui sait. De toute façon, je dois moi-même laisser un billet pour donner de mes nouvelles. Selon toi, ce serait de la vantardise de ma part d'écrire que j'ai épousé la plus belle femme du monde ?

— Oui, tu auras l'air d'un vantard, et ils ne te croiront pas parce qu'ils ont peut-être eux aussi de belles épouses. J'apprécie néanmoins le compliment.

Une pensée la frappa soudain.

— Je présume que tu dois avertir ton employeur que tu m'as retrouvée. J'aimerais beaucoup en savoir davantage sur ce mystérieux sir Andrew Harding qui a financé ta mission.

— C'est facile. C'est lord Kirkland qui m'a engagé, et sa femme et lui sont d'excellents musiciens. Avant mon départ, son épouse a évoqué les soirées musicales informelles qu'ils organisent parfois pour des amis. Je lui ai dit que j'aimerais y assister quand je serais de retour à Londres, or je viens juste de trouver une invitation pour un concert privé qui aura lieu demain soir. Je te ferai apparaître devant Kirkland, comme par magie, pour prouver que ma mission a été un succès, et tu auras de ton côté l'occasion de rencontrer des gens. Je pense que lady Kirkland te plaira.

Callie cilla.

— Lord Kirkland... l'homme dont tu as sauvé la femme, et cette femme elle-même ?

— Comme je l'ai dit, je me suis contenté de gouverner le navire. Mais oui, c'est lui.

— Alors, je veux assurément me rendre à cette soirée ! Cela dit, il va me falloir des vêtements. Porter des robes retaillées ne suffira pas si je dois fréquenter des lords et des ladies.

— Tu as grandi parmi les lords et les ladies, tu ne devrais donc pas être trop impressionnée, répliqua Richard avec flegme. Et tu es une couturière si talentueuse que l'une de tes robes refaites conviendra tout à fait pour demain soir. Lady Kirkland est très élégante, tu pourrais donc en profiter pour lui demander le nom de sa couturière afin d'enrichir ta garde-robe.

— Bonne idée. J'adore dessiner et coudre de nouvelles robes, mais je suis prête à laisser à d'autres ce qui relève de la confection à proprement parler.

Callie hésita, puis se décida à poser la question qui la préoccupait :

— Tu ne crois pas que tu finiras par te lasser d'une vie tranquille et que tu repartiras pour de nouvelles missions ?

— Non, répondit Richard. Je l'ai dit, j'ai toujours été un aventurier réticent. À présent que je t'ai, je n'ai plus aucune raison de bouger sans cesse.

Elle sourit, songeant qu'il était beaucoup plus romantique qu'il ne le croyait.

— Tu crois que nous nous lasserons un jour de faire l'amour passionnément ? risqua-t-elle.

Il secoua la tête.

— Il est dans la nature des choses que nous nous assagissions un peu, mais je n'imagine pas ne plus avoir envie de toi. Quand tu auras quatre-vingts ans et que tu couperas les roses mortes dans le jardin, je me glisserai derrière toi et j'essaierai de t'inciter à faire des bêtises dans le cabanon.

— J'aime cette idée ! avoua-t-elle en riant.

Se remettant à son courrier, elle se dit qu'il était bon d'être de retour dans la verte et sûre Angleterre.

Pourtant, le souvenir fugitif du pressentiment qu'elle avait eu dans le Maryland lui traversa l'esprit. L'horizon n'était peut-être pas aussi sûr et dégagé qu'il apparaissait en cet instant.

Elle se rassura en se rappelant qu'ensemble, Richard et elle étaient capables d'affronter n'importe quoi.

36

Le lendemain matin, il faisait frais et beau. La journée s'annonçait idéale pour faire découvrir Londres à Callie. Gordon loua donc un cabriolet dans l'écurie la plus proche et engagea un jeune garçon qui se tiendrait à l'arrière du véhicule et veillerait sur les chevaux lorsqu'ils le quitteraient. Ayant désormais l'intention de passer plus de temps à Londres, il comptait acheter son propre équipage.

Il commença par faire le tour des parcs et des palais du West End, puis ils s'arrêtèrent à l'abbaye de Westminster. Callie s'extasia sur tout et il en fut ravi.

Leur visite à la librairie Hatchards dura plus longtemps que prévu car tous les deux passèrent un temps fou dans les rayons. Après avoir fait ajouter le nom de Callie sur son compte personnel, Gordon demanda s'il y avait des messages de la part des Vauriens Repentis.

Curieuse, Callie l'accompagna dans le bureau de la librairie. Il y avait deux lettres dans le dossier *Vauriens Repentis*. Gordon ouvrit la première.

— C'est Duval, un royaliste français. Un type très sensé. Napoléon étant parti, il est rentré en France, ce qui n'a rien de surprenant. Il compte revenir à Londres un jour ou l'autre, mais il ne sait pas encore quand.

Après avoir replié cette première lettre, il ouvrit la seconde.

— Ah, celle-ci est de Will Masterson ! Un autre des anciens de Westerfield, mais du genre bien élevé, pas comme moi. C'est lui qui a trouvé comment nous faire sortir vivants de cette cave, au Portugal.

Gordon parcourut le message, puis haussa les sourcils.

— Intéressant.

— Intéressant dans le bon sens ou dans le mauvais ? s'enquit Callie.

— Dans le bon. Masterson était officier dans l'armée qui combattait les Français au Portugal et en Espagne. Après l'abdication de l'Empereur, il a démissionné et s'est trouvé une femme sur le chemin du retour en Angleterre. En fait, il est peut-être à Londres à l'heure qu'il est. Kirkland pourra me renseigner, il sait toujours tout.

— Je suis pressé de faire la connaissance de ce Kirkland omniscient, murmura Callie.

— Pense à lui comme à un chef des services secrets, sinistre et cependant charmant, répliqua Gordon en souriant. Et mélomane.

Après avoir replié la lettre de Masterson, il la remit dans le dossier.

— Il a beau faire un peu frais, que dirais-tu de s'arrêter chez Gunter's pour goûter l'une de leurs fameuses glaces ?

— Oh, volontiers ! C'est l'une des choses que je m'étais promis de faire lors de ma saison à Londres. Dont j'ai été privée, bien sûr, ajouta-t-elle avec une grimace.

— Ce sera bien mieux qu'une saison, assura Gordon. Étant avec moi, tu n'auras pas à t'inquiéter de te dénicher un mari convenable parmi la horde de jeunes gens en quête d'une épouse. Et pour les délices charnelles, ajouta-t-il en lui décochant un regard faussement lubrique, c'est bien mieux que si tu étais sur le marché du mariage.

En riant, elle glissa la main au creux de son bras.

— C'est certain, confirma-t-elle.

Un employé de la librairie porta deux grosses caisses de livres dans le cabriolet sous l'œil intéressé de Skip, le garçon qui gardait le véhicule. Après avoir aidé Callie à monter dans le cabriolet, Gordon prit la direction de Berkeley Square.

Une fois devant chez Gunter's, Gordon alla acheter trois coupes du parfum du jour, « orange amère ». La troisième était destinée à Skip, qui en écarquilla les yeux de stupéfaction.

— C'est un délice ! s'écria Callie dès la première bouchée. Les glaces que je faisais à Washington n'ont rien à voir avec celle-ci.

— Tu devrais peut-être suggérer à Sarah de vendre des glaces dans sa boutique, hasarda Richard.

— C'est une excellente idée. Je reviendrai demander au propriétaire de Gunter's son secret pour obtenir des glaces aussi goûteuses. Peut-être consentira-t-il à me le révéler.

— Soudoie-le, conseilla Gordon. Sarah ne risque de toute façon pas de faire concurrence à Gunter's.

— Pourquoi pas. Nous discuterons plus tard d'un budget de corruption.

Callie termina sa glace à regret et Gordon alla rendre les trois coupes à un serveur. Skip avait apparemment léché la sienne. Si Gordon avait été plus jeune, il aurait sans doute fait de même.

— Kirkland House, où le concert aura lieu ce soir, se trouve de l'autre côté de Berkeley Square, dit-il à Callie lorsqu'ils se remirent en route. Il y aura peut-être des glaces...

— Une incitation à m'y rendre, devina-t-elle.

Ils avaient quitté Berkeley Square et reprenaient le chemin de Mount Row lorsqu'elle agrippa soudain le bras de Gordon.

— Nous sommes dans South Street !

— Et ?

— Stanfield House est dans South Street, au numéro trente-deux. Arrêtons-nous pour voir si quelqu'un de ma famille y loge actuellement.

Elle prit une profonde inspiration avant d'enchaîner :

— Si aucun des Brooke n'est présent, tant mieux. Je pourrai me dire que j'ai essayé et les oublier un peu plus longtemps.

Comprenant son désir d'en finir, Gordon roula jusqu'au numéro trente-deux. Le heurtoir de la porte était relevé, ce qui indiquait qu'au moins un membre de la famille occupait la maison.

Callie contempla la façade de la grande demeure, anonyme et luxueuse.

— Je suis venue ici quand j'étais enfant et pourtant je n'en ai gardé aucun souvenir, avoua-t-elle comme Richard l'aidait à descendre de voiture.

— Je crois me rappeler que tu t'entendais raisonnablement bien avec tes sœurs et ton frère, dit-il alors qu'ils se dirigeaient vers la maison. Quel membre de ta famille as-tu le moins envie de voir ?

— Jane, répondit-elle sans hésiter. Qui vient juste après moi. Une pimbêche pudibonde, qui ne cessait de me reprocher mon comportement et de rapporter mes faits et gestes à nos parents. Je suis sûre que c'est elle qui a prévenu mon père de notre fuite. Je doute d'être un jour capable de lui pardonner. Les conséquences de sa trahison ont été abominables. Tu as failli mourir cette nuit-là.

— J'ai survécu, dit Richard d'un ton posé alors qu'ils gravissaient les marches du perron. Jane ne pouvait pas prévoir le désastre qui s'ensuivrait. Elle était très jeune. Elle avait quoi, une quinzaine d'années ? Peut-être qu'avec le temps, elle a appris la tolérance.

Et peut-être qu'elle lui arracherait les yeux ! Callie laissa retomber plusieurs fois le heurtoir sur la porte. En vérité, elle n'arracherait les yeux de personne ; pour autant, elle se sentait moins charitable que Richard.

Un majordome impeccable, qui évoquait un hibou empaillé, ouvrit la porte. C'était le troisième majordome qu'elle rencontrait en deux jours et celui de Richard était son préféré. Elle adressa néanmoins un sourire affable à celui-ci.

— Bonjour. Des membres de la famille sont-ils présents ?

Le majordome fronça les sourcils.

— Puis-je vous demander qui vous êtes ?

— Un membre de la famille perdu de vue depuis longtemps. J'espère leur faire la surprise.

L'homme garda les sourcils froncés. Il dut repérer une ressemblance entre cette visiteuse et les Brooke, car il répondit :

— Sir Andrew et lady Harding occupent actuellement Stanfield House car leur propre demeure est en travaux. Sir Andrew est sorti, mais lady Harding prend le thé dans le petit salon. Je vais voir si elle reçoit des visiteurs.

Lady Harding ! C'était sûrement elle qui avait persuadé son mari d'envoyer Richard en Amérique pour rechercher sa sœur. Dans une tentative d'expiation, peut-être.

Le majordome les fit entrer dans le vestibule. Au lieu d'attendre sur place, Richard prit la main de Callie et lui emboîta tranquillement le pas.

Le majordome ouvrit la porte du salon et annonça :

— Une personne assurant être un membre de la famille perdu de vue est ici, milady. Elle souhaite vous faire la surprise.

La jeune femme assise sur le canapé leva la tête. Blonde, élégante, elle portait les cheveux attachés en un chignon strict. C'était l'incarnation de la parfaite maîtresse de maison, comme Callie s'y attendait s'agissant de Jane.

À la vue de sa visiteuse, lady Harding se leva d'un bond.

— Catherine ! s'écria-t-elle.

Callie arrondit les yeux. Elinor, la sœur qui venait après Jane ! La plupart des Brooke étaient blonds. Seule Callie avait hérité de cette couleur ardente que son père tenait pour la marque du diable. Si Jane et Elinor se ressemblaient, Elinor était plus petite et plus mince. Douce, timide, elle était autrefois l'ombre de Callie, la suivant partout au point d'en être exaspérante. C'était à cette sœur-là que Callie avait dû manquer le plus.

— Oui, c'est bien moi, de retour des contrées sauvages du Nouveau Monde, dit Callie d'un ton léger. Est-ce toi qui as envoyé un émissaire pour m'arracher à un pays en guerre ?

Comme Elinor hochait la tête, Callie s'avança vers sa sœur.

— Je suppose que tu reconnaîtras mon mari puisqu'il était notre voisin.

— Mon Dieu, lord George !

Elinor se pétrifia, le visage livide. Puis elle s'effondra sur le canapé et enfouit son visage entre ses mains, les épaules secouées de violents sanglots.

Interloquée, Callie se laissa tomber sur le canapé à côté d'elle.

— Ma chérie, que se passe-t-il ? Vu tes efforts pour me ramener à la maison, j'aurais pensé que tu serais heureuse de me voir.

Comme les larmes de sa sœur ne se tarissaient pas, elle lui tapota doucement le dos.

— Je pensais que « lady Harding », c'était Jane, et qu'elle s'efforçait de racheter ses mauvaises actions d'autrefois.

Richard déclara alors froidement :

— Tu crois que si je lui donne une gifle, cela mettra un terme à sa crise de nerfs ?

Callie le foudroya du regard, surprise par son manque de compassion.

— Tu ne gifleras pas ma sœur !

Relevant la tête, Elinor sortit un mouchoir de sa manche, se tamponna les yeux et se moucha. Elle le garda ensuite serré en boule dans sa main.

— Je... je suis désolée, balbutia-t-elle. J'étais si heureuse qu'Andrew accepte de tenter de te retrouver. Mais sincèrement, je doutais que cette recherche aboutisse. Et... et je croyais que lord George était mort.

— Je suis vivant, en bonne santé et marié à votre sœur.

Richard observait Elinor, les bras croisés et les yeux étrécis.

— À en juger par votre réaction, poursuivit-il, j'ai l'impression que vous vous sentez coupable de quelque chose.

Le visage d'Elinor se crispa et elle recommença à pleurer. Elle avait toujours été la pleurnicheuse de la famille, se souvint Callie.

— Pourquoi ne pas nous dire ce qui ne va pas ? demanda-t-elle avec un brin d'impatience. Ce serait un bon début.

Elinor tourna vers elle ses yeux humides. Son visage conservait sa délicatesse de porcelaine, mais elle paraissait avoir quinze ans de plus que son âge véritable.

— Je... C'est moi qui ai dit à papa que tu t'enfuyais avec lord George. Par l'entrebâillement de la porte de ma chambre, j'ai vu que tu partais et j'ai deviné tes intentions. Mais jamais, jamais, je n'aurais pensé que les conséquences seraient aussi affreuses ! J'ai cru que vous étiez mort, ajouta-t-elle à l'adresse de Richard, et tout était ma faute !

Callie s'écarta de sa sœur, horrifiée.

— Je croyais que tu m'aimais ! Pourquoi as-tu fait une chose pareille ?

Elinor fondit de nouveau en larmes. Sur le ton de la conversation, Richard demanda :

— Es-tu certaine de ne pas m'autoriser à la gifler, mon cœur ? Pas trop fort, juste assez pour obtenir son attention.

Cette fois, Callie fut tentée de le laisser faire. Mais franchement, elle en était incapable. Peut-être que s'il s'était agi de Jane...

Il n'empêche qu'elle voulait des réponses. Elle se leva et fixa sur sa sœur un regard dur.

— Pourquoi, Elinor ? Explique-moi juste pourquoi ! Sinon, c'est peut-être moi qui vais te gifler !

Elinor avala sa salive avec difficulté.

— Je t'aimais, mais j'étais aussi affreusement jalouse de toi. Tu étais si belle, si courageuse, si sûre de toi. Tu ne reculais jamais, même quand papa te traitait abominablement. Tu étais tout ce que je voulais être. Je voulais être *toi.*

Elle jeta un bref regard à Richard avant d'enchaîner :

— Et je... je m'imaginais être amoureuse de lord George. Je voulais désespérément qu'il me regarde comme il te regardait. Lorsque j'ai compris que tu t'enfuyais avec lui, je suis allée trouver papa. Je n'ai pas réfléchi ni pensé aux conséquences possibles... Je ne me le suis jamais pardonné, acheva-t-elle dans un chuchotement, les yeux baissés.

— Vous ne deviez pas avoir plus de treize ou quatorze ans, dit Richard d'une voix étonnamment douce.

Vous étiez très jeune et la plupart des gens diraient que vous avez fait ce qu'on attendait de vous. Mais vous vous sentez coupable parce que vous avez agi par pure méchanceté. À cause de vous, j'ai failli mourir et votre sœur a subi un exil forcé et un mariage avec un homme assez âgé pour être son père. Vous avez presque réussi à nous détruire tous les deux.

— Ce sont des raisons plus que suffisantes pour que tu sois rongée par la culpabilité, renchérit Callie avec une fureur à peine contenue.

Le souvenir de Richard recroquevillé dans le foin, les bras autour de la tête pour se protéger de la rage meurtrière de son père, lui donnait envie de vomir. Et le sang ! Et les insultes, les menaces hurlées par son père, la certitude que son meilleur ami allait mourir sous ses yeux !

Tout cela parce que sa sœur préférée avait un béguin de gamine. Callie eut l'impression d'avoir reçu un coup de poing dans l'estomac. Elle rejoignit Richard, qui passa un bras réconfortant autour de ses épaules.

— En dépit de tout, Câline, nous avons survécu et nous nous sommes retrouvés, dit-il.

Puis il regarda Elinor.

— De toute évidence, et contrairement à ce que l'on a prétendu, je ne suis pas mort lors du voyage jusqu'à la Nouvelle-Galles du Sud. L'ironie a voulu que votre désir de secourir votre sœur nous ait permis de nous retrouver. C'est moi qu'on a envoyé à sa recherche, figurez-vous. C'est une espèce de compensation, quoique accidentelle.

— Peut-être que Dieu a un sens de l'humour tordu, murmura Callie.

Prostrée, sa sœur semblait attendre de recevoir les coups de cravache de leur père. Sauf qu'il n'usait jamais de la cravache avec ses filles. Pour punir sa fille aînée, il préférait la méthode traditionnelle, à mains nues. Des mains puissantes, mues par la rage…

En proie à une intense lassitude, Callie s'efforça de trouver ce qu'il y avait de meilleur en elle.

— Je veux bien croire que tu n'aies jamais eu l'intention de faire autant de mal. Mais il me faudra du temps pour surmonter ma colère.

Elinor hocha faiblement la tête.

— Je comprends. Peut-être… peut-être qu'un jour nous pourrons être de nouveau amies ?

— Peut-être. Mais pas aujourd'hui.

Ayant désespérément besoin du soutien de Richard, Callie lui entoura la taille du bras et ils quittèrent le salon.

— Skip, dit son mari une fois dehors, nous allons faire le tour du pâté de maisons. Nous vous retrouverons ici.

Il avait compris qu'elle avait besoin d'un peu de temps pour se remettre et Callie lui en fut reconnaissante. Elle attendit qu'ils aient bifurqué dans une rue perpendiculaire pour déclarer d'une voix entrecoupée :

— J'ai été injuste envers Jane. Durant toutes ces années, c'est à elle que j'en ai voulu.

— Elle aurait peut-être fait la même chose si elle avait connu tes intentions, mais ses motifs auraient été différents. Quoique pas nécessairement plus défendables. C'est curieux de se dire que cette succession d'événements a eu pour origine un béguin de gamine. Je n'aurais jamais imaginé qu'Elinor pensait à moi de cette façon. Je la remarquais à peine, sinon pour constater qu'elle te suivait partout.

— Je n'ai rien deviné non plus. Cela dit, tu t'es toujours montré très gentil avec mes petites sœurs. Quand elles parlaient, tu les écoutais, et, ce qui ne gâtait rien, tu étais le garçon le plus séduisant du voisinage.

Ce fut avec un rire tremblant qu'elle ajouta :

— Le désastre s'est abattu sur l'unique échec de lady Agnès parce que tu étais trop gentil ! Un comble !

Richard lui prit la main et entrelaça ses doigts aux siens.

— Le rire vaut mieux que la colère, dit-il. J'ignore quel chemin j'aurais choisi sans ces événements, mais j'ai beaucoup appris durant mon étrange voyage. J'ai rencontré des tas de gens intéressants, qui n'ont pas tous essayé de me tuer, et je suis davantage devenu l'homme que je voulais être que si j'étais resté le fils de mon père en Angleterre.

Callie esquissa un sourire.

— Quel pourcentage de ces gens intéressants voulait effectivement te tuer ?

— Un pourcentage négligeable. Moins de cinq pour cent, je pense, répondit-il, avant de reprendre plus sérieusement : Toi et moi, nous avons changé durant ces années. À dix-sept ans, je pensais que je devais t'épouser parce que tu étais mon amie et que je voulais t'aider à échapper à un destin que tu haïssais. Mais quand nous nous sommes retrouvés à Washington, j'ai compris que je voulais t'épouser pour *toi*. Parce que c'était le bon moment et que tu étais la femme de ma vie.

Callie songea aux années passées à la Jamaïque : les amitiés, les peurs, les frustrations… Si elle en avait le pouvoir, souhaiterait-elle les effacer ?

— Il est impossible d'imaginer la vie que nous aurions pu avoir, n'est-ce pas ? murmura-t-elle. Parce que cela signifierait perdre tout ce que nous avons appris.

Elle pressa la main de Richard.

— Je suis heureuse que nous nous soyons trouvés au moment où c'est arrivé.

Ils continuèrent de marcher en silence. Ils avaient presque rejoint le cabriolet lorsqu'elle reprit :

— J'étais certaine de ne jamais pardonner à Jane de nous avoir trahis, et pourtant je n'exclus pas de pardonner un jour à Elinor. Qu'est-ce que cela dit de moi ?

— Que Jane et toi, vous ne vous êtes jamais entendues, qu'en conséquence, le fondement pour un éventuel pardon est moins solide. En revanche, ayant toujours aimé Elinor, tu as davantage de bons souvenirs la concernant.

— Cela paraît logique. Et il est plus facile de pardonner une faute commise par amour, même dévoyé.

Se remémorant le visage de sa petite sœur, Callie comprit à quel point elle avait souffert. Oui, peut-être qu'un jour elles pourraient redevenir amies.

37

— Ce concert tombe bien, dit Callie en accrochant ses boucles d'oreilles. On peut espérer que la musique sera apaisante.

Gordon noua sa cravate tout en contemplant sa femme. Il ne se lassait jamais de la regarder. Sa robe vert foncé, bordée de dentelle dorée, avait beau ne pas être neuve, le soin qu'elle avait apporté à la retoucher en faisait une toilette superbe. Callie elle-même était superbe.

— Je crois que ces soirées musicales sont intimes et informelles, dit-il. Une quinzaine de personnes tout au plus, rien d'impressionnant, donc. Une bonne introduction à Londres.

Callie se retourna et lui sourit.

— Je me demande s'il y aura des glaces.

— Je ne serais pas surpris que Kirkland House ait un arrangement permanent avec Gunter's. C'est tout à fait envisageable, vu leur proximité.

— Je garde donc espoir. Et s'il n'y a pas de glaces, je te grignoterai plus tard, ajouta-t-elle, l'œil malicieux.

Ils descendirent au rez-de-chaussée et Gordon l'aida à enfiler sa cape. Non qu'elle eût besoin d'aide, mais tout était bon pour la toucher.

La nuit était douce, éclairée par la lune, et ils se rendirent à pied à Kirkland House. Si Callie était un peu plus silencieuse qu'à l'accoutumée, elle semblait s'être remise du choc causé par les révélations d'Elinor.

Kirkland House était brillamment éclairée et les notes éthérées d'une harpe flottaient dans l'escalier. Lady Kirkland en personne les accueillit tandis que le majordome débarrassait Callie de sa cape et Gordon de son chapeau.

— Gordon ! s'exclama la comtesse avec un sourire chaleureux. J'ai été tellement heureuse de recevoir votre billet m'annonçant que vous seriez des nôtres ce soir. Me présenterez-vous à votre invitée ? ajouta-t-elle en se tournant vers Callie.

— Lady Kirkland, j'ai le plaisir de vous présenter ma femme, Callista Audley.

Lady Kirkland ouvrit de grands yeux. Puis elle s'empara de la main de Callie.

— Quelle joie de faire votre connaissance ! Je devine que ce mariage a été assez soudain. La dernière fois que Gordon est venu, au début de l'été, il ne semblait pas du tout sur le point de se marier.

Callie rendit son sourire à la comtesse.

— Ce mariage n'était même pas une lueur à l'horizon. Pour autant, il n'a pas été aussi soudain qu'il y paraît.

Avant qu'elle puisse en dire plus, Kirkland les rejoignit.

— Ai-je entendu parler d'un mariage récent ?

Gordon posa la main au creux des reins de Callie.

— Je vous présente l'éclatant résultat de ma mission en Amérique. La veuve Audley inconnue est désormais ma femme. Il se trouve que nous étions amis d'enfance et que nous avons été enchantés de nous retrouver.

— Bien joué ! déclara Kirkland.

À en juger par le regard perçant qu'il lança à Gordon, il devinait que l'histoire était plus compliquée que ce qu'il venait d'en dire.

— J'enverrai un billet à sir Andrew Harding, ajouta-t-il, pour l'informer que vous avez ramené en Angleterre la dame perdue.

— Inutile, dit Callie un peu sèchement. Cet après-midi, j'ai appris que lady Harding était ma sœur Elinor. Son mari était sorti, mais je suis certaine qu'elle l'aura informé de mon retour.

— Je veux en savoir davantage sur cette histoire de mariage, déclara lady Kirkland. Je la soupçonne d'être très romantique. Mais pour l'heure, je dois aller accueillir les nouveaux arrivants.

— Ainsi, vous êtes l'une des sœurs Brooke, dit Kirkland en tendant la main à Callie. Voilà qui rend le passé mystérieux et inquiétant de votre mari un peu plus clair.

— Et plutôt moins inquiétant, commenta Callie en lui serrant la main. Lui et moi trouvions toujours des bêtises à faire. Nous pensions être définitivement perdus l'un pour l'autre, je dois donc vous remercier de l'avoir envoyé au secours de cette veuve.

— Les voies du Seigneur sont impénétrables, déclara Kirkland avec un sourire qui semblait s'adresser à lui-même. J'en ai fait moi-même l'expérience. Mais je regrette de devoir dorénavant me passer de vos talents, Gordon. Un homme marié a tendance à ne plus vouloir s'éloigner de chez lui.

— Je ressens déjà cet effet, confirma Gordon. Pourquoi voudrais-je me rendre dans un endroit où Callie ne serait pas ?

— Certes. D'autant que vous allez être trop occupé pour vagabonder de par le monde. Je viens juste d'apprendre la nouvelle, continua Kirkland, dont l'expression se fit ironique. J'hésite entre vous offrir mes félicitations ou vous assurer de ma commisération.

— Si vous parlez de mon mariage, répliqua Gordon, déconcerté, vos félicitations, sans aucun doute.

Kirkland fronça les sourcils.

— Vous n'êtes pas au courant ? Vous venez juste de devenir le septième marquis de Kingston.

Gordon en resta interdit. Il avait l'impression d'avoir reçu un direct à l'estomac si violent qu'il était trop étourdi pour ressentir la douleur. Callie lui saisit la main.

— Richard ! chuchota-t-elle. *Richard !*

Bien que sensible au contact de sa main, il était tellement ébranlé qu'il pouvait à peine parler.

— J'ai passé la moitié de ma vie à me tenir aussi loin que possible de Kingston Court, dit-il d'une voix entrecoupée. Et maintenant... *ça.*

— Venez, dit Kirkland, qui lui prit le bras et l'entraîna dans son sillage.

Ils traversèrent le vestibule et entrèrent dans son bureau. Callie ne lui avait pas lâché la main. Une fois à l'intérieur, elle le guida vers le canapé, s'agenouilla devant lui et lui prit les mains.

— Parle-moi ! S'il te plaît.

Elle avait beau s'efforcer de ne pas le montrer, Gordon vit qu'elle était terrifiée. Il dut faire un immense effort sur lui-même pour se ressaisir. Pressant les doigts de Callie, il regarda Kirkland, qui avait rempli un verre de cognac et le lui tendait.

— Buvez cela, lui dit-il.

Gordon s'exécuta. La chaleur brûlante de l'alcool lui éclaircit un peu les idées.

— Comment puis-je avoir hérité de ce titre ? murmura-t-il. Lady Agnès m'a dit que mon père était décédé il y a environ un an et que Welham, mon frère aîné, était devenu héritier. Même s'il était mort inopinément, il y a encore mon deuxième frère, Julian.

Kirkland avait rempli deux autres verres. Après en avoir donné un à Callie, il lui indiqua le canapé.

— Asseyez-vous, vous aussi. Vous pourrez continuer à lui tenir la main.

Callie prit place à côté de Gordon avec un mince sourire.

— Vous semblez avoir l'habitude de délivrer des nouvelles brutales.

— Malheureusement, oui, acquiesça Kirkland en s'installant dans un fauteuil. Pour répondre à votre question, Gordon, votre frère Julian est mort dans un accident de cheval peu après le décès de votre père. Sans doute en tentant de sauter des barrières alors qu'il était ivre. Quant à Welham...

Kirkland hésita un instant avant de continuer :

— Il est mort il y a quelques jours. Peut-être volontairement. La version officielle, c'est que le coup est parti alors qu'il nettoyait ses fusils. Il adorait les armes et en possédait beaucoup. En conséquence, personne parmi ceux qui le connaissaient ne jugera la chose improbable.

— A-t-il laissé une lettre suggérant qu'il s'agit d'un suicide ? demanda Gordon, impressionné comme toujours par l'ampleur des sources d'information de Kirkland.

— Pas à ma connaissance. Mais s'il y en avait une, la famille n'aura pas voulu la rendre publique.

Il jeta un coup d'œil à Callie avant de poursuivre :

— Il y a eu récemment des rumeurs rapportant qu'il n'aimait guère les femmes. Que ses goûts le portaient dans une direction différente, illégale.

— Inutile d'user de périphrases avec moi, lord Kirkland, dit Callie. Je sais à quoi vous faites allusion et je dois dire que je suis surprise. Toutes les filles de notre coin du Lancashire, y compris moi, avaient appris à ne pas se retrouver seules avec Welham. Il avait une réputation de brute à la main baladeuse. Il a essayé de m'agresser. Heureusement, j'étais plus à même de me défendre que beaucoup de filles.

Le regard de Kirkland se fit plus aigu.

— Intéressant. Peut-être se comportait-il ainsi avec les femmes pour dissimuler ses véritables préférences. Ou bien il aimait les deux sexes.

— S'il aimait les deux, il n'aurait pas eu à se supprimer, fit remarquer Gordon.

— Peut-être qu'il était alcoolique et que dans un moment d'égarement, il a décidé d'en finir, suggéra Callie.

— C'est une hypothèse, admit Kirkland. Une autre, c'est qu'on le disait sur le point de se fiancer avec une jeune fille bien née et très riche. Elle a peut-être changé d'avis et il en aura été très affecté. Il se peut que nous ne sachions jamais pourquoi ni comment il est mort. Mais que cela vous plaise ou non, Gordon – et il semblerait que cela ne vous plaise pas –, le titre et les biens vous reviennent.

— J'aurais dû rester en Amérique et laisser croire que j'étais mort, répliqua Richard. Je suis certain que mon frère cadet, Eldon, se réjouirait infiniment plus que moi de devenir lord Kingston.

En entendant les notes assourdies d'un piano, Kirkland inclina la tête.

— Il faut que je regagne le salon de musique. Laurel et moi avons prévu de jouer plusieurs duos ensemble. Êtes-vous venus en voiture ? Sinon, souhaitez-vous qu'un de mes valets vous reconduise chez vous ?

— Je vous remercie, ça ira, assura Gordon. Mon cerveau recommence à fonctionner.

Il poussa un soupir, puis reprit :

— Je suppose que la première chose à faire, c'est de me rendre chez le notaire de la famille pour lui faire savoir que je suis vivant. J'imagine que je ne peux pas me contenter de rester invisible en espérant que personne ne me remarque.

— Trop de gens savent désormais que vous êtes vivant. Si vous voulez, je peux vous accompagner chez le notaire demain pour témoigner de votre identité, au cas où la question se poserait. Lady Kingston, je présume que vous irez avec Gordon ?

Callie eut l'air un instant prise au dépourvu.

— Lady Kingston ? répéta-t-elle. Mon esprit n'était pas allé jusque-là !

— J'ai désormais la préséance sur vous, Kirkland, déclara Gordon en esquissant un sourire, puisque vous n'êtes qu'un simple comte.

— Je devrais m'en remettre, rétorqua Kirkland en riant. Vu que vous n'avez pas de voiture personnelle, voulez-vous que je vienne vous cherche demain ?

Ce fut Callie qui répondit :

— Merci, ce serait vraiment aimable. À 10 heures ?

Les deux hommes acquiescèrent et le comte sortit. Callie se rapprocha de Gordon jusqu'à se presser contre lui.

— As-tu réussi à comprendre pourquoi la perspective d'hériter de la richesse et des honneurs liés au titre familial te bouleverse à ce point ? demanda-t-elle.

— J'ai détesté appartenir à cette famille, commença lentement Gordon.

Il essayait d'y voir clair dans le tumulte d'émotions qui se bousculaient en lui. Il entendait encore la voix de son père : « Tuez-le si ça vous chante. J'ai d'autres fils, et des meilleurs que lui. »

— Je méprisais la plupart des membres de ma famille, de véritables brutes, et je hais Kingston Court, qui est certainement le château le plus hideux et le plus moisi de toute l'Angleterre. Non seulement il est bâti au bord d'un lac, et donc humide et malsain, mais il est exposé à la fumée d'un feu de mine de charbon. Je tombais malade chaque fois que j'y restais trop longtemps.

— Ce sont effectivement de bonnes raisons pour trouver répugnante l'idée de devenir seigneur et maître de Kingston Court. Mais les membres les plus ignobles de ta famille sont morts et ton enfance malheureuse est loin désormais.

— Tu es le seul beau souvenir de mon enfance, Callie, dit-il en lui pressant la main avec force. Grâce à toi, j'ai réussi à grandir et à devenir une personne plutôt heureuse et saine d'esprit. Pour autant, je n'ai aucune envie de retourner là-bas.

Il ne put réprimer une grimace lorsqu'il ajouta :

— D'autant que cet héritage rendrait impossible, entre autres choses, un retour en Amérique si tu décidais que tu ne veux pas vivre en Angleterre de manière permanente.

— Où tu iras, j'irai, déclara Callie calmement. Tu possèdes un trop grand sens de tes responsabilités pour délaisser les terres, les métayers et tout ce qui constitue Kingston. Puisque cette responsabilité t'incombe, je serai là, à tes côtés.

Gordon scruta son visage aux traits délicats et se demanda une fois de plus pourquoi il avait une telle chance. Avec Callie près de lui, il pouvait tout affronter.

— J'étais plus proche des métayers de Kingston que de ma famille, se rappela-t-il. Je ne peux pas les abandonner. Mon père était compétent, mais pas aimé. Je suppose que Welham a été pire que lui dans tous les domaines.

— Certainement, acquiesça Callie. S'il a demandé la main d'une jeune fille, elle a peut-être décidé que vivre à Kingston Court avec une brute aussi égoïste était trop cher payer, même pour devenir marquise.

— Aucune personne sensée ne voudrait vivre dans ce château.

— Heureusement, rien ne nous y obligera, fit valoir Callie. Tu ne peux certes pas te soustraire à tes responsabilités, mais nous ne sommes pas tenus d'occuper la demeure familiale. Nous pouvons faire construire une maison moderne, agréable, à un autre endroit du domaine, suffisamment loin du lac et des émanations de la mine. Je suppose que tu hérites aussi d'une résidence à Londres. Là encore, nous ne sommes pas non plus obligés de l'occuper. J'aime beaucoup ta maison de Mount Row. *Notre* maison. Nous pouvons parfaitement y rester.

— Je remercie le ciel de t'avoir, Câline, dit-il en enroulant le bras autour de sa taille Si j'ai aussi mal réagi à la nouvelle de mon héritage, c'est parce que tout ce que je haïssais de mon enfance est remonté à la surface. Je croyais m'en être remis, mais j'avais tort. Toute la douleur et la colère bouillonnaient au plus profond de moi, attendant le moment d'entrer en éruption, comme un volcan.

Callie se rembrunit.

— On peut surmonter une enfance difficile, en revanche, je doute qu'il soit possible de vraiment l'oublier. Les cicatrices sont là et la douleur peut ressurgir si l'on est frappé inopinément, comme tu viens de l'être.

— Exactement. Et la loi anglaise en matière d'héritage n'arrange rien. Crois-moi, si je pouvais tout laisser à mon frère cadet, je le ferais. Je suis plus heureux maintenant que je ne l'ai jamais été et je ne veux pas perdre cela.

— Tu ne le perdras pas, assura Callie en posant la joue sur son épaule. Nous aurons davantage de responsabilités, surtout toi, mais aussi une plus grande latitude pour mener la vie que nous voulons. Tu peux faire construire une nouvelle maison et engager des personnes de confiance pour diriger tes différents domaines pendant que tu siégeras en membre rebelle de la Chambre des lords.

— Ce côté-là pourrait me plaire, admit Gordon.

— J'en suis persuadée. Le marquis de Kingston ne possède-t-il pas quelques propriétés de moindre importance non loin de Londres ? Le cas échéant, nous pourrions avoir notre manoir à la campagne sans avoir à le chercher.

— Il y en a un dans le Hertfordshire, si mes souvenirs sont bons. J'y suis allé une fois et je garde le souvenir d'un endroit agréable. Il faudra que j'interroge le notaire à ce sujet demain.

S'inclinant vers elle, il la gratifia d'un baiser reconnaissant.

— Callie, tu es un vrai miracle, murmura-t-il.

Leur baiser s'approfondit, et leurs mains commencèrent à s'affoler. Gordon se rendit compte, choqué, que Callie déboutonnait son pantalon. Quand ses doigts touchèrent sa chair échauffée, il en resta presque paralysé.

— Que diable fais-tu ? balbutia-t-il.

— N'est-ce pas évident ? répliqua-t-elle en gloussant. J'espère juste que tout le monde est là-haut en train d'écouter la musique.

Sur ce, elle se pencha, le prit dans sa bouche et Gordon perdit pied. Le plaisir monta, s'étira, délibérément prolongé, et les notes en cascade d'un concerto pour piano de Vivaldi se mêlèrent aux sensations voluptueuses. Et au moment où il crut se consumer, Callie l'amena à une jouissance aussi rapide que dévastatrice.

Quand, peu à peu, la folle tension reflua, il attira Callie sur sa poitrine.

— Si tu avais l'intention de me distraire, dit-il d'une voix enrouée, tu as amplement réussi. Mais, et toi ? ajouta-t-il en caressant de la main la hanche au galbe délicieux de sa femme.

— Nous en reparlerons à la maison, dans notre très confortable lit, dit-elle en faisant mine de repousser sa main.

— Non. Maintenant.

Callie avait beau prétendre qu'elle était disposée à attendre, il devinait son excitation à sa respiration précipitée et à ses joues en feu.

Lorsqu'il glissa la main sous ses jupes, elle se cambra légèrement et écarta les jambes pour s'offrir à sa caresse. Le souffle de Gordon s'accéléra lorsqu'il effleura son intimité chaude et moite. Chacun connaissait bien le corps de l'autre, désormais, et il lui fut facile, et tellement satisfaisant, de l'amener au sommet du plaisir.

Il s'empara de sa bouche pour avaler son cri d'extase. S'il était marquis, Callie était sa marquise, sa compagne, sa moitié. Et plus que tout, celle qui l'avait sauvé.

Quand elle fut retombée sur terre, il attira sa tête sur son épaule. Kirkland avait bien fait d'installer un canapé dans son bureau. Cela facilitait grandement l'inconduite.

Tout en repoussant du front de Callie une boucle échappée de son chignon, il murmura :

— On t'a raconté l'histoire de ma mère et de mon père ? Ç'a été un énorme scandale.

— Je sais que ta mère était très belle, d'origine scandinave, et que tu lui ressembles beaucoup, répondit Callie. Et aussi qu'elle était actrice et que lorsqu'elle est morte, tu avais environ quatre ans. Tout cela, je l'ai appris quand j'étais enfant et j'ai simplement accepté ces faits, sans m'interroger davantage.

— Mon père était tombé fou amoureux d'elle et ils s'étaient mariés au bout de quelques semaines, d'après ce que l'on m'a dit.

Imaginer son père en proie à une telle passion lui était très difficile, mais sa naissance en témoignait.

— La passion est vite retombée et, étant l'homme qu'il était, mon père lui a reproché, à *elle*, de se retrouver marié à une actrice. Il a commencé à prendre des maîtresses, ce qui l'a rendue furieuse. Si nordique fût-elle, elle possédait apparemment un tempérament de feu. Elle a quitté mon père et pris un amant. Mon père, scandalisé, s'apprêtait à divorcer lorsqu'elle a trouvé la mort avec son amant dans un accident.

— J'imagine que tu n'étais pas au courant de tout cela quand tu étais jeune !

— Je savais que mon père me méprisait, mais j'en ignorais la raison. C'est un garçon, dans ma première école, qui m'a raconté des histoires au sujet de ma mère. Tu imagines les termes qu'il a employés. J'ai été renvoyé pour l'avoir roué de coups. À plusieurs reprises, j'ai été expulsé parce qu'on l'avait insultée et que je m'étais battu. J'avais beau me souvenir à peine d'elle, je ne supportais pas qu'on la calomnie.

— J'ignorais tout cela, murmura Callie, consternée.

— Je ne pouvais pas en parler. Pas même à toi, se contenta-t-il de dire.

— Les tragédies domestiques dans ma famille ont été beaucoup moins terribles. Ma mère a enchaîné les grossesses pour s'efforcer de donner à mon père l'héritier mâle qu'il réclamait. Mais il était maudit : il n'avait que des filles en bonne santé et des fils maladifs. La naissance de mon frère Marcus, qui était un beau bébé en bonne santé, a été un immense soulagement. Hélas, mon père trouvait que cela ne suffisait pas. Il voulait un deuxième héritier au cas où le premier décéderait. Cette dernière grossesse a tué ma mère.

Gordon jura entre ses dents.

— Comment un homme peut-il faire cela à sa femme ? Ta vie est pour moi infiniment plus importante que d'avoir un héritier mâle. Encore que j'aimerais bien avoir une ou deux filles qui te ressemblent.

— Ça ne t'ennuierait pas qu'elle ait les cheveux blond-roux, la marque du démon ?

— Sûrement pas !

Il sourit et secoua la tête.

— Pas étonnant que nous ne souhaitions ni l'un ni l'autre retourner dans les maisons de notre enfance.

— Y retourner ne sera pas si difficile vu que nous serons ensemble. Je ne te laisserai certes pas aller seul à Kingston Court !

À regret, manifestement, elle se redressa.

— Allons écouter cette belle musique dont quelques notes me parviennent. Cela nous apaisera.

— C'est soit ça, soit m'endormir sur ce canapé, ce qui serait grossier.

Gordon se leva à son tour et remit de l'ordre dans ses vêtements. Callie, quant à elle, lissa ses cheveux et se retrouva comme par magie aussi bien coiffée que s'il ne s'était rien passé. Le sourire aux lèvres, elle prit le bras de Gordon et tous deux quittèrent le bureau.

Callie se détendit durant le concert. Kirkland et sa femme se révélèrent d'excellents pianistes, surtout lorsqu'ils jouaient ensemble sur un même instrument. C'était là une façon d'exprimer leur amour, Callie en était convaincue.

On servit bel et bien des glaces.

Richard et elle partirent après les rafraîchissements, arguant de leur fatigue. Enlacés, ils regagnèrent Mount Row en silence.

Cette nuit-là, ils refirent l'amour avec une lenteur pleine de tendresse. Si Richard s'endormit très vite, Callie eut du mal à trouver le sommeil. Lorsqu'il était revenu dans sa vie, il avait opposé aux défis de l'existence une assurance et une maîtrise dont elle avait alors désespérément besoin.

Ce soir, en revanche, il s'était montré d'une vulnérabilité qu'elle ne lui connaissait pas. Pour la première fois, elle s'apercevait qu'il avait autant besoin d'elle qu'elle avait besoin de lui.

À quel moment l'amitié devenait-elle ce que le monde appelle l'amour ?

38

Le clerc ouvrit la porte du bureau.

— Monsieur Roberts, dit-il, lord Kirkland, lord George Audley et lady Audley demandent à vous voir.

Le notaire releva sa tête couronnée de cheveux gris, l'air surpris. Il se reprit très vite et se leva.

— C'est un plaisir inattendu. Lord George, je présume que vous êtes l'héritier Kingston qui me manquait ?

— En effet, confirma Gordon en lui tendant la main. Lord Kirkland et ma femme sont ici pour attester de mon identité.

— Il est vrai que vous ne ressemblez à aucun autre membre de votre famille. Je crois que votre mère était d'origine norvégienne ?

S'il avait détecté la moindre nuance de dédain dans le ton du notaire, Gordon aurait été tenté de l'agresser. Mais Roberts affichait une expression neutre.

— Oui, et je lui ressemble beaucoup.

— Votre physique correspond en tout point à la description que l'on m'en a faite. Je vous en prie, asseyez-vous, ajouta le notaire en désignant les fauteuils. Cette discussion risque d'être longue.

Il se tourna vers le clerc.

— Du thé, du café et des rafraîchissements, s'il vous plaît.

Après que Kirkland et Callie eurent assuré qu'ils connaissaient Gordon depuis des années et qu'il n'y avait aucun doute sur son identité, le notaire lui demanda, non sans s'excuser, un échantillon de son écriture. Celle-ci se révélant similaire aux quelques lettres que Gordon lui avait envoyées au fil des ans, le problème de son identité fut réglé. Le notaire de la famille le considérait comme le nouveau marquis de Kingston et déclara qu'il engagerait la procédure pour qu'il entre en possession de son héritage.

Roberts lui fit ensuite une description succincte des biens et des revenus de la famille. Gordon n'avait pas compris qu'une grande partie de la fortune des Kingston provenait des mines de charbon du Lancashire. Il fut heureux d'avoir la confirmation qu'il y avait bien un manoir dans le Hertfordshire.

Après avoir parcouru la longue liste des propriétés, Gordon demanda :

— Mes frères cadets savent-ils que je suis vivant, ou Eldon pense-t-il qu'il a hérité ?

— En vérité, je l'ignore, admit Roberts. J'ai toujours informé votre père de vos courriers occasionnels, mais il m'interdisait d'en parler aux autres membres de la famille.

— Il espérait probablement que je mourrais quelque part très loin, commenta Gordon d'un ton acerbe.

— Peut-être, acquiesça le notaire, mal à l'aise. Je n'avais plus eu de nouvelles de vous depuis la mort de votre père et je ne savais pas s'il avait fini par évoquer votre possible existence devant vos frères. Quoi qu'il en soit, j'ai envoyé mon fils à Kingston Court pour assister aux obsèques de votre frère aîné et pour expliquer la situation légale aux plus jeunes.

Il eut un bref sourire avant de conclure :

— Je suis heureux que vous vous soyez présenté spontanément, je l'avoue, car je ne savais pas par où commencer mes recherches.

— C'est à Kirkland que revient le mérite de vous faciliter la tâche. Je ne prenais aucune nouvelle de la famille.

Se résignant à l'inévitable, Gordon ajouta :

— Mieux vaudrait que je me rende dans le Lancashire avant qu'Eldon s'imagine déjà être le nouveau lord Kingston.

— Il est susceptible de faire des difficultés ? s'enquit Kirkland.

Gordon haussa les épaules.

— Franchement, je l'ignore. Je me souviens à peine de lui. Lui et notre plus jeune frère, Francis, m'ont toujours semblé plus raisonnables que nos frères aînés.

— Vous avez été si longtemps absent que lord Eldon aura peut-être du mal à croire que vous êtes vivant, reconnut Roberts. Je vous conseille effectivement de vous rendre là-bas sans tarder.

— Je m'assurerai que Francis et lui aient de quoi vivre très confortablement, dit Gordon.

Alors que tous les trois quittaient l'étude du notaire, Gordon remercia Kirkland pour son aide.

— Je vous en prie, dit ce dernier. Si vous avez besoin de moi, n'hésitez pas à me le faire savoir. J'ai une certaine expérience lorsqu'il s'agit de naviguer dans les hauts-fonds de la bureaucratie londonienne.

— Je pourrais vous prendre au mot, l'avertit Gordon, qui se tourna ensuite vers Callie. Pour l'heure, nous partons dans le Lancashire.

— Tenez-moi au courant de la suite, dit Kirkland en portant la main à son chapeau. Vous vous ferez très vite à votre rang, lord Kingston. Peut-être même prendrez-vous plaisir à relever les défis de votre nouvelle position.

C'était probablement vrai. Gordon aurait néanmoins préféré en être dispensé.

39

Gordon avait beau ne pas avoir emprunté cette route depuis quinze ans, il se la rappelait parfaitement. Lorsqu'ils approchèrent du sommet de la colline qui surplombait la vallée où se trouvaient Long Lake et Kingston Court, il demanda au cocher d'arrêter l'équipage.

— Le moment est venu d'avoir une vue d'ensemble de notre avenir, dit-il à Callie en ouvrant la portière.

Elle s'étira et le suivit hors de la voiture.

— Après avoir été secouée trois jours durant dans une berline, toutes les occasions sont bonnes pour me dégourdir les jambes.

Sachant qu'ils atteindraient Kingston Court aujourd'hui, ils avaient soigné leur mise. S'il était une chose que Gordon avait apprise lors de ses carrières variées, c'était que pour convaincre les gens, s'habiller en fonction du rôle qu'on jouait entrait pour la moitié dans la réussite de celui-ci. Quitte à être marquis, autant l'être jusqu'au bout des ongles.

Mais Callie le surpassait encore. Vêtue de sa robe vert foncé ornée de dentelle dorée, elle avait l'air d'une reine.

— Je te promets qu'un jour, tu auras assez de temps pour te rendre chez une couturière et te commander une nouvelle garde-robe, dit-il, ironique.

Elle rit et resserra son châle de cachemire autour de ses épaules pour se protéger du vent automnal.

— Je l'espère. En attendant, songe à tout l'argent que tu économises !

— Comme nous n'avons pas besoin de nous restreindre, je compte dépenser l'argent économisé pour te couvrir de bijoux. Non pas que tu aies besoin de bijoux pour être belle.

— À vrai dire, je préférerais un très bon cheval.

— Je te reconnais bien là, ma Câline, dit-il tendrement. Mais tu pourras avoir les deux.

Il glissa le bras autour de ses épaules et ils s'avancèrent vers le sommet de la colline. Si le ciel avait été couvert toute la journée, le soleil était apparu en fin d'après-midi, si bien que le lac en contrebas brillait comme un miroir.

— Rush Hall est juste de l'autre côté de cette colline, fit remarquer Callie. Peut-être que demain, nous pourrions aller là-bas à cheval, histoire de voir si des membres de ma famille y résident.

— Nous irons, oui.

— Je ne crois pas avoir jamais vu ta maison depuis ce point de vue, dit Callie. Elle a vraiment l'air gothique ! Il y aura des chauves-souris et des bruits de chaînes ?

Gordon sourit des tentatives de Callie pour l'aider à se détendre. Le fief familial avait effectivement une allure gothique, surtout la partie la plus ancienne, où subsistait une tour, vestige du château médiéval. Ladite tour, trapue et menaçante, se dressait sur une colline escarpée. Elle dominait le lac au nom peu imaginatif de Long Lake. Les appartements des châtelains se trouvaient dans cette tour, avec vue sur l'eau.

De nombreux bâtiments avaient été ensuite ajoutés autour de la tour. Ce côté-là de la colline était moins abrupt, mais il ne bénéficiait pas de la vue spectaculaire sur le lac.

— J'avais de la chance, ma chambre se trouvait dans une des constructions postérieures à la tour, expliqua Gordon. Cela ne l'empêchait pas d'être humide et de sentir le renfermé, mais au moins, il n'y avait pas de chauves-souris. Quant au bruit de chaînes, c'est probablement celui que je faisais lorsque la nuit, je me glissais dehors clandestinement.

— Les domestiques étant dotés d'un sens aigu des convenances, je suis sûre qu'ils vont nous installer dans les appartements seigneuriaux de la vieille tour. Avec meubles massifs et cheminées qui fument, je parie.

— Je n'ai pas vu grand-chose des appartements seigneuriaux, mais j'ai exploré le bas de la tour. Les murs de pierre sont si épais qu'il y a un escalier secret dissimulé à l'intérieur.

— Vraiment ? s'exclama Callie. Je regrette de ne pas l'avoir su.

— Ça te plairait. Le passage, conçu pour nos ancêtres qui étaient plus petits que nous, est très étroit et bas de plafond. L'escalier descend jusqu'au niveau des caves. C'était soit un moyen de s'échapper en cas de siège, soit une issue discrète pour que les Audley lubriques aillent trousser les servantes.

— Y aura-t-il des araignées ? demanda Callie avec une anxiété feinte.

— Certainement. Ainsi que plein d'autres bestioles qui bruissent dans l'obscurité. Mais nous ne resterons pas longtemps dans la tour, assura Gordon. Tu pourrais en profiter pour partir en quête d'un endroit où bâtir notre nouvelle maison pendant que je me rendrai dans les fermes et dans les mines, et que je m'entretiendrai avec les responsables des affaires de Kingston Court.

— Je sais déjà où nous pourrions construire cette nouvelle maison. Tu te souviens de ce vallon protégé entre les domaines de nos familles ? Il se trouve sur les terres de Kingston, c'est un endroit charmant et à l'abri des vents de la mer d'Irlande. Les travaux prendront du temps, ajouta-t-elle. Je vais donc chercher une maison où vivre en attendant.

— Un cottage suffira dès lors qu'il est loin du château.

Il était temps pour eux de retourner vers la voiture.

— C'est étrange, reprit Gordon, je ne veux pas vivre à Kingston Court – j'y ai trop de mauvais souvenirs –, et pourtant, quand je contemple cette vallée, j'ai l'impression d'être chez moi plus que partout ailleurs.

Callie se mordit la lèvre.

— Je comprends. La lumière, les collines, nous avons été façonnés par ces années passées dans le Lancashire. Je suis heureuse d'être de retour en Angleterre, je suis ravie d'avoir une maison à Londres, et, curieusement, l'idée d'en avoir une ici aussi me plaît.

— Ce sera une belle maison, moderne et confortable, promit Gordon. Quelle meilleure façon d'employer une partie de la fortune des Kingston ?

— Il y aura des cabinets de toilette avec de l'eau chaude et des baignoires profondes ? s'enquit-elle, pleine d'espoir.

— Absolument. Des baignoires assez grandes pour deux, précisa-t-il avec un grand sourire. Gérer une énorme fortune demande beaucoup de travail. Donc, puisque nous ne pouvons pas y échapper, il est juste que nous ayons au moins des baignoires décadentes.

Callie éclata de rire et ils regagnèrent la voiture. Tandis qu'ils descendaient dans la vallée, Gordon fit remarquer :

— Les feux de mine de charbon se sont étendus.

Il indiqua une mince volute de fumée qui émanait du sol.

— Les fumerolles s'échappent de plusieurs endroits, à présent. Celle qui est devant nous est dangereusement proche du château.

— Depuis combien de temps ces feux brûlent-ils ? demanda Callie. Aussi loin que remontent mes souvenirs, le charbon brûlait déjà.

— Cela fait une quarantaine d'années, je pense. Le travail de la mine est terrible, mais quand j'étais jeune, j'adorais descendre dans les puits. Je m'intéressais beaucoup aux machines à vapeur qui pompaient l'eau dans les tunnels pour la rejeter à l'extérieur. Je ne t'ai pas emmenée une ou deux fois ?

— Une seule fois. Je ne partageais pas ton plaisir à traîner dans des endroits sales et suffocants.

— Je me souviens en effet de ta hâte à sortir. J'étais le chouchou de l'ingénieur parce que je me passionnais pour ses équipements et ça m'a servi plus tard. C'est grâce à mon expérience dans les mines que je suis devenu capitaine du bateau à vapeur expérimental du duc d'Ashton. À cette époque, en plus de connaître les machines à vapeur, j'avais déjà beaucoup navigué.

— Et c'est donc ainsi que tu t'es retrouvé à aller secourir Kirkland, dit Callie. Comment Ashton en était-il venu à t'engager ?

— C'est une longue histoire. Je te la raconterai une autre fois car nous avons atteint notre destination, dit Richard comme leur voiture passait sous la vieille arche de pierre pour s'engager dans la cour principale.

La tour se dressait sur l'un des côtés tandis que les bâtiments plus récents et les dépendances s'étageaient sur le flanc de la colline à gauche.

La voiture s'immobilisa abruptement et ils posèrent le pied sur les pavés inégaux. Callie à son bras, Gordon s'approcha de la porte de la demeure de ses ancêtres.

L'écho de la grosse cloche dont il tira la corde était comme la voix sinistre du destin. S'il détestait toujours cette maison, la présence de Callie à ses côtés lui facilitait les choses.

Le valet de pied qui les fit entrer était jeune. Il portait la livrée traditionnelle avec culottes, bas blancs et perruque poudrée. Gordon n'ayant pas eu le temps de faire graver des cartes de visite, il annonça d'emblée :

— Je suis le nouveau lord Kingston, connu autrefois sous le nom de lord George Audley. Mes frères sont-ils là ?

Si le valet de pied était trop jeune pour avoir connu Gordon, il n'était pas stupide. Il avait probablement entendu parler d'un frère depuis longtemps disparu, susceptible, s'il était encore en vie, d'être l'héritier.

Après avoir arrondi les yeux, il s'inclina profondément.

— Ces messieurs boivent leur sherry avant le dîner, milord. Je vais vous conduire à eux.

Une demeure hideuse, des meubles hideux, des couloirs pleins de courants d'air. L'endroit était aussi lugubre que dans le souvenir de Gordon, mais au moins, il n'avait pas à s'inquiéter de tomber sur son père. « Tuez-le si ça vous chante. J'ai d'autres fils, et des meilleurs que lui. »

Callie dut se remémorer ces paroles, elle aussi, car elle lui étreignit le bras. Elle était belle et aristocrate jusqu'au bout des ongles. Mais aurait-elle été vêtue de sacs de farine qu'elle aurait eu tout autant l'allure d'une marquise. Gordon n'aurait pas supporté d'être ici sans elle.

Ils parvinrent devant la porte du petit salon où la famille et les invités se réunissaient pour boire un verre avant le dîner. Au moins la pièce était-elle chauffée, même si la cheminée fumait. La dernière fois qu'il avait mis les pieds dans la maison, Gordon n'était pas en âge de participer à ce rituel vespéral.

S'il était alors le plus méprisé des fils de feu lord Kingston, le vent avait tourné. Avant de s'effacer, le valet de pied annonça :

— Le marquis de Kingston.

Les deux jeunes gens qui bavardaient dans le salon se figèrent. Gordon crut reconnaître Eldon dans l'homme brun qui arborait une expression à la fois détachée et ironique. Il ressemblait à un Audley. Quant à Francis, le benjamin des cinq fils, il tenait de sa mère avec ses cheveux clairs, ses taches de rousseur et son visage jovial. Aucun des deux ne ressemblait de près ou de loin à Gordon. Comme toujours, il était l'exception.

Ce fut Francis qui parla le premier.

— George, c'est bien toi ? s'écria-t-il, incrédule. Cela fait près de quinze ans que nous te croyons mort ! Mais je me rappelle ces cheveux si blonds.

Il s'avança et tendit la main, l'air sincèrement heureux.

— Je porte mon deuxième prénom, Gordon, depuis des années maintenant, précisa-t-il en serrant la main de son frère. Je ne suis pas mort comme on l'a prétendu et j'ai écrit de temps à autre au notaire de la famille pour le lui faire savoir. J'imagine que notre père a gardé cette information pour lui dans l'espoir que je finirais par succomber à Botany Bay.

Eldon s'approcha à son tour, la main tendue.

— Tu aurais dû nous prévenir, George ! Enfin, Gordon. Nous aurions tué le veau gras pour ton retour. Il faudra que tu te contentes de côtelettes d'agneau, ce soir.

— Le veau gras peut continuer de paître en paix, répliqua Gordon avant de se tourner vers Callie. Permettez-moi de vous présenter ma femme.

Avant qu'il ait eu le temps de prononcer son nom, Eldon s'exclama :

— Catherine Brooke ! C'est sûrement vous. Je ne connais personne d'autre qui soit doté de cette chevelure d'or rouge.

— C'est moi, en effet, Eldon, confirma Callie avec un sourire, en lui tendant la main. Moi aussi, je porte mon deuxième prénom désormais, Callista. Mais vous pouvez continuer à m'appeler Catherine si vous le préférez.

Eldon lui serra la main, les yeux brillants de curiosité.

— À présent, vous allez peut-être nous expliquer ce qui vous est arrivé à tous les deux ! Gordon, tu t'es volatilisé alors que Francis et moi étions en pension, et nous avons appris plus tard que Catherine s'était mariée avec une hâte suspecte. Les spéculations sont allées bon train.

Considérant que ses frères avaient le droit de connaître la vérité, Gordon répondit :

— Au cas où vous voudriez savoir si j'ai séduit Callie et lui ai fait un enfant, la réponse est non.

— Mon père voulait me marier à un planteur jamaïcain beaucoup plus âgé que moi et cette idée me révulsait, continua Callie. Votre frère et moi étions très amis, et il a galamment proposé de m'épouser à Gretna Green pour m'éviter ce mariage. Malheureusement, nos pères ont été très vite mis au courant de notre fuite et nous ont rattrapés. J'ai donc épousé le planteur et Gordon a été accusé de divers crimes et condamné à la transportation, ce qui était horriblement injuste.

Francis avait versé du sherry dans deux autres verres. Gordon accepta celui qu'il lui tendait et conclut :

— Voilà donc l'histoire, bien moins scandaleuse qu'elle aurait pu l'être. Et vous, que devenez-vous ?

— Si nous discutions des événements de ces quinze dernières années en dînant ? suggéra Eldon. Les domestiques ont sûrement eu le temps d'ajouter deux couverts et je pense que nous avons beaucoup à nous dire.

Ils gagnèrent la salle à manger familiale contiguë, ce qui permit à Gordon de se débarrasser discrètement de son sherry, boisson dont il n'était pas très friand. Il avait cependant apprécié le geste de Francis. Le gentil petit garçon qu'il était autrefois semblait être devenu un jeune homme agréable.

L'espace d'un instant, Gordon fut déconcerté de découvrir qu'on l'avait d'emblée placé au haut bout de la table. Comment être le chef d'une famille dont il n'avait jamais eu l'impression de faire partie ?

Lorsqu'ils furent assis tous les quatre, il demanda sans détour à Eldon :

— Durant les deux semaines passées, tu as dû penser que tu serais sans doute le prochain marquis. Quel effet te fait ma réapparition inattendue ?

— Le jeune M. Roberts nous avait prévenus qu'il y avait des raisons de croire que tu étais vivant. Ton retour ne m'a donc pas totalement surpris.

Un instant songeur, Eldon ajouta :

— La perspective d'hériter m'inspirait des sentiments mitigés. Étant le quatrième fils, l'idée ne m'avait jamais effleurée. J'avoue toutefois que je commençais à m'accoutumer à l'idée de recevoir le titre et la fortune. Et maintenant, tu es là. Pour me consoler de mes espoirs déçus, tu peux augmenter ma rente ! conclut-il avec un sourire espiègle,

Tous s'esclaffèrent. Gordon fut heureux de constater que son frère ne semblait pas éprouver de rancune.

— Je vais revoir les rentes, promit-il. Avez-vous des objectifs particuliers à l'esprit ? À quoi avez-vous occupé ces dernières années ?

— J'ai vécu à Londres la plupart du temps, y menant la vie d'un jeune gentleman anglais. Récemment, cependant, j'ai pensé qu'il était temps de me ranger, déclara Eldon, l'air sérieux. J'envisage de me lancer en politique. Le domaine de Kingston envoie plusieurs députés à la Chambre des communes, et j'aimerais occuper le prochain siège qui sera vacant.

Gordon n'était pas mécontent que son frère ait des ambitions et ne se contente pas d'une existence oisive.

— Tu as toujours eu l'esprit vif et la langue bien pendue. À mon avis, tu ferais un excellent parlementaire.

Eldon parut ravi de son commentaire. Gordon reporta son attention sur son plus jeune frère, un peu dérouté de se découvrir agissant en chef de famille.

— Et toi, Francis, à quoi passes-tu ton temps ? Tu jouis aussi d'une existence de gentleman oisif ?

— Pas du tout ! Après mes études à Cambridge, je suis devenu l'assistant du régisseur du domaine, répondit son frère. Le régisseur actuel, Martin – tu dois te souvenir de lui – commence à prendre de l'âge. L'objectif, c'est que je le remplace quand il décidera de s'arrêter.

— Le travail vous plaît ? demanda Callie avec intérêt.

— Beaucoup ! répondit Francis avec enthousiasme. Il y a tellement de nouveaux procédés qui se développent, aussi bien en agriculture que dans l'exploitation minière. Par exemple...

— Si intéressante que soit l'évolution de l'élevage, coupa Eldon d'un air amusé, nous avons peut-être d'autres sujets à aborder ce soir, où il nous faut rattraper quinze ans de nouvelles.

Francis eut un sourire d'excuse.

— Désolé, j'ai tendance à être plus fermier que ne devrait l'être un fils de marquis. Mais si cela vous intéresse, je serai heureux de vous en rebattre les oreilles plus tard.

Son expression changea et se fit circonspecte.

— Gordon, je suis fiancé avec une jeune fille des environs. J'espère que tu approuveras ce mariage.

— Pourquoi ne l'approuverais-je pas ? demanda Gordon en haussant les sourcils. C'est toi qui vivras avec elle, le choix devrait donc t'appartenir.

— Ni père ni Welham ne l'approuvaient, expliqua Francis, sur la défensive. Les parents de Julie ne sont pas des aristocrates. Ils cultivent des terres pour leur compte. Mais ce sont des gens généreux et qui travaillent dur. J'ai appris énormément avec M. Frane.

Au ton de son frère, Gordon devina qu'il avait trouvé chez les Frane une famille plus chaleureuse et plus accueillante que la sienne. Callie dut penser la même chose car elle déclara d'une voix douce :

— J'aimerais beaucoup rencontrer votre Julie. Nous pourrions rendre visite à sa famille, ou sa mère et elle pourraient se joindre à nous pour prendre le thé.

Francis arrondit les yeux.

— Elle... Nous en serions tous les deux ravis !

Alors qu'on servait le second plat, Gordon reprit :

— Quand nous sommes entrés dans la vallée, j'ai remarqué que les feux de mines de charbon s'étaient étendus. Leur puanteur imprègne toute la maison.

— L'odeur n'est pas toujours aussi forte, assura Francis. Seulement quand le vent vient de l'ouest.

Ce qui était le plus souvent le cas, si les souvenirs de Gordon étaient exacts.

— Ces feux ne menacent pas la maison ? Il est peut-être temps d'abandonner Kingston Court pour un endroit plus sain.

Francis parut consterné.

— Et l'histoire, Gordon ? La partie la plus ancienne a plus de six cents ans !

— Et cela se sent en termes de confort, commenta Gordon, sarcastique. Je te laisse les appartements du châtelain, si froids et pleins de courants d'air.

— Mais grandioses, pouffa Eldon. À mon avis, vous serez condamnés à y loger ; les servantes sont certainement en train de les préparer pour le nouveau marquis et sa marquise.

— Y aurait-il sur le domaine des maisons convenables actuellement inoccupées ? intervint Callie. Ayant moins de six cents ans, si possible.

Francis réfléchit, puis répondit :

— Le pavillon de la douairière est vide. Il est sain dans l'ensemble, même si, évidemment, il faudrait un jour ou deux pour le rendre habitable.

— À partir du moment où des blaireaux n'ont pas élu domicile dans le salon, cela devrait convenir, déclara Gordon. Callie, qu'en penses-tu ?

— Je me souviens du pavillon de la douairière comme d'une résidence agréable et bien placée. Ce sera parfait. Nous l'apprécierons d'autant plus, ajouta-t-elle avec un sourire, que nous aurons été obligés de passer quelques nuits dans la tour gothique.

Tous s'esclaffèrent de nouveau. Ce dîner se révélait étonnamment agréable. Qui sait, songea Gordon, être lord Kingston ne serait peut-être pas si pénible.

Il changea d'avis quand, après avoir souhaité une bonne nuit à ses frères, Callie et lui se retirèrent dans la tour. Callie balaya du regard la vaste chambre à coucher, manifestement atterrée.

— Si Welham vivait ici, on ne peut pas lui reprocher de s'être suicidé !

— Tu n'aimes pas les tapisseries hors de prix représentant des saints agonisants ? Ou des animaux déchiquetés par des chasseurs et leurs chiens ? répliqua Gordon, pince-sans-rire.

— Non, pas vraiment.

Callie commença à arpenter la chambre, étudiant d'un œil peu amène les tapisseries ainsi que la lourde armoire en bois sculpté assortie au lit. Ce dernier, monumental avec ses quatre colonnes d'acajou qui soutenaient un baldaquin de velours, aurait pu convenir à une altesse royale. Le couvre-lit de brocart avait été replié, laissant voir des draps fins ainsi que d'énormes oreillers.

Gordon pensa à son père occupant ce lit, besognant ses épouses, ses servantes et ses maîtresses, et engendrant d'innombrables fils. Un nœud se forma dans son estomac.

— Je ne peux pas dormir dans ce lit.

Callie tourna vivement la tête vers lui. Elle dut comprendre car elle dit d'un ton léger :

— Je préférerais ne pas dormir ici, moi non plus. Les lits, c'est trop personnel pour être transmis à des héritiers. Cherchons une alternative.

Elle ouvrit une porte sur la gauche.

— Cette garde-robe est bien mieux. Nous pouvons nous faire une paillasse sur ce très joli tapis. Je chiffonnerai les draps du lit pour que demain, les servantes ne devinent pas que nous n'avons pas apprécié leurs efforts.

Gordon la rejoignit et lui entoura la taille du bras.

— Cela ne t'ennuie pas de dormir par terre ?

— Ce sera plus confortable que le plancher d'un entrepôt. Un couchage que nous avons du reste trouvé plutôt plaisant, si je me souviens bien.

Elle se laissa aller contre lui et ajouta :

— Nous devrions réussir à supporter de dormir ici deux ou trois nuits.

— Je te remercie d'être aussi compréhensive, murmura-t-il.

— Que tes frères cadets se montrent aimables n'annulera pas des années de souffrance, dit-elle doucement. Et à présent, installons cette paillasse.

Elle avait raison. Non seulement la paillasse se révéla confortable, mais les bras de Callie dissipèrent les nuages sombres qui s'attardaient à Kingston Court.

40

Étouffant un bâillement, Callie pénétra dans la grande chambre. C'était leur deuxième nuit dans la tour.

— Vivement demain, que l'on emménage dans le pavillon de la douairière ! Mais avant de quitter la tour, j'aimerais bien voir l'escalier secret.

— Vu qu'il est hors de question que je remette les pieds dans cette pièce, c'est ce soir ou jamais, répliqua Richard. Le passage est dissimulé derrière l'armoire. Un jour, je suis parti de la cave pour voir où conduisait l'escalier. Quand je suis arrivé en haut et que j'ai poussé la porte, j'ai été horrifié de me retrouver dans la chambre de mon père.

— Ça n'a pas changé, commenta Callie.

— Voyons si je me souviens comment l'ouvrir depuis ce côté.

Il étudia l'armoire massive, puis fit courir ses doigts derrière l'une des colonnes semblables à celles du lit. Rien ne se passa. Il fit alors tourner toute la colonne. Lentement, dans un grincement gothique, l'armoire pivota et s'écarta du mur telle une grande porte.

Callie approcha une lampe de l'ouverture, et plissa le nez comme une forte odeur d'humidité lui agressait les narines. Les marches de pierre étaient étroites et descendaient en colimaçon.

— J'aurais la tête qui tourne de monter ou de descendre cet escalier, et le plafond est si bas qu'il faudrait probablement que je baisse la tête. Toi, tu y seras obligé, c'est certain.

— Nous pouvons descendre si tu en as envie, proposa obligeamment Richard.

— Non, c'est moins romantique que je ne le croyais, déclara Callie en remettant l'armoire à sa place. J'aimerais mieux respirer un peu d'air frais et admirer la vue depuis le balcon.

— Un choix plus judicieux.

Il écarta les lourdes tentures qui dissimulaient la porte à deux battants ouvrant sur le balcon. L'ouverture était creusée dans le mur de pierre épais de six pieds.

Après avoir ouvert la porte, Callie s'avança sur la grande plate-forme de bois. Un vent vif soufflait et des nuages passaient rapidement devant la lune, créant des contrastes d'ombre et de lumière assez radicaux. Elle prit une longue inspiration.

— Un orage se prépare. J'adore les tempêtes dès lors que je suis en sécurité à l'intérieur.

Se penchant par-dessus la balustrade, elle s'exclama :

— Sapristi, le balcon est construit juste au-dessus de la falaise qui tombe dans le lac ! Et la hauteur est impressionnante. Le château a-t-il déjà été attaqué ?

— Pas à ma connaissance. Mais si des ennemis ont effectivement essayé de s'en emparer, ce n'est pas par ce côté.

Richard l'avait rejointe et contemplait lui aussi la paroi à pic.

La nuit étant froide, il retourna dans la chambre chercher une couverture. Il attira Callie contre lui et drapa la couverture autour d'eux.

— Voilà qui est romantique, murmura-t-elle.

— Bien plus que de ramper dans un escalier en pierre, je suis d'accord. La journée a été bonne, non ? Surtout la visite à Rush Hall et les retrouvailles avec ta famille.

— J'étais si contente de voir mon petit frère Marcus. Il fait un lord tout à fait charmant. Pas du tout comme notre père.

— Nous serons contents de l'avoir pour voisin. Ta petite sœur Annie est délicieuse et ta sœur Jane s'est révélée une heureuse surprise.

— Un véritable choc, tu veux dire, répliqua Callie. Elle s'est apparemment très bien occupée du foyer de Marcus ces dernières années. Comme elle l'a dit, épouser le pasteur lui permettra de faire marcher les gens de la paroisse à la baguette tout en gardant un œil sur Rush Hall.

— Et elle riait en nous racontant cela ! Jamais je n'avais associé Jane à un quelconque sens de l'humour.

— Elle s'est améliorée avec l'âge. Et elle pense probablement la même chose de moi, ajouta Callie en pouffant. Je suis heureuse de pouvoir être amie avec mes sœurs et mon frère, moi qui pensais ne jamais les revoir.

— Et pourtant, nous sommes ici.

Richard resserra son étreinte et la berça tendrement.

— L'endroit que tu as choisi est parfait pour construire une version améliorée de Kingston Court. Le vallon étant tourné vers le sud, la nouvelle maison sera chaude et lumineuse toute l'année, et les collines nous protégeront des vents.

— Ce sera une maison heureuse, renchérit Callie, saisie d'une brusque intuition. Nous aurons trois enfants et ce seront des polissons comme nous l'étions nous-mêmes.

— Et nous nous en sortirons bien mieux avec eux que nos parents avec nous.

Cela aussi, elle en avait l'intuition.

— Je réfléchis aux plans de cette nouvelle maison, mais j'ai aussi quelques idées pour le pavillon de la douairière. Nous y passerons probablement deux ans et quelques aménagements ne seraient pas superflus.

— Tout ce que tu veux, Câline. Je suis juste ravi que nous y emménagions demain. Cela dit, je serais prêt à m'installer dans un pigeonnier pour m'éloigner de Kingston Court.

Callie lui coula un regard oblique.

— Le sol de la garde-robe est si terrible que ça ?

— Il est tout à fait acceptable pour une nuit ou deux, mais l'hiver arrive, et je veux un lit chaud avec une femme chaude. Heureusement, j'ai déjà la femme chaude.

— Tout ce dont j'ai besoin, c'est d'un mari chaud, rétorqua-t-elle, provocante. Un vrai lit est optionnel.

— Tu te rends compte que si tu continues à frotter tes fesses délectables contre moi, nous ne dormirons pas de sitôt ?

— Mon plan pervers a réussi !

Éclatant de rire, Callie se retourna entre ses bras et leva le visage pour un baiser. Au clair de lune, les cheveux de Richard prenaient une teinte argentée. Il était si beau qu'elle en eut le souffle coupé. Mais ce fut la tendresse qu'elle lut dans son regard qui la fit fondre.

— Mon Cœur de Lion…, chuchota-t-elle.

C'est alors qu'un souffle brûlant pulvérisa le monde. À peine Callie eut-elle conscience d'une douleur brutale que les ténèbres l'engloutirent.

L'explosion dans la chambre les projeta violemment contre la balustrade. Ils vacillèrent un instant, tout près de basculer dans le vide. D'instinct, Gordon resserra son étreinte sur Callie et se jeta vers la gauche. Sa tête heurta durement la balustrade avant qu'il tombe sur Callie tandis que des débris enflammés jaillissaient par la porte ouverte.

Quand l'averse de fragments de bois et de pierres cessa, il soulagea Callie de son poids. Elle gisait, ensanglantée, à l'angle que formait le sol avec la balustrade. Terrifié, il lui toucha le cou à la recherche de son pouls, qu'il trouva. Son souffle était régulier, mais elle était évanouie, et du sang s'écoulait de sa tempe.

Lorsque Gordon réussit à se relever, le balcon s'inclina légèrement sous son poids. Il était sur le point de se décrocher et de s'effondrer dans le lac, réalisa-t-il. Il fallait absolument que Callie et lui sortent d'ici ! Sauf que la grandiose chambre à coucher était à présent un brasier. Les murs étaient certes en pierre, mais le sol, les meubles et les tentures étaient déjà dévorés par des flammes avides. Le lit flambait, et sous les yeux de Gordon, le coin avant gauche s'enfonça dans le sol à l'endroit où le plancher calciné venait de céder.

Des flammes immenses bloquaient la porte de la chambre. *L'escalier secret !* La pierre était bien plus résistante au feu et le vieil escalier était encore accessible.

Conscient d'une odeur âcre de poudre, il reporta vivement les yeux sur Callie. Elle était toujours inconsciente. Il ramassa la couverture et en fit une espèce d'écharpe avec laquelle il attacha le corps inerte de Callie à son torse.

Il lui fallait pénétrer dans la chambre pour atteindre l'escalier, et la chaleur du brasier était atroce. À peine eut-il franchi la porte qu'il entendit le balcon s'effondrer dans son dos et rebondir avec fracas sur le flanc de la falaise avant de sombrer dans le lac. Protégeant le visage de Callie du bras, Gordon fonça vers la grosse armoire.

Il manquait d'air et ses poumons se contractaient en vain ; il parvint pourtant à manœuvrer la colonne qui commandait l'ouverture et à tirer la lourde armoire vers lui. Il dut baisser la tête pour s'engager sur le petit palier au sommet de l'escalier. Une bouffée d'air humide à l'odeur de moisi lui sauta au visage.

Il tira en hâte l'armoire derrière lui et l'obscurité fut alors totale.

Il se cogna la tête en posant le pied sur la première marche et lâcha un juron. S'obligeant à s'arrêter, il prit une lente et profonde inspiration. L'escalier était étroit et glissant, il devait se concentrer et garder la tête baissée pour éviter de se fendre le crâne. L'idée de se déplacer à la vitesse d'un escargot était effrayante, mais il irait droit à la catastrophe s'il tentait d'aller plus vite.

L'escalier tournant à gauche, il maintint Callie contre sa poitrine de la main gauche et laissa la droite courir le long du mur humide.

Ils devaient être à mi-parcours lorsque Callie s'agita.

— Richard ? balbutia-t-elle en plaquant la main sur son torse. Que s'est-il passé ?

— La chambre a explosé. Si nous avions été à l'intérieur, nous serions à l'état de cendres à l'heure qu'il est. Tu as été proprement assommée. As-tu d'autres blessures ?

Callie resta silencieuse, le temps de faire l'inventaire.

— J'ai la tête douloureuse, l'esprit embrouillé, un certain nombre de contusions et ma cheville gauche me fait mal. Rien de grave, je pense.

Elle prit une respiration tremblante.

— C'est le feu de mine de charbon qui a provoqué l'explosion ?

— Non, mais c'est sans doute ce que l'on voulait faire croire.

Gordon fit une pause pour reprendre son souffle.

— J'ai senti une odeur de poudre, expliqua-t-il. Quelqu'un a essayé de nous tuer.

Callie étouffa une exclamation.

— Qui ? L'un de tes frères ? Ce sont eux qui ont le plus à y gagner.

— Ce sont effectivement eux que je soupçonne, répondit-il, amer.

Il croyait avoir enfin trouvé une vraie famille, or voilà que l'un de ses frères, ou les deux, avait tenté de le supprimer.

Mais il s'en inquiéterait plus tard, lorsqu'ils seraient en sécurité à l'extérieur. Il recommença à descendre à pas prudents.

— Je pense que je peux marcher, dit Callie, qui ne paraissait cependant pas très sûre d'elle.

— Tu essayeras lorsque nous serons sur un sol plat.

Gordon ravala un juron quand, relevant accidentellement la tête, il se cogna de nouveau. Porter un poids non négligeable tout en étant penché en avant était sacrément fatigant. Dieu merci, ils ne devaient plus être loin de la sortie à présent.

Enfin, il posa le pied sur le sol en terre battue de la cave, après avoir trébuché à cause de l'absence soudaine de marche. Une chaleur inhabituelle régnait dans la cave, qui était envahie par la fumée. Au-dessus d'eux, ils entendaient le ronflement des flammes et le bruit sourd des poutres qui s'effondraient.

Callie se débattit pour se libérer de l'écharpe improvisée. Quand Gordon la sentit vaciller, il lui offrit son bras.

— Comment allons-nous sortir de là ? demanda-t-elle.

— Cette partie de la cave est au-dessus du niveau du sol à cause de la pente de la colline. Si nous suivons le mur vers la droite, nous arriverons à une porte qui donne à l'extérieur. Il faut que nous réussissions à sortir avant que les planchers au-dessus de nous s'écroulent.

— Alors, allons-y.

— Tends ton bras libre pour éviter de heurter un obstacle éventuel. Et avance avec précaution, le sol est glissant.

À tâtons, il trouva le mur de sa main droite et commença à le longer. À sa respiration saccadée, il devina que Callie souffrait. Mais ils avanceraient moins vite s'il la portait, or chaque seconde comptait.

Derrière eux, une partie du plancher en feu dégringola dans la cave. Si la proximité des flammes était terrifiante, elles permirent à Gordon de repérer la porte.

— Là, juste devant !

Glissant le bras autour de la taille de Callie, il la porta à demi sur la courte distance. Il haletait lorsqu'il atteignit la porte. Une barre de bois massive la maintenait fermée. Avec l'énergie du désespoir, il l'arracha. La porte résista, mais en bandant ses dernières forces, il parvint à l'ouvrir.

Dès que le passage fut suffisant, il reprit Callie par la taille et l'entraîna dehors.

— Il faut s'éloigner de là le plus vite possible !

Elle avait beau boiter, elle se déplaçait à une vitesse surprenante. À n'importe quel moment, maintenant, n'importe quel moment…

Les planchers intérieurs cédèrent soudain dans un vacarme assourdissant, projetant des brandons dans toutes les directions. Gordon jeta Callie à terre et la recouvrit de son corps.

Des morceaux de bois en flammes tombèrent non loin d'eux, mais le sol étant froid et mouillé, rien ne prit feu. Avec précaution, Gordon se redressa et s'assit. Callie l'imita et il l'attira contre lui. Ils entendaient au loin les cris des gens qui venaient combattre l'incendie.

Alors qu'ils regardaient les flammes jaillir au sommet de la tour, Callie murmura d'une voix chevrotante :

— Cette fois, tu vas devoir vraiment m'acheter une nouvelle garde-robe. Et pour toi aussi.

Gordon laissa échapper un rire tremblant. La tête lui tournait de soulagement.

— Au moins, ces horribles tapisseries n'existent plus.

— Ce n'est pas une perte. En revanche, je suis heureuse d'avoir mes boucles en topaze aux oreilles.

Callie tressaillit comme une autre gerbe de feu se dressait vers le ciel.

— Cette partie de Kingston Court est définitivement détruite.

— Dès lors que tout le monde est sain et sauf, peu m'importe, déclara Gordon en haussant les épaules. Qu'elle brûle et soit maudite !

— Tu ne méritais pas Kingston Court ! éructa une voix toute proche. C'est ta faute s'il brûle. Tu as dû conclure un pacte avec le diable pour avoir survécu !

Gordon se retourna. Son frère Eldon tenait un pistolet braqué sur lui.

41

Gordon avait beau se douter que l'un de ses frères était à l'origine de l'explosion, cette confirmation brutale lui donna envie de vomir.

— Ce n'est pas moi qui ai provoqué cette explosion, Eldon, dit-il, s'obligeant à conserver une voix égale. Reste par terre, Câline, chuchota-t-il. Fais semblant d'être épuisée et sonnée.

Gordon se redressa lentement.

— Tu espérais que cette explosion serait attribuée aux feux de mine ? dit-il. Je ne suis sûrement pas le seul à avoir senti l'odeur de poudre à canon.

— Personne ne s'en serait soucié, rétorqua Eldon d'un ton glacial.

À cet instant, il ressemblait de manière choquante à leur père. Un coup de tonnerre ébranla le ciel, ajoutant au gothique de la scène.

— Personne ne s'est interrogé quand j'ai tué Welham en laissant croire à un suicide.

Ainsi donc, c'était un meurtre. Après ce qui venait de se passer, cela tombait sous le sens.

— Bien joué ! dit Gordon en s'appliquant à paraître aussi détaché qu'Eldon. C'était un sale individu.

Il parvint même à introduire une note d'admiration dans son ton dans l'espoir de gagner du temps.

Ils étaient certes isolés, mais il y avait du monde pas loin.

Hélas, Eldon était suffisamment près pour ne pas avoir besoin d'être bon tireur. Gordon jeta un coup d'œil furtif à Callie. Si elle feignait d'être étourdie, elle n'en palpait pas moins discrètement la terre à la recherche d'une arme potentielle.

Priant pour qu'elle trouve quelque chose, Gordon s'écarta d'elle afin de garder l'attention d'Eldon sur lui.

— Tu es également à l'origine de la mort de Julian ? S'il montait à cheval en étant ivre, provoquer un accident fatal ne devait pas être difficile.

— Il n'a pas eu besoin de mon aide pour se rompre le cou, rétorqua Eldon, qui ajouta avec un sourire : Du reste, c'est ce qui m'a donné l'idée. Julian disparu, il ne restait que Welham entre le titre et moi. Et c'était si facile de le supprimer. Personne ne l'aimait. Personne ne se souciait de lui. Tout le monde a supposé que j'étais le nouveau lord Kingston. Et c'est *là* que tu as réapparu !

— Désolé d'avoir contrarié tes plans, répliqua Gordon. Le comble, c'est que je ne veux même pas de ce titre ! Si j'avais su à quel point il comptait pour toi, je serais resté à l'étranger. J'aurais même pu te faire parvenir un certificat de décès. Mais dans la mesure où je suis revenu vivre à Londres il y a deux ans, trop de gens étaient au courant de ma persistance à vivre.

— En effet, tu aurais dû rester au loin, acquiesça Eldon. Je n'ai vraiment pas envie de vous tuer, Catherine et toi, mais tu ne m'as pas laissé le choix.

— Non ? dit Gordon, jouant sur la prétendue réticence de son frère à les tuer. Il n'est pas trop tard pour que je retourne en Amérique et sois déclaré mort. Je ne peux pas déplorer que tu aies débarrassé prématurément Welham de son existence terrestre, et j'ai toujours détesté Kingston Court. Je me moque donc que tu l'aies détruit dès lors que personne n'a perdu la vie dans l'incendie... À moins que tu ne prennes plaisir à tuer ?

— Non, bon sang, certainement pas !

Un nouveau coup de tonnerre fit tressaillir Eldon et son pistolet trembla dans sa main. Il voulait certes que les gens meurent, mais il n'aimait pas les tuer lui-même. Quel ignoble couard !

— Tu acceptes ma proposition ? s'enquit Gordon. Callie et moi pouvons disparaître discrètement cette nuit et tout le monde supposera que nous sommes morts dans l'incendie. Tu deviendras lord Kingston et tu pourras te faire bâtir une demeure bien plus belle.

Eldon parut tenté. Toutefois, après un long moment, il secoua la tête.

— Je ne peux pas parier sur le fait que tu ne changeras pas d'avis un jour ou l'autre. Je dois m'assurer de ta mort dès maintenant. Désolé, Gordon.

Il s'avança d'un pas.

— Tu étais plus amusant que mes autres frères, mais tu n'aurais jamais dû revenir.

Quand il releva le canon de son pistolet pour tirer à bout portant, Gordon plongea vers la gauche. Au même instant, Callie se dressa sur ses genoux et jeta une pierre qui atteignit Eldon en pleine figure.

— Prends ça, espèce de sale porc ! hurla-t-elle.

Eldon lâcha un juron et recula en portant la main à son nez. Gordon en profita pour bondir sur lui et le jeter au sol. Le pistolet vola dans les airs tandis que les deux hommes s'empoignaient. Eldon se battait frénétiquement mais était malhabile. Contrairement à Gordon, il n'avait jamais eu à lutter pour défendre sa vie.

Alors qu'ils roulaient sur le sol, Gordon referma les mains autour de son cou. Du cou de lord Eldon

Audley, qui avait tué l'un de ses frères et tenté de les assassiner, Callie et lui.

À cette pensée, une rage brutale déferla en lui. Dans le regard de son frère, Gordon vit la colère se transformer en peur, puis en terreur. D'un geste décisif, il lui brisa le cou.

On apprenait des choses utiles à la Westerfield Academy.

Un silence abrupt suivit, sur fond de crépitements, d'appels lointains et de coups de tonnerre. Callie rampa sur le sol pour s'emparer du pistolet.

— Il est mort ? souffla-t-elle.

— Oui.

Gordon se releva et considéra le corps sans vie de son frère. À la différence d'Eldon, il avait de l'expérience en matière de meurtre. Mais il ne tuait qu'en cas de nécessité. Seigneur, si seulement il avait pu éviter de tuer son propre frère !

Callie franchit la courte distance qui les séparait. Elle lui prit la main et la porta à sa joue.

— Je suis désolée, Richard, murmura-t-elle.

— Moi aussi.

Il lui pressa la main.

— Merci d'avoir lancé cette pierre. Tu as toujours bien visé.

— Bonté divine ! fit une voix masculine.

C'était Francis qui arrivait en courant. La lumière de l'incendie éclairait brillamment la scène, mais il semblait ne pas comprendre ce qu'il avait devant les yeux.

— J'ai vu Eldon qui se dirigeait par ici et je me suis demandé si vous aviez pu vous échapper de la tour par ce côté. Mais... il... il est mort ?

— Oui, répondit Gordon. Je l'ai tué.

— Quoi ! s'écria Francis. Pourquoi as-tu fait une chose pareille ?

Il avait soudain l'air d'un enfant horrifié.

— Parce que c'est Eldon l'auteur de l'explosion qui a soufflé la tour ! cria Callie. Malheureusement pour lui, il n'a pas réussi à nous tuer. Vous étiez complice, Francis ?

Ce dernier secoua la tête, l'air atterré.

— Eldon n'a pas pu faire cela ! Pourquoi aurait-il voulu vous tuer ?

— N'est-ce pas évident ? dit Gordon, qui se sentait comme engourdi. Il avait déjà tué Welham. Il se croyait l'héritier du titre jusqu'à ce que j'aie le mauvais goût de réapparaître.

Francis resta silencieux, le visage crispé.

— J'avais du mal à croire que Welham ait pu se supprimer, dit-il d'une voix sourde. Je pensais que sa mort était un accident, qu'il était peut-être ivre, il n'empêche, cela me paraissait bizarre. Qu'est-ce qui te fait croire qu'Eldon l'a tué ?

— Il s'en est vanté ! répondit Callie.

Elle s'était relevée et ne paraissait pas très assurée sur ses jambes, mais ses yeux lançaient des éclairs.

— Richard est le seul frère convenable que vous ayez, Francis. Welham et Julian étaient des brutes, et Eldon un meurtrier. Tous tenaient de votre abominable père.

— Vous ne devriez pas dire des choses pareilles ! répliqua Francis, l'air accablé. Père était sévère, mais c'était un homme bon et honorable.

— Cet homme « bon et honorable » a donné à mon père la permission de battre Richard à mort lorsqu'ils nous ont rattrapés dans notre fuite ! riposta Callie avec fureur. Richard était déjà à demi mort lorsque votre père a dit au mien : « Tuez-le si ça vous chante. J'ai d'autres fils, et des meilleurs que lui. »

Francis blêmit.

— Non, protesta -t-il. Il n'a pas pu se montrer aussi cruel.

— J'étais *là*, Francis ! Pour sauver la vie de votre frère, j'ai juré à mon père que j'épouserais son planteur. Alors, au lieu de tuer Richard sur-le-champ, mon père lui a imputé des crimes imaginaires et l'a fait condamner à la transportation. Nos pères étaient des êtres ignobles l'un comme l'autre. Et si vous voulez punir Richard pour ce qu'il a enduré, je jure devant Dieu que je vous tuerai moi-même ! acheva-t-elle en levant le pistolet.

— Callie, non ! intervint Gordon qui se rua vers elle pour lui ôter l'arme des mains.

Elle la lui abandonna sans résister. Elle tremblait de la tête aux pieds.

— Es-tu sûr que Francis n'était pas de mèche avec Eldon pour te supprimer ?

Gordon observa son frère. À la lueur de l'incendie, son visage était si pâle que l'on distinguait ses taches de rousseur.

— J'en suis certain. Il ressemble à sa mère, comme je ressemble à la mienne. Le défaut fatal pour les hommes Audley, c'était de ressembler à feu notre père.

— Il... il se peut que tu aies raison, souffla Francis. Eldon était intelligent et pouvait être très amusant, et il était rare qu'il me prenne pour cible. Il avait cependant un côté froid et impitoyable. J'ignorais juste... à quel point. Il est aussi responsable de la mort de Julian ?

— Il a dit que non, mais que cette mort accidentelle lui avait donné l'idée de dégager le chemin pour accéder au titre. J'imagine son exaspération quand il m'a vu surgir et me mettre en travers de son ascension.

— Je ne me serais jamais douté qu'il voulait à ce point hériter. C'est vrai qu'il se moquait de mes modestes ambitions rurales...

Francis avala sa salive avec peine.

— Cela aurait peut-être dû me mettre la puce à l'oreille.

— As-tu l'intention de me dénoncer à la justice ? En tant que pair du royaume, je serais jugé à la Chambre des lords et certainement acquitté. La procédure n'en sera pas moins déplaisante et interminable.

Gordon soupira, épuisé d'avance à cette perspective.

— Tu m'as convaincu que justice avait été faite ce soir, répondit Francis.

Il regarda la dépouille d'Eldon, prit une profonde inspiration, puis lâcha :

— Je suggère que nous jetions son corps dans le feu. On supposera qu'il a trouvé la mort dans l'incendie.

Gordon tourna les yeux vers la tour dévastée.

— Cela simplifierait les choses, admit-il.

— J'ai une requête, dit Francis d'une voix mal assurée. Peux-tu ne pas rendre public le fait qu'Eldon a tué Welham et tenté de vous tuer tous les deux ? Il ne mérite pas que sa réputation soit protégée, mais je préférerais éviter un horrible scandale.

Le jeune Francis se montrait pragmatique et capable d'affronter la dure réalité. Des traits de caractère qu'il partageait avec Gordon.

— Si tu veux laisser croire qu'il a trouvé la mort en se portant héroïquement à notre secours, je n'y vois pas d'inconvénient, dit-il. Il n'est plus là. Et nous, nous sommes en vie.

Gordon regarda Callie, qui s'était assise sur le sol.

— Tu peux rester seule le temps que nous fassions le nécessaire ?

— Oui, répondit-elle d'une voix enrouée. Et s'il te plaît, allons ensuite dans le pavillon de la douairière. Je me moque qu'ils n'aient pas fini de le nettoyer.

— Je m'en moque aussi.

Les cheveux poissés de sang séché, le visage crispé par la douleur, elle était manifestement à bout de forces. Gordon lui caressa la joue.

— Promis, Câline. Ce sera le pavillon de la douairière.

Francis et lui prirent chacun un bras d'Eldon et le traînèrent vers la tour en feu. Entre les murs de pierre noircis, les flammes diminuaient, ayant consumé tout ce qui pouvait l'être.

— Il faut le déposer dans la cave, dit Gordon.

Francis hocha la tête, l'air sinistre. Ils soulevèrent alors le corps inerte et le jetèrent dans le brasier. Les flammes eurent tôt fait de le dévorer.

— Je regrette qu'il n'ait pas été un homme meilleur, murmura Francis tristement.

— Moi aussi, dit Gordon avec amertume. J'aspirais à avoir un frère qui pourrait être l'ami que Welham et Julian n'ont jamais été.

Après un long silence, Francis déclara :

— Il te reste encore un frère.

Le danger et le chagrin forgeaient des liens inattendus. Gordon prit conscience que Francis et lui avaient des traits communs qu'il n'avait jamais partagés avec ses autres frères.

— C'est vrai, et j'espère que nous pourrons être amis dans le futur.

Il hésita, puis tendit la main à Francis, qui la lui serra avec force, les yeux plongés dans les siens. Oui, dans le futur, ils pouvaient devenir de véritables frères.

— L'incendie a-t-il fait d'autres victimes ? s'enquit Gordon.

— Non, tout le monde était dans le bâtiment inférieur.

Alors que Francis prononçait ces mots, l'orage qui menaçait éclata, libérant des trombes d'eau.

Francis eut un sourire ironique.

— Voilà qui devrait aider à éteindre l'incendie. Je pense que le bâtiment inférieur est presque indemne.

Gordon haussa les épaules avec indifférence. Seule comptait Callie. Pataugeant sous la pluie, ils la rejoignirent. Gordon la souleva dans ses bras et se tourna vers son frère.

— Francis, tu pourrais nous trouver une voiture pour nous conduire au pavillon de la douairière ?

— Bien sûr.

Alors que le jeune homme s'éloignait à pas rapides, Callie protesta.

— Tu n'es pas obligé de me porter. Tu l'as assez fait cette nuit.

— Jamais assez, rétorqua-t-il, avant de déposer un baiser sur son front. Je te porterai jusqu'au bout de la terre s'il le faut, Câline.

Avec un soupir las, elle se blottit contre lui.

— Inutile d'aller jusque-là pour le moment.

Ils entendirent Francis crier au loin :

— Lord et lady Kingston sont sains et saufs ! Ils ont réussi à sortir de la tour !

Des cris s'élevèrent et des gens se mirent à courir dans leur direction. Gordon se raidit, mais les visages et les voix exprimaient du soulagement et de la joie.

— Lord Kingston, que le ciel soit remercié !

Ces mots venaient de Martin, le régisseur que Gordon avait rencontré l'après-midi même. Le majordome, la gouvernante, les métayers des fermes les plus proches se réjouirent également qu'ils soient sains et saufs.

— Vous avez l'air épuisé, lord Kingston, dit le responsable des écuries. Je peux me charger de votre femme.

Il tendit les bras vers Callie, mais Gordon secoua la tête.

— Non. Elle est à moi !

Sa réaction provoqua quelques rires. Callie parvint à adresser un sourire chaleureux à ces personnes si amicales.

— Je vous remercie tous, murmura-t-elle. Franchement, à part ma cheville, je n'ai rien.

— Comment vous avez fait pour en réchapper, milord ? demanda une voix bourrue.

— Nous étions sur le balcon lorsque l'explosion s'est produite dans la chambre, répondit succinctement Gordon. Il s'en est fallu de peu, mais je me souvenais de l'existence d'un escalier à l'intérieur du mur. Nous avons réussi à sortir juste avant que l'intérieur de la tour s'effondre.

Une charrette conduite par Francis s'arrêta à côté d'eux. Après avoir déposé Callie à l'intérieur, Gordon s'installa à côté d'elle. Il ôta son manteau et le maintint au-dessus d'elle pour la protéger de la pluie.

Tandis que Francis prenait la direction du pavillon de la douairière, Gordon constata que l'incendie avait surtout touché la tour et que la pluie était en train d'éteindre les dernières flammes. Seule l'extrémité des bâtiments inférieurs aurait besoin d'être réparée, mais les dégâts n'étaient pas considérables. Tant mieux. Francis pourrait avoir cette partie de Kingston Court.

Lui avait Callie. Il n'avait besoin de rien d'autre.

42

Recrue de fatigue, Callie dormit à poings fermés. Lorsqu'elle se réveilla, il lui fallut un moment pour comprendre qu'elle se trouvait dans la grande chambre du pavillon de la douairière et que Richard dormait près d'elle. L'orage avait nettoyé le ciel, à présent bleu pâle.

La nuit passée lui apparaissait comme un rêve confus. Elle se souvenait vaguement qu'on lui avait bandé la tête et la cheville, puis que Richard l'avait déshabillée avant de lui enfiler une chemise. Elle allait devoir emprunter des vêtements, songea-t-elle. Cette réflexion lui en inspira une autre : pourquoi ne créerait-elle pas un atelier de confection où elle emploierait des femmes ayant besoin de travailler ? Elle pourrait concevoir les modèles, les femmes se chargeraient de les coudre et ces vêtements seraient vendus à des prix modestes sur les marchés locaux. Et pourquoi pas une boutique, plus tard ? Oui, une telle entreprise profiterait à toutes les personnes concernées.

Elle bougea le pied avec précaution. Elle avait mal à la cheville, certes, mais elle doutait qu'elle soit cassée. Une mauvaise entorse, rien de plus.

Si la succession d'événements demeurait floue dans sa mémoire, elle frissonna en se rappelant qu'ils avaient failli mourir à deux reprises.

Pourtant, ils avaient survécu ! Le bras de Richard reposait sur sa taille. Il avait de la suie dans les cheveux et une barbe naissante lui ombrait les joues, mais il paraissait indemne. Il n'y avait donc aucune raison que Callie roule sur le côté et se cramponne à lui comme une femme qui se noie.

Il se réveilla aussitôt et resserra son bras autour d'elle.

— Tu trembles, Câline. Une réaction à retardement ?

Elle hocha la tête et pressa le visage contre sa poitrine. Il la connaissait si bien.

— Je ne peux m'empêcher de penser que les pavillons de douairière sont construits pour les veuves des lords.

Elle aspira une grande goulée d'air avant de s'exclamer :

— Et je suis tellement soulagée de ne pas être ta veuve !

Richard caressa doucement ses cheveux abominablement emmêlés.

— Cela te réconforterait si je te disais qu'Eldon avait l'intention de nous tuer tous les deux, ce qui t'aurait évité d'être veuve une seconde fois ?

C'était si absurde que Callie fut obligée de rire.

— Non, ce n'est pas très réconfortant. Quoi qu'il en soit, j'aime cette maison et je suis heureuse que nous soyons ici.

Soudain sérieuse, elle posa à Richard l'inévitable question :

— Est-ce que ce que tu as dû faire hier soir risque de te hanter ?

Avec un soupir, Richard roula sur le dos.

— Je regrette d'avoir été obligé de tuer mon propre frère. Mais durant mes années d'aventurier, j'ai appris à tuer en cas de nécessité, et sans remords. Tuer Eldon était une nécessité.

— Je sais, murmura-t-elle. Notre retour en Angleterre était censé nous assurer la paix et la sécurité, enchaîna-t-elle, mais j'avais le sentiment que ce ne serait pas aussi simple. Je regrette que mon intuition se soit vérifiée. Tu crois que nos aventures meurtrières sont terminées ?

— Mes intuitions ne sont pas aussi fiables que les tiennes, mais je pense que oui. Francis a été sincèrement horrifié par les actes d'Eldon, il n'essayera pas de nous supprimer, j'en suis sûr. Et puis, tu as gagné son cœur en demandant à faire la connaissance de sa Julie.

Après une hésitation, Richard reprit d'un air presque timide :

— La nuit dernière, j'ai eu l'impression que les gens de Kingston semblaient heureux de m'avoir pour lord et d'avoir la charmante Catherine Brooke pour lady. Je ne suis pas surpris qu'ils aient gardé un bon souvenir de toi, de moi, en revanche, je ne m'y attendais pas.

— Tu ne devrais pas t'en étonner. Tes deux frères aînés étaient des brutes arrogantes tandis que toi, tu parcourais le domaine, tu parlais avec les gens, tu les écoutais. Ils ne l'ont pas oublié. Dis-moi si je me trompe, ajouta-t-elle avec un petit rire, mais quand tu m'as transportée dans la charrette, une vieille femme n'a-t-elle pas déclaré qu'elle avait toujours su que nous nous marierions ?

— Tu ne te trompes pas. C'était Mme Moore, qui tient l'épicerie du village. Elle aimait bien les enfants indisciplinés comme nous.

— Mme Moore, bien sûr ! J'adorais ses biscuits au gingembre.

Callie reposait sur le flanc. La main sur la poitrine de Richard, elle percevait les battements de son cœur sous sa paume. Il était beau, il était bon et il était à elle ! Elle n'imaginait pas un autre endroit au monde où elle aurait voulu être.

— Callie ?

Sa voix avait changé. Elle releva la tête et retint une grimace comme sa blessure de la nuit se rappelait à elle.

— Oui, mon Cœur de Lion ?

Il plongea ses yeux dans les siens. Son regard gris était terriblement sérieux.

— Quand j'ai cru que nous allions mourir, cette nuit, je me suis rendu compte combien je t'aimais. Pas simplement comme meilleure amie ou comme compagne d'aventures, mais de toutes les façons dont un homme peut aimer une femme.

Inclinant la tête, il déposa sur ses lèvres un baiser d'une tendresse exquise.

— Durant toutes ces années où je voyageais et tentais de survivre, j'étais persuadé que je ne serais plus jamais capable de ressentir des sentiments profonds pour quiconque. Je comprends maintenant que je ne pouvais pas donner mon cœur puisqu'il t'appartenait déjà. Tu étais la garante de ma santé mentale et de mon salut.

— Comme tu étais le mien.

Sentant des larmes lui brûler les yeux, Callie battit des paupières pour les retenir.

— Quand mon père m'a écrit que tu étais mort, j'ai compris que tu étais l'amour de ma vie. Je ne pouvais pas cesser d'exister, et j'ai aimé d'autres personnes de différentes manières au fil des ans. Mais je n'ai jamais aimé quelqu'un comme je t'aimais, toi.

Richard lui prit la main et entrelaça ses doigts aux siens.

— Je n'ai jamais dit ceci à quiconque et je ne le dirai jamais, murmura-t-il. Je t'aime, mon amour, maintenant et pour toujours. Tu m'apportes la paix.

— Et tu m'apportes la joie, souffla-t-elle. Nous nous sommes toujours aimés, mais prononcer les mots fait une différence, n'est-ce pas ?

— Oh oui ! acquiesça-t-il, avant d'esquisser un lent sourire malicieux. Il me semble que tu as fait allusion à nos trois futurs enfants. Puisque nous sommes tous les deux ici, plus ou moins nus, dans un lit très confortable, ne serait-il pas temps de se mettre au travail ?

— En effet, approuva Callie en riant. Je suis prête. Et toi ?

Il l'était lui aussi. Et comment !

Notes historiques

Dans les études sur l'histoire américaine, la guerre de 1812 relève davantage de la note en bas de page que de l'événement majeur.

Trente ans après la révolution, les jeunes États-Unis ont de nouveau combattu l'Angleterre. Le résultat a été plus ou moins un coup d'épée dans l'eau et le seul événement marquant fut le bombardement du fort McHenry, qui inspira à Francis Scott Key le poème *The Star-Splangled Banner*, devenu ultérieurement l'hymne national américain. Je ne suis pas certaine que l'Anglais moyen ait eu connaissance de cette guerre, mais elle fut importante pour les États-Unis et le Canada.

À propos de la ville de Baltimore, elle fut et reste très importante. Lorsque je m'y suis installée, j'ai été surprise de découvrir l'existence d'un jour férié propre à l'État du Maryland, le *Defenders Day*, le 12 septembre. De quoi s'agit-il ?

Il se trouve que c'est le 12 septembre qu'eurent lieu les combats terrestres pour la prise de Baltimore et que la milice arrêta l'avancée des troupes britanniques lors de la bataille de North Point. Ce qui permit aux Américains de préparer la partie maritime de la bataille, autrement dit la défense de la ville par le fort McHenry.

Les causes de cette guerre sont troubles. Du côté américain, le sentiment général était que l'Angleterre méprisait notre nouvelle petite république. Le blocus britannique imposé aux ports du continent affaiblissait nos échanges commerciaux avec la France, et la Royal Navy enrôlait de force les matelots des navires américains sur ses propres navires. Si nous combattions, nous pourrions leur apprendre à nous respecter et, peut-être, obtenir que le Canada soit ajouté aux États-Unis.

Je soupçonne les Anglais de nous avoir considérés comme des casse-pieds – dégagez donc vite fait ces coloniaux, s'il vous plaît, que l'Angleterre puisse s'occuper de Napoléon. Ce dont je suis sûre, en revanche, c'est que le problème de l'enrôlement forcé des matelots américains pour servir sur les navires britanniques était enseigné dans mon école comme une atteinte intolérable à nos droits souverains. Mon regard a toutefois changé après la lecture de *Life in Nelson's Navy*, de Dudley Pope. Une leçon sur les différences de point de vue.

Une bonne partie de la guerre se déroula le long de la frontière formée par le Niagara entre le Canada et les États-Unis. Mais dans la baie de Chesapeake, elle se trouvait pour ainsi dire à ma porte et la documentation ne manque pas. Lors de mes recherches, j'ai réussi à retrouver les conditions météorologiques, les mouvements de troupes, les destructions de ponts et de réserves de munitions, sans parler du texte des bénédictions données par les pasteurs et des erreurs stupides. Toutes précisions à intégrer à mon propre récit.

Après la défaite de Napoléon et son exil sur l'île d'Elbe, en 1814, les soldats anglais, aguerris au combat, furent libres d'embarquer pour l'Amérique du Nord. Il s'agissait d'administrer à ces Américains la fessée qu'ils méritaient. Quand les Anglais entrèrent dans Washington sans rencontrer d'opposition, après la dérobade honteuse des combattants américains lors de la bataille de Bladensburg, ils incendièrent avant tout des bâtiments officiels. Toutefois, une maison utilisée par des tireurs isolés fut brûlée, incident dont je me suis servie.

La facilité avec laquelle les Anglais occupèrent la capitale américaine fut une humiliation nationale qui aurait pu avoir des effets désastreux sur les négociations de paix qui se tenaient à Gand. Après cette victoire, la Royal Navy, la flotte la plus puissante du monde, fit voile vers la baie de Chesapeake, déterminée à détruire Baltimore. Cette ville était l'une des plus grandes et des plus riches d'Amérique. Elle s'était vu attribuer, non sans raison, le titre de « nid de pirates », même si les Américains préféraient le terme de « corsaires ».

Les troupes anglaises étaient sous les ordres du général de division Robert Ross, un vétéran qui s'était distingué durant la guerre d'Espagne. Alors que les forces de l'Empire britannique fondaient sur la ville, ses habitants, Blancs et Noirs, riches et pauvres, se mirent à creuser avec acharnement, parce que c'est ce que vous faites lorsque des ennemis menacent votre foyer. L'instinct territorial est puissant. On creusa des tranchées, on coula vingt-deux navires marchands dans le goulet du port pour empêcher les navires anglais d'y pénétrer, les hommes de l'armée régulière aussi bien que des milices prirent leurs postes, se préparant à toute éventualité.

Après la mort du général Ross, l'attaque terrestre des Anglais se conclut par leur retraite et la Royal Navy commença alors le bombardement du fort McHenry. La suite de l'histoire est connue. Les États-Unis recouvrèrent leur fierté en tenant tête au tout-puissant

Empire britannique et les négociations de paix en Europe confirmèrent les frontières existantes.

On peut donc parler de coup d'épée dans l'eau, mais cela ne signifie pas que la guerre n'eut pas de prolongements. Les États-Unis, comme le Canada, développèrent un sens accru de leur identité nationale, au point que la guerre de 1812 est parfois appelée la « seconde révolution américaine ». Après avoir décliné l'offre de rejoindre les États-Unis, le Canada se montra un membre loyal et précieux de l'Empire britannique, et un très bon voisin pour la nation américaine.

Si vous voulez en apprendre davantage sur la guerre dans la baie de Chesapeake, reportez-vous à l'excellent classique de Walter Lord, *The Dawn's Early Light : The Climactic Shaping of « the Land of the Free » during the Hazardous Events of 1814 in Washington, Baltimore, and London*. Un autre très bon ouvrage, celui de Steve Vogel, *Through the Perilous Fight : From the Burning of Washington to the Star-Spangled Banner : The Six Weeks That Saved the Nation*.

Une dernière remarque : les feux de mines de charbon existent bel et bien et peuvent brûler pendant des décennies, voire des siècles. Le feu de Centralia, en Pennsylvanie, brûle depuis les années 1960 et a entraîné l'évacuation totale de la ville.

Remerciements

J'ai pris un énorme plaisir à faire des recherches historiques sur des faits qui se sont déroulés pratiquement à ma porte, et je veux adresser des remerciements tout particuliers à mon expert-conseil, originaire de Baltimore, qui connaît son histoire locale sur le bout des doigts.

Au fil des ans, j'ai lu d'innombrables articles écrits par des auteurs locaux dont j'ai oublié les noms, mais je remercie tous ceux qui, dans le Maryland, partagent ma passion pour l'Histoire.

Les livres dont je me suis principalement servie pour mes recherches sont l'excellent *The Dawn's Early Light : The Climactic Shaping of « the Land of the Free » during the Hazardous Events of 1814 in Washington, Baltimore, and London*, de Walter Lord, ainsi que *Through the Perilous Fight : From the Burning of Washington to the Star-Spangled Banner : The Six Weeks That Saved the Nation*, de Steve Vogel. Épuisé et difficile à trouver, mais également excellent, *The Rockets' Red Glare*, de Scott S. Sheads, qui fut guide-historien au fort McHenry National Monument durant de nombreuses années. Ce mince volume contient de nombreuses citations de première main.

Il existe un très bon documentaire PBS, *The War of 1812*, de Lawrence Hott et Diane Garey. Y sont expliqués les origines de la guerre et les combats qui eurent lieu le long de la frontière du Niagara, dans l'Ouest américain, sur les Grands Lacs et dans la baie de Chesapeake.

AVENTURES & PASSIONS

6 avril

Renee Ann Miller
Les fripouilles - Le défi de Sophia
Inédit

La dernière incartade de l'incorrigible Hayden Milton, comte de Westfield, lui a valu une balle dans la cuisse, tirée par une de ses maîtresses. Convalescent, il a déjà effarouché deux infirmières qui ont préféré démissionner. Lorsque Sophia Camden se présente, Hayden est intrigué par cette brune au regard ardent et n'hésite pas à lui faire des avances. Décontenancée, la jeune infirmière lui fait une proposition : elle a dix jours pour lui prouver ses compétences et, si elle échoue, elle lui sera redevable. Quelle imprudente ! Comment cette audacieuse et troublante garde-malade imagine-t-elle pouvoir défier un séducteur tel que lui ?

✦

Joanna Lowell
Le tableau du bel inconnu
Inédit

Rien ne préparait Lucy Coover, modeste étudiante de l'Académie royale des Beaux-Arts, à croiser dans une ruelle de l'East End, un homme ivre, dans le plus simple appareil. Or, son regard de peintre a tout enregistré de cette superbe anatomie. Durant des semaines, elle dessine le portrait de cet inconnu et parvient à vendre une de ses œuvres. Quand, quelque temps plus tard, le duc de Weston se présente pour lui demander des comptes au sujet d'un portrait de lui qu'il a vu chez lord Forbes, Lucy est décontenancée. Elle ne s'attendait ni à rencontrer son modèle dont les yeux verts la troublent, ni à sa proposition qui pourrait bien changer le cours de son destin...

Harper St. George

Jeunes filles à marier - Une héritière si romanesque

Inédit

Christian Halston, comte de Leigh, vient d'apprendre que sa propriété écossaise a été ravagée par les flammes. Sans argent, comment reconstruire son château ? Un mariage avec une riche héritière est l'unique solution. Pourquoi ne pas proposer à cet Américain avide de titres, M. Crenshaw, d'épouser une de ses filles ? Or, le père a déjà choisi un époux pour la cadette, Violet, le comte de Wade, un ignoble individu que Christian déteste. Quand la jeune fille lui annonce qu'elle part incognito dans le Yorkshire pour fuir ce mariage et surtout pour terminer le roman qu'elle compte bientôt publier, il la persuade de l'accompagner dans sa retraite, en tout bien tout honneur, il va sans dire...

✦

Mimi Matthews

Jim, le gentleman

Inédit

Margaret Honeywell vit sous le joug de son tuteur, Frederick Burton-Smythe. Il y a des années, ce dernier n'a pas hésité à congédier le palefrenier du domaine, Nicolas Seaton, qui a dû s'enfuir comme un voleur, brisant le cœur de Margaret. Dix ans plus tard, la jeune fille arrive enfin à Londres pour sa première saison. Installée chez son amie Jane, elle apprend que Frederick va affronter le vicomte St. Clare lors d'un duel. Affolée par les conséquences que cette affaire pourrait avoir sur son destin, Margaret se rend chez St. Clare pour l'implorer de renoncer à ce funeste projet. Lorsqu'elle se retrouve en face du vicomte, c'est le choc ! Au premier regard, elle a reconnu celui qui n'a jamais quitté son cœur et qu'elle croyait disparu à jamais...

Suzanne Enoch

La famille Griffin - L'invitation au péché

Inédit

Lord Zachary Griffin accompagne sa tante chez les Witfeld, une famille farfelue où vivent sept filles à marier. Accaparé par cette ruche, le jeune homme remarque surtout le regard insistant de Caroline, la plus sensée de la famille. La jeune fille lui explique qu'elle souhaite intégrer une prestigieuse école d'art mais que, pour être admise, elle doit soumettre un portrait à l'approbation d'un jury. Zach propose à la jeune artiste de poser pour elle. Les séances commencent, les rapprochant chaque jour davantage. Caroline est bientôt submergée par de tendres sentiments envers son séduisant modèle. Entre l'amour de l'art et l'art de l'amour, doit-elle choisir ?

✦

Monica McCarty

Les chevaliers des Highlands - Le faucon

Bibliothèque idéale

Début du XIVe siècle. Erik MacSorley, qu'on surnomme le Faucon, est un marin écossais auquel ni les vents ni les femmes ne résistent. Un jour, il sauve de la noyade une jeune gouvernante, Ellie. Mais les apparences sont trompeuses, car celle qu'il a secourue est en réalité lady Elyne de Burgh, la fille du puissant comte d'Ulster. Courageuse et intrépide, Ellie s'entête à ignorer les charmes d'Erik. Alors que la guerre fait rage des deux côtés de la mer d'Irlande, vaincre l'obstination de la belle captive devrait être un jeu d'enfant pour le Faucon...

Sarah MacLean

Le cercle des canailles - Le flambeur

Il y a dix ans, Michael, marquis de Bourne, a perdu aux cartes les terres familiales et s'est juré de les récupérer. Aujourd'hui, riche propriétaire d'un cercle de jeu très en vue, il veut reprendre possession de ses biens. Or, son plan est compromis lorsqu'il apprend que le nouveau propriétaire, désespérant de marier sa fille aînée, Pénélope, ajoute à sa dot les propriétés de Michael. Une seule solution s'offre à lui : enlever la jeune femme pour la compromettre et la contraindre au mariage...

13419

Composition
FACOMPO

Achevé d'imprimer en Italie
par GRAFICA VENETA
le 2 février 2022

Dépôt légal : mars 2022
EAN 9782290360576
OTP L21EPSN002396N001

ÉDITIONS J'AI LU
87, quai Panhard-et-Levassor, 75013 Paris

Diffusion France et étranger : Flammarion